AGATHA CHRISTIE COMPLETE COLLECTION
THIRD GIRL

THIRD GIRL

AGATHA CHRISTIE COMPLETE COLLECTION

THIRD GIRL

세 번째 여인 애거서 크리스티 장편 소설 | 박슬라 옮김

황금가지

THIRD GIRL

Copyright © 1966 Agatha Christie Limited.
All rights reserved.

AGATHA CHRISTIE, POIROT and the Agatha Christie Signature
are registered trademarks of
Agatha Christie Limited in the UK and elsewhere.
All rights reserved.
www.agathachristie.com

Korean Translation Copyright © Minumin 2013, 2024

Korean translation edition is published by arrangement with
Agatha Christie Limited through Shinwon Agency.

이 책의 한국어판 저작권은 신원 에이전시를 통해
Agatha Christie Limited와 독점 계약한 ㈜민음인에 있습니다.

저작권법에 의해 한국 내에서 보호를 받는 저작물이므로
무단 전재와 무단 복제를 금합니다.

정식 한국어 판 출간에 부쳐

나는 한국에서 우리 할머니의 작품을 정식으로 출간한다는 소식을 듣고 무척 기뻤다. 할머니가 1920년부터 1970년 무렵까지 오랜 세월에 걸쳐 집필한 작품들은 21세기인 지금 읽어도 신선하고 재미있다. 등장 인물들이 워낙 자연스러워서 요즘 사람들과 다를 바 없고 이들이 등장하는 상황과 장소가 전 세계 사람들의 애정과 향수를 자극하기 때문이다. 한국 독자들은 이번에 새로 나온 정식 한국어 판을 통해 그동안 접하지 못했던 애거서 크리스티의 일부 작품들을 읽을 수 있을 것이다. 덕분에 한국에 새로운 세대의 애거서 크리스티 팬들이 탄생할지도 모르겠다는 생각을 하면 가슴이 벅차다.

애거서 크리스티는 대표적인 두 명의 주인공으로 기억되는 작가이다. 14권의 작품에 등장하는 마플 양은 영국의 작은 시골 마을에서 평온한 나날을 보내며 뜨개질과 수다로 소일하는 미혼의 할머니이지만, 놀라운 기억력과 날카로운 두뇌 회전으로 주변에서 벌어진 살인 사건을 해결한다.

그리고 마플 양과 상반되는 성격을 지닌 에르퀼 푸아로는 자신만만하고 콧수염을 포함한 자신의 외모와 벨기에라는 국적에 대한 자부심이 상당하다. 그는 이집트와 이라크를 비롯한 세계 각지에서 수수께끼를 해결하며 『오리엔트 특급 살인 Murder On The Orient Express』, 『나일 강의 죽음 Death On The Nile』, 『애크로이드 살인 사건 The Murder Of Roger Ackroyd』 등 애거서 크리스티의 여러 대표작에 모습을 드러낸다.

황금가지의 대담하고 참신한 표지와 전반적인 디자인 덕분에 작품의 성격이 잘 살아난 것 같아 기쁘다. 또한 한국 독자들이 할머니의 원작이 지닌 참된 묘미를 느낄 수 있도록 충실한 번역을 위해 애써 준 점도 높이 사고 싶다.

할머니의 작품이 20세기의 그 어떤 작가들보다 많이 팔리고 있는 이유는 나이와 국적에 상관없이 읽을 수 있는 재미와 감동을 갖추었기 때문이다. 모쪼록 한국 독자들도 황금가지에서 선보이는 애거서 크리스티 작품들을 즐겁게 감상하기를 바란다.

매튜 프리처드
애거서 크리스티의 손자
ACL 이사장

차례

정식 한국어 판 출간에 부쳐 — 5

1장 — 11
2장 — 19
3장 — 42
4장 — 49
5장 — 70
6장 — 86
7장 — 100
8장 — 122
9장 — 140
10장 — 152
11장 — 172
12장 — 193
13장 — 199
14장 — 221
15장 — 239
16장 — 248
17장 — 260
18장 — 269
19장 — 279
20장 — 286
21장 — 293
22장 — 318
23장 — 333
24장 — 350
25장 — 367

노라 블랙바로우에게

1장

에르퀼 푸아로는 아침을 먹고 있었다. 그의 오른손에는 뜨거운 김이 모락모락 나는 핫 초콜릿 잔이 들려 있었다. 푸아로는 단것을 좋아했다. 핫 초콜릿에는 브리오슈 빵을 곁들여 먹었다. 브리오슈는 핫 초콜릿과 더없이 잘 어울렸다. 푸아로는 흡족해하며 고개를 끄덕였다. 네 번째로 찾은 가게에서 구한 브리오슈였다. 덴마크식 브리오슈였는데, 프랑스식 브리오슈보다 100배는 나았다. 사실 프랑스식은 겉만 번지르르할 뿐이니까.

푸아로의 혀는 만족했고 위장도 편했다. 마음 또한 편안했다. 어쩌면 지나치게 편안한 건지도 모른다. 푸아로는 『매그넘 오퍼스(라틴어로 '걸작'이라는 뜻 — 옮긴이)』의 저술을 막 끝낸 참이었다. 그 저술에서 푸아로는 위대한 탐정 소설 작가들을 분석했다. 대담하게도 에드거 앨런 포를 가차 없이 비평했고 윌키 콜린스의 작품은 지나치게 낭만적이기만 할 뿐 체계도 없고 조리도 서 있지 않다고 한탄했다. 반면에 무명이나 다름없는 미국 작가들 2명에 대해서는 입에 침이 마르게 칭찬했는데, 합당하다고 생각되는 부분에서는 경의를 표하고 그렇지 않다고 생각되는 부분에서는 단호하게 그 경의를 거두었다. 인쇄 중인 책을 꼼꼼하게 살펴본 결과 인쇄공의 실수로 인한 오자가 부지기수라는 점을 제외하면 그런대로 괜찮아 보였다. 푸아로는 책을 통해 이룩한 문학적 성취에도 꽤 흐뭇해했지만 저술에 필요한 어마어마한 분량의 책을 읽는 순간순간도 꽤 즐겼다. 책을 읽다가 내키지 않는 내용이 나오면 코웃음을 치며 바닥에 내동댕이쳐 버렸고(물론 그때마다 자리에서 일어나 그 책을 주워 쓰레기통에 깔끔하게 버리는 일도 잊지 않았다), 수긍이 가는 부분이 있으면 고개를 끄덕였다. 하지만 그런 일은 그다지 많지 않았다.

이제 뭘 한다지? 푸아로는 정신노동이 끝난 후 반드시 필요한 휴식 시간을 가졌다. 그러나 영원히 쉴 수는 없는 법. 휴식 시간이 끝나면 누구나 다음 일을 시작해야 하는 것이 당연한 이치다. 하지만 불행하게도 푸아로에게는 다음 일이 기다리고 있지 않았다. 원고를 좀 더 손볼까 하고 생각하다가 푸아로는 고개를 가로저었다. 한 번 할 때 제대로 하고 손대지 말자는 것이 그의 철칙이기 때문이다. 다시 말하자면 푸아로는 지금 아주 지루한 상태였다. 그동안 몰두해 왔던 고도의 두뇌 활동은 정말이지 흥미진진했다. 그러나 그만 나쁜 습관이 생겨 버렸다. 한시도 가만 있지를 못하게 된 것이다.

이를 어쩐다! 푸아로는 고개를 가로저으며 핫 초콜릿을 한 모금 더 들이켰다.

그때 문이 열리더니 푸아로의 노련한 하인인 조지가 들어왔다. 조지는 뭔가 미안하다는 듯 공손하게 헛기침을 하며 낮은 목소리로 머뭇머뭇 입을 열었다.

"저……."

잠시 주저하던 조지가 말을 이었다.

"젊은 숙녀분께서 찾아왔습니다."

푸아로는 깜짝 놀라면서도 한편으로는 못마땅하다는 얼굴로 조지를 쳐다보며 나무라듯 말했다.

"이 시간에는 내가 손님을 만나지 않는다는 걸 잘 알고 있잖나?"

"알고 있습니다, 주인님."

조지가 난처해하며 대답했다.

주인과 하인은 서로를 마주 보았다. 두 사람은 때때로 의사를 전달하는 데 어려움을 겪곤 했다. 조지는 정곡을 찌르는 질문을 하면 억양이라든가 말투, 또는 특정한 단어를 사용해서 뭔가를 암시한다. 푸아로는 이 순간 그 올바른 질문이 무엇일까 곰곰이 생각해 보았다.

"그 젊은 여자분이 아름다우신가 보군, 그런가?"

푸아로가 조심스럽게 물었다.

"제가 보기에는 아닙니다만 관점이란 저마다 다른 법이니까요."

푸아로는 조지의 답변을 찬찬히 생각해 보았다. 그러다가 조지가 젊은 여자분이라는 말 앞에서 잠깐 뜸을 들였다는 사실을 기억해 냈다. 조지의 사람 보는 눈은 정확했다. 방문자의 신분을 확신할 수 없었지만 어떤 사람인지 대략은 알아차릴 수는 있었다.

"그러니까 그 숙녀분이 젊은 남자라기보다 젊은 여자일 거란 얘기인가?"

"그렇습니다, 주인님. 요즘에는 통 구분이 안 가서 말입니다."

조지는 정말 유감이라는 듯이 말했다.

"그 숙녀분이 나를 보자고 한 이유를 말하던가?"

"말씀하시기를……."

조지가 난처해하면서 말했다. 마치 앞으로 할 말에 대해서 미리 사과라도 하는 듯했다.

"본인이 저질렀을지도 모르는 살인 사건에 대해서 의논하고 싶다고 하셨습니다."

에르퀼 푸아로는 이맛살을 찌푸리며 조지를 빤히 쳐다보았다.

"저질렀을지도 모른다니? 본인이 그것도 모른단 말인가?"

"숙녀분께서 하신 말씀 그대로입니다, 주인님."

"못마땅하기는 하지만 꽤 흥미로운 문제군."

"혹시 장난은 아닐까요, 주인님?"

조지가 반신반의하는 표정으로 물었다.

"어떤 일이든 가능성은 열려 있는 법이네. 다만 우리로서는 그것을 예상하지 못할 뿐……."

푸아로가 컵을 들어 올리며 말했다.

"5분 뒤에 들여보내 주게."

푸아로는 마지막 남은 핫 초콜릿 한 모금을 마저 마시고는 잔을 옆으로 밀어 놓고 자리에서 일어났다. 그런 다음 벽난로 앞으로 가서 선반 위에 걸린 거울을 보고 조심스럽게 콧수염을 다듬었다. 수염이 만족스럽게 다듬어지자 푸아로는 자리로 돌아와 손님이 들어오기를 기다렸다. 그때까지 푸아로는 이다음에 무슨 일이 벌어질지 전혀 예상하지 못했다…….

푸아로는 여성적 매력에 대한 나름대로의 기준에 가까운 누군가를 기대했다. 흔히들 말하는 '곤경에 처한 미녀'를 상상했다. 하지만 조지가 방문객을 데리고 들어왔을 때 푸아로는 속으로 크게 실망하여 한숨을 내쉬었다. 여자는 미녀도 아니었고 딱히 곤경에 처한 것 같지도 않았다. 곤경에 빠졌다기보다 조금 당혹해한다는 표현이 더 적합하리라.

푸아로는 못마땅해하며 속으로 생각했다.

'흥! 요즘 여자들이란! 도대체 잘 보이고 싶은 마음도 없나? 화장도 좀 하고, 옷도 멋들어지게 차려입고, 실력 좋은 미용사한테 머리 손질까지 받으면 좀 봐 줄 수 있을까, 지금 상태로는 정말 못 봐 주겠군!'

푸아로를 찾아온 사람은 20대로 보이는 젊은 여자였다. 색깔을 알 수 없는 기다란 머리카락이 헝클어진 채로 어깨 위에 축 늘어져 있었고, 녹색빛을 띤 커다란 눈동자는 어딘지 멍해 보였다. 입은 옷은 그 나이 또래의 아가씨들이 고를 법한 옷이었다. 무릎 위까지 덮는 검은색 가죽 부츠에다 언제 빨았을지 의심이 되는, 살이 내비치는 흰색 울 스타킹, 꽉 끼는 스커트, 두꺼운 울 소재의 길고 헐렁한

풀오버. 푸아로와 나이가 비슷하거나 같은 세대에 속한 사람이라면 누구나 그녀를 보고 당장 목욕탕으로 밀어 넣고 싶어 할 것이다. 거리를 걷다가도 푸아로는 그런 생각을 한 적이 꽤 많았다. 지금 눈앞에 있는 이런 지저분한 차림새를 한 여자들은 수도 없이 많았다. 모순처럼 들릴지 몰라도 지금 이 여자는 물에 빠졌다가 방금 건져 올린 생쥐 꼴이었다. 푸아로는 그들이 실제로도 더럽지는 않을 것이라고 생각했다. 다만 그렇게 보이려고 애를 쓰는 것뿐이다.

푸아로는 늘 하던 대로 자리에서 정중하게 일어나 악수를 청하고 의자를 빼 주었다.

"저를 보자고 하셨다죠, 마드무아젤? 자리에 앉으시죠."

"오……."

여자는 숨을 낮게 내쉬면서 푸아로를 뚫어지게 쳐다보았다.

"에 비엥(괜찮습니까)?"

푸아로가 묻자 여자가 망설이다가 말했다.

"그냥 서 있는 게 낫겠어요."

그녀의 커다란 두 눈동자가 미심쩍은 눈빛으로 푸아로를 응시했다.

"좋으실 대로 하세요."

푸아로는 자세를 고쳐 앉으며 여자를 바라보았다. 그리고 가만히 기다렸다. 여자는 고개를 떨군 채 애꿎은 발만 이리저리 움직이다가 고개를 들어 푸아로를 보고 물었다.

"당신이, 당신이 에르퀼 푸아로 씨인가요?"

"물론입니다. 제가 무엇을 도와 드릴까요?"

"아, 그게…… 좀 곤란한 일이라서요. 그러니까…….”

푸아로는 그녀에게 약간의 도움이 필요할 거라고 생각했다.

"제 하인이 와서 말하길 당신이 '저질렀을지도 모르는 살인 사건'에 관해서 상담하고 싶다고 했다더군요. 맞습니까?”

여자가 고개를 끄덕이며 대답했다.

"맞아요.”

"그런 일은 의심의 여지가 전혀 없는 일일 텐데요. 자신이 살인을 저질렀는지 그렇지 않은지 아는 게 당연하잖아요.”

"저…… 어떻게 말씀을 드려야 할지 모르겠네요. 제 말은 그러니까…….”

"자, 말씀해 보십시오. 앉아서 긴장을 풀고 저한테 다 얘기해 보세요.”

푸아로가 다정하게 말했다.

"제 생각에는……. 오, 이런, 어떻게 해야 할지……. 보시다시피 모든 게 어려워요. 저…… 죄송하지만 마음이 바뀌었어요. 무례하게 굴고 싶지는 않지만 그만 가 봐야겠어요.”

"괜찮아요. 용기를 내세요.”

"아뇨, 그럴 수 없어요. 푸아로 씨를 뵙게 되면 제가 어떻게 해야 할지 여쭤볼 수 있을 거라 생각했어요. 하지만 그럴 수가 없네요. 모든 게 너무나 달라서…….”

"뭐가 다르다는 말이죠?”

"정말 죄송해요. 무례하게 굴고 싶지는 않지만…….”

그녀는 땅이 꺼질 듯 한숨을 내쉬면서 푸아로를 보더니 고개를 돌리며 불쑥 이렇게 말했다.
 "당신은 너무 늙었어요. 아무도 당신이 이렇게 나이가 많다고 말해 주지 않았어요. 정말 무례하게 굴고 싶지는 않지만 어쩔 수 없네요. 당신은 너무 늙었어요. 정말 죄송해요."
 그녀는 홱 돌아서더니 등불 속으로 날아드는 나방처럼 방을 나갔다.
 푸아로는 벌어진 입을 다물지도 못한 채 현관문이 닫히는 소리가 들릴 때까지 멍하니 앉아 있었다.
 잠시 후 그가 큰 소리로 말했다.
 "농 덩 농 덩 농…… (아차차, 이름…….)."

2장

전화벨이 울렸다.

그러나 에르퀼 푸아로는 전화벨이 울리고 있다는 사실조차 모르는 것 같았다.

전화벨은 끈질기게 울려 댔다.

조지가 방에 들어와 전화기 쪽으로 가면서 의아한 표정으로 푸아로를 바라보았다.

푸아로가 조지에게 손짓을 하면서 말했다.

"내버려 두게."

조지는 푸아로의 명령에 따라 전화를 받지 않고 방을 나갔다. 전화벨은 멈추지 않고 계속 울렸다. 쩌렁쩌렁 시끄러운 울림이 그치지 않을 듯이 이어지다가 갑자기 뚝 그쳤다. 그러나 잠시 후 전화벨은 다시 울리기 시작했다.

"이런, 사프리스티(나 원 참)! 분명히 여자일 거야. 암 그렇고말고."

푸아로는 한숨을 내쉬며 자리에서 일어나 소음을 내는 기계 쪽으로 다가갔다.

그러고는 수화기를 집어 들고 말했다.

"알로(여보세요)!"

"거기…… 푸아로 당신이에요?"

"예, 맞습니다만……."

"올리버 부인이에요. 목소리가 다르게 들려서 당신이 아닌 줄 알았어요."

"봉주르, 마담(안녕하십니까, 부인)! 잘 지내셨나요?"

"예, 덕분에."

여느 때처럼 쾌활한 아리아드네 올리버의 목소리가 수화기 저쪽에서 들려왔다. 유명한 추리 소설 작가인 올리버 부인과 에르퀼 푸아로는 서로 친분이 있는 사이였다.

"전화하기에는 좀 이른 시간이지만 부탁할 일이 있어서요."

"부탁할 일이라뇨?"

"추리 소설 작가 모임의 연례 만찬이 있어요. 올해 만찬 모임에 당신이 와서 초청 연설을 해 주었으면 좋겠어요. 당신이 수락해 주신다면 매우 기쁠 거예요."

"만찬이 언제지요?"

"다음 달 23일이에요."

깊은 한숨이 수화기 너머에서 들려왔다.

"아, 나는 너무 늙었습니다."

"너무 늙었다고요? 그게 대체 무슨 소리예요? 당신은 하나도 늙지 않았어요."

"정말 그렇게 생각하세요?"

"물론이죠. 당신은 아주 잘 해낼 거예요. 사람들에게 실제 사건에 대해 생생하게 들려줄 수 있을 테니까요."

"누가 듣고 싶어 하겠어요?"

"모두가 듣고 싶어 하죠. 무슈 푸아로, 무슨 일이에요? 무슨 일 있었어요? 뭔가 심란한 모양이에요."

"예, 심란합니다. 기분이 영……. 하지만 별일 아니니 걱정 마세요."

"나한테 털어놔 봐요."

"소란 떨 거 있나요?"

"그러지 말란 법도 없지요. 만나서 전부 이야기해 줘요. 언제 올 거죠? 오늘 오후가 좋겠네요. 와서 차나 한잔해요."

"오후에 마시는 차라……. 나는 오후에는 차를 마시지 않습니다."

"그럼 커피를 마시면 되죠."

"그 시간에는 커피 역시 마시지 않아요."

"그럼 핫 초콜릿은요? 휘핑크림 얹어서요. 아니면 티잔(약초를 달인 물—옮긴이)은 어때요? 티잔 마시는 거 좋아하잖아요. 아니면 레모네이드? 오렌지에이드? 디카페인 커피를 마시겠다면 구해 보겠어요……."

"아 사, 농, 파 에그장플(아, 그건 안 돼요)! 디카페인은 정말 끔찍하답니다."

"참, 시로프 음료수도 아주 좋아하지요? 우리 집 찬장에 리베나 음료수도 반 병 있어요."

"리베나가 뭡니까?"

"블랙커런트 맛 나는 거 있잖아요."

"올리버 부인에게는 정말 못 당하겠군요! 이렇게 권하시니 말이에요. 부인의 열의에 감명을 받았습니다. 오늘 오후에 기꺼운 마음으로 핫 초콜릿을 마시러 가겠습니다."

"좋아요. 그럼 와서 왜 그렇게 심란한지 다 말해 주세요."

올리버 부인이 전화를 끊었다.

푸아로는 한동안 곰곰이 생각하다 전화 다이얼을 돌렸다.

잠시 뒤 상대가 전화를 받자 푸아로가 말했다.

"고비인가? 에르퀼 푸아로일세. 지금 많이 바쁜가?"

"늘 그렇죠, 뭐."

고비가 대답했다.

"그럭저럭합니다. 적당히 바쁜 편이지만 급한 일이라면 언제나처럼 돕겠습니다, 푸아로 씨. 제가 데리고 있는 젊은 친구들이 일을 깔끔하게 처리할 수 있을 겁니다. 물론 일 잘하는 젊은이들을 구하기가 예전만큼 쉬운 일은 아니지요. 요즘 젊은이들은 스스로를 너무 과대평가해서 탈입니다. 배우기도 전에 자기가 다 아는 줄 착각한다니까요. 하지만 보세요! 분별력 있는 젊은이는 눈을 씻고 찾아봐도 없지요. 좌우간 일을 맡길지 말지는 푸아로 씨의 몫이죠. 괜찮은 녀석 한둘을 골라 일을 맡기겠습니다. 전처럼 정보를 수집하는 일인가요?"

푸아로가 자초지종을 자세히 설명하는 동안 고비는 고개를 끄덕이며 듣고만 있었다. 고비와의 통화가 끝나자 푸아로는 런던 경시청에도 전화를 걸어 그곳에 있는 친구와 전화 통화를 했다. 푸아로의 친구는 푸아로의 요구 사항을 다 듣고 나서 말했다.

"너무 무리한 부탁 아닌가? 어디서 일어났든 살인 사건이면 된다니. 시간과 장소, 피해자도 모르면서 말이네. 내가 보기에는 전혀 가망성이 없어, 이 친구야."

그는 볼멘소리로 한마디 더 덧붙였다.

"자네가 알고 있는 게 뭔가?"

그날 오후 4시 15분, 푸아로는 올리버 부인의 응접실에서 올리버 부인이 작은 테이블 위에 방금 갖다 놓은, 큰 컵에 휘핑크림까지 올린 핫 초콜릿을 음미하며 앉아 있었다. 그녀는 랑그드샤 과자도 한 가득 접시에 담아 곁들였다.

"셰르 마담(친애하는 부인), 정말 친절하군요."

푸아로는 컵 너머로 올리버 부인의 머리 장식과 새로 바른 벽지를 보고 살짝 놀란 표정을 지었다. 둘 다 처음 보기 때문이었다. 지난번 올리버 부인을 만났을 때 그녀의 헤어스타일은 평범하고 수수했다. 하지만 지금은 화려한 머리 장식을 이용해 똬배기처럼 머리

전체가 복잡하게 꼬아 올려져 있었다. '저 엄청난 양의 장식물은 대부분 다 모조품이겠지?' 푸아로는 올리버 부인의 머리 장식을 보며 이렇게 생각했다. 그리고 올리버 부인이 여느 때와 마찬가지로 갑자기 흥분한다면 저 장식물 중 몇 개나 우수수 떨어질까를 속으로 가늠해 보았다. 벽지로 말할 것 같으면…….

"이 체리 무늬 벽지들은 새로 바른 건가요?"

푸아로가 찻숟가락으로 벽지를 가리키며 물었다. 자신이 마치 체리 농장에 있는 것 같았다.

"당신이 보기에도 체리가 너무 과한 거 같죠? 벽지는 벽에 발라 보기 전까지는 정말 모르겠어요. 지난번 벽지가 더 낫다고 생각하나요?"

푸아로는 천연색 열대 조류가 숲속에 떼 지어 있던 지난번 벽지를 간신히 떠올렸다. 그는 '플뤼 사 샹쥐, 플뤼 세 라 멤 쇼즈(지난번 벽지나 이번 벽지나 그게 그거예요).'라고 말하고 싶었지만 꾹 참았다.

"자, 이제 무슨 일인지 다 말해 봐요."

푸아로가 컵을 받침 접시에 내려놓은 뒤 만족스러운 한숨을 내쉬며 의자에 깊숙이 앉아 콧수염에 묻은 크림을 닦아 내고 있을 때 올리버 부인이 말했다.

"아주 간단하게 설명할 수 있어요. 오늘 아침 어떤 아가씨가 나를 찾아왔습니다. 나는 그녀에게 약속을 잡고 오라고 했죠. 누구나 하루 일과가 정해져 있는 법이니까요. 그런데 그녀는 자기가 살인을 저질렀을지도 모른다며 당장 나를 만나고 싶다지 뭡니까."

"정말 이상한 일이 다 있네요. 자기가 살인을 저질렀는지 그렇지 않은지를 모른다니 말이에요."

"내 말이 그겁니다! 세 이누이(정말 이상한 일이었어요)! 너무 이상해서 조지에게 그 여자를 들여보내라고 했죠! 잠시 뒤 방으로 들어온 그녀는 앉지도 않고 저를 빤히 쳐다보면서 서 있더군요. 정신이 나간 것 같았어요. 나름대로 용기를 북돋워 주려고 몇 마디 건넸는데, 갑자기 그녀가 마음이 바뀌었다고 하더군요. 무례하게 굴고 싶지 않다고 하면서 그다음에 뭐라고 했는 줄 아십니까? 글쎄 내가 너무 늙었다는 겁니다……."

올리버 부인은 서둘러 위로의 말을 건넸다.

"이런, 요즘 여자애들이 다 그렇죠 뭐. 35살만 넘어도 노인네 취급을 하잖아요. 다들 분별력이 없어요. 당신이 이해하세요."

"어쨌든 나는 큰 상처를 받았습니다."

"내가 당신이라면 전혀 마음 쓰지 않겠어요. 물론 아주 무례한 발언이긴 했지만."

"그게 문제가 아닙니다. 그냥 기분만 상한 게 아니에요. 정말로 걱정이 돼요."

"나라면 다 잊어버리겠어요."

올리버 부인이 부드러운 말투로 충고해 주었다.

"이해를 못 하시는군요. 내 말은 그녀가 걱정된단 말입니다. 그녀는 나에게 도움을 요청하러 왔습니다. 그랬다가 내가 너무 늙었다고 판단하게 된 거죠. 너무 늙어서 자기한테 도움을 줄 수 없을 거라 생각한 겁니다. 물론 잘못 판단한 거죠, 두말할 필요도 없이. 그러고는 그냥 가 버렸습니다. 하지만 그녀에게 도움이 필요한 것만은 분명합니다."

"글쎄요, 그렇지 않을 수도 있어요. 여자애들은 원래 무슨 일이든 좀 과장하는 경향이 있잖아요."

올리버 부인이 달래는 듯한 목소리로 말했다.

"아뇨, 그렇지가 않아요. 그녀에게는 정말 도움이 필요해요."

"그 아가씨가 정말로 살인을 저질렀다고 생각하는 건 아니겠죠?"

"그렇게 생각하지 말란 법도 없지요. 본인 입으로 그렇다고 말했잖아요."

"하지만……."

올리버 부인은 잠시 말을 멈추었다.

"그랬을지도 모른다고 했잖아요."

잠시 뒤 그녀가 다시 천천히 말을 이었다.

"그게 도대체 무슨 뜻일까요?"

"바로 그겁니다. 전혀 말이 되지가 않아요."

"정말 누군가를 죽인 걸까요? 아니, 누군가를 죽였다고 생각하는 걸까요?"

푸아로는 어깨를 으쓱해 보였다.

"그녀는 누구를 왜 죽였을까요?"

푸아로는 다시 한번 어깨를 으쓱해 보였다.

"물론 동기는 무엇이든 될 수 있겠죠."

올리버 부인의 얼굴이 풍부한 상상의 날개를 펼치면서 밝아지기 시작했다.

"누군가를 차로 치고 뺑소니를 쳤을 수도 있고, 낭떠러지에서 어떤 남자한테 공격을 받아서 그 남자랑 싸우다가 밀어서 떨어뜨렸을 수도 있어요. 실수로 누군가한테 극약을 잘못 줬을 수도 있고요. 환각제 파티에 갔다가 누구랑 싸웠을지도 모르죠. 그러다가 나중에야 그 사람을 칼로 찔렀다는 사실을 알게 됐을 수도 있어요. 어쩌면……."

"아세, 마담! 아세(부인, 그만! 그만하세요)!"

그러나 올리버 부인은 도취된 나머지 멈추지 않고 계속했다.

"어쩌면 직업이 간호사인데 수술실에서 마취제를 잘못 투여했을지도 몰라요. 아니면……."

올리버 부인은 잠깐 말을 멈추더니 갑자기 더 자세히 파헤치고 싶었는지 이렇게 물었다.

"어떻게 생긴 아가씨였어요?"

푸아로는 한참 동안 생각한 끝에 대답했다.

"육체적 매력이 빠진 오필리어였습니다."

"오, 이런! 그 말을 들으니까 그녀의 모습이 눈앞에 그려져요. 소름이 끼치네요!"

"게다가 무기력하기까지 해요. 그게 내가 본 그 아가씨의 모습입니다. 문제가 생겨도 제대로 대처할 수 없는 유형이에요. 앞으로 닥칠 위험을 미리 눈치채지도 못하게 생겼지요. 누군가 주위를 둘러보다가 그 여자를 보면 '희생양이 필요한데 누가 좋을까? 그래, 저 여자면 되겠군.' 이렇게 말하게 생겼어요."

 그러나 올리버 부인은 더 이상 푸아로의 말을 듣고 있지 않았다. 그녀는 양손으로 풍성한 머리 타래를 꼭 붙잡고 있었다. 푸아로에게는 그동안 익히 봐 와서 익숙한 동작이었다.

 "잠깐만요. 나한테 그 아가씨의 이름을 알려 주지 않았잖아요."

 올리버 부인이 고뇌하는 듯한 표정으로 말했다.

 "그녀는 나한테도 이름을 알려 주지 않았습니다. 안타까운 사실이지요. 나도 그렇게 생각합니다."

 "잠깐만요!"

 올리버 부인이 이번에도 고뇌하는 표정으로 애원하듯 말했다. 그녀는 꼭 쥐었던 머리카락을 손에서 놓더니 깊은 한숨을 내쉬었다. 말아 올려져 있던 머리카락이 툭 하고 풀어져 내려 어깨 위로 흘러내렸다. 가장 크고 화려한 머리 장식이 바닥으로 떨어졌다. 푸아로는 머리 장식을 주워서 테이블 위에 조심스럽게 올려놓았다.

 "그렇다면……."

 갑자기 평정심을 회복한 올리버 부인이 입을 열었다. 그녀는 머리 장식 한두 개를 다시 꽂고는 고개를 끄덕이며 생각에 빠진 표정을 지었다.

 "무슈 푸아로, 그 아가씨한테 당신 얘기를 해 준 사람이 누구일까요?"

 "내가 아는 바로는 없습니다. 당연히 내 명성을 익히 들어서 알고 있었겠지요."

올리버 부인은 '당연하다'는 단어가 부적절하다고 생각했다. 누구나 자신의 명성을 익히 알고 있다고 생각하는 것은 푸아로의 착각일 수 있다. 사실 에르퀼 푸아로라는 이름을 듣는다고 해도 상당수의 사람들은 그저 멍한 표정으로 바라보기만 할 것이다. 젊은 세대라면 더더욱 그럴 것이다.

'푸아로 씨에게 이 말을 할 순 없지. 상처받지 않게 얘기해야 해.'

올리버 부인은 속으로 생각했다.

"그건 당신이 잘못 생각하고 있는 거예요. 여자들, 아니 젊은이들은 탐정이니 뭐니 하는 것들에 대해서는 잘 몰라요. 자세히 들으려고도 하지 않고요."

"그래도 모두 에르퀼 푸아로라는 이름은 한 번쯤 들어 봤을 겁니다."

푸아로가 기세등등하게 말했다. 에르퀼 푸아로에게 그것은 하나의 신념이었다.

"하지만 요즘 애들은 하나같이 제대로 된 교육을 받지 못했어요."

올리버 부인이 잠시 뜸을 들인 후 말을 이었다.

"요즘 애들이 알고 있는 이름이라고는 팝 가수나 그룹, 디제이의 이름뿐이라고요. 어떤 전문가가 필요할 때는……. 의사나 탐정이나 치과 의사 같은 그런 전문가 말이죠. 그럴 때는 누군가 알 만한 사람한테 물어보지 않겠어요? 그러면 상대방이 대답해 주겠지요. '퀸 앤가(街)에 있는 사람한테 가 봐. 다리를 머리 위로 올려서 몇 번 비틀고 나면 말끔히 낫는다니까.' 아니면 '내 다이아몬드를 몽땅 도둑

맞았어. 헨리가 알면 노발대발할 게 뻔해서 경찰에는 알릴 수가 없었지. 그런데 아주 뛰어나고 신중한 탐정이 도둑맞은 다이아몬드를 되찾아 주었지 뭐야. 물론 헨리는 여전히 아무것도 몰라.' 늘 그렇게 진행되잖아요. 누군가 그 여자애한테 당신을 추천해 줬을 거예요."

"그랬을 거라고 생각되지는 않는군요."

"직접 듣기 전까진 알 수 없겠죠. 하지만 당신은 그런 얘기를 듣게 될 거예요. 방금 생각났어요. 그 여자애를 당신한테 보낸 건 바로 나예요."

푸아로가 올리버 부인을 뚫어지게 쳐다보며 물었다.

"당신요? 왜 처음부터 바로 말해 주지 않았지요?"

"방금 생각났거든요. 당신이 물에 젖은 것처럼 보이는 긴 머리에 평범하게 생겼다면서 오필리어를 운운했을 때 말이에요. 당신의 설명을 듣다 보니 내가 실제로 만나 본 사람 같지 뭐예요. 그것도 방금 전에 말이에요. 바로 그때 그게 누구였는지 생각났어요."

"누구죠?"

"지금은 이름을 모르지만 알려고만 하면 쉽게 알아낼 수 있어요. 사립 탐정이랑 사설 탐정에 관해서 이야기를 하다가 내가 당신과 당신이 해결한 놀라운 사건들을 몇 개 들려주었어요."

"그 아가씨에게 내 주소도 알려 주었나요?"

"물론 주소는 알려 주지 않았죠. 그녀에게 탐정이 필요한지 전혀 몰랐으니까요. 그냥 말뿐인 줄 알았어요. 하지만 내가 몇 번이나 당신 이름을 언급했으니까 전화번호부를 뒤져서 당신을 찾아가는 건

쉬웠겠죠."

"그때 그녀가 살인 사건 얘기도 했습니까?"

"내 기억으로는 안 했어요. 어쩌다가 탐정 얘기가 나왔는지도 모르겠네요. ……그 주제를 먼저 꺼낸 것도 그 아가씨였던 것 같아요."

"그럼 어서 알고 있는 것들을 다 말해 봐요. 이름은 모른다고 했고, 그것 말고 그 아가씨에 대해서 알고 있는 건 기억나는 대로 다 말해 줘요."

"지난주에 나는 로리머 부부와 함께 보냈어요. 로리머 부부가 아는 어떤 친구네로 한잔하러 갈 거라고 하면서 나한테도 같이 가자고 하더군요. 도착하니까 다른 사람들도 몇 명 와 있었어요. 조금 따분했어요. 당신도 알다시피 난 술을 별로 안 좋아하니까요. 그래서 조금 귀찮았겠지만 주인댁은 나한테 알코올이 안 들어간 음료를 따로 준비해서 갖다 주어야 했어요. 그러다가 사람들이 다가와서 내 책을 얼마나 좋아하는지, 날 얼마나 만나고 싶었는지 말하기 시작했어요. 짜증도 나고 귀찮기도 하고 바보 같은 느낌도 들더라고요. 하지만 난 그럭저럭 잘 넘기는 편이죠. 내 소설에 나오는 스벤 예르손이라는 탐정을 좋아한다고도 하지 뭐예요. 내가 그 캐릭터를 얼마나 싫어하는지도 모르고 말이에요! 하지만 출판사에서는 그런 말은 하지 말라고 항상 주의를 주곤 하죠. 어쨌든 그때부터 탐정 얘기가 시작된 것 같아요. 내가 당신 얘기를 하고 있는데 그 아가씨가 주변에 서서 듣고 있었어요. 당신이 매력 없는 오필리어라고 하니까 갑자기 생각이 나더라고요. 속으로 생각했죠. '가만 있자, 어디서 본 것 같은데?' 그러다가 퍼뜩 생각이 났어요. '맞아, 그날 파티에서 봤던 아가씨구나.' 하고 말이에요. 내가 다른 사람과 혼동한 게 아니라면 그녀는 분명히 그곳에 있었어요."

푸아로는 한숨을 내쉬었다. 올리버 부인과 함께 있을 때면 늘 엄청난 인내가 필요했다.

"같이 술을 마셨던 사람들이 누구누구였습니까?"

"트레헌 아니면 트레퍼시스였을 거예요. 뭐 그 비슷한 이름이었는데…… 아무튼 그 사람 거물이에요. 부자이기도 하고. 시티(영국의 금융 및 상업의 중심지 ― 옮긴이)의 재계 인사지만 오랫동안 남아프리카에서 보냈다더군요."

"결혼은 했답니까?"

"예. 부인이 아주 미인이에요. 남편보다 나이가 훨씬 젊어요. 탐스러운 금발이고요. 두 번째 부인이래요. 딸은 첫 번째 부인이 낳은 자식이랬어요. 나이가 엄청 많은 사돈어른도 있고요. 귀머거리나 다름없지만 굉장히 유명한 사람이에요. 이름 뒤에 붙는 칭호도 많지요. 제독인가 공군 중장, 그 비슷한 거였어요. 천문학자라고도 들은 것 같아요. 지붕에 커다란 망원경 같은 것을 설치해 놓았더라고요. 그냥 취미로 설치해 놓은 것 같기도 하지만요. 그리고 그 노인을 졸졸 따라다니는 외국인 여자애도 하나 있어요. 런던에 갈 때도 동행해서 그 노인네가 자동차에라도 치이지 않는지 살핀답니다. 꽤 예쁘장한 편이지요."

푸아로는 올리버 부인이 제공한 정보들을 인간 컴퓨터처럼 추려

냈다.

"그러니까 정리하자면 그 집에는 트레퍼시스 부부가 살고 있다는 거군요……."

"트레퍼시스가 아니에요. 이제야 기억이 나네요. 이름이 레스태릭이에요."

"트레퍼시스와 레스태릭은 전혀 비슷하지가 않잖아요."

"그러네요. 콘월 지방식 이름이지요, 그렇죠?"

"그럼 그 집에는 레스태릭 부부와 나이 든 유명한 사돈 어르신이 살고 있는 거군요. 그 사돈 어르신이란 사람도 성이 레스태릭인가요?"

"아뇨, 로더릭 경인가 그랬어요."

"그리고 오 페어 걸(가정에 입주하여 집안일을 거들며 언어를 배우는 여성 외국인 유학생 ― 옮긴이)인가, 아무튼 외국인 여자애와 딸이 하나 있군요. 자녀는 더 없습니까?"

"없는 것 같지만 사실 나도 잘 몰라요. 딸도 그 집에 살지는 않아요. 주말에 잠깐 내려온 것이었어요. 계모랑 사이가 좋지 않나 봐요. 런던에서 직장에 다닌다고 하더군요. 남자 친구를 사귀고 있는데 부모가 별로 좋아하지 않는다고 들었어요."

"그 집안에 대해서 꽤나 많이 알고 있는 것 같군요."

"아, 다 주워들은 거예요. 로리머 부부가 엄청난 수다쟁이들이거든요. 남의 얘기를 입에 달고 살죠. 그 부부랑 같이 있다 보면 이런저런 사람들에 관한 온갖 소문을 다 듣게 돼요. 그래서 가끔 혼동이 오기도 하죠. 아마 나도 그런 것 같아요. 그 애의 이름을 기억할 수 있으면 좋을 텐데……. 어떤 노래랑 관련 있는 것이었는데……. 도라?「내게 말해 줘, 도라」. 도라, 도라. 그 비슷한 이름이었어요. 마이라였나? 마이라,「오, 마이라, 내 모든 사랑은 다 당신 거라오」. 그 비슷한 이름이었는데…….「나는 대리석 궁전에 사는 꿈을 꾸었네」. 노마? 아니면 마리타나였나? 노마, 노마 레스태릭. 맞아요, 분명해요."

올리버 부인은 곧바로 덧붙였다.

"그녀는 세 번째 여자예요."

"외동딸이라고 하지 않았나요?"

"맞아요, 적어도 내 생각에는요."

"그럼 세 번째 여자란 말은 무슨 뜻이지요?"

"세상에! 세 번째 여자란 말도 몰라요?《타임스》도 안 읽나 보군요."

"출생, 사망, 결혼 기사는 나도 읽어요. 그 밖의 관심 있는 기사 몇 개하고요."

"그게 아니라 제1면 광고 페이지 말이에요. 요즘은 제1면에 실리지 않지만. 그래서 다른 신문을 볼까 생각 중이에요. 어쨌든 당신한테 보여 줄게요."

그녀는 사이드테이블에 가서《타임스》를 집어 들어 몇 장을 넘기더니 푸아로 앞에 내밀었다.

"자, 여기 봐요. '안락한 아파트 2층을 함께 쓸 세 번째 여성분 구함. 독방. 중앙난방. 얼스 코트.' '아파트를 함께 쓸 세 번째 여성분 구함. 주당 5기니. 독방을 쓸 수 있음.' '네 번째 여성분 구함. 리젠트 파크. 독방.' 이게 요즘 여자애들의 생활 방식이에요. 하숙이나 호스

텔보다 나으니까요. 첫 번째 여자가 가구가 딸린 아파트를 얻은 다음 세를 내는 거예요. 두 번째 여자는 보통 친구인 경우가 많아요. 그다음에 다른 친구가 없으면 광고를 내서 세 번째 여자를 찾아요. 그리고 아까 봤던 것처럼 네 번째 여자를 억지로 끼워 넣기도 하죠. 첫 번째 여자가 가장 좋은 방을 쓰고, 두 번째 여자가 세를 좀 덜 내고 그다음 방을, 세 번째 여자는 세를 그보다 조금 더 덜 내는 대신 손바닥만 한 방을 써요. 주중 하루 누가 아파트를 독차지할 건지 날을 정하기도 한대요. 꽤 잘 돌아가고 있지요."

"그렇다면 이름이 노마일지도 모르는 그 아가씨가 런던 어디에 살고 있는지 아세요?"

"아까도 말했지만 그 아가씨에 대해서는 아는 게 정말 없다니까요."

"하지만 알아낼 수는 있겠죠?"

"물론이죠. 별로 어렵지 않을 거예요."

"그녀가 갑작스러운 죽음에 관해서 이야기를 꺼내거나 언급한 적도 없었나요?"

"런던에서요? 아니면 레스태릭 댁에서요?"

"둘 중 어디든요."

"그런 얘기는 한 적이 없는 것 같아요. 뭘 알아낼 수 있을지 내가 한번 나서 볼까요?"

흥미진진한지 올리버 부인의 두 눈이 반짝거렸다. 의욕이 넘쳐흐르는 것 같았다.

"고마울 따름이지요."

"로리머 부부한테 전화를 걸어 봐야겠어요. 아, 지금이 딱 좋겠군요."
올리버 부인은 전화기 쪽으로 다가가며 말했다.
"뭔가 그럴듯한 구실이나 평계를 생각해 두어야겠죠?"
푸아로는 다소 미심쩍은 표정으로 올리버 부인을 바라보았다.
"자연스러워야 해요. 그래야 눈치채지 못할 테니까요. 당신은 상상력이 풍부한 사람이니까 별로 어렵지 않을 겁니다. 하지만 너무 황당무계해도 안 됩니다. 잘 아시겠지만 말이에요. 적당히 꾸며 대세요."
 올리버 부인은 잘 알아들었다는 듯이 푸아로를 흘끗 쳐다보더니 다이얼을 돌리고 원하는 번호를 부탁했다. 그러고는 고개를 돌리고 작은 소리로 말했다.
"연필이랑 종이, 아니면 수첩 있어요? 이름이나 주소를 받아 적을 만한 거요."
 그러나 푸아로는 이미 곁에 수첩을 준비해 놓고 걱정 말라며 고개를 끄덕였다.
 올리버 부인은 다시 들고 있던 수화기로 돌아가 통화를 시작했다. 푸아로는 통화 중인 올리버 부인의 말을 주의 깊게 들었다.
"안녕하세요, 죄송하지만……. 오! 나오미, 당신이군요. 아리아드네 올리버예요. 맞아요. 사람 정말 많았어요. ……아, 그 노인 말인가요? 그렇지 않은 건 당신도 알잖아요. ……맹인이나 다름없대요? ……그 자그마한 외국인 여자애랑 런던으로 가는 줄 알았어요. ……맞아요, 그 사람들한테는 분명 걱정거리일 거예요. 하지만 그 아가씨가 그럭저럭 잘 해내고 있는 것 같던데요. ……그나저나 그 아가씨 주소 좀 물어보려고 전화했어요. 아뇨, 레스태릭 양요. 사우스켄싱턴인가에서 왔다던 아가씨 말이에요. 나이츠브리지였나? 아무튼 그녀한테 책을 보내 주겠다고 약속하고는 주소를 적어 놨는데 이번에도 잃어버렸지 뭐예요. 이름도 기억이 안 나네. 도라, 아니 노라였나? ……맞아요, 노마였던 거 같아요. ……잠깐만요, 연필을 가져올게요. ……이제 불러 주세요. ……보로딘 맨션 67호. ……아, 거기 알아요. 웜우드 스크럽스 감옥같이 생긴 큰 건물이죠. ……그러게요. 아파트는 중앙난방에다 이것저것 두루 갖추어져서 편리하죠. ……같이 사는 두 아가씨가 누구라고요? ……클로디아 리스홀란드……. 아버지가 하원 의원이라고요? 또 다른 아가씨는요? ……아, 당신도 그것까지는 모르겠네요. 그 아가씨도 상냥할 것 같아요. ……그 아가씨들 직업이 뭐래요? 다들 그렇듯이 비서인가요? ……두 번째 아가씨는 실내 장식가인 것 같다고요? 화랑에 관련된 일을요? ……아뇨, 나오미, 물론 특별한 이유가 있는 건 아니고 그냥 궁금해서 그래요……. 요즘 아가씨들은 어떻게 지내는지 말이에요. 요즘 쓰는 책 때문에 알아 두면 유용할 것 같아요. 최신 정보도 알아 둬야 하거든요. ……그 남자 친구에 대해서는 뭐라고 그랬죠? 그래요, 하지만 어쩔 수 없죠. 그렇지 않나요? 내 말은 요즘 여자애들은 자기가 하고 싶은 대로 한다는 거예요. ……남자 친구 차림새가 그렇게 심해요? 면도도 안 하고 다니는 그런 부류인가요? ……아, 그런 부류요……. 화려한 무늬가 있는 조끼에 구불구불한 밤색 머리를 어깨까지 늘어뜨린……. 맞아요, 여자인지 남자인지 구분하기도 힘들지요. …… 잘생기면 반다이크 초상화에 나오는 사람처럼 보이기도 하죠. ……뭐라고 하셨죠? 앤드루 레스태릭은 그를 싫어한다고요? ……남자들은 대개 그렇죠. ……메리 레스태릭요? ……글쎄요, 의붓딸은 대개 계모와 사이가 나쁘잖아요. 그러니 노마가 런던에 일자리를 얻었을 때 메리가 아주 기뻐했겠지요. 사람들이 수군거린다니 그게 무슨 말이에요? ……어머나, 어째서 그녀한테 무슨 문제가 있는지 못 밝혔을까요? ……누가 그랬다고요? ……아, 그런데 뭘 가지고 다들 그렇게 쉬쉬한 거래요? ……간호사가요? 제너네 가정교사한테 말했다고요? 그녀의 남편을 말하는 거예요? 아, 알겠어요. 의사들도 밝힐 수 없었군요. ……하지만 사람들 심보도 정말 고약해요. 그러게요. 그런 말들은 사실과 다른 경우가 많아요. ……위장이 문제였죠? 세상에나 정말 말도 안 돼요. 그러니까 사람들이 그 뭐더라, 앤드루를 의심했단 말이에요? 제초제도 많으니 쉬웠을 거라고? ……하지만 왜죠? ……오랜 세월 미워해 온 부인이 아니라 두 번째 부인이라면서요……. 훨씬 젊고 예쁜 부인이잖아요……. 물론 그럴 수도 있겠죠. 하지만 그 외국인 여자애가 뭐 하러 그러겠어요? ……레스태릭 부인이 한 어떤 말 때문에 그 여자애가 단단히 화가 났을 수 있단 말인가요? ……그 아가씨 꽤나 매력적이던데……. 앤드루가 좋아할 수도 있겠다 싶었어요……. 물론 심각한 정도는 아니겠지만, 레스태릭 부인으로서는 신경이 쓰였을지도 모르지요. 그래서 그 여자애를 심하게 나무랐을지도 몰라요……."

올리버 부인이 곁눈질로 보니 푸아로가 다급하게 신호를 보내고 있었다.

"잠깐만요. 제빵사가 왔어요."

올리버 부인이 전화기에 대고 말하자 푸아로는 언짢은 표정을 지었다.

"끊지 말아요."

올리버 부인은 수화기를 내려놓고 서둘러 방을 가로질러 푸아로를 식탁 쪽으로 끌고 갔다. 그러고는 숨도 쉬지 않고 다그쳤다.

"무슨 일이에요?"

"제빵사라고요? 이 푸아로가?"

푸아로가 냉소적으로 말했다.

"빨리 뭔가 생각해 내야 했단 말이에요. 왜 신호를 보낸 거예요? 그녀가 무슨 말을 했는지······."

푸아로가 올리버 부인의 말을 가로막으며 말했다.

"어차피 나한테 말해 줄 거잖아요. 나도 알 만큼은 알아요. 그전에 당신의 그 신속하고도 놀라운 상상력으로 해 주었으면 하는 일이 있어요. 내가 레스태릭가(家)를 방문할 만한 그럴듯한 구실을 만들어 주는 겁니다. 당신의 옛 친구가 조만간 그 동네를 지나갈 거라고 하거나, 아니면 당신이······."

"나한테 맡겨요. 뭔가 생각해 낼 테니까. 가명을 쓸 건가요?"

"물론 아니죠. 그거라도 단순하게 해야지요."

올리버 부인은 고개를 끄덕이더니 황급히 수화기 쪽으로 다가갔다.

"나오미? 우리 무슨 얘기 중이었죠? 재미있는 가십 얘기만 나오면 꼭 중간에 뭔가가 훼방을 놓는다니까요. 무슨 일로 당신한테 전화를 걸었는지도 까먹었어요. 맞다, 그 아가씨, 도라, 아니 노마 때문이었죠. 주소는 아까 받아 적었지요. 참, 갑자기 생각났는데, 한 가지가 더 있어요. 저한테 오랜 친구가 하나 있는데 아주 재미있는 친구예요. 얼마 전에 거기서도 그 친구 얘기를 했었지요. 에르퀼 푸아로 말이에요. 아무튼 그 친구가 레스태릭 댁에서 아주 가까운 곳에 머물 예정인데 로더릭 경을 무척 만나고 싶어 하더라고요. 로더릭 경을 아주 잘 알고 크게 존경하고 있답니다. 전쟁 중에 그분이 이루어 내신 놀라운 발견과 과학적 성과 때문이라나요. 아무튼 그 친구가 '로더릭 경을 직접 뵙고 경의를 표하고' 싶다지 뭐예요. 그 친구 말을 그대로 옮기자면 말이에요. 괜찮을까요? 레스태릭 댁에 미리 알려 주시겠어요? 그 친구가 말도 없이 불쑥 찾아갈지도 몰라서요. 레스태릭 부부한테 전해 주세요. 푸아로가 찾아가면 재미난 탐정 이야기 좀 들려 달라고 해도 좋아요……. 그는……. 뭐라고요? 아, 잔디 깎는 기계요? 물론 가 보셔야죠. 그럼 안녕히 계세요."

올리버 부인은 수화기를 내려놓고 안락의자에 털썩 주저앉았다.

"아유, 피곤해라. 괜찮았어요?"

"뭐 나쁘지 않더군요."

"그 노인한테 초점을 맞추는 게 나을 거라 생각했어요. 그렇게 하면 당신이 원하는 정보를 더 쉽게 얻을 수 있을 테니까요. 게다가 여자들은 과학이라는 주제에 대해서 잘 모르죠. 당신이라면 그 댁에 도착할 때쯤 좀 더 그럴듯하고 구체적인 뭔가를 생각해 낼 수 있을 거예요. 자, 이제 우리가 무슨 얘기를 했는지 말해 줄까요?"

"가십이었겠지요. 레스태릭 부인의 건강에 관한."

"바로 그거예요. 레스태릭 부인이 이름 모를 병에 걸린 것 같더라고요. 위장병인 것 같은데, 의사들도 잘 모른대나 봐요. 그래서 레스태릭 부인을 입원시켰더니 조금 나아졌어요. 하지만 병의 진짜 원인은 알아내지 못했다고 하더군요. 그러고 나서 집에 돌아왔는데 증세가 다시 시작됐대요. 이번에도 의사들은 잘 모른다고 했답니다. 그러자 사람들이 수군거리기 시작했어요. 어느 무책임한 간호사의 입에서 처음 그 얘기가 나왔고, 그 간호사의 언니가 그걸 자기 이웃에게 말하고, 그 이웃은 또 직장에 나가서 누군가에게 얘기한 거예요. 그 모든 게 얼마나 이상한지 말이에요. 그러자 사람들이 남편이 부인을 독살하려고 한 게 틀림없다고 수군거린 거예요. 흔히들 하는 얘기 있잖아요. 하지만 이번 경우는 전혀 말이 안 돼요. 나오미와 나는 혹시 그 오 페어 아가씨가 아닐까 하고 생각했어요. 그녀는 로더릭 경의 수행 비서쯤 되는데, 사실 레스태릭 부인을 제초제로 독살할 이유는 없지요."

"아까 들어 보니까 당신이 몇 가지 이유를 대던데요."

"대개는 그럴 만한 이유가 있게 마련이잖아요······."

"살인을 원하고 있다······ 그러나 아직 실행되지 않았다라······."

푸아로가 생각에 잠긴 듯한 표정으로 말했다.

3장

 올리버 부인은 보로딘 맨션의 안뜰로 차를 몰고 들어갔다. 주차장에는 차 6대가 이미 자리를 전부 차지하고 있었다. 올리버 부인이 망설이는 사이 주차된 차 중 하나가 후진을 하더니 밖으로 나갔다. 올리버 부인은 방금 만들어진 빈 자리로 재빨리 차를 몰고 가서 능숙하게 주차를 했다.
 올리버 부인은 차에서 내려 문을 닫고 그 자리에서 건물을 올려다보았다. 지난 전쟁 때 투하된 폭탄으로 쑥대밭이 된 터에 새로 지은 건물이었다. 그레이트 웨스트 로드(영국의 주요 도로망—옮긴이)에서 '스카이락스 페더 레이저 블레이즈'라는 건물명만 지운 다음 지금 자리에 아파트 건물로 통째로 옮겨 온 걸지도 모른다. 건물은 지나치게 기능에만 충실하게 지었다. 누가 지었는지는 몰라도 장식적 요소를 가미한다는 것 자체를 경멸한 사람이 분명했다.

하루 일과가 끝나 갈 때쯤이라 하루 중 가장 분주한 시간이었다. 자동차와 사람들이 아파트 안마당을 부지런히 드나들고 있었다.

올리버 부인은 손목에 차고 있는 시계를 흘긋 내려다보았다. 오후 6시 50분이었다. 그녀가 판단하기로는 가장 적절한 시간이었다. 이 시간쯤 직장에 다니는 여자들은 집에 돌아와 화장을 고치고 별난 스타일의 꽉 끼는 바지 또는 유난히 좋아하는 옷으로 갈아입고 다시 외출을 하거나 그냥 집에 눌러앉아 자질구레한 빨래를 할 것이다. 어쨌든 직장 여성을 방문하기에는 꽤 알맞은 시간이었다. 아파트 건물은 동서로 정확한 좌우대칭을 이루고 있었고 중앙에 커다란 스윙 문이 있었다. 올리버 부인은 왼쪽 문을 밀었으나 이내 자신의 선택이 틀렸다는 것을 알았다. 그쪽에는 100호부터 200호까지만 있었다. 그녀는 반대쪽으로 가로질러 갔다.

67호는 6층에 있었다. 올리버 부인은 엘리베이터 버튼을 눌렀다. 곧 요란한 소리를 내며 엘리베이터 문이 하품하는 입처럼 열렸다. 올리버 부인은 그 입 속으로 서둘러 들어갔다. 그녀는 엘리베이터가 늘 무서웠다.

굉음과 함께 엘리베이터 문이 닫히더니 위로 올라가기 시작했다. 엘리베이터는 곧 멈추었다. (이러나저러나 엘리베이터는 무서웠다!) 올리버 부인은 겁에 질린 토끼처럼 황급히 엘리베이터 밖으로 걸어나왔다.

그녀는 벽을 올려다보고 오른쪽 복도를 따라 걸어갔다. 곧 중앙에 '67'이라는 금속 번호판이 붙어 있는 문앞에 다다랐다. 그 순간 숫자 7이 그녀의 발등 위로 툭 떨어졌다.

"이 집은 나를 반기지 않는군."

올리버 부인은 얼굴을 찡그리며 떨어진 숫자를 조심스럽게 주워 원래 걸려 있던 못에 걸면서 혼잣말을 했다.

벨을 눌렀다. 아마 모두 나갔을지도 모른다.

그러나 벨을 누르자마자 거의 동시에 문이 열렸고, 키가 크고 시원시원하게 생긴 아가씨가 얼굴을 내밀었다. 깔끔한 짙은 색 정장을 입고 있었다. 스커트의 길이는 매우 짧았고 상의는 흰색 실크 셔츠였으며 신발까지 제대로 갖춰 신고 있었다. 검은 머리를 위로 틀어 올리고 세련되게 화장을 한 그녀는 어떤 이유에선지 올리버 부인을 보고 흠칫 놀랐다.

"오!"

올리버 부인은 적당한 말을 침착하게 떠올렸다.

"혹시 레스태릭 양이 안에 있나요?"

"죄송하지만 없어요. 나갔어요. 메시지를 전해 드릴까요?"

올리버 부인은 이번에도 달리 할 말이 떠오르지 않아 말을 이어가기에 앞서 외마디 소리를 냈다.

"이런!"

올리버 부인은 갈색 포장지로 아무렇게나 포장한 꾸러미를 내밀며 말했다.

"레스태릭 양에게 책을 주기로 약속했거든요. 아직 읽지 못했다고 한 책으로만 골라 왔어요. 어떤 책이라고 했는지 제대로 기억하고 가져왔나 모르겠어요. 곧 오겠죠?"

"글쎄요, 잘 모르겠어요. 오늘 밤 무슨 계획이 있는지도 모르겠고요."

"아, 혹시 리스홀란드 양인가요?"

여자는 약간 놀란 것 같았다.

"네, 맞아요."

"아가씨의 아버지를 뵌 적이 있어요."

올리버 부인이 이렇게 말하고는 말을 이어 나갔다.

"난 아리아드네 올리버라고 해요. 글을 쓰고 있죠."

그녀는 이 말을 할 때마다 늘 죄책감을 느꼈다.

"잠깐 들어오시겠어요?"

올리버 부인은 초대를 받아들였고, 클로디아 리스홀란드는 올리버 부인을 거실로 안내했다. 모든 아파트가 그렇듯이 방마다 생나무 무늬 벽지를 붙여 놓았다. 물론 세입자는 자신의 취향대로 현대적인 그림을 걸거나 장식을 할 수 있었다. 기본으로 현대식으로 만든 가구와 찬장, 책장, 커다란 소파, 접이식 테이블 하나가 갖춰져 있고, 여기에 세입자들이 개인 소지품을 추가로 놓을 수 있었다. 한쪽 벽면에 걸린 거대한 할리퀸 그림과 다른 쪽 벽면의 야자나무에 매달린 원숭이 스텐실은 세입자의 개성을 잘 나타내고 있었다.

"책을 받으면 노마가 기뻐하겠네요. 한잔하시겠어요? 셰리주나 진 어떠세요?"

리스홀란드는 정말로 유능한 비서답게 상냥한 태도로 대해 주었다. 그러나 올리버 부인은 그녀의 제안을 사양했다.

"여기는 전망이 아주 좋군요."

올리버 부인이 창밖을 내다보다 지는 해가 정면으로 비추자 눈을 깜빡이며 말했다.

"그래요. 하지만 엘리베이터가 고장 나면 경치 생각은 싹 달아나 버리지요."

"엘리베이터가 고장 나리라고는 생각도 못 했어요. 뭐랄까, 너무 로봇 같아서 말이에요."

"최근에 설치한 것인데 그 모양이에요. 자주 수리해 줘야 해요."

그때 또 다른 아가씨가 말을 하면서 들어왔다.

"클로디아, 혹시 내가 그걸 어디다 두었는지……."

그녀는 말을 멈추고 올리버 부인을 쳐다보았다.

클로디아가 재빨리 서로를 소개해 주었다.

"이쪽은 프랜시스 캐리예요. 이분은 올리버 부인이셔. 아리아드네 올리버 부인 말이야."

"어머, 이렇게 만나 뵙게 되다니 정말 반가워요."

프랜시스는 키가 크고 가냘픈 몸매에 길고 검은 머리카락을 가지고 있었다. 얼굴은 짙은 화장 때문에 창백해 보였다. 눈썹과 속눈썹이 약간 위로 치켜 올라가 있었는데, 마스카라를 칠한 것이 틀림없었다. 몸에 꼭 맞는 바지에 두꺼운 스웨터 차림이었다. 상냥하고 능률적으로 보이는 클로디아와는 정반대 스타일이었다.

"노마 레스태릭 양에게 줄 책을 가지고 왔어요."

올리버 부인이 말했다.

"오, 이런! 아직 시골에 있는데, 정말 유감이네요."

"아직 돌아오지 않았나요?"

잠시 어색한 침묵이 흘렀다. 올리버 부인이 보기에는 두 아가씨가 서로 의미심장한 눈빛을 주고받는 것 같았다.

"난 노마 양이 런던에서 직장에 다니고 있는 줄 알았어요."

올리버 부인은 아무것도 모르는 것처럼 깜짝 놀란 표정을 지으며 말했다.

"맞아요. 노마는 실내 장식 회사에서 일하는데, 가끔 견본을 가지고 지방에 내려가기도 해요."

클로디아가 웃으며 말했다. 그리고 해명하듯 덧붙여 말했다.

"우리는 서로 각자의 생활이 있거든요. 마음대로 들락날락하고, 귀찮게 메시지를 남기는 일도 없어요. 하지만 노마가 돌아오면 책은 잊지 않고 꼭 전해 줄게요."

이처럼 되는 대로 대충 둘러대는 것보다 더 쉬운 변명은 없을 것이다.

올리버 부인은 자리에서 일어서며 말했다.

"그럼 고맙겠어요."

클로디아는 현관까지 올리버 부인을 배웅해 주었다.

"부인을 뵈었다고 아버지께 말씀드려야겠어요. 제 아버지께서는 추리 소설을 무척 좋아하신답니다."

클로디아는 현관문을 닫고 응접실로 돌아왔다.

프랜시스가 창가에 몸을 기댄 채 말했다.

"미안해. 내가 잘못 말했지?"

"나는 노마가 그냥 외출했다고만 했어."

그러자 프랜시스가 어깨를 으쓱했다.

"난 몰랐으니까. 클로디아, 노마는 대체 어디 있는 걸까? 월요일에 왜 돌아오지 않은 거지? 어디로 사라진 걸까?"

"나도 전혀 모르겠어."

"부모님이랑 시골에 있는 건 아닐까? 주말에 부모님 댁에 간다고 했잖아."

"아냐, 내가 전화해서 알아봤어."

"뭐 큰일은 없겠지……. 아무튼 노마한테는…… 뭐랄까, 좀 이상한 면이 있어."

"아니야, 다른 사람이랑 크게 다르지 않아."

클로디아도 그렇게 말했지만 확신하지 못하는 것 같았다.

"그래, 그렇다고 해 두자."

"하지만 난 노마 때문에 가끔씩 섬뜩해. 젊은 애가 노망이 들었을 리는 없고……."

프랜시스가 갑자기 깔깔대고 웃으면서 말했다.

"하하, 노마가 노망이라니! 걔가 그런 면이 있는 건 너도 알잖아, 클로디아. 아마도 네 고용주에 대한 충성심 때문에 넌 인정하지 않겠지만 말이야."

4장

에르퀼 푸아로는 롱 베이싱의 중심가를 걷고 있었다. 어느 면으로 보나 거리는 하나뿐이지만 굳이 중심가를 말하라고 한다면 말이다. 마을의 집들은 좁고 기다란 길 옆으로 늘어서 있었다. 마을에는 높다란 탑을 가진 멋진 교회도 있었다. 교회 안뜰에는 주목이 근엄하게 서 있었다. 온갖 물건을 파는 상점들도 들어설 만큼 들어서 있었다. 골동품 가게가 2개 있었는데, 그중 한 곳은 주로 껍질을 벗긴 소나무로 만든 벽난로 장식류를 팔았고, 나머지 한 곳은 높이 쌓아 놓은 고대 지도와 대부분 금이 간 다량의 자기류, 벌레 먹은 낡은 오크 서랍장, 유리 선반, 빅토리아 시대 은제품 등을 팔았다. 공간이 부족해서인지 물건들을 아무렇게나 바구니에 담아 창고에 진열한 것 같았다. 카페도 둘 있었는데, 둘 다 불결하기는 마찬가지였다. 집에서 만든 온갖 물건을 진열해 놓은 바구니 가게도 있었고, 우체국을 겸한 청과물 가게도 있었다. 여성용 모자를 주로 취급하는 포목점도 있었고, 아동용 신발 가게와 온갖 잡다한 물건을 대량 취급하는 잡화점도 있었다. 신문을 파는 가게도 있었는데, 담배와 사탕을 함께 취급하는 문구점까지 겸하고 있었다. 이 마을에서 최고로 장사가 잘될 것 같은 털실 가게도 있었다. 백발에 엄한 인상을 가진 두 할머니가 온갖 뜨개질 재료가 진열된 선반들 앞에 앉아 있었다. 옷본과 뜨개질 본이 잔뜩 있었고, 미술 자수용으로 따로 카운터 쪽으로 빼놓은 본도 있었다. 최근까지 동네 식료품점이었던 곳이 이제는 큰 슈퍼마켓이 되어 있었다. 층층이 쌓아 놓은 철망 진열대와 온갖 시리얼과 청소용품으로 구성된 포장 제품들이 화려한 종이 상자에 담겨 있었다. 자그마한 창문이 하나 있는 작은 건물도 있었는데, 유리창에는 화려한 글씨체로 '릴라'라고 씌어 있었다. '최신 유행'이라는 라벨이 붙어 있는 프랑스제 블라우스 한 벌과 '세퍼레이츠(아래 위가 따로 된 여성복—옮긴이)'라는 라벨이 붙어 있는 감색 스커트와 자주색 점퍼가 진열되어 있었다. 하지만 누군가 성의 없이 걸어 놓은 듯 아무렇게나 창문에 매달려 있는 것처럼 보였다.

푸아로는 모든 광경을 담담하게 관찰했다. 마을의 경계 내에 속하면서 이 중심가를 향하고 있는 작은 집도 몇 채 있었다. 구식 스타일로 조지 왕조풍의 소박함을 지닌 집도 있었고, 베란다나 내닫이창, 또는 작은 온실을 빅토리아풍으로 개조한 집도 눈에 띄었다. 한두 채는 대대적인 외부 개조를 해서 새로 지은 집처럼 자태를 뽐내고 있었다. 눈을 즐겁게 해 주는 고풍스러운 낡은 오두막도 몇 채 있었다. 수도관이라든가 생활에 편의를 보태 주는 시설들은 한눈에 알아볼 수 없도록 교묘하게 숨겨 실제보다 100년도 넘은 고택처럼 보이도록 위장한 집도 있었고, 정말로 아주 오래된 집도 있었다.

푸아로는 이 모든 광경을 음미하며 여유롭게 걸었다. 성격 급한 올리버 부인이 동행했다면 목적지가 마을 경계에서 500미터도 채 안 되는데 왜 이렇게 시간을 낭비하느냐고 당장에 따지고 들 것이다. 만약 그렇다면 푸아로는 올리버 부인에게 현지 분위기를 파악하는 중이라고 말할 것이다. 그런 일이 중요할 때도 있다는 말과 함께. 마을 끝에 다다르자 갑자기 분위기가 확 달라졌다. 길에서 떨어져 있는 한쪽 편에 신축 공영 주택이 죽 늘어섰던 것이다. 공영 주택 앞으로는 녹색 길이 이어져 있었고, 현관 색깔이 각기 다른 집들이 화사한 분위기를 자아냈다. 공영 주택 너머에는 들판과 산울타리가 다시 이어졌고, 부동산 중개업자가 꽂아 놓은 '주택 부지'라는 푯말이 띄엄띄엄 눈에 띄었다. 그런 부지에는 나무와 정원도 간간이 있었는데, 전반적으로 주변 경치와는 동떨어진 인상을 주었다. 그때 길 아래쪽에 있는 집 하나가 푸아로의 눈에 들어왔는데 정말 가관이었다. 집의 맨 꼭대기에 구근 모양의 이상한 구조물이 있었기 때문이다. 아주 오래전에 뭔가를 덧붙여 놓은 게 분명했다. 바로 그 집이 푸아로가 찾고 있던 집일 것이다. 푸아로가 대문 가까이 가서 보니 '크로스헤지스'라는 문패가 달려 있었다. 그는 집을 꼼꼼하게 살펴보았다. 20세기 초쯤 지었을 법한 흔하디흔한 주택이었다. 아름답지도 않았지만 그렇다고 추하지도 않았다. 평범하다는 말이제격이리라. 정원이 집보다 더 멋진 것으로 보아 지금은 깔끔하지 않아도 한창 때에는 철저하게 관리를 한 것이 분명했다. 정원에는 아직도 부드러운 초록 잔디와 풍성한 화단, 세심하게 심어 놓은 관목 구역이 있어 조경 효과를 뽐내고 있었다. 전체적으로 조화를 이룬 모습이었다. 푸아로는 정원사가 가꾼 정원이 틀림없다고 생각했다. 그때 건물 한구석에서 어떤 여자가 화단에 상체를 숙인 채 달리아를 묶고 있는 모습이 보였다. 푸아로는 개인적인 관심을 가지고 정성스레 가꾼 정원일 수도 있겠구나 하고 다시 고쳐 생각했다. 그녀의 머리는 찬란하게 빛나는 황금빛 원 모양이었다. 푸아로는 대문의 빗장을 풀고 집 쪽으로 걸어갔다. 화단에 있던 여자가 고개를 돌리고 일어서더니 무슨 일이냐는 표정으로 푸아로를 쳐다보았다.

푸아로가 무슨 말인가 할 때를 기다리며 그대로 서 있던 그녀의 왼손에서 이름을 알 수 없는 덩굴이 대롱거렸다. 푸아로가 보기에 그녀는 매우 당황한 것 같았다.

"무슨 일이죠?"

다소 이국적인 외모를 가진 푸아로는 화려한 동작으로 모자를 벗고 인사를 했다. 그녀의 눈이 매혹적이라고 할 만한 푸아로의 콧수염에 머물렀다.

"레스태릭 부인이십니까?"

"맞습니다만……."

"제가 방해한 건 아닌지 모르겠습니다, 마담."

그녀의 입술에 희미한 미소가 번졌다.

"아니에요. 누구신지······."

"실례를 무릅쓰고 이렇게 불쑥 찾아왔습니다. 제 친구 아리아드네 올리버 부인이······."

"아, 이제 알겠어요. 당신이 무슈 푸아레군요."

"맞습니다. 푸아로가 저입니다."

푸아로는 레스태릭 부인의 발음을 정정하려는 듯 마지막 문장을 힘주어 말했다.

"에르퀼 푸아로라고 합니다. 이 동네를 지나다가 로더릭 호스필드 경께 경의를 표할 수 있을지도 모른다는 희망을 품고 실례를 무릅쓰고 방문하였습니다."

"그래요. 나오미 로리머가 당신이 갑자기 찾아올지 모른다고 하더군요."

"시간을 잘못 고른 것은 아니겠지요?"

"괜찮아요, 잘 오셨어요. 아리아드네 올리버도 지난주에 다녀갔어요. 로리머 부부와 함께 왔었죠. 그녀가 쓴 책은 정말 놀라워요, 그렇지 않나요? 하지만 당신에게는 추리 소설이 그다지 놀랍지 않을 수도 있겠네요. 본인이 탐정이니까요. 진짜 탐정이세요?"

"저야말로 진짜 탐정 중의 탐정이지요."

푸아로는 그녀가 터져 나오려는 웃음을 꾹 참고 있다는 것을 눈치챘다. 그러면서 그녀를 더욱 자세히 관찰할 수 있었다. 그녀는 시원시원하게 생기기는 했지만 어딘가 부자연스러웠다. 황금빛 머리카락은 지나치게 단정하게 정돈되어 있었다. 푸아로는 그녀가 실제로는 자기 자신에 대한 믿음이 확고하지 않고, 정원에 심취한 영국 부인의 역할도 연기가 아닐까 하는 의심이 들었다. 그녀의 사회적 배경이 어땠을까 하는 의문도 살짝 들었다.

"정원이 아주 훌륭합니다."

"정원을 좋아하세요?"

"영국인만큼은 아니죠. 영국인들은 정원 가꾸는 데 특별한 재능을 타고난 것 같더군요. 그런 재능은 우리에게는 별로 쓸모가 없지만 당신네 영국인에게는 매우 중요하지요."

"프랑스 사람들을 말씀하시는 건가요? 그렇다면 맞아요. 예전에 당신이 벨기에 경찰과 함께 일한 적이 있다고 올리버 부인에게 들은 것 같은데, 맞나요?"

"맞습니다. 저는 벨기에의 늙은 경찰견이었죠."

그는 예의 바른 미소를 살짝 짓고 손을 내저으며 말했다.

"당신네 영국인들의 정원을 보면 대단하다는 생각이 듭니다. 무릎 꿇고 경의라도 표하고 싶을 지경이에요! 라틴 민족은 격식을 갖춘 정원, 베르사유 궁의 축소판처럼 성에 있는 웅장한 정원을 좋아하지요. 물론 포타제(식용 정원 — 옮긴이)도 생각해 냈고요. 포타제는 아주 훌륭하지요. 영국에도 포타제가 있지만 어디까지나 프랑스에서 들여온 것이지요. 또 영국인들은 꽃밭을 사랑하는 만큼 포타제를 사랑하지는 않아요. 엥(그렇지 않나요)? 그렇지요?"

"당신 말이 맞는 것 같네요. 안으로 들어오세요. 저희 사돈 어르신을 뵈러 오셨지요?"

"말씀하신 대로 로더릭 경께 경의를 표하러 왔습니다만 부인께도 경의를 표하고 싶군요, 마담. 저는 미인을 만나면 항상 경의를 표한답니다."

푸아로는 이렇게 말하고 나서 정중하게 고개 숙여 인사를 했다.

메리 레스태릭은 수줍어하며 웃었다.

"과찬이시네요."

그녀가 열려 있는 프랑스식 창문을 통해 길을 안내하자 푸아로는 그 뒤를 따랐다.

"1944년에 로더릭 경을 뵌 적이 있습니다."

"그랬군요. 지금은 많이 늙으셨답니다. 귀까지 멀었지요."

"우연히 만난 데다 아주 오래전 일이라 아마 기억 못 하실 겁니다. 첩보 활동과 어떤 발명품에 관한 정보를 얻고자 만났죠. 그 발명품은 로더릭 경의 천재적인 재능 덕분에 탄생할 수 있었답니다. 기꺼이 저를 만나 주시리라 생각합니다만."

"오, 그럼요, 만나고 싶어 하실 거예요. 요새는 통 재미있는 일이 없으시거든요. 저도 런던에 살고 싶어서 그쪽에 적당한 집을 알아보느라 무척 바빴어요."

그녀는 한숨을 쉬더니 이렇게 말했다.

"노인이 되면 가끔 굉장히 까다로워지기도 한답니다."

"저도 압니다. 저도 까다로울 때가 많거든요."

그러자 그녀가 웃으며 말했다.

"어머, 무슈 푸아로, 아니에요. 그렇게 늙은 척하실 필요는 없어요."

"저도 늙었다는 말을 가끔 듣는답니다."

푸아로는 이렇게 말하고 나서 한숨을 내쉬더니, 한탄조로 덧붙였다.

"어린 아가씨들한테 말이죠."

"정말 무례하군요. 제 딸애도 밖에서 그러고 다니지 않는지 모르겠군요."

그녀가 뒷말을 덧붙여 말했다.

"아, 따님이 있으십니까?"

"예, 의붓딸도 딸은 딸이니까요."

"그렇다면 따님도 한번 만나 보고 싶군요."

푸아로가 정중하게 말했다.

"유감스럽게도 그 애는 지금 집에 없답니다. 직장 때문에 런던에 살거든요."

"요새 젊은 아가씨들은 다들 직업을 갖고 있더군요."

"그래요, 요새는 모두 일을 해야만 하잖아요. 결혼하고 난 다음에도 다시 직장에 나오라거나 교편을 잡으라고 권유를 하지요."

레스태릭 부인이 모호하게 말했다.

"부인도 그런 권유를 받아 보신 적이 있으신가요?"

"아뇨, 저는 남아프리카에서 자랐어요. 얼마 전에 남편과 단둘이 이곳에 왔지요. 아직도 모든 게 낯설기만 하답니다."

푸아로가 판단하건대 그녀는 다소 무덤덤한 태도로 주변을 둘러보았다. 실내는 전형적인 스타일로 깔끔하게 가구가 배치되어 있었지만 개성이라고는 전혀 찾아볼 수 없었다. 벽에 걸려 있는 초상화

2점만이 개인적인 취향을 보여 주고 있었다. 초상화 중 하나는 회색 벨벳 이브닝드레스를 입고 있는 입술이 얇은 여자의 초상화였다. 맞은편 벽에 걸려 있는 또 다른 초상화는 억제된 에너지를 품고 있는 듯한 30대 남성의 초상화였다.

"따님이 시골을 따분하게 생각했나요?"

"예, 그 애한테는 런던에 있는 게 훨씬 낫죠. 그 애는 여기를 싫어한답니다."

레스태릭 부인은 갑자기 말을 멈추더니 어렵게 마지막 말을 꺼냈다.

"그 애는 저도 싫어해요."

"그럴 리가요."

푸아로가 골 지방(북이탈리아, 프랑스, 벨기에를 아우르는 지역 — 옮긴이) 사람 특유의 정색을 하며 예의 바르게 말했다.

"그럴 리가 없다니요! 매우 흔한 일이에요. 여자애들은 계모를 잘 받아들이지 못해요."

"따님이 친어머니를 굉장히 좋아했나요?"

"그랬을 거예요. 그 애는 굉장히 까다롭거든요. 젊은 여자애들이 대개 그렇잖아요."

푸아로는 한숨 섞인 목소리로 말했다.

"요새 부모들은 딸을 별로 혼내지를 않는 것 같더군요. 예전 같지가 않아요."

"그러게요."

"마담, 실례가 되는 줄은 압니다만, 요새 아가씨들은…… 그 뭐랄까…… 남자 친구를 고를 때도 그다지 까다롭지 않은 것 같아서 몹시 안타깝더군요."

"그 점에 있어서 노마는 아버지한테 큰 걱정을 끼쳐 왔답니다. 하지만 다 소용없는 것 같아요. 자기가 직접 겪어 보는 수밖에 없어요. 이제 사돈 어르신께 안내해 드려야겠네요. 어르신의 방은 위층에 있답니다."

그녀는 방을 나와 길을 안내해 주었다. 푸아로는 어깨 너머로 뒤를 돌아다보았다. 초상화를 제외하면 단조롭고 개성이라고는 전혀 없는 방이었다. 푸아로는 초상화 속의 여자가 입은 옷으로 보아 꽤 오래전 그림일 거라고 생각했다. 만약 초상화 속의 여자가 레스태릭의 첫 번째 부인이라면 푸아로는 레스태릭 부인을 좋아하지 않았을 거라는 생각이 들었다.

"초상화가 훌륭합니다, 마담."

"예, 랜스버거가 그린 그림이에요."

20년 전에 명성을 떨친 랜스버거는 의뢰비가 어마어마하게 비싼 상류 사회의 초상화가였다. 하지만 그가 구사하던 지나친 자연주의는 한물 갔고 죽고 나서는 이제 그의 기억조차 희미해졌다. 그가 그린 초상화의 모델이었던 사람들은 때때로 '옷걸이'라며 비웃음을 샀지만, 푸아로는 그보다는 낫다고 생각했다. 푸아로는 랜스버거가 그토록 쉽게 완성한 매끄러운 외형 뒤에서 남몰래 조롱하고 있는 건 아닐까 하는 의심이 들었다.

메리 레스태릭이 위층으로 앞장서서 올라가면서 말했다.

"그 초상화들은 얼마 전에 창고에서 꺼내서 손질한 거예요. 그리고…….."

그녀는 말을 갑자기 뚝 멈추더니 한쪽 손을 계단 난간에 얹은 채 죽은 듯 가만히 서 있었다.

그녀 위로 어떤 형상이 막 계단 모서리를 돌아 내려오는 모습이 보였다. 그 사람은 뭔가 어색했고 이 집과 조화를 이루지 못했다. 화려한 의상을 입은 사람, 이 집과는 어울리지 않는 사람임에 틀림없었다.

만약 지금과 다른 장소에서 만났다면 푸아로에게 그다지 낯선 모습은 아니었을 것이다. 런던 거리나 파티에서는 흔히 볼 수 있는 모습이었다. 요즘 젊은이들을 대표하는 모습이라고나 할까. 그는 검정 코트에 정교한 벨벳 조끼, 몸에 꼭 맞는 바지를 입고 있었고, 풍성한 밤색 고수머리를 어깨 위까지 늘어뜨리고 있었다. 이국적이면서도 약간은 아름다운 외모였는데, 성별을 확실히 구분하기까지는 약간의 시간이 필요했다.

"데이비드! 도대체 여기서 뭐 하고 있는 거냐?"

메리 레스태릭이 날카롭게 불렀다.

데이비드라는 젊은이는 전혀 놀라지 않은 표정이었다.

"저 때문에 놀라셨나요?"

그는 이렇게 묻고 이어서 말했다.

"놀라게 했다면 죄송해요."

"여기서 뭐 하고 있냐고 물었다. 이 집에서 말이다. 노마랑 같이 온 거니?"

"노마요? 저는 여기에 오면 노마를 찾을 수 있을 거라 생각했는데요."

"여기서 찾다니, 그게 무슨 뜻이야? 그 애는 런던에 있잖아."

"부인, 그게 그렇지가 않더란 말입니다. 보로딘 맨션 67호에 노마가 없더라고요."

"그 애가 거기 없다니 그게 무슨 말이니?"

"이번 주에 돌아오지 않아서 이 집에서 부인과 있겠거니 생각했죠. 무슨 일인가 알아보러 왔습니다."

"그 애는 언제나처럼 일요일 밤에 여기서 출발했다."

레스태릭 부인이 화난 목소리로 이어서 말했다.

"초인종을 누르고 들어왔어야지. 집 안을 이리저리 기웃거리면서 뭐 하고 있던 거야?"

"이런, 부인, 제가 숟가락 나부랭이라도 훔쳐 가려는 줄 아시나 본데요, 대낮에 집 안으로 걸어 들어오는 건 당연한 일 아닌가요? 그럼 안 될 이유라도 있나요?"

"우리가 구식이어서 그런지 그렇게 들어오는 건 전혀 마음에 안 드는구나."

데이비드가 한숨을 쉬었다.

"이런, 이런. 모두 호들갑 떠는 꼴이라니. 저도 환영받지 못하고 부인도 의붓딸이 어디 있는지 모르시는 거 같으니까 이 몸은 그만 사라지는 게 낫겠군요. 떠나기 전에 주머니라도 뒤집어 보일까요?"

"바보 같은 소리 하지 마라, 데이비드."

"그럼 안녕히."

데이비드라는 젊은이는 레스태릭 부인과 푸아로 곁을 지나쳐 경박하게 손을 흔들었다. 그리고 계단을 내려가 열린 현관을 통해 밖으로 나갔다.

"소름 끼치는 녀석이에요."

메리 레스태릭이 증오에 찬 목소리로 말해서 푸아로는 깜짝 놀랐다.

"저 애를 눈뜨고 봐 줄 수가 없어요. 정말 못 견디겠어요. 요새 영국 젊은이들은 왜 다 저 모양일까요?"

"마담, 흥분을 가라앉히세요. 순전히 요새 유행일 뿐입니다. 시골에서는 그나마 좀 덜하지만 런던에 가면 저런 젊은이들이 수두룩하답니다."

"끔찍해요. 정말 끔찍해요. 여자 같기도 하고 괴상스럽기도 하고."

"반다이크 초상화랑 비슷하지 않습니까, 마담? 황금색 액자틀에 둘러싸여서 레이스 칼라 옷을 입고 있으면 여자 같다거나 이상하단 말씀은 안 하실 겁니다."

"저런 꼴을 하고 감히 여길 오다니! 앤드루가 봤으면 불같이 화를 냈을 거예요. 저 애 때문에 걱정이 많답니다. 딸을 키우다 보면 걱정이 이만저만이 아니에요. 앤드루가 노마를 잘 알지 못한다는 것도 문제예요. 그이는 노마가 어릴 때 외국에 나가 있었거든요. 그 애의 양육은 온전히 엄마한테만 맡겼으니 자기 자식이라도 전혀 모르는 게 당연하죠. 그 점에서는 나도 마찬가지고요. 요즘에는 부모라도 자식들한테 전혀 권위가 서지 않잖아요. 요즘 여자애들은 남자

보는 눈이 형편없답니다. 노마는 데이비드 베이커한테 완전히 빠져 있어요. 어떤 말도 소용없지요. 앤드루가 데이비드에게 이 집에 드나들지 말라고 했는데, 이것 보세요, 아무 말도 듣지 못했다는 듯이 드나들잖아요. 앤드루한테는 말하지 말아야겠어요. 앤드루에게 쓸데 없는 걱정을 안겨 주고 싶지는 않으니까요. 내 생각엔 노마가 지금은 데이비드와 함께 있지 않지만 런던에서는 그 애와 줄곧 어울려 다니는 거 같아요. 데이비드보다 더 심한 녀석들도 있긴 하지요. 씻지도 않고, 수염도 깎지 않아 우스꽝스럽게 돋아난 턱수염에다 지저분한 옷을 입고 다니는 그런 부류 말이에요."

"오, 마담, 너무 괴로워하지 마십시오. 그것도 다 젊을 때 한때잖습니까."

푸아로가 기분 좋게 말했다.

"저도 그러길 바라요. 그럴 거라 믿고 있기도 하고요. 노마는 아주 까다로운 아이예요. 가끔은 그 애가 분별력이 떨어진다는 생각이 들어요. 그 애는 아주 별난 아이예요. 옆에 있어도 다른 데 가 있는 것 같다는 느낌을 받을 때가 많답니다. 그렇게 치를 떨 정도로 싫어하는 것도……."

"싫어한다고요?"

"그 애는 날 싫어해요. 정말 싫어하죠. 그렇게까지 싫어하는 이유를 모르겠어요. 친엄마에 대한 애정이 굉장히 깊었나 보다 생각도 들지만, 그래도 혼자된 아버지가 재혼하는 건 당연한 일 아닌가요?"

"따님이 정말로 부인을 싫어한다고 생각하십니까?"

"저는 다 알고 있어요. 증거라면 수도 없이 많아요. 그 애가 런던으로 떠났을 때 차라리 다행이라고 생각했어요. 정말로 소란을 일으키고 싶지 않았거든요……."

레스태릭 부인은 말을 하다 갑자기 멈추었다. 마치 낯선 사람에게 그런 이야기를 하고 있다는 사실을 그제야 깨닫기라도 한 듯한 태도였다.

푸아로에게는 상대의 신뢰를 이끌어 내는 능력이 있었다. 사람들은 푸아로와 대화할 때 상대가 누구인지 거의 인식을 하지 못하는 경향이 있었다. 레스태릭 부인은 짧게 미소를 지어 보였다.

"이런, 제가 왜 이런 이야기를 당신한테 하고 있는지 모르겠네요. 가족마다 이런 문제는 하나씩 안고 있을 거예요. 불쌍한 우리 계모들은 늘 그렇게 힘들게 산답니다. 자, 다 왔어요."

그녀가 문을 두드렸다.

"들어오세요, 들어와요."

안에서 포효와도 같이 큰 목소리가 들려왔다.

"사돈 어르신, 손님이 오셨어요."

메리 레스태릭이 방으로 걸어 들어가면서 이렇게 말했다. 뒤쪽으로 푸아로가 따라 들어갔다.

어깨는 떡 벌어지고, 모난 얼굴에 양 볼이 붉어 화를 잘 낼 것처럼 생긴 노인이 방 안에서 서성거리고 있었다. 그는 레스태릭 부인과 푸아로 쪽으로 터벅터벅 걸어왔다. 뒤에 놓인 탁자에서는 한 젊은 처녀가 앉아서 편지와 서류를 정리하고 있었다. 그녀는 고개를 숙이고 편지와 서류를 내려다보고 있었는데, 윤기가 흐르는 검은 머리가 인상적이었다.

"무슈 에르퀼 푸아로세요, 사돈 어르신."

메리 레스태릭이 말했다.

푸아로가 우아하게 한 발짝 앞으로 나서며 말했다.

"로더릭 경, 아주 오래전에 경을 뵙는 영광을 누린 적이 있습니다. 지난 전쟁까지 거슬러 올라가야겠군요. 노르망디에서 뵈었던 것으로 기억합니다. 그때 그 자리에는 레이스 대령도 있었고 애버크롬비 장군과 에드먼드 콜링스비 공군 중장도 있었죠. 그때 우리가 얼마나 어려운 결정을 내려야 했는지! 보안은 또 얼마나 힘들었습니까! 요즘에는 비밀이란 게 더 이상 필요 없게 되었지만요. 꽤 오랫동안 성공적으로 일을 수행하다가 정체가 드러난 그 비밀 요원도 생각나는군요. 헨더슨 대위 생각나시죠?"

"헨더슨 대위? 아, 생각나고말고. 그 비열한 자식! 정체가 탄로 났지!"

"저 에르퀼 푸아로를 기억이나 하실지 모르겠습니다."

"물론 자네를 기억하고 있네. 그때는 아주 위기일발이었지, 위기일발. 자네가 프랑스 측 대표 아니었던가? 1명인가 2명이었던 것 같은데, 하나는 나랑 사이가 좋지 않았지. 이름은 기억이 안 나는구먼. 자, 앉게. 이리 와 앉아. 옛날 이야기를 하는 것만큼 재미난 일도 없지."

"저나 제 동료인 지로(『골프장 살인 사건』에 나왔던 프랑스 형사. 누구든 사건을 먼저 해결하는 쪽이 돈을 받기로 하고 푸아로와 내기를 벌였음 — 옮긴이)를 기억 못 하실까 봐 내심 걱정했습니다."

"물론 둘 다 기억하지. 아, 그때가 좋았네, 정말 좋았어."

그때 탁자 앞에서 일을 보던 젊은 여자가 일어나더니 정중하게 푸아로에게 의자를 권했다.

"잘했다, 소냐. 그래야지. 여기 매력적이고 귀여운 내 비서를 소개하겠네. 내게 아주 큰 도움을 주고 있지. 내 작업을 정리해 주고 여러모로 도와주고 있네. 그녀가 없으면 어쩔 뻔했는지……."

"앙샹테, 마드무아젤(만나서 반갑습니다, 아가씨)."

푸아로가 정중하게 고개 숙여 나지막한 목소리로 인사를 건넸다.

소냐도 이에 화답하듯 작은 목소리로 무슨 말인가를 건넸다. 검은 단발머리에 체구가 작은 그녀는 수줍음을 타는 것 같았다. 짙푸른 눈동자는 얌전하게 아래를 향하고 있다가 고개를 들어 로더릭 경을 보고 귀엽고 수줍게 미소를 지었다. 그러자 로더릭 경이 그녀의 어깨를 토닥여 주었다.

"소냐가 없으면 어찌해야 좋을지 모르네. 정말이야."

"그런 말씀 마세요. 저는 그리 유능한 편도 아닌걸요. 타이핑 속도도 그다지 빠르지 않고요."

"그 정도면 빠른 편이란다. 네가 나 대신 기억까지 해 주고 있지 않니. 또 내 눈과 귀가 되어 주고 있고 말이야."

그녀는 다시 한번 로더릭 경을 보며 미소를 지었다.

푸아로가 낮은 목소리로 말을 꺼냈다.

"사람들은 소문으로 떠돌던 이야기 중에서 기억에 남는 특별한 몇 가지만 기억하게 마련이지요. 과장된 건지는 모르겠습니다만, 예를 들자면 누군가 로더릭 경의 차를 훔쳐 간 날 말입니다……."

푸아로의 이야기에 로더릭 경이 아주 기뻐하며 말했다.

"하하, 물론 지금에 와서 하는 이야기지만 과장이 좀 섞이긴 했네. 하나 대체로 맞는 얘기지. 그걸 지금까지 기억하고 있다니 믿을 수가 없군. 지금이라면 그때보다 더 제대로 얘기해 줄 수 있을 텐데 말이야."

그는 또 다른 이야기를 시작했다. 푸아로는 다 듣고 나서 박수를 보냈다. 그리고 시계를 흘긋 보고는 자리에서 일어섰다.

"로더릭 경을 더 이상 붙잡아 두어서는 안 될 것 같습니다. 중요한 작업 중이신 것 같으니까요. 근처를 지나다가 만나 뵙고 꼭 경의를 표하고 싶어서 들렀습니다. 세월 앞에 장사 없다지만 로더릭 경께서는 여전히 정정하시고 삶의 기쁨도 잃지 않으신 것 같군요."

"빈말이라도 고맙네. 하지만 너무 비행기는 태우지 말게나. 좌우간 차는 한잔 마시고 가겠지? 메리가 차를 줄 걸세."

로더릭 경은 주위를 두리번거리더니 이렇게 말했다.

"이런, 어디 가고 없구먼. 착한 여자라네."

"예, 그렇더군요. 매력적이기도 하고요. 레스태릭 부인이 로더릭 경을 꽤 오랫동안 모셨나 봅니다."

"아, 그 애들은 얼마 전에 결혼했다네. 그 애는 레스태릭의 두 번째 부인이지. 자네한테 솔직히 말하겠네. 나는 앤드루를 좋아한 적이 없네. 믿을 만한 녀석이 아니거든. 늘 불안정하지. 내가 아끼는 애는 그 애 형인 사이먼이었지. 그 애를 더 잘 알아서가 아니야. 앤드루로 말할 것 같으면 첫 번째 부인한테 아주 몹쓸 짓을 했거든. 아는지 모르겠네만 그냥 도망가 버렸다네. 자기 부인을 버리고서 말이야. 머리끝까지 막돼먹은 여자와 눈이 맞았지. 그 여자에 대해서 알 만한 사람은 다 알고 있었네. 그 녀석만 눈이 멀었던 게지. 그러더니 결국 일 이 년 만에 끝나지 뭔가! 바보 같은 놈! 이번에 결혼한 여자는 그런대로 괜찮아 보이더군. 내가 보기엔 그다지 문제가 없어 보이니 말이야. 사이먼은 착실하기는 했는데 너무 둔했지. 내 여동생이 이 집안으로 시집간다고 할 때 사실 나는 마음에 안 들었네. 장사꾼 집안과 결혼을 하다니. 부자인 건 맞지만 돈이 다는 아니지 않은가. 우리 집안은 대대로 공직에 몸담고 있는 집안과 사돈을 맺어 왔네. 그런 점에서 나는 레스태릭 집안이 한번도 대단하다고 생각한 적이 없어."

"레스태릭 씨와 첫 번째 부인 사이에 딸이 하나 있는 걸로 알고 있습니다. 제 친구가 그 애를 지난주에 우연히 만났다고 하더군요."

"아, 노마 말이군. 어리석은 계집애지. 끔찍한 옷차림을 하고 돌아다니더니 끔찍한 젊은이를 데려왔더군. 하긴 요새 젊은 애들이 다 거기서 거기지. 긴 머리 남자애들, 비트족(1950년대 전후 미국의 풍요로운 물질 환경 속에서 보수화된 기성 질서에 반발해 저항적인 문화와 기행을 추구했던 일단의 젊은 세대 — 옮긴이), 비틀즈, 그밖에도 온갖 이런저런 무리들. 이름도 다 알 수 없네. 죄다 외국어처럼 들려서 말이지. 늙은이가 하는 따끔한 소리 같은 데 누가 신경이나 쓰겠나. 어쩔 수 없는 일이지. 그나마 내가 착하고 지각 있는 사람이라고 생각하는 메리조차도 어떤 때는 이성을 완전히 잃을 때가 있네. 주로 건강 문제와 관련해서 그렇지. 검사를 받아야 하네 마네 그러면서 병원을 들락거리며 야단을 떨더군. 술 한잔 어떤가? 위스키는 어때? 사양하겠다고? 잠깐 차라도 한잔 안 하고 갈 텐가?"

"고맙습니다만 친구들이 기다리고 있어서요."

"어쩔 수 없지. 자네와 담소를 나눈 시간은 정말 즐거웠네. 옛날 일을 떠올리는 것도 즐거운 일이야. 소냐, 무슈…… 뭐였더라? 미안하네. 기억이 가물가물해서 말이야. 아, 푸아로였지. 푸아로 씨를 메리에게 모셔다 드리렴. 그래 주겠니?"

"아닙니다, 아니에요."

푸아로가 허둥지둥 손사래를 치며 말했다.

"부인을 더 이상 귀찮게 해 드릴 수는 없지요. 전 괜찮습니다. 정말 괜찮아요. 저 혼자서도 찾아갈 수 있으니까요. 다시 뵙게 돼서 정말 즐거웠습니다."

푸아로가 그렇게 나가자 로더릭 경이 말했다.

"저 사람이 누군지 당최 모르겠단 말이지."

"그분이 누구였는지 모르신단 말씀이세요?"

소냐가 깜짝 놀란 얼굴을 하고 로더릭 경을 쳐다보았다.

"요새 개인적으로 찾아온 사람 중에 반 정도는 모르겠어. 물론 잘 맞추도록 해야겠지. 결국은 적응하게 된단다. 파티에서도 마찬가지야. 어떤 사람이 내게 와서 이렇게 말한다고 치자. '선생님은 저를 기억 못 하실 겁니다. 1939년에 마지막으로 뵈었죠.' 그러면 나는 이렇게 말하지. '물론 기억한다네.' 사실은 기억하지 못하면서도 말이야. 반은 장님에 반은 귀머거리가 된다는 것은 정말 불편한 일이란다. 전쟁 말기에는 프랑스 놈들하고 꽤 친했지. 그런데 지금은 그 절반도 기억이 나지를 않아. 맞아, 그 친구도 거기 있었지. 그 친구도 나를 알고 있고 나도 그 친구가 얘기한 사람들을 꽤 많이 알고 있어. 조금 과장되기는 했지만 당시에는 꽤 그럴싸한 이야기였단다. 뭐, 할 수 없지. 내가 그 친구를 기억하지 못했다는 사실을 눈치 챈 것 같지는 않아. 영리한 친구긴 한데, 빈틈없는 프랑스인은 아니더구나. 그렇지 않더냐? 점잖은 척 예의를 차리는 꼴 하고는! 잠깐, 우리가 무슨 얘기 중이었더라?"

소냐는 편지를 1장 집어 들어 로더릭 경에게 건네주었다. 그녀가 주저하며 돋보기를 내밀었으나 로더릭 경은 그 즉시 사양했다.

"그 망할 물건은 필요 없다. 그거 없이도 다 보이니까."

그는 눈을 부릅뜨고 쥐고 있던 편지를 뚫어져라 내려다보았다. 하지만 잠시 후 편지 읽기를 포기하더니 소냐의 손에 편지를 다시 쥐여 주었다.

"네가 읽어 주는 편이 낫겠구나."

그러자 소냐가 낭랑하고 부드러운 목소리로 편지를 읽기 시작했다.

5장

　에르퀼 푸아로는 잠깐 동안 층계참에 서 있었다. 무슨 소리가 나는지 들으려는 듯이 머리는 한쪽으로 기울어져 있었다. 아래층에서 들려오는 소리는 없었다. 층계참에 있는 창문으로 가로질러 가서 밖을 내다보았다. 메리 레스태릭이 아래쪽에 있는 테라스에서 정원 일을 다시 시작하고 있었다. 푸아로는 만족스러운 듯 고개를 끄덕이고는 복도를 따라 느긋하게 걸었다. 그러고는 복도에 있던 문을 하나씩 열어 보았다. 욕실, 리넨 천들을 넣어두는 벽장, 침대가 두 개 놓인 손님용 침실, 누군가가 쓰고 있는 듯한 1인용 침실, 더블 침대가 놓인 여자 방(메리 레스태릭의 방인가?)이 있었다. 다음 방은 옆방과 붙어 있었는데, 푸아로는 아마도 앤드루 레스태릭의 방일 거라고 추측했다. 층계참의 반대편으로 가서 처음 열어 본 문은 1인용 침실 방이었다. 가늠해 보건대 현재는 쓰지 않지만 주말에는 누군가가 사용하는 방인 것 같았다. 화장대 위에 화장용 솔들이 놓여 있었기 때문이다. 푸아로는 혹시 누가 있지 않은지 주의 깊게 귀를 기울여 본 뒤 살금살금 방 안으로 들어갔다. 옷장을 열어 보니 예상했던 대로 그 안에 옷 몇 벌이 걸려 있었다. 모두 시골에서 입기에 적합한 옷들이었다.

서랍이 달린 필기용 테이블이 있었지만 그 위에는 아무것도 놓여 있지 않았다. 푸아로는 아주 조심스럽게 서랍을 열어 보았다. 몇 가지 잡동사니와 편지가 한두 통 있었지만, 편지는 모두 사소한 것인 데다 날짜도 꽤 오래된 것이었다. 서랍을 닫고 아래층으로 내려온 푸아로는 집 밖으로 나와 레스태릭 부인에게 작별인사를 고했다. 레스태릭 부인이 차를 권했지만 푸아로는 사양하며 시내로 돌아가기로 약속을 했는데 곧 출발하는 기차를 놓쳐서는 안 된다고 말했다.

"택시를 불러 드릴까요? 기사를 부를 수도 있고, 제가 태워다 드릴 수도 있어요."

"아닙니다, 부인. 매우 친절하시군요."

푸아로는 마을로 다시 걸어 나와 교회 옆 골목길로 내려갔다. 그가 개울 위에 놓인 작은 다리를 건너자 커다란 차가 너도밤나무 아래서 조심스럽게 기다리고 있었다. 운전기사가 문을 열어 주자 푸아로가 차에 올라탔다. 푸아로는 좌석에 앉자마자 에나멜가죽 구두를 벗어 던지고 안도의 한숨을 쉬었다.

"당장 런던으로 가 주십시오."

기사는 차 문을 닫고 운전석으로 돌아갔다. 잠시 후 차는 나지막

한 엔진 소리를 내며 앞으로 미끄러지듯 나아갔다. 그때 길가에서 필사적으로 히치하이킹을 하려는 젊은이가 보였다. 푸아로의 시선이 무심코 긴 머리의 별난 헤어스타일을 하고 화려한 옷을 입은 젊은 남자에게 머물렀다. 그런 청년들은 어디서든 볼 수 있었지만 청년을 지나치는 순간 푸아로는 갑자기 허리를 곧추세우고 운전기사를 불렀다.

"미안하지만 좀 세워 주십시오. 조금만 후진해 줄 수 있겠습니까? 젊은 청년이 태워 달라는군요."

기사는 믿을 수 없다는 표정으로 고개를 돌려 뒤를 돌아보았다. 푸아로가 누구를 태워 주자는 말을 할 줄은 꿈에도 몰랐다는 표정이었다. 그러나 푸아로가 온화한 표정으로 고개를 끄덕이고 있었으므로 기사는 잠자코 그 말에 따를 수밖에 없었다.

데이비드라고 불리는 청년이 문 쪽으로 다가왔다.

"저 때문에 멈추신 거 맞죠? 정말 감사합니다."

청년이 활기찬 음성으로 말했다.

그는 차에 타더니 어깨에 메고 있던 작은 가방을 바닥으로 미끄러 내려뜨린 다음 자신의 밤색 머리칼을 쓰다듬었다.

"저를 알아보셨군요."

그가 말을 꺼냈다.

"옷차림이 눈에 띄는 편이니까요."

"정말 그렇게 생각하세요? 실은 그렇지도 않아요. 저 같은 애들은 수두룩하니까요."

"반다이크풍이라……, 아주 잘 차려입었군요."

"이런, 그렇게 생각한 적은 한 번도 없었는데. 정말 그렇게 보이나요?"

"기사(騎士)들이 쓰는 모자도 써야겠죠."

푸아로가 잠시 후 한마디를 덧붙였다.

"레이스 칼라도 걸치고 말입니다."

"요즘 패션이 그렇게 심한 것 같진 않은데요."

청년이 웃으며 말했다.

"레스태릭 부인은 저를 보기만 해도 끔찍해하시죠. 사실 부인이 그렇게 저를 싫어하시니까 저도 부인을 싫어하게 되더군요. 레스태릭 씨도 별로 안 좋아하기는 마찬가지고요. 성공한 거물한테는 이상하게도 정이 안 가더라고요, 안 그렇습니까?"

"그거야 관점에 따라 다른 문제죠. 듣기론 그 집 딸한테 구애를 하고 있다고 하더군요."

"그거 정말 멋진 말인데요. 구애를 한다, 그렇게 말할 수도 있겠군요. 하지만 아시다시피 피차일반이죠. 그녀도 저한테 구애를 하고 있으니까요."

"노마 양은 지금 어디에 있습니까?"

데이비드가 고개를 홱 돌리면서 물었다.

"그걸 왜 저한테 물으시죠?"

"그야 만나 보고 싶으니까요."

푸아로가 어깨를 으쓱하며 말했다.

"저랑 마찬가지로 노마도 당신을 별로 마음에 안 들어 할걸요. 노마는 지금 런던에 있습니다."

"하지만 노마 어머니한테는 다르게······."

"아! 우린 계모한테 곧이곧대로 다 말하고 다니지 않거든요."

"노마 양은 런던 어디에 있습니까?"

"첼시의 킹스 로드 근처에 있는 실내 장식 사무실에서 일하고 있어요. 회사 이름은 잘 기억나지 않아요. 수전 펠프스였던가."

"거기는 직장이지 집은 아니지 않습니까. 주소는 알고 있겠죠?"

"물론이죠. 굉장히 큰 아파트예요. 그런데 노마에게 왜 그렇게 관심이 많으신건지 이해가 안 가는데요."

"사람들은 굉장히 다양한 데 관심을 갖게 마련이니까요."

"무슨 뜻이죠?"

"그 집, 그러니까 크로스헤지스에는 오늘 왜 갔었습니까? 왜 몰래 집 안에 들어와서 위층에 올라갔던 겁니까?"

"실은 뒷문으로 들어갔습니다."

"위층에서 뭘 찾고 있었는지 물어봐도 되겠습니까?"

"상관 마세요. 무례하게 굴고 싶지는 않지만 참견이 지나친 것 같네요."

"맞습니다, 전 지금 호기심을 그대로 드러내고 있죠. 그 젊은 아가씨가 어디 있는지 그게 알고 싶을 뿐입니다."

"이제야 알겠네요. 노마의 잘나신 아버지와 어머니가 당신을 고용한 거군요. 그런 건가요? 노마를 찾으려고 말이에요."

"아직까지 레스태릭 부부는 노마가 실종된 줄도 모를 겁니다."

"하지만 누군가가 당신을 고용했겠지요."

"지나치게 예민하게 반응하시는군요."

푸아로가 몸을 뒤로 기대며 말했다.

"당신이 무슨 일을 꾸미고 있는지 궁금한 것뿐입니다. 그래서 당신 차를 불러 세웠던 겁니다. 당신이 차를 세우고 나한테 조금이라도 정보를 주기를 바랐죠. 그녀는 내 여자 친구입니다. 그건 알고 계시겠죠?"

"그렇게 생각하는 것도 당연합니다. 그렇다면 여자 친구가 어디 있는지 정도는 알고 있어야 하지 않습니까? 그렇지 않나요, 미스터……. 미안하네만 성함이 데이비드라는 것밖에 모르겠군요."

"베이커입니다."

"베이커 군, 혹시 노마 양과 다툰 것은 아니신지요?"

"아닙니다. 우리는 싸운 적이 없어요. 우리가 싸웠다고 생각하시는 이유가 뭐죠?"

"노마 레스태릭 양이 크로스헤지스를 떠난 게 일요일 저녁인가요, 월요일 아침인가요?"

"상황에 따라 달라요. 아침 일찍 떠나는 버스가 있는데 그걸 타면 10시 조금 넘은 시간에 런던에 도착하죠. 그걸 타면 많이는 아니어도 약간 지각을 하게 돼요. 그래서 그녀는 보통 일요일 밤에 런던으로 돌아옵니다."

"일요일 밤에 떠났지만 보로딘 맨션에는 도착하지 않았다?"

"그런 것 같아요, 클로디아의 말에 따르면요."

"그러니까 리스홀란드 양, 이름이 맞는지 모르겠지만, 그 아가씨를 말하는 겁니까? 그녀가 깜짝 놀라거나 걱정을 하던가요?"

"맙소사, 왜 그러겠어요. 3명 다 서로에게 얼마나 무관심한지 몰라요."

"어쨌든 레스태릭 양이 그곳으로 돌아갈 줄 알았단 말이죠?"

"출근도 안 했더라고요. 회사에서도 이제 거의 포기 상태인 것 같아요."

"베이커 군은 어떻습니까, 걱정이 되나요?"

"당연히 아니죠. 그러니까 제 말은 그녀가 어디에 있는지 저도 맹세코 모른다는 말이에요. 하지만 걱정해야 할 이유도 없어요. 시간이 좀 흐르긴 했지만요. 오늘이 무슨 요일이죠? 목요일인가요?"

"노마와 싸운 것은 아니란 말이죠?"

"아니라니까요. 우리는 안 싸워요."

"그렇지만 그녀가 걱정되기는 하지요, 베이커 군?"

"그게 당신과 무슨 상관이죠?"

"물론 제가 상관할 일은 아니네만 집에서 문제가 있었다더군요. 노마가 계모를 싫어한다고 들었습니다."

"당연하죠. 그 여자는 못됐어요. 찔러도 피 한 방울 안 나올걸요. 아무튼 그 여자도 노마를 싫어해요."

"그녀가 최근에 아프지 않았나요? 그래서 병원에도 가야 했다고 들었습니다만."

"누구를 말씀하시는 거죠? 노마요?"

"아니, 레스태릭 양이 아니라 레스태릭 부인 얘기를 하고 있습니다."

"사립 병원에 입원했던 걸로 알고 있어요. 그럴 필요도 없었으면서. 아주 건강하거든요."

"그리고 레스태릭 양은 계모를 미워하고 말입니다."

"노마가 불안정할 때가 가끔 있어요. 알다시피 갑자기 불같이 화를 내기도 하고요. 게다가 여자들은 다들 계모를 미워하잖아요."

"그러면 모든 계모가 다 그렇게 병이 납니까? 병원에 가야 할 정도로?"

"도대체 뭐가 알고 싶으신 거죠?"

"아마도 정원 손질을 할 때 쓰는 제초제의 용도?"

"제초제라니 무슨 말씀이죠? 노마가 설마……. 꿈에라도 그런 짓을 할 리가……."

"사람들이 수군댄다더군요. 그 동네에서 소문이 돌고 있습니다."

"노마가 자기 계모를 독살하려고 했다고 사람들이 수군댄단 말씀이세요? 말도 안 돼요. 정말 웃기는 소리예요."

"그럴 가능성이 낮다는 데에는 저도 동의합니다. 사실 사람들이 수군대고 있는 건 그런 말이 아닙니다."

"아, 제가 오해했군요. 죄송해요. 그럼 무슨 뜻이었죠?"

"들어 보십시오. 항간에 떠도는 소문은 모두 한 사람을 가리키고 있습니다. 그건 바로 남편이죠."

"뭐라고요? 불쌍한 늙은이 앤드루 씨요? 그럴 리가요."

"맞습니다, 저도 그럴 리가 없다고 생각합니다."

"그럼 무엇 때문에 거기까지 찾아가신 거죠? 당신은 탐정이잖아요."

"그렇습니다."

"그럼 말씀해 보시죠."

"우리는 지금 서로 동문서답을 하고 있군요. 저는 의심이 가는, 또는 가능성이 있는 독살 사건을 조사하러 그 집에 갔던 게 아닙니다. 질문에 답을 못 해 드려서 미안하군요. 모든 게 극비라서 말입니다."

"도대체 그게 무슨 말씀이시죠?"

"그곳에 갔던 이유는……."

푸아로가 잠시 뜸을 들이다 말을 이었다.

"로더릭 호스필드 경을 뵙기 위해서였습니다."

"뭐라고요? 그 늙은이를요? 그 노망 든 영감을 말인가요?"

"그분은 비밀이 아주 많은 분입니다. 요즘에도 그런 일에 관여하고 있다는 뜻은 아니지만, 아는 게 꽤 많은 분이지요. 지난 전쟁 때 이런저런 중요한 일에 연루되기도 했고, 요주의 인물들을 좀 알았거든요."

"하지만 다 옛날 일이잖아요."

"그렇습니다. 그분이 나라의 일익을 담당했던 것도 다 옛날 일이죠. 그래도 알아 두면 뭐든 쓸모가 있다는 사실을 아시겠습니까."

"예를 들면요?"

"얼굴들입니다. 아주 유명한 얼굴은 로더릭 경이 알아볼 수도 있어요. 얼굴이나 버릇, 말하는 방식, 걷는 방식, 몸짓. 사람들은 그런 걸 다 기억하죠. 늙은 사람들은 지난주, 지난달, 혹은 작년에 일어났던 일보다는 아주 오래전, 이를테면 20년 전에 일어났던 일을 더 잘 기억하는 법이지요. 기억되고 싶지 않은 누군가를 기억할 수도 있어요. 노인들은 특정한 남자나 여자, 또는 예전에 헷갈렸던 어떤 일에 대해서 어느 정도 정보를 줄 수도 있고요. 너무 모호하게 말해서 미안합니다만, 어쨌든 전 정보를 얻으려고 그분을 뵈러 갔던 것입니다."

"정보를 얻으러 그 영감한테 갔다고요? 그 노인네한테요? 미쳤군요. 그래서 그 영감한테 정보는 얻었나요?"

"꽤 만족한 상태라고만 말해 두지요."

데이비드는 푸아로를 계속 응시했다.

"궁금한 게 생겼는데, 솔직하게 말해서 그 영감을 만나러 가신 건가요, 아니면 그 귀여운 여자애를 보러 가신 건가요? 그 여자가 그 집에서 무슨 일을 하는지 알고 싶으셨나요? 그건 저도 가끔 궁금했거든요. 그 여자가 영감한테 과거의 정보를 조금이라도 캐내려고 거기 취직했다고 보세요?"

"제 생각에는 말입니다……. 이런 문제를 논하는 것은 아무런 도움이 안 될 것 같습니다. 그 아가씨는 아주 헌신적이고 친절해 보이더군요. 그녀를 뭐라고 불러야 하지요? 비서?"

"간호사, 비서, 말벗, 오 페어, 조수 등의 역할을 다 하고 있죠. 찾아보면 적당한 직책도 있을 거예요. 그 노인은 그 여자한테 푹 빠져 있어요. 당신도 이미 눈치챘겠죠?"

"지금 상황에서는 그리 이상한 일도 아닙니다."

푸아로가 점잔을 빼며 말했다.

"저는 그녀를 싫어하는 사람이 누군지 알아요. 바로 레스태릭 부인이에요."

"어쩌면 그녀도 메리 레스태릭을 싫어할지 모르고요."

"정말 그렇게 생각하세요? 소냐가 메리 레스태릭을 싫어한다고 말이에요. 혹시 그녀가 제초제를 어디에 두었는지 궁금한 건 아니겠죠? 쳇, 다 웃기는 소리예요. 태워 주셔서 감사합니다. 여기서 내려야겠군요."

"그렇군요. 여기가 목적지이십니까? 런던까지는 아직 10킬로미터나 남았습니다만."

"여기서 내리겠습니다. 안녕히 가세요, 무슈 푸아로."

"잘 가시지요."

데이비드가 문을 쾅 닫고 내리자 푸아로는 좌석에 몸을 기대고 앉았다.

올리버 부인은 자기 집 거실을 서성거리고 있었다. 매우 안절부절못하고 있는 상태였다. 1시간 전 그녀는 막 교정을 끝낸 타이프 원고를 꾸려 놓았다. 오매불망 원고를 기다리면서 삼사일 간격으로 재촉을 해 오던 출판업자에게 보내려던 참이었다.

"여기 있어요."

올리버 부인은 가상의 출판업자를 뚝딱 만들어 내고는 허공에 대고 이렇게 말했다.

"여기 있어요. 마음에 들었으면 좋겠네요. 내 마음에는 안 들지만. 너무 형편없어요! 하지만 당신은 내 글이 좋은지 나쁜지도 모르겠지요. 어쨌든 난 미리 경고했어요. 끔찍하다고 말했죠? 당신은 '천만에요! 그럴 리가 없어요.'라고 했고요. 이제 두고 보면 알 거예요."

올리버 부인이 이를 갈며 말했다.

"두고 보면 알 거라고요."

그녀는 문을 열고 하녀 이디스를 불러서 원고 꾸러미를 건넨 다음 즉시 우체국으로 보내라고 일렀다.

"이제 뭘 한다?"

그렇게 중얼거린 잠시 후 그녀는 다시 서성거리기 시작했다.

"그래, 저 바보 같은 체리 무늬 대신 그때 그 열대 지방의 새들이 있는 벽지로 바꿔야겠다. 전에는 열대 숲에 있는 것 같았잖아. 사자나 호랑이나 표범이나 치타도 떠오르고! 허수아비가 아니고서야 체리 밭에서 무슨 느낌을 받을 수 있겠어?"

그녀는 주위를 다시 한번 휘 둘러보더니 우울하게 말했다.

"새처럼 짹짹거리고나 있다니. 체리라……. 지금이 체리 철이면 좋을 텐데. 체리 먹고 싶다. 아참, 갑자기 궁금한 게 생겼어……."

그녀는 전화기 쪽으로 다가갔다.

"확인해 보겠습니다, 마담."

그녀의 물음에 답하는 조지의 목소리가 들려왔다. 잠시 후 또 다른 목소리가 들려왔다.

"에르퀼 푸아로입니다, 마담."

"어디 갔었어요? 하루 종일 집에 없더군요. 레스태릭 씨 댁에 갔던 것 같은데, 맞아요? 로더릭 경은 뵈었어요? 뭐 알아낸 거라도 있나요?"

"아무것도 없어요."

에르퀼 푸아로가 담담하게 말했다.

"이렇게 김이 빠질 수가!"

올리버 부인이 한숨을 내쉬며 말했다.

"제 생각엔 김이 빠지는 일은 아닌 것 같습니다. 그보다 제가 아무것도 알아내지 못했다는 사실이 놀라울 따름이에요."

"어째서 그게 놀랍다는 거죠? 난 이해가 가지 않아요."

"왜냐하면 그건 알아낼 것이 아무것도 없다는 뜻이거나 뭔가가 아주 교묘하게 은폐되고 있단 뜻이지요. 전자의 경우는 여러 가지 사실과 맞아떨어지지를 않고, 후자라면 아주 흥미롭겠죠. 그나저나 레스태릭 부인은 딸이 실종된 것도 모르고 있더군요."

"그 말은 레스태릭 부인이 노마의 실종과 무관하다는 뜻인가요?"

"그래 보이더군요. 거기서 그 젊은이를 만났습니다."

"모두가 못마땅하게 여기는 그 청년 말이에요?"

"맞아요, 그 못마땅한 청년."

"정말 그렇게 못마땅한 청년이던가요?"

"누구의 관점에서 말입니까?"

"그야 노마를 뺀 다른 사람의 관점이겠죠."

"나를 찾아왔던 그 소녀라면 분명히 그 청년을 무척 좋아했을 겁니다."

"그렇게 심하던가요?"

"아주 아름다워 보이더군요."

"아름답다고요? 젊은 남자가 아름답다니 조금 이상하게 들리는데요."

"젊은 여자들은 전혀 그렇게 생각하지 않을 겁니다."

"당신 말이 맞아요. 젊은 아가씨들은 아름다운 남자를 좋아하죠. 잘생겼다거나 똑똑해 보인다거나 옷을 잘 입는다거나 깔끔한 청년을 말하는 게 아니에요. 요즘 아가씨들은 복고 희극(영국의 왕정복고 시대 이후에 만들어진 희극—옮긴이)에 나오는 배우처럼 생긴 남자나 막일이라도 하러 가려는 것처럼 아주 지저분해 보이는 남자를 좋아하더라고요."

"그 청년도 노마가 지금 어디 있는지는 모르는 것 같았습니다……."

"아니면 알면서도 숨기고 있거나요."

"그럴지도 모르죠. 그 친구도 거기 내려왔더군요. 이유가 뭘까요? 게다가 집 안에까지 들어왔더라고요. 아무한테도 들키지 않고 몰래 집 안에 잠입하는 수고도 마다하지 않으면서까지요. 왜일까요? 도대체 무엇 때문일까요? 노마를 찾고 있던 걸까요? 아니면 다른 어떤 것을 찾고 있던 걸까요?"

"뭔가를 찾고 있었다고 생각하세요?"

"그는 노마의 방에서 뭔가를 찾고 있었습니다."

"그걸 어떻게 알아요? 노마 방에 있는 걸 보기라도 했어요?"

"아뇨, 계단을 내려오는 것만 봤지만 그의 구두에서 나온 것이 분명한 소량의 진흙 부스러기를 노마의 방에서도 발견했습니다. 노마가 그 친구에게 자기 방에서 뭘 좀 가져와 달라고 부탁했는지도 모르는 일이지요. 가능성은 여러 가지예요. 그 집에 젊은 아가씨가 1명 더 있더군요. 그것도 아주 예쁜 아가씨가요. 노마가 아니라 그 아가씨를 보러 그 집에 갔을 수도 있겠지요. 어쨌든 그녀에게도 가능성은 있지요."

"이제 뭘 하실 거예요?"

올리버 부인이 다그치듯 물었다.

"아무것도요."

"정말 김 빠지는 대답이네요."

올리버 부인이 못마땅한 표정을 지으며 말했다.

"어쩌면 제가 고용한 사람들에게 약간의 정보를 받게 될지도 모르겠군요. 물론 아무것도 못 받을 가능성이 훨씬 크긴 하지만 말이에요."

"그래서 그때까지 아무것도 안 할 거란 말이에요?"

"때가 올 때까지는요."

푸아로가 신중하게 말했다.

"난 뭔가 해야겠어요."

"제발, 제발 조심해요."

푸아로가 애원하듯 말했다.

"말도 안 되는 소리 마세요. 설마 무슨 일이 일어나겠어요?"

"살인에 관한 한 무슨 일이든 일어날 수 있어요. 그 점은 단언할 수 있습니다. 나 푸아로가 말이에요."

6장

고비는 의자에 앉아 있었다. 그는 체구가 작고 주름살투성이인 남자로, 이렇다 할 특징이 없어서 그 존재감마저 느껴지지 않을 정도였다.

고비는 구식 탁자의 갈고리 발톱 모양의 다리에 시선을 두고 조심스럽게 입을 열었다. 그는 결코 상대와 눈을 마주치고 이야기하는 법이 없었다.

"푸아로 씨, 명단을 주셔서 얼마나 다행이었는지 모릅니다. 그러지 않았다면 시간이 꽤 오래 걸렸을 테니까요. 이미 중심이 되는 사실들은 입수했고 덤으로 가십도 약간 더 알아냈습니다……. 가십은 늘 쓸모가 있지요. 보로딘 맨션부터 시작해 볼까요?"

푸아로가 우아하게 고개를 끄덕였다.

"수위가 많더군요."

고비가 벽난로 선반 위에 놓인 시계를 쳐다보며 말했다.

"젊은 수위 두어 명부터 시작했죠. 돈은 좀 들었지만 건진 정보는 많았습니다. 물론 누군가가 뒤를 캐고 다닌다는 인상을 주지 않도록 조심했습니다! 이니셜로 할까요, 그냥 이름을 언급할까요?"

"지금 이 방에서는 이름을 말해도 좋네."

"클로디아 리스홀란드 양은 아주 상냥한 아가씨로 평판이 나 있더군요. 아버지는 하원 의원인데, 야망이 크고 뉴스에 자주 나오는 인물입니다. 리스홀란드 양은 외동딸이고 현재 비서 일을 하고 있습니다. 진지한 아가씨더군요. 난잡한 파티에도 가지 않고 술도 안 마시고 비트족도 아닙니다. 다른 아가씨 2명이랑 아파트를 함께 쓰고 있는데, 두 번째 아가씨는 본드가(街)에 있는 웨더번 화랑에서 일하고 있습니다. 예술가 비슷한 일을 하나 본데, 첼시 출신 사람들과 흥청망청 어울려 놀러 다니기 바쁩니다. 여기저기 돌아다니면서 전시회나 아트 쇼를 기획한다더군요.

세 번째 아가씨가 문제의 아가씨인데, 같이 산 지는 얼마 안 됐습니다. 어딘가 약간 모자라 보인다는 게 전반적인 의견이었어요. 정신이 오락가락하나 봐요. 하지만 그것도 다 모호한 구석이 있는 애기더라고요. 수위 중에 남 얘기 좋아하는 친구가 있어서 술을 한잔 샀더니 정말 엄청나더라고요. 누가 술을 마시네, 누가 마약을 하네, 누가 소득세로 골치를 썩고 있네, 누구는 현금을 수조에 보관하네 등등. 물론 다 믿어서는 안 되겠지만 말입니다. 어쨌든 어느 날 밤 권총이 발사된 적이 있다는 얘기도 들려주더군요."

"권총이 발사되었다고? 누구 다친 사람이 있었다던가?"

"그 점에서도 말이 분분하더군요. 그 수위의 말에 의하면 어느 날 밤 총성이 들려서 나가 보니까 문제의 그 아가씨가 손에 권총을 들고 서 있었대요. 얼굴은 멍해 보였고, 곧 하나인지 둘인지 정확하진 않지만 아무튼 다른 아가씨들이 달려 나왔답니다. 캐리 양이 그러니까, 그 사이비 예술가 쪽이 '노마, 너 도대체 무슨 짓을 한 거니?' 하고 말하자 리스홀란드 양이 날카로운 목소리로 '조용히 좀 해, 프랜시스. 바보처럼 굴지 말라고!' 하고 말하더니 문제의 아가씨한테서 권총을 빼앗으면서 '그거 이리 내.' 그랬대요. 리스홀란드 양이 권총을 핸드백에 급히 집어넣은 다음 우리의 수위 친구인 미키가 있는 것을 알아채고는 가까이 다가와 웃으면서 '많이 놀라셨죠?'라고 하더랍니다. 이 친구가 질겁했다고 말하자 리스홀란드 양이 '걱정하지 않으셔도 돼요. 사실 장전된 총인 줄 우리도 몰랐어요. 그냥 장난치던 중이었어요.'라고 한 다음 '어쨌든 누가 와서 물어보면 아무 문제 없다고 해 주세요.'라고 했답니다. 그러더니 노마 양을 보고 '이리 와, 노마.' 하더니 노마 양의 팔을 잡고 엘리베이터까지 데려간 다음 다시 위로 올라갔답니다. 하지만 미키는 아무래도 의심이 가서 안마당을 둘러봤다고 하더군요."

고비가 시선을 아래로 향하더니 수첩에 적은 말을 그대로 읽어 주었다.

"뭔가를 발견했습니다, 정말이라니까요! 젖은 천 조각들을 찾아냈지요. 장담합니다. 거기엔 피가 묻어 있었어요. 손으로 만져 보기까지 했다니까요. 내 생각은 이래요. 누군가가 총에 맞은 겁니다. 그러고는 도망을 친 거죠……. 위층에 올라가서 리스홀란드 양을 불러 이렇게 말했습니다. "누가 총에 맞은 것 같습니다. 안마당에 핏방울이 떨어져 있던데요." 그러자 "세상에, 말도 안 돼. 비둘기 피겠죠. 놀라게 해 드렸다면 죄송해요. 이제 그만 가서 쉬세요." 하고 말하면서 5파운드짜리 지폐를 내 손에 쥐어 주었어요. 무려 5파운드나요! 당연히 그 뒤로는 그 얘기도 입 밖에도 꺼내지 않았지요.'

잠시 후 위스키가 한 잔 더 들어가니까 얘기가 술술 나오더군요. '내 생각으로는 그 아가씨가 만나 달라고 오는 가난뱅이 젊은 녀석을 총으로 쏜 것 같습니다. 둘이 싸우다가 실수로 쏜 거겠죠. 어디까지나 제 생각이지만요. 말이 적으면 화근도 적다고 했으니 두 번 다시 말하지는 않을 겁니다. 이제 누가 와서 물어봐도 전혀 무슨 소리인지 모른다고 할 거예요.'"

고비는 여기서 잠깐 멈추었다.

"흥미롭군요."

"그렇긴 하죠. 그 친구 말이 전부 거짓말 같지는 않습니다. 그 일을 알고 있는 사람은 더 없는 것 같더군요. 어느 날 밤에 불량배 일당이 안마당으로 쳐들어와서 싸움을 했는데 칼이 5자루가 나왔다는 이야기도 있습니다."

"알겠습니다. 안마당에서 나온 피가 그 때문일 수도 있겠군."

"그 아가씨가 남자 친구랑 싸우면서 총으로 쏴 버리겠다고 위협했을지도 모르죠. 미키는 그 말을 우연히 듣고 혼동하게 된 거고요. 마침 그 순간 엔진 소리가 들렸다면 특히나 착각하기 쉬웠을 겁니다."

"알겠습니다. 그 말도 일리가 있군요."

푸아로가 한숨을 내쉬며 말했다.

고비는 수첩을 1장 더 넘기더니 전기 라디에이터 위에 수첩을 올려놓았다.

"조슈아 레스태릭 주식회사. 가족 기업이고 역사가 100년이 넘었습니다. 시티에서 평판도 좋고 매우 탄탄한 회사입니다. 1850년 조슈아 레스태릭이 창립했고 큰 위기도 없었습니다. 제1차 세계 대전 후 사업을 시작했는데 주로 남아프리카, 서아프리카, 호주 등지에서 해외 투자가 크게 늘었다고 합니다. 사이먼과 앤드루 레스태릭은 레스태릭 가문의 마지막 아들들이며, 맏아들 사이먼은 약 1년 전에 사망했습니다. 자식은 없으며 그의 부인은 그보다 몇 년 전에 세상을 떠났습니다. 앤드루 레스태릭은 젊은 시절 많이 방황한 것 같습니다. 주변에서는 유능했다고 하지만 실제로는 회사 일에 그다지 신경 쓰지 않았습니다. 급기야 부인과 5살 난 딸을 버리고 다른 여자와 남아프리카, 케냐 등지로 도망을 다녔답니다. 이혼은 안 했고 부인은 오랫동안 병을 앓다가 2년 전에 사망했다고 합니다. 앤드루 레스태릭은 여행을 많이 다녔으며 가는 곳마다 돈을 벌었습니다. 주로 광물 채굴권으로 돈을 벌어들였고 손을 대는 일마다 성공했지요. 형이 죽고 나서 정착할 때가 왔다고 생각했는지 재혼해서 돌아왔고 딸에게 가정을 꾸며 주어야겠다고 마음먹었다고 합니다. 현재 사돈 어르신인 로더릭 호스필드 경과 임시로 함께 살고 있고, 사돈 어르신이라고 부르고 있습니다. 그의 부인은 현재 런던 시내 전체를 뒤지며 집을 알아보고 있습니다. 돈은 문제가 안 되지요. 남는 게 돈이니까요."

푸아로가 한숨을 내쉬며 말했다.

"그렇군. 들어 보니 성공 신화가 따로 없군! 뭘 해도 돈을 벌고, 훌륭한 집안 출신에 존경도 받지. 친척들도 명사고 업계에서도 평판이 좋아. 다만 유일하게 낀 먹구름이 있군. '조금 모자란' 딸, 한 번쯤 집행유예 판결을 받은 수상쩍은 남자 친구와 엮인 딸, 계모를 독살하려고 시도했을 가능성이 농후하고 환각에 시달리거나 범죄를 저질렀을지도 모르는 딸! 자네가 내게 들려준 성공 신화와는 확실히 어울리지 않는단 말이지."

고비가 유감스럽다는 듯 고개를 가로저으며 모호하게 대답했다.

"어느 집에나 그런 사람이 하나씩은 있는 법이지요."

"레스태릭 부인은 꽤 젊더군. 처음에 같이 도망갔다던 그 여자는 아니겠지?"

"물론 아니죠. 그녀와는 얼마 안 가서 헤어졌답니다. 같이 도망갔던 그 여자는 예쁘긴 했어도 성질이 못되고 사나웠다고 해요. 그런 여자한테 속아 넘어가다니 앤드루 레스태릭이 바보였던 거죠."

고비는 수첩을 덮고 미심쩍은 얼굴로 푸아로를 바라보았다.

"더 시키실 일은 없으십니까?"

"있네. 죽은 앤드루 레스태릭 부인에 대해 좀 더 알아봐 주게. 오랫동안 병을 앓았고 사립 병원을 들락날락했다고 했지? 정확히 어떤 사립 병원이었나? 정신 병원?"

"무슨 말씀인지 알겠습니다, 푸아로 씨."

"남편 쪽이든 아내 쪽이든 가족 중에 정신병을 앓았던 이력은 없었는지 궁금하군."

"그것도 알아보겠습니다, 푸아로 씨."

고비가 일어서며 인사를 했다.

"이만 가 보겠습니다. 그럼 안녕히 계십시오."

고비가 나간 뒤로도 푸아로는 계속 생각에 잠겨 있었다. 그는 눈썹을 치켜 올렸다가 이내 다시 내렸다. 그는 궁금했다. 그것도 몹시.

잠시 후 푸아로는 올리버 부인에게 전화를 걸었다.

"전에 제가 말씀드렸죠? 조심하라고 말이에요. 다시 한번 말씀드립니다. 정말 조심하셔야 돼요."

"뭘 조심하라는 거죠?"

"부인 자신을 조심하란 겁니다. 위험한 일이 생길지도 몰라요. 환영받지 못할 곳을 캐고 다니는 사람은 누구든지 위험에 직면할 수 있으니까요. 살인의 냄새가 납니다. 당신이 다치는 건 원치 않아요."

"입수할지도 모른다고 했던 정보는 어떻게 됐어요?"

"그거요? 약간의 정보를 얻었지요. 대부분 떠도는 소문이지만 보로딘 맨션에서 무슨 일이 일어나긴 했나 봐요."

"어떤 일인데요?"

"안마당에 떨어진 핏자국이랄까요?"

"어머, 꼭 옛날 탐정 소설 제목 같네요.『계단 위의 얼룩』처럼요.

요즘엔 『죽음을 자초한 것은 그녀였다』 이런 식의 제목이잖아요."

"어쩌면 실제로 안마당에 핏자국이 있었을지도 모르죠. 아니면 아일랜드 출신의 수위의 상상에 불과할지도 모르고요."

"어쩌면 우유가 쏟아진 것인지도 모르죠. 밤이라서 제대로 못 봤을 수 있으니까요. 그래서 그다음엔 어떻게 됐는데요?"

올리버 부인이 묻자 푸아로가 뜸을 들이다 대답했다.

"그 아가씨가 '살인을 저질렀을지 모른다.'고 생각하게 된 거죠. 그녀가 그 살인을 의도한 것이었을까요?"

"그러니까 그녀가 누군가를 총으로 쐈다는 건가요?"

"누군가를 겨냥해서 쐈지만 결국 빗맞았다고 추정할 수 있겠지요. 몇 방울의 피…… 그게 다였답니다. 사체는 없었고요."

"뭐가 뭔지 모르겠어요. 안마당에서 제 발로 도망을 친 건데, 그렇다면 그 사람을 죽였을지도 모른다는 생각 같은 건 할 필요가 없잖아요."

"세 디피실(정말 어렵습니다)."

푸아로는 이렇게 말하고 전화를 끊었다.

"난 걱정이 돼."

클로디아 리스홀란드가 커피메이커에서 커피를 다시 가득 따라 부으며 말했다. 프랜시스 캐리는 크게 하품을 했다. 두 여자는 아파트에 딸린 작은 부엌에서 아침 식사를 하고 있었다. 클로디아는 옷을 다 차려입고 출근할 준비가 되어 있었지만, 프랜시스는 아직 실내복에 잠옷 차림이었다. 그녀의 검은 머리칼이 한쪽 눈 위로 흘러내렸다.

"노마가 걱정된단 말이야."

클로디아가 다시 말했지만 이번에도 프랜시스는 하품만 했다.

"내가 너라면 걱정 안 하겠다. 조만간 전화를 걸든지 제 발로 나타나겠지."

"그럴까? 프랜, 너도 알다시피, 난 걱정돼 죽겠어……."

"걱정할 이유가 없잖아."

프랜시스가 커피를 한 잔 더 따르면서 말했다. 그리고 커피 맛이 이상한지 인상을 찡그리며 말을 이었다.

"사실 노마가 우리랑 무슨 상관이야? 우리가 걔를 돌보거나 보호해 줘야 할 의무가 있는 것도 아니잖아. 노마는 그냥 아파트를 같이 쓰는 애일 뿐이야. 왜 엄마라도 되는 것처럼 그렇게 야단법석이야? 나라면 정말 걱정 안 하겠다."

"너라면 걱정 안 하겠지. 넌 걱정 같은 건 안 하는 애니까 말이야. 하지만 난 너랑은 입장이 달라."

"어째서 너랑 내가 입장이 다르다는 거야? 네가 이 아파트 세입자라서 그래?"

"너도 알다시피, 내가 좀 특별한 상황에 처해 있잖아."

프랜시스는 또 한 번 크게 하품을 했다.

"어젯밤에 늦게까지 놀았더니 졸리네. 배질네 파티에 갔었거든. 정말 끔찍하더라. 블랙커피를 마시면 좀 나아지겠지. 내가 다 마셔

버리기 전에 좀 마실래? 배질이 우리한테 에메랄드 드림이라는 새 약을 줬거든. 괜히 먹은 것 같아."

"화랑에 늦겠다."

"그건 상관없어. 아무도 눈치채지 못할 테니까. 신경 쓰지도 않거든."

프랜시스가 뒤이어 말을 덧붙였다.

"참, 나 어젯밤에 데이비드 봤어. 그렇게 제대로 차려입으니까 멋져 보이더라."

"설마 너도 데이비드한테 빠졌다고 말하려는 건 아니겠지, 프랜? 그 남자는 진짜 끔찍해."

"네가 그렇게 생각하는 건 나도 알아. 클로디아, 넌 너무 보수적이야."

"천만에! 하지만 너랑 어울려 다니는 그 예술가 집단을 좋아한다고는 안 하겠어. 온갖 약을 다 먹고는 정신을 잃거나 미친 듯 싸우기나 하니까."

프랜시스가 즐거운 표정을 지으며 말했다.

"난 마약 중독자가 아니야. 그냥 어떤 느낌일까 알고 싶을 뿐이지. 내 친구들 중에는 괜찮은 애들도 꽤 있어. 그리고 데이비드도 마음만 먹으면 멋진 그림을 그릴 수 있어."

"문제는 데이비드가 마음먹는 일이 별로 없다는 것 아냐?"

"넌 데이비드 얘기만 나오면 날을 세우더라……. 노마를 만나러 여기 오는 것도 그렇게 싫어하고. 날 얘기가 나와서 말인데……."

"날이 뭐?"

"그동안 고민했어."

프랜시스가 주저하며 말했다.

"너한테 이 얘기를 해야 할지 말아야 할지 몰라서 말이야."

클로디아가 손목시계를 흘긋 보며 말했다.

"지금은 시간이 없어. 나한테 말하고 싶으면 저녁에 말해 줘. 지금은 들을 기분이 아니라서 말이야. 그나저나 어떻게 해야 할지 모르겠네."

"노마 말이야?"

"응, 노마 부모님께 그 애가 어디 있는지 우리가 모른다는 사실을 알려야 하지 않을까……."

"괜한 짓이야. 불쌍한 노마! 혼자 훌쩍 떠나 버리고 싶을 때가 있잖아. 원한다면 충분히 그럴 수 있어."

"글쎄, 노마는 뭐랄까……."

클로디아가 말을 멈추었다.

"맞아, 노마는 그런 타입이 아니야. 몸과 마음이 매우 약해져 있어. 그 말 하려던 거였지? 노마가 일한다는 그 끔찍한 회사에 전화는 걸어 봤어? '홈버즈'였나? 뭐였더라? 맞아, 전화 걸어 봤다고 했지. 이제 생각났다."

"노마는 지금 어디에 있는 걸까? 어젯밤 데이비드는 아무 말도 없었어?"

"데이비드도 모르는 것 같던데. 클로디아, 진심으로 하는 말인데 별일 아닐 거야."

"나한텐 별일이야. 우연하게도 내 상사가 노마의 아버지잖니. 조만간 노마한테 이상한 일이라도 일어나면 그분들은 나한테 왜 진작 노마가 귀가하지 않았다는 사실을 알려 주지 않았느냐고 따질 게 분명하잖아."

"그래, 내 생각에도 그 사람들이 너한테 따질 것 같기는 해. 하지만 노마가 하루이틀 외박할 때마다 우리한테 보고해야 할 이유는 전혀 없잖아. 며칠이 되더라도 말이야. 노마가 무슨 하숙생도 아니고. 네가 그 애 보호자도 아니잖아."

"네 말이 맞아. 하지만 레스태릭 씨가 일전에 노마가 우리랑 같이 살게 되어서 다행이라고 그랬거든."

"그랬다고 해서 노마가 말없이 사라질 때마다 네가 가서 이러니저러니 보고해야 하는 거야? 노마가 다른 남자를 좋아하게 된 걸지도 모르잖아."

"노마는 아직도 데이비드를 좋아하고 있어. 노마가 데이비드의 집에 숨어 있지 않은 게 맞아?"

"내 생각은 아냐. 데이비드가 그 정도로 노마를 좋아하는 것도 아니고. 너도 알잖아."

"네가 그렇게 생각하고 싶은 거겠지. 너도 데이비드한테 마음이 있잖아."

"말도 안 되는 소리야. 그런 거 절대로 아니야."

프랜시스가 날카롭게 말했다.

"데이비드는 노마한테 빠져 있어. 아니라면 요전날 왜 여기까지 노마를 찾으러 왔겠어?"

"그날도 네가 데이비드를 곧바로 내쫓아 버렸지. 내 생각에는 말이야……."

프랜시스가 일어나서 부엌에 있는 작은 거울을 보며 의미심장하게 말했다. 거울은 얼굴을 있는 그대로 거짓 없이 보여 주었다.

"사실은 데이비드가 나를 보러 왔던 것 같아."

"말도 안 되는 소리! 그는 노마를 보러 여기 왔던 거야."

"노마는 정신이 이상해."

"나도 가끔 그런 생각을 할 때가 있어."

"그 애가 정신이 이상하다는 걸 난 알아. 있잖아, 클로디아, 아까 말하려고 했던 거 지금 말할래. 너도 알아야 하니까. 며칠 전 내 브래지어 끈이 끊어져서 허둥대고 있었거든. 너는 남이 네 물건 건드리는 것을 싫어하잖아……."

"그야 그렇지."

클로디아가 중간에 끼어들었다.

"노마는 신경 안 쓰잖니. 전혀 눈치도 못 채거나. 어쨌든 노마 방에 가서 서랍을 뒤적이다가 뭘 찾았는 줄 아니? 칼이야."

"칼이라고? 어떤 칼이었는데?"

클로디아가 깜짝 놀라며 물었다.

"우리 안마당에서 발견했던 번뜩이는 칼 알지? 저번에 10대 불량배들이 여기 와서 버튼만 누르면 칼날이 튀어 나오는 섬뜩한 칼을 가지고 싸웠잖아. 노마가 바로 그때쯤 들어왔지."

"맞아, 나도 기억나."

"그 애들 중 하나가 칼에 찔렸다고 기사에 났는데, 어쨌든 그 찔린 애가 도망쳤다지 뭐야. 그런데 노마의 서랍에서 발견했던 칼도 버튼만 누르면 칼날이 튀어 나오는 그런 칼이었어. 칼날에 얼룩이 있었는데 말라붙은 피 같았어."

"프랜시스! 너 영화를 너무 많이 본 거 아니니?"

"그럴지도 모르지. 하지만 난 확신해. 도대체 그 물건이 왜 노마의 서랍에 숨겨져 있었는지 알았으면 좋겠어."

"아마 주웠나 보지."

"기념품으로 간직이라도 하려고? 그래서 숨겨 놓고 우리한테는 한마디도 안 했단 말이야?"

"그래서 그 칼은 어떻게 했니?"

"있던 자리에 그대로 놨지. 어떻게 해야 할지 알 수가 없었거든……. 너한테 말을 해야 할지 말아야 할지도 판단할 수 없었어. 그러다 어제 다시 찾아봤더니 글쎄 그 칼이 다시 사라지고 없는 거야, 클로디아. 흔적도 없이."

"그래서 그 칼을 가져오라고 노마가 데이비드를 여기로 보냈다는 거니?"

"글쎄, 그랬을지도 모르지……. 정말이지, 클로디아, 나는 말이야, 앞으로 밤에는 방문을 꼭 걸어 잠그고 잘 거야."

7장

 올리버 부인은 개운하지 못한 상태로 깨어났다. 할 일 없이 보낼 하루가 눈앞에 빤히 보이는 듯했다. 완성한 원고는 이미 경건한 마음으로 보내 놓았기 때문에 할 일은 끝난 셈이었다. 이제 당분간 창작욕에 다시 불이 붙을 때까지 마음껏 쉬고, 즐기고, 휴식을 취하기만 하면 된다. 그녀는 별 목적 없이 집 안을 서성거리며 이것저것 만지작거리고 들어 올렸다가 다시 내려놓았다. 책상 서랍을 열어 보고 처리해야 할 편지가 많다는 사실을 알았지만 지금과 같이 경건한 성취감이 느껴지는 때에 그처럼 따분한 일을 하고 싶지는 않았다. 뭔가 재미난 일을 하고 싶었다. 그녀가 원하는 것은……. 그런데 원하는 것이 뭐였더라?
 올리버 부인은 에르퀼 푸아로와 나눴던 대화, 그가 했던 경고가 떠올랐다. 말도 안 돼! 어째서 그녀가 푸아로와 함께 떠안게 된 문제를 외면하고 있어야 한단 말인가! 푸아로는 방 안에 편안한 자세로 틀어박혀 의자에 가만히 앉아 손가락 끝을 마주한 채 회색 뇌세포를 움직이기로 했는지 몰라도 그건 아리아드네 올리버의 방법은 아니었다. 그녀는 최소한 자신이라도 뭔가 해야겠다고 생각했다. 그 이해할 수 없는 소녀에 대하여 좀 더 알아내고 싶었다. 노마 레스태릭은 어디에 있는 걸까? 그녀는 지금 무엇을 하고 있는 걸까? 과연 아리아드네 올리버가 노마에 관하여 무엇을 더 알아낼 수 있을까?

집 안을 어슬렁거릴수록 올리버 부인은 더욱 절망적인 심정이 되었다. 무엇을 할 수 있단 말인가? 결정하기가 쉽지는 않았다. 어디든 가서 물어볼까? 롱 베이싱에 가 봐야 할까? 하지만 푸아로가 이미 갔으니 거기서 알아낼 수 있는 건 다 알아냈을 것이다. 게다가 로더릭 호스필드 경의 집에 쳐들어갈 구실도 딱히 없었다.

그녀는 보로딘 맨션에 한 번 더 찾아갈까도 생각해 보았다. 아직도 더 찾아내야 할 무언가가 있지 않을까 하는 생각에서였다. 그러나 그곳에 가려면 핑계를 하나 더 생각해야 할 것이다. 어떤 구실을 내세울지 현재로서는 생각나지 않았지만, 어쨌든 그곳이 더욱 많은 정보를 얻어 낼 수 있는 유일한 장소임에는 틀림없었다. 몇 시지? 오전 10시……. 어쩌면 만날 수 있을지도 모른다…….

구실은 가는 길에 만들어 냈다. 그렇게 기발한 것은 아니었다. 평소의 올리버 부인이라면 좀 더 흥미로운 핑곗거리를 좋아했을 것이다. 그러나 신중하게 생각해 보니 지극히 일상적이고 그럴듯한 것으로 말하는 게 좋겠다는 생각이 들었다. 왠지 으스스하면서도 당당하게 높이 솟은 보로딘 맨션 앞에 도착한 그녀는 그런 생각을 하면서 안마당을 천천히 거닐었다.

수위는 가구 운반 기사와 잡담을 하고 있었다. 우유 배달차를 몰고 온 우유 배달원이 화물용 엘리베이터 근처에 있던 올리버 부인의 곁에 섰다.

그는 기분이 좋은지 우유병을 덜거덕거리면서 휘파람을 불었고, 올리버 부인은 그때까지 가구 운반 기사를 멍하니 바라보고 있었다.

"76호가 이사 나가거든요."

올리버 부인이 관심이 있는 줄 알고 우유 배달원이 설명을 해 주었다. 그는 여러 병의 우유를 배달차에서 엘리베이터로 옮겼다.

"말하자면 그 여자는 이미 나간 거나 다름없죠."

우유 배달원이 다시 다가와 덧붙였다. 쾌활한 성격 같았다.

그가 엄지손가락으로 위를 가리키며 말했다.

"창문에서 뛰어내렸거든요. 7층에서요. 일주일 전이었어요. 새벽 5시에. 그런 시간에 뛰어내리다니 웃기죠."

올리버 부인은 전혀 웃기지 않다고 생각했다.

"이유가 뭐였죠?"

"왜 그랬냐고요? 그야 아무도 모르죠. 정신적으로 불안정해서였다고 하던데요."

"젊은 여자였나요?"

"아니올시다! 늙은 여자였어요. 적어도 50살은 됐을걸요."

가구 운반 기사 둘이 서랍장을 힘겹게 짐차에 싣고 있었다. 서랍장이 들어가지 않고 버티는 바람에 마호가니 서랍 두 단이 땅바닥으로 내동댕이쳐졌다. 그 순간 어디에선가 떨어져 나온 종이 1장이 올리버 부인 쪽으로 날아왔다. 그녀는 얼른 그것을 잡았다.

"다 때려 부수진 말라고, 찰리."

쾌활해 보이는 우유 배달원이 비난조로 말하고는 우유병을 싣고 엘리베이터를 타고 위로 올라갔다.

가구 운반 기사들은 언쟁을 벌이느라 올리버 부인이 주운 종이를 주는데도 거들떠보지도 않았다.

드디어 마음을 정한 올리버 부인은 건물 안으로 들어가 67호로 올라갔다. 안에서 '철커덕' 하는 소리가 들리더니 곧이어 웬 중년 여성이 문을 열었다. 걸레를 들고 있는 것을 보니 청소를 하고 있었음이 분명했다.

"오!"

올리버 부인이 버릇처럼 외마디 소리를 냈다.

"안녕하세요. 혹시 안에 아무도 없나요?"

"예, 아무도 없어요, 마담. 모두 나갔죠. 출근했거든요."

"아, 그렇군요……. 사실은 지난번에 왔을 때 자그마한 수첩을 두고 갔어요. 그게 어찌나 마음에 걸리던지. 응접실 어딘가에 있을 텐데요."

"글쎄요, 그런 건 없었는데요, 마담. 제가 알기론 말이죠. 물론 봤다고 해도 그게 당신의 것인지 모르겠지만요. 들어오시겠어요?"

그녀는 흔쾌히 문을 열어 주고는 부엌 바닥을 닦고 있던 걸레를 버려 두고 거실까지 올리버 부인을 안내했다.

"그래요."

올리버 부인은 그 여자와 친해지기로 작정하고 말했다.

"어머, 이게 여기 있네요. 이건 내가 레스태릭 양, 그러니까 노마 양에게 주라고 두고 갔던 책이에요. 노마 양은 시골에서 아직도 안 돌아왔나요?"

"그 아가씨는 지금 여기서 안 지내는 것 같아요. 침대에서 잔 흔적이 내내 없었거든요. 아직도 시골 부모님 댁에 있나 봐요. 지난 주말에 거기 간다고 했는데……."

"나도 그렇게 알고 있답니다. 이 책은 내가 그녀에게 주려고 가져 왔던 책이에요. 제가 쓴 책 중에 하나죠."

올리버 부인이 쓴 책이란 말도 가정부에게는 그다지 감흥을 주지 못한 듯했다.

"그때 내가 여기 앉아 있었거든요."

올리버 부인은 안락의자를 가볍게 두드리며 이야기를 이어 나갔다.

"그다음에 창가로 갔다가 소파로 갔던 거 같아요. 적어도 내 기억에는 그래요."

올리버 부인은 소파의 쿠션 뒤쪽을 열심히 뒤적거렸다. 가정부도 어쩔 수 없이 올리버 부인을 따라 소파 쿠션을 뒤적거렸다.

"그런 물건을 잃어버리면 얼마나 조바심이 나는지 아마 모르실 거예요."

올리버 부인이 허물없이 이야기를 이어 나갔다.

"보통 수첩에 약속이란 약속은 다 적어 놓잖아요. 오늘 아주 중요한 분과 점심을 하기로 했다는 건 분명 기억이 나는데 그게 누구였는지, 장소가 어디였는지 도저히 기억이 나지 않는 거 있죠? 어쩌면 내일일지도 모르지요. 만약 내일이라면 엉뚱한 곳에서 엉뚱한 사람과 점심을 먹게 될 텐데 큰일이에요."

"굉장히 애가 타시겠어요, 부인."

가정부가 그제야 제 일인 듯 공감해 주었다.

"그런데 여기 정말 좋은 아파트네요."

올리버 부인이 아파트를 둘러보며 말했다.

"너무 높아요."

"높으면 경치가 좋잖아요, 그렇지 않나요?"

"그렇긴 한데 동향이면 겨울에 외풍이 심해요. 금속 창틀을 뚫고 바람이 다 들어온다니까요. 어떤 사람들은 이중창을 달기도 했더라고요. 저라면 겨울에 추운 동향 아파트는 마다할 거예요. 1층 아파트가 좋죠. 아이들이 있으면 1층이 훨씬 편리하니까요. 유모차 끌기에도 좋고 여러 가지로 편리해요. 맞아요, 저는 누가 뭐래도 1층이 가장 마음에 들어요. 불이라도 난다고 생각해 보세요."

"그럼요, 정말 끔찍할 거예요. 하지만 비상구가 있잖아요."

"비상구까지 갈 수가 없잖아요. 아마 저는 불이 나면 겁에 질려 꼼짝도 못 할 거예요. 늘 그랬거든요. 게다가 이 아파트는 굉장히 비싸요. 임대료를 들으면 깜짝 놀라실걸요. 그래서 리스홀란드 양이 다른 두 아가씨를 들인 거랍니다."

"아, 나도 만났던 것 같아요. 캐리 양은 화가라고 했던 것 같은데, 맞나요?"

"화랑에서 일해요. 하지만 건성으로 일하는 것 같더라고요. 그림도 그리기는 하는데 소랑 나무를 그려 놔도 뭘 그렸는지 도무지 알 수가 없어요. 게다가 젊은 아가씨가 깔끔하지도 못하고. 그 아가씨 방을 보면 돼지우리가 따로 없어요! 반대로 홀란드 양은 아주 깔끔하지요. 예전에는 석탄 위원회 비서였는데 지금은 시티에서 비서로 있대요. 그게 더 낫다고 그러더라고요. 남아메리카였나? 그 비슷한 데서 얼마 전에 귀국한 부유한 노신사의 비서래요. 그 노신사가 노마 양의 아버지고, 지난번 아가씨가 결혼하면서 나가자 아가씨를 더 구한다는 홀란드 양의 말을 듣고 노마 양을 동거인으로 받아 달라고 부탁했대요. 홀란드 양으로서는 거절하기가 쉽지 않았을 테죠, 그렇지 않나요? 부탁한 분이 상사인데 말이에요."

"홀란드 양이 거절하고 싶었대요?"

여자가 코웃음을 치며 말했다.

"알았다면 거절했겠죠."

"알다니, 뭘요?"

이 질문은 너무 노골적이었다.

"아, 내가 참견할 일은 아니지요. 내 일이 아니니까……."

그러면서도 올리버 부인은 의아한 표정을 거두지 않았다. 가정부가 마침내 입을 열었다.

"노마 양이 못된 아가씨라서가 아니라 머리가 약간 돈 것 같으니까요. 그 집안 사람들도 다 반쯤 미친 것 같고요. 그 아가씨는 병원에 가 봐야 할 것 같아요. 자기가 뭐 하고 있는지, 어디 있는지도 제대로 모를 때가 많다니까요. 그럴 때는 얼마나 무서운지 몰라요. 남편의 조카가 발작을 일으킨 다음이랑 똑같아요. (어찌나 심하게 발작을 하는지 말해도 못 믿으실 거예요!) 그 아가씨도 발작을 하는데 내가 못 본 것인지도 모르죠. 어쩌면 그 아가씨도 자주 그러는지 몰라요."

"가족들이 못마땅해하는 남자 친구가 있다면서요?"

"나도 그렇게 들었어요. 그 아가씨 찾으러 여기도 두어 번 왔었어요. 본 적은 없어요. 다들 말하기를 모드족(1960년대 보헤미안처럼 옷을 입고 다니는 사람들—옮긴이)이래요. 홀란드 양도 싫어하지만, 요즘 세상에 다들 그런데 어쩌겠어요? 여자애들도 모두 제멋대로잖아요."

"요즘 젊은 아가씨들 때문에 안타까울 때가 한두 번이 아니지요."

올리버 부인은 되도록 심각하고 믿음이 가는 표정을 지으며 말했다.

"올바른 교육을 받지 못해서 그래요."

"그러게 말이에요. 두말하면 잔소리죠. 노마 레스태릭 같은 아가씨는 런던에 혼자 나와서 실내 장식가로 돈벌이를 하느니 차라리 집에 있는 편이 나을 것 같은데 말이죠."

"집에 있기 싫다나 봐요."

"정말요?"

"계모 때문이래요. 여자애들은 계모를 싫어하잖아요. 내가 듣기로는 계모도 할 만큼 했다나 봐요. 그 아가씨를 꾸짖어 보기도 하고 겉만 번지르르한 남자들을 끌고 들어오면 내쫓아 보기도 했대요.

여자애들이 남자 잘못 만나서 인생 망칠 수도 있다는 걸 아니까요. 가끔씩⋯⋯."

가정부가 정색을 하며 말했다.

"딸이 없어서 얼마나 다행인지 몰라요."

"아들만 있으세요?"

"아들만 둘이에요. 한 녀석은 공부를 잘하고, 한 녀석은 인쇄소에서 일하는데 제법 성실해요. 정말 착한 아들들이지요. 물론 아들도 말썽을 일으킬 수 있지만 딸이 더 걱정거리긴 해요. 요즘 여자애들을 보면 정말 어떻게든 해야 할 것 같아요."

"맞아요. 모두들 그렇게 생각할 거예요."

올리버 부인이 생각에 잠긴 표정으로 말했다.

눈치를 보니 가정부는 하던 청소를 다시 시작하고 싶어 하는 것 같았다.

"수첩을 못 찾아서 너무 속상하네요. 어쨌든 정말 고마웠어요. 너무 시간을 빼앗은 건 아닌지 모르겠어요."

올리버 부인이 정중하게 말했다.

"수첩을 꼭 찾았으면 좋겠네요. 찾으실 거예요."

가정부가 친절하게 말했다.

올리버 부인은 아파트에서 나와 다음에는 무엇을 해야 할지 곰곰이 생각해 보았다. 그날 할 일은 더 없었지만, 내일의 계획은 벌써 머릿속에서 그려지기 시작했다.

집에 돌아온 올리버 부인은 노트를 꺼내 진지한 태도로 '내가 알게 된 사실들'이라는 제목을 쓰고 그 밑에 여러 가지 내용을 적었다. 전반적으로 그 사실들이라는 것은 그다지 대단하지는 아니었지만 올리버 부인은 직업 정신을 발휘해 이를 최대한 그럴듯해 보이도록 만들었다. 클로디아 리스홀란드가 노마의 아버지 밑에서 일하고 있다는 사실은 그중 가장 중요한 사실이었다. 전에는 몰랐던 그 사실을 에르큘 푸아로도 알고 있을지 궁금했다. 전화를 걸어서 푸아로에게 알려 줄까도 생각했지만 내일 계획을 위해 당분간 혼자만 알고 있기로 했다. 지금 이 순간 올리버 부인은 자신이 추리 소설가라기보다 집요한 블러드하운드 경찰견이 된 것 같았다. 그녀는 코를 킁킁거리며 추적 중이었다. 내일 아침, 내일 아침이면 뭔가를 더 알아낼 수 있을 것이다.

다음 날 올리버 부인은 계획에 따라 일찍 일어나서 삶은 달걀 하나에 차 2잔을 곁들여 마신 다음 탐험에 나섰다. 올리버 부인은 다시 한번 보로딘 맨션 입구에 도착했다. 혹시 자신을 알아보는 사람이 있을지 몰라 이번에는 안마당으로 들어가지 않고 양쪽 입구 사이를 슬그머니 오가며 아침의 이슬비 속으로 쏟아져 나와 종종걸음으로 일터를 향하는 사람들을 살펴보았다. 대부분의 사람들이 여자들이었고 착각을 불러일으킬 만큼 다들 비슷해 보였다. 그녀는 개미 탑같이 높고 큰 건물에서 이렇듯 어떤 목적을 가지고 한꺼번에 몰려나오는 사람들을 보며 인간이란 참 별난 존재라고 생각했다. 올리버 부인은 인간들이야말로 개미탑을 제대로 평가해 본 적이 없다고 생각했다. 개미들이 아무 목적 없이 움직이는 것처럼 보이기 때문에 인간들은 늘 구두 끝으로 개미의 일을 방해했다. 입에 풀 조각을 물고 분주하게 움직일 뿐 아니라 바지런히 열을 지어 다니면서 걱정도 하고 불안에 떨기도 했을 그 작은 개미들. 이리저리 목적 없이 다니는 것 같지만 분명히 지금 눈앞에 있는 이 인간들 못지않게 조직화되어 있을 것이다. 방금 지나간 저 남자만 해도 그렇다. 그는 혼잣말을 하면서 잰걸음으로 서둘러 지나갔다. '무엇 때문에 기분이 상해 있는 걸까?' 하고 올리버 부인은 궁금해했다. 그녀는 왔다 갔다 하다가 갑자기 뒷걸음을 쳤다.

클로디아 리스홀란드가 사무적이면서도 활달한 걸음걸이로 건물 입구를 나오고 있었다. 그녀는 전에 봤을 때처럼 깔끔하게 차려입고 있었다. 올리버 부인은 그녀가 알아보지 못하도록 얼른 돌아섰다. 그리고 일단 클로디아를 앞으로 보내 충분한 거리를 둔 다음 다시 방향을 바꿔 클로디아의 뒤를 밟았다. 클로디아 리스홀란드는 거리 끝에서 오른쪽으로 돌아 큰길 쪽으로 갔다. 그러더니 버스 정류장에 도착해서는 늘어서 있는 줄에 합류했다. 클로디아를 미행하고 있던 올리버 부인은 순간적으로 불안한 느낌이 들었다. 클로디아가 뒤돌아서 나를 보고 알아보면 어쩌지? 올리버 부인이 생각해 낼 수 있는 거라곤 시간을 길게 끌면서 소리를 죽이고 코를 푸는 것뿐이었다. 그러나 클로디아 리스홀란드는 자기만의 생각에 빠져 있었다. 그녀는 곁에서 함께 버스를 기다리고 있던 사람들도 전혀 쳐다보지 않았다. 올리버 부인은 클로디아의 뒤쪽으로 세 번째쯤에 서 있었다. 마침내 기다리던 버스가 도착하자 사람들이 그쪽으로 몰렸다. 클로디아는 버스에 타더니 곧장 위층으로 올라갔다. 올리버 부인도 따라 탔고, 불편하긴 했지만 문 가까이에 겨우 자리를 잡을 수 있었다. 차장이 요금을 받으러 왔을 때 올리버 부인은 금액을 보지도 않고 1파운드 6펜스를 냈다. 어쨌든 올리버 부인으로서는 이 버스의 노선도 모르고 가정부가 모호하게 설명해 주었던 '세인트 폴 대성당 옆에 새로 지은 건물 중 하나'까지의 거리가 얼마나 되는지도 몰랐다. 올리버 부인이 잔뜩 긴장하여 준비하고 있을 때 마침내 유서 깊은 돔 지붕이 눈에 들어왔다. 올리버 부인은 그때부터 위층에서 내려오는 사람들을 주시했다. 그래, 깔끔한 정장에 단정하고 우아한 클로디아가 나타났다. 클로디아가 버스에서 내리자 올리버 부인도 곧 그 뒤를 따라 내렸고, 세심하게 계산된 거리를 내내 유지하며 따라갔다.

'아주 흥미로운걸. 내가 정말로 누군가의 뒤를 밟고 있다니! 내 책에서처럼 말이야. 게다가 클로디아가 눈치 못 챈 걸 보니 내가 아주 잘하고 있나 봐.'

클로디아 리스홀란드는 정말로 혼자만의 생각에 푹 빠져 있는 것 같았다.

올리버 부인은 다시 한번 생각했다.

'정말 유능해 보이는 아가씨야. 내가 만약 살인자를 알아맞혀야 한다면, 그것도 유능한 살인자를 알아맞혀야 한다면, 그렇다면 저 아가씨 같은 사람을 고르겠어.'

하지만 불행하게도 살해당한 사람은 아직 없었다. 다시 말해 자기가 살인을 저질렀을지도 모른다고 했던 노마의 추측이 완전히 빗나간 것만 아니라면 말이다.

런던의 이 지역은 최근 우후죽순처럼 들어선 신축 건물 때문에 몸살을 앓았지만 그만큼 여러 가지 혜택 또한 받았다. 올리버 부인이 보기에는 대부분 흉측하기만 한 마천루들이 네모난 성냥갑처럼 하늘 높이 치솟아 있었다.

클로디아가 어떤 건물 안으로 들어갔다.

'더 정확히 알아봐야겠어.'

올리버 부인은 이런 생각을 하면서 클로디아를 따라 건물 안으로 들어갔다. 총 4대의 엘리베이터가 멀미가 날 만큼 빠른 속도로 오르내리고 있었다.

'일이 더 어려워졌는걸.'

올리버 부인은 생각했다. 그러나 엘리베이터가 엄청나게 큰 데다 클로디아가 탄 엘리베이터에 올리버 부인이 마지막 순간에 올라탔기 때문에 다행히 올리버 부인과 클로디아 사이를 장신의 남자들이 가로막았다. 클로디아는 4층에서 내렸다. 그녀는 복도를 따라 걸어갔다. 키 큰 남자 2명 뒤에서 주저하고 있던 올리버 부인은 클로디아가 어느 문으로 들어가는지 확인해 두었다. 복도 끝에서 세 번째 문이었다. 얼마 후 올리버 부인은 클로디아가 들어간 문 앞으로 가서 문패를 확인할 수 있었다. 문패에는 '조슈아 레스태릭 주식회사'라고 씌어 있었다.

여기까지 오긴 했지만 다음에는 무엇을 해야 할지 알 수 없었다.

노마의 아버지가 운영하는 회사이자 클로디아의 직장은 알아냈지만 이제 제정신으로 돌아온 올리버 부인은 이번 발견이 생각만큼 대단한 발견은 아니라고 생각했다. 도움이 되기는 할까? 어쩌면 아무 쓸모가 없을지도 모른다.

 올리버 부인은 복도 이쪽 끝에서 저쪽 끝까지 몇 분간 서성거리며 관심을 가질 만한 사람이 들어가나 지켜보았다. 젊은 여자들이 두어 명 들어갔지만 특별히 주목할 만한 사람들 같지는 않았다. 올리버 부인은 다시 엘리베이터를 타고 내려온 뒤 건물을 나와 다소 침울한 표정으로 거리를 걸었다. 이제부터 뭘 해야 할지 도무지 알 수가 없었다. 근처를 거닐던 올리버 부인은 세인트 폴 대성당에 가기로 마음을 먹었다.

 "속삭임의 회랑(작은 소리도 멀리 들리게 만든 회랑 — 옮긴이)에 가서 속삭여나 볼까. 속삭임의 회랑을 살인 장면의 배경으로 삼는다면 어떨까?"

 올리버 부인은 곧 마음을 바꾸었다.

 "아니야, 너무 불경스러운 생각이야. 그렇게 좋은 생각 같지도 않고."

 그녀는 생각에 잠긴 채 머메이드 극장 쪽으로 걸어갔다. 그러다가 아침 식사가 좀 부족한 것 같아 근처 카페 안으로 들어갔다. 카페에는 늦은 아침이나 이른 일레븐시즈(오전 11시경에 먹는 일종의 다과 — 옮긴이)를 즐기는 사람들이 적당히 있었다. 마음에 드는 테이블을 찾아 주위를 휘 둘러보던 올리버 부인은 순간적으로 깜짝 놀랐다. 벽 근처 테이블에 노마가 앉아 있었기 때문이다. 그 맞은편에는 붉은 벨벳 조끼에 매우 화려한 재킷을 입고 탐스러운 밤색 머리를 어깨 위로 늘어뜨린 젊은 남자가 앉아 있었다.

"데이비드잖아. 데이비드가 틀림없어."

올리버 부인이 중얼거렸다.

데이비드와 노마는 즐거운 표정으로 이야기를 나누고 있었다.

올리버 부인은 작전을 궁리하다가 마음을 정하고 만족한 듯 고개를 끄덕이고는 카페를 가로질러 '숙녀용'이라고 쓰인 문으로 다가갔다.

노마가 자기를 알아볼지는 올리버 부인도 알 수 없었다. 멍청해 보인다고 해서 실제로 멍청하란 법은 없으니까. 지금은 노마의 눈에 데이비드밖에 들어오지 않는 것 같지만 누가 알랴?

'어떻게든 되겠지.' 하고 올리버 부인은 생각했다. 그녀는 카페 주인이 걸어 놓은 손바닥만 하고 지저분한 거울을 보며 여자의 외모에서 중요한 머리 부분을 유심히 들여다보았다. 올리버 부인은 헤어스타일을 수없이 바꿔 보았고 그 때문에 친구들이 못 알아본 적도 많았다. 이 부분에 대해서는 올리버 부인이 누구보다 잘 알고 있었다. 그녀는 이리저리 재듯 머리를 보다가 작업에 착수했다. 먼저 핀을 빼고 돌돌 감아올린 머리 장식을 몇 개 빼서 손수건에 싼 뒤 가방에 쑤셔 넣었다. 그러고는 가운데 가르마를 타서 머리를 뒤로 빗어 넘기고 목 뒤에서 정숙하게 말아 올렸다. 마지막으로는 가방에서 안경을 꺼내 코 위에 걸쳤다. 누가 봐도 믿음직해 보이는 인상으로 변신한 것이다!

'이만하면 지적이지.'

올리버 부인은 속으로 몹시 만족했다.

그녀는 립스틱으로 입술을 고친 뒤에 카페로 나와 조심스럽게 걸었다. 안경이 돋보기라서 바닥이 잘 보이지 않았기 때문이다. 그녀는 카페를 가로질러 노마와 데이비드의 옆자리에 있는 빈 테이블로 다가갔다. 그런 다음 데이비드를 마주 보도록 자리를 잡고 앉았다. 노마는 등을 보이고 앉아 있었다. 고개를 완전히 돌리지 않는 한 노마는 그녀를 볼 수 없었다. 곧이어 여종업원이 다가오자 올리버 부인은 커피 한 잔과 바스 과자 하나를 주문한 뒤, 눈에 띄지 않게 조용히 앉아 있었다.

노마와 데이비드는 올리버 부인은 안중에도 없이 대화에 열중해 있었다. 얼마 지나지 않아 올리버 부인은 둘 사이에 오가는 대화를 알아들을 수 있었다.

"······넌 매일 이야기를 지어내는 것 같아."

데이비드의 말이었다.

"그건 네 상상이야. 말 그대로 전부 다 억측일 뿐이야."

"나도 모르겠어. 정말 알 수가 없어."

노마의 목소리에는 이상하게도 울림이 없었다.

노마가 등을 지고 앉아 있었기 때문에 올리버 부인은 그녀의 목소리를 데이비드의 목소리만큼 분명하게 들을 수는 없었지만, 흐릿한 음성이 왠지 마음에 걸렸다. 뭔가 잘못됐다고 생각했다. 잘못돼도 단단히 잘못됐다. 처음에 푸아로가 들려준 이야기가 고스란히 기억났다.

'자신이 살인을 저질렀을지도 모른다더군요.'

노마한테 무슨 문제가 있었던 걸까? 환각이라도 본 걸까? 정말 정신이 약간 나간 걸까? 아니면 그 자체가 빼지도 보태지도 않은 진실이라서 노마가 큰 충격을 받은 것은 아닐까?

"내 의견을 묻는다면 말이지, 전적으로 메리가 호들갑을 떠는 거야! 그 여자는 너무 멍청한 데다 자기한테 병이 있다느니 뭐가 어떻다느니 그런 말도 안 되는 상상을 하고 있잖아."

"실제로 아팠어."

"그래, 정말 아팠다고 치자. 제정신인 여자라면 의사한테 항생제 같은 걸 달라고 하지 그렇게 신경질만 부리겠어?"

"그 여자는 내가 그런 줄 알아. 아버지도 그렇게 생각하고 계시고."

"장담하는데, 노마, 그것도 전부 다 네가 착각한 거야."

"그냥 하는 말이지, 데이비드? 나 기분 좋으라고 그냥 하는 말이잖아. 내가 정말 그 여자한테 그런 걸 먹였으면 어쩌지?"

"어쩌지라니 그게 무슨 뜻이야? 네가 그랬는지 안 그랬는지는 알고 있어야 할 거 아냐. 어떻게 된 게 그것도 모를 수가 있니, 노마."

"나도 모르겠어."

"넌 자꾸 그 말만 하고 있잖아. 어떤 말을 해도 결국 '모르겠다.'는 말만 반복하고 있어."

"넌 몰라. 증오가 뭔지 넌 전혀 모른다고. 처음 본 순간부터 난 그 여자가 죽도록 미웠어."

"나도 알아. 네가 그건 알려 줬잖아."

"그게 바로 이상한 부분이야. 내가 말해 놓고 너한테 그런 말을 했는지조차 기억이 나질 않잖아. 무슨 말인지 알겠니? 가끔 사람들한테 뭔가를 말하곤 해. 내가 하고 싶은 일들이나 내가 한 일들, 아니면 앞으로 할 일들을 사람들한테 말해 놓고는 그 말을 했는지조차 잊어버리는 거야. 마음속에 담고 있다가 가끔씩 튀어나오면 그걸 사람들에게 말하게 되는 것 같아. 내가 너한테 그 말을 했었지, 그렇지?"

"글쎄……. 노마, 우리 그것에 대해서는 이제 그만 얘기하자."

"하지만 내가 너한테 그런 말을 했던 거지? 그렇지?"

"알았어, 알았다고! 누구나 하는 말 있잖아. '난 그 여자가 너무 미워서 죽이고 싶어. 독살할까 봐!' 하지만 너도 알다시피 그건 애들이나 하는 말이야. 아직 철이 안 든 애들 말이야. 아주 자연스러운 일이지. 애들은 그런 말을 많이 해. '난 걔가 미워. 머리를 베어 버리겠어!' 학교에서 애들이 그런 말을 하잖아. 싫어하는 선생을 놓고도 그런 말을 하지."

"정말 그렇게 생각해? 그럼 내가 아직 철이 들지 않았다는 말이네?"

"어떤 면에서는 그렇잖아. 네가 정신만 차린다면 그 모든 게 얼마나 바보 같은지 깨닫게 될 거야. 계모를 미워한다고 해서 뭐가 달라지겠어? 넌 이미 집에서 나왔으니까 그 여자랑 같이 살 필요도 없잖아."

"왜 내가 내 집에서 내 아버지랑 같이 살면 안 되는 건데? 그건 불공평해. 불공평하다고. 처음엔 엄마를 버리고 도망가더니 기껏 돌아와서는 메리랑 결혼을 하다니……. 그러니까 나도 그 여자가 밉고 그 여자도 내가 미운 게 당연하지. 전에는 그 여자를 죽이고 싶은 생각에 방법까지도 생각했어. 그런 생각만으로 즐거웠지. 하지만 그 여자가 진짜 아프게 됐을 때는…….”

데이비드가 걱정스러운 듯 말했다.

“네가 마녀나 뭐 그런 존재라고 생각하는 건 아니지? 밀랍으로 인형을 만든 다음에 거기에 바늘을 꽂거나 뭐 그런 비슷한 짓을 한 것은 아닐 테고.”

“아냐. 그럼 얼마나 바보 같겠어. 내가 저지른 짓은 진짜였어. 정말 진짜였다고.”

“노마, 진짜라니 그게 무슨 소리야?”

“그 병이 내 서랍에 있었어. 서랍을 열었더니 거기 있더라.”

“무슨 병?”

“드래곤 해충제. 선택성 제초제. 라벨에 그렇게 쒸어 있었어. 짙은 녹색 병에 있는 건데 직접 뿌리는 거였어. ‘주의! 독극물’ 이렇게도 쒸어 있었어.”

“네가 산 거야, 아니면 그냥 어디서 찾은 거야?”

“어디서 났는지는 나도 모르겠지만 어쨌든 서랍에 반쯤 빈 병이 있었어.”

“그다음으로 기억나는 게…….”

“그래, 맞아…….”

노마의 목소리는 멍하다 못해 마치 꿈을 꾸고 있는 듯했다.

"그때 모든 기억이 돌아왔던 것 같아. 너도 그렇게 생각하지, 데이비드?"

"널 잘 모르겠어, 노마. 정말 모르겠어. 가끔은 네가 다 꾸며 낸 것 같아."

"하지만 그 여자는 검사를 받으러 입원했어. 병원에서도 이유를 잘 모르겠다고 했고. 의사들도 이상을 발견할 수 없다고 해서 집에 왔는데, 얼마 안 있어서 또 병이 났지. 그때부터 난 겁이 났어. 아버지가 이상한 눈길로 나를 쳐다보기 시작했고 의사가 와서 아버지의 서재에 틀어박힌 채 둘이 뭔가를 얘기했어. 나는 밖으로 나와서 창가로 살금살금 기어간 다음 둘이 무슨 얘기를 하나 들어 봤어. 무슨 말을 하는지 궁금했거든. 두 사람은 나를 감금할 수 있는 장소로 보내 버릴 계획을 세우고 있었어. 내가 '장기 치료'를 받게 될 곳이라나. 둘 다 내가 미쳤다고 생각했던 거야. 그래서 난 겁이 났어……. 왜냐하면…… 왜냐하면 내가 무슨 일을 저질렀는지, 또는 안 저질렀는지 나도 확신할 수가 없었거든."

"그래서 도망쳤던 거야?"

"아냐, 그건 더 나중의 일이었어……."

"나한테 말해 봐."

"더 이상 그 얘기는 하고 싶지 않아."

"조만간 네가 어디 있는지 그분들께 알려 드려야 할 거야."

"싫어! 둘 다 미워. 아버지도 메리 못지않게 밉단 말이야. 둘 다 죽어 버렸으면 좋겠어. 둘 다 말이야. 그러면 난 다시 행복해질 수 있을 거 같아."

"그렇게 흥분하지 마! 있잖아, 노마……."

데이비드는 부끄러운지 잠시 말을 멈추었다.

"나는 결혼이라든가 뭐 그런 걸 할 생각은 별로 없지만…… 그러니까 내 말은 내가 그런 걸 하리라고는 생각하지 않았거든……. 적어도 앞으로 꽤 오랫동안은 말이야. 어딘가에 매여 있고 싶은 사람은 없잖아. 하지만 지금은 그게 우리가 할 수 있는 최선인 것 같다. 결혼 말이야. 혼인 신고만 하면 돼. 너는 21살이 넘었다고 말해야 할 거야. 머리도 올리고 안경 같은 걸 써서 나이도 더 들어 보이게 꾸며 봐. 일단 우리가 결혼을 하면 너희 아버지도 어쩌지 못하실 거야! 네가 말했던 곳으로 널 억지로 보낼 수 없게 된다고! 그는 아무 권한도 못 갖게 되는 거야."

"아빠가 미워."

"넌 안 미워하는 사람이 없는 거 같구나."

"아버지랑 메리만 미워해."

"하지만 홀아비가 재혼하는 건 아주 당연한 거잖아."

"우리 엄마한테 했던 짓을 생각해 봐."

"꽤 오래전 일로 알고 있는데."

"맞아, 하지만 어렸어도 난 다 기억해. 아버지는 우리를 버리고 가 버렸어. 크리스마스에 선물은 보내 주셨지만 직접 오신 적은 없었지. 돌아와서 거리에서 마주쳐도 못 알아볼 정도였어. 그때까지 아버지는 내게 아무 존재도 아니었지. 아버지가 어머니의 말문도 막아 버린 것 같아. 어머니는 몸이 아프면 어딘가로 훌쩍 가 버리곤 했지. 그게 어디였는지는 나도 몰라. 무슨 문제가 있었던 건지도 모르고. 가끔 나는 생각해……. 데이비드, 너도 알다시피 내 머리가 이상해서 언젠가는 아주 나쁜 짓을 저지를 것 같아. 그 칼처럼."

"무슨 칼?"

"무슨 칼인지는 중요하지 않아. 아무튼 칼 말이야."

"무슨 얘기인지 나한테도 좀 말해 줄래?"

"거기에 핏자국이 묻어 있었던 거 같아. 아무튼 그게 내 스타킹 밑에 있었어."

"칼을 거기 숨겼던 건 기억나?"

"그런 거 같아. 하지만 전에 그걸로 뭘 했는지는 기억이 안 나. 내가 어디 있었는지도 기억이 안 나고……. 그날 저녁 1시간이 통째로 비어. 1시간 동안 내가 어디 있었는지 모르겠어. 어딘가에서 무슨 일을 했을 텐데."

"쉿!"

데이비드는 여종업원이 근처로 가까이 오자 재빨리 소리를 냈다. "괜찮을 거야. 내가 널 돌봐 줄게. 뭐 좀 더 먹자."

그는 메뉴판을 집어 들고 큰 소리로 여종업원을 불러 주문을 했다.

"베이크드 빈을 얹은 토스트 2개요."

8장

에르퀼 푸아로는 비서인 레몬 양에게 구술 내용을 받아 적게 했다.

"귀하께서 저에게 보여 주신 호의에 대단히 감사드리는 바이며, 유감스럽게도 알려 드릴 사항이 있어……."

그때 전화가 울렸다. 레몬 양이 손을 뻗어 전화를 받았.

"네? 어디시라고요?"

그녀는 수화기를 손으로 막고 푸아로에게 말했다.

"올리버 부인이에요."

"아, 올리버 부인."

푸아로가 받아서 말했다. 지금은 정말로 방해받고 싶지 않았지만, 푸아로는 마지못해 레몬 양에게서 수화기를 건네받았다.

"알로(여보세요), 에르퀼 푸아로입니다."

"무슈 푸아로, 통화가 돼서 정말 다행이에요! 내가 그녀를 찾았어요!"

"뭐라고요?"

"내가 그녀를 찾았다고요! 당신이 찾던 여자! 왜 있잖아요, 살인을 저질렀다고 했나? 저지른 것 같다고 했던 여자요. 그녀가 지금 그 얘기를 하고 있어요. 그것도 아주 자세하게 말이에요. 정말 제정신이 아닌 것 같아요. 아무튼 지금은 그걸 신경 쓸 때가 아니지요. 와서 보고 싶죠?"

"지금 어디죠, 셰르 마담(친애하는 부인)?"

"세인트 폴 대성당과 머메이드 극장 사이에 있어요. 캘솝가(街)예요."

올리버 부인은 공중전화 박스 밖을 내다보며 말했다.

"지금 당장 올 수 있어요? 그들이 지금 식당에 있거든요."

"그들이라뇨?"

"아, 그녀와 어울리지 않는다는 남자 친구 말이에요. 실제로 보니까 꽤 괜찮은 청년이고 노마를 아주 좋아하는 것 같아요. 이유는 정확히 모르겠어요. 사람들은 참 이상하다니까. 다시 돌아가 봐야 하니 이제 그만 끊어야겠어요. 그들을 찾고 있었는데 이 식당에서 볼 줄 누가 알았겠어요."

"아하! 머리가 좋으십니다, 마담."

"아뇨, 그런 게 아니라 순전히 우연이었어요. 작은 카페에 들어왔는데 그 아가씨가 저기 앉아 있지 뭐예요."

"그렇군요. 그렇다면 운이 아주 좋으십니다. 운도 머리 못지않게 중요하지요."

"그들이 테이블 바로 옆자리에 앉아 있기는 한데, 노마가 등을 보이고 앉아 있어요. 아무튼 그 아가씨가 나를 알아볼 것 같지는 않아요. 머리를 좀 손봤거든요. 아무튼 둘은 주변에 아무도 없는 것처럼 거리낌 없이 말을 하더라고요. 메뉴를 시켰는데, 글쎄 그게 베이크드 빈이 들어간 거 있지요? 난 베이크드 빈은 정말 못 먹겠던데, 사람이 그런 걸 먹다니 웃기지 않……."

"베이크드 빈 얘기는 그만하고 하던 얘기나 계속해 보세요. 지금 그 둘을 놔두고 전화를 걸러 나와 있는 거네요, 그렇죠?"

"맞아요. 베이크드 빈을 시킨 걸 보면 좀 더 있을 거란 뜻이잖아요. 이제 돌아가 봐야겠어요. 아니면 근처에서 돌아다니고 있을까 봐요. 하여간 빨리 이쪽으로 오도록 하세요."

"카페 이름이 뭐라고요?"

"메리 샴록(흥겨운 클로버란 뜻 — 옮긴이)이지만 흥겨워 보이지는 않아요. 지저분하긴 해도 커피 맛은 꽤 괜찮네요."

"이제 그만 끊고 돌아가세요. 곧 그리 가겠습니다."

"그래요."

올리버 부인은 이렇게 대답하고 전화를 끊었다.

언제나 유능한 레몬 양은 먼저 나가서 푸아로가 타고 갈 택시를 잡고 그 옆에 서서 기다리고 있었다. 그녀는 어떤 질문도 하지 않았고 일말의 호기심도 보이지 않았다. 푸아로가 외출해 있는 동안 자신이 어떻게 시간을 보낼 것인지에 관해서도 아무 말이 없었다. 그럴 필요가 없었다. 그녀는 자기가 해야 할 일을 잘 알고 있었고, 그 판단은 항상 옳았다.

푸아로는 늦지 않고 캘솝가에 도착했다. 그는 택시에서 내려서 요금을 지불하고 주변을 둘러보았다. 메리 샴록은 찾았지만 얼마나 감쪽같이 변장을 했는지 근처에서 올리버 부인과 비슷해 보이는 사람은 찾을 수가 없었다. 그는 거리 끝까지 걸어갔다가 되돌아왔다. 올리버 부인은 어디에도 없었다. 문제의 연인도 카페를 떠났고 올리버 부인도 그들을 따라 알 수 없는 여정에 나선 것 같았다. 그게 아니라면……. '그게 아니라면'에 대한 답을 얻기 위해 푸아로는 카페 문 쪽으로 다가갔다. 수증기가 자욱해서 바깥에서는 안이 잘 보이지 않았다. 푸아로는 조용히 문을 밀고 들어간 뒤 안을 1바퀴 휘둘러보았다.

그전 날 푸아로가 아침 식사를 하고 있을 때 찾아왔던 처녀가 눈에 들어왔다. 그녀는 벽에 붙어 있는 테이블에 혼자 앉아 담배를 피우며 정면을 응시하고 있었다. 한참 생각에 빠져 있는 것 같았다. 아니면 그건 푸아로의 생각일 뿐 아무 생각 없이 멍한 상태 같기도 했다. 일종의 망각 상태에 빠져 있었고, 다른 어딘가를 헤매고 있는 듯했다.

그는 조용히 카페를 가로질러 가서 그녀의 맞은편 의자에 앉았다. 그러자 그녀가 그를 올려다보았다. 푸아로는 그녀가 자기를 알아보았다는 사실만으로도 만족했다.

"또 만났군요, 마드무아젤. 저를 알아보시는군요."

그가 쾌활한 목소리로 말했다.

"예, 누군지 알겠어요."

"단 한 번, 그것도 아주 잠깐 동안 만났던 젊은 여성이 저를 알아봐 준다는 건 항상 고마운 일이지요."

그녀는 말없이 푸아로를 바라보기만 했다.

"실례가 안 된다면 저를 어떻게 알아보았는지 여쭤봐도 될까요? 저의 무엇 때문에 알아본 건가요?"

"콧수염 때문이죠. 워낙 독특하니까요."

노마는 망설임 없이 대답했다.

푸아로는 콧수염이란 말에 기분이 좋아져서 자부심과 허영심이 뒤섞인 감정으로 수염을 쓰다듬었다. 콧수염 말만 나오면 습관처럼 드러내곤 하는 행동이었다.

"맞아요, 그렇긴 하죠. 이런 콧수염은 아주 드무니까요. 훌륭하지 않습니까, 엥(네)?"

"네······. 그런 것 같네요."

"아마도 당신은 콧수염에 대해서는 잘 모르시겠지요. 하지만 레스태릭 양, 노마 레스태릭 양 맞지요? 장담하건대 내 콧수염은 아주 훌륭한 콧수염이랍니다."

그는 일부러 그녀의 이름을 길게 늘여 발음해 보았다. 처음 봤을 때 그녀는 주변 상황은 모두 까맣게 잊고 정신이 아득히 먼 곳에 가 있는 것처럼 보였기 때문에 푸아로는 그녀의 이름을 그가 알고 있다는 사실을 눈치챌지 반신반의했다. 그러나 그녀는 눈치를 채고 깜짝 놀랐다.

"제 이름을 어떻게 아셨죠?"

"그날 아침 저를 보러 왔을 때 당신은 내 하인에게 이름을 알려 주지 않았지요."

"제 이름을 어떻게 알았냐고요? 어떻게 알아냈죠? 누가 말해 줬죠?"

푸아로는 그녀의 얼굴에서 공포와 불안을 보며 답했다.

"어떤 친구가 알려 주었습니다. 그래서 친구란 참 유용할 때가 많지요."

"그게 누군데요?"

"마드무아젤, 아가씨도 나한테 비밀을 털어놓지 않았으니 저도 제 비밀을 털어놓지 않겠습니다."

"제가 누군지 어떻게 알아낼 수 있었는지 궁금해요."

"저는 에르퀼 푸아로입니다."

푸아로가 여느 때처럼 다소 거만을 떨며 말했다. 그러고 나서 자리에 앉아 그저 부드러운 미소만 지으며 그녀가 먼저 비밀을 털어놓을 것을 조용히 종용했다.

"저는……."

그녀가 입을 열었다가 닫았다.

"그러니까……."

그녀는 다시 입을 열었다가 닫았다.

"그날 아침 우리는 그다지 얘기한 것이 없었습니다만……. 아가씨가 알려 준 사실이라고는 본인이 살인을 저질렀단 것뿐이었죠."

"아, 그거요!"

"예, 마드무아젤, 그거요."

"하지만 그건 진실은 아니었어요. 그런 뜻으로 말한 게 아니었어요. 그냥 장난친 거예요."

"브래멍(정말인가요)? 그렇게 아침 일찍, 그것도 식사 시간에 찾아와서 급한 일이라고 했잖습니까. 살인을 저질렀을지도 모르기 때문에 매우 급하다고요. 그걸 장난이라고 볼 수 있나요?"

내내 푸아로를 주시하며 주위를 맴돌던 여종업원이 아이들이 목욕할 때 가지고 노는 것처럼 생긴 작은 종이배를 내밀며 말했다.

"포릿 씨? 어떤 부인이 이걸 전해 드리라고 하더군요."

"아, 네. 그런데 나를 어떻게 알아보았지요?"

"그 부인께서 콧수염만 보면 알 수 있을 거라고 하셨거든요. 그런 콧수염은 본 적이 없을 거라고 하면서요. 정말 그러네요."

여종업원이 콧수염을 보며 말했다.

"아, 대단히 감사합니다."

푸아로는 종이배를 받아 접힌 부분을 평평하게 펴 보았다. 급하게 연필로 갈겨쓴 글이었다.

　　남자는 지금 가려고 하고 여자는 남는대요. 여자는 당신이 맡으세요. 난 남자를 미행할 테니.

끝에는 아리아드네의 서명이 있었다.

"아하!"

푸아로는 쪽지를 접어 주머니에 슬쩍 넣으면서 말했다.

"무슨 얘기 중이었지요? 당신의 유머 감각을 논하고 있었던 것 같습니다만, 레스태릭 양."

"제 이름만 아시는 건가요? 아니면 저에 대해 모조리 알고 계신 건가요?"

"아가씨에 대해서 몇 가지는 알고 있습니다. 이름은 노마 레스태릭이고 런던 주소는 보로딘 맨션 67호지요. 본가는 롱 베이싱의 크로스헤지스고요. 그 집에는 아버지, 새어머니, 사돈 할아버지가 함께 살고 있습니다. 아 참, 오 페어 아가씨도 있군요. 보시다시피 꽤 많이 알고 있는 편이지요."

"저를 미행했군요."

"아닙니다. 절대로 아니에요. 그 점에 대해서는 내 명예를 걸고 맹세하겠습니다."

"당신은 경찰도 아니잖아요. 경찰이라고 한 적이 없는 걸로 아는데……."

"나는 경찰이 아닙니다."

그러자 그녀의 의심과 반항적인 태도가 누그러졌다.

"어찌해야 좋을지 모르겠어요."

"나를 고용하라고 설득하려는 게 아닙니다. 내가 너무 늙었다고 그랬지요? 아마 아가씨의 말이 맞을지도 모르지요. 하지만 나도 이제 아가씨에 대해서 알게 된 이상 아가씨를 괴롭히는 고민거리를 친구처럼 의논하지 말란 법은 없잖습니까. 늙으면 행동은 굼떠져도 경험은 훨씬 풍부하다는 사실을 잊어서는 안 됩니다."

노마는 일전에 푸아로를 불안하게 했던 그 천진난만한 표정으로 여전히 의심을 거두지 않은 채 푸아로를 바라보았다. 그러나 그녀는 막다른 곳에 다다른 것 같았고 푸아로가 보기에 지금 그 순간만큼은 모두 털어놓고 싶어 하는 것 같았다. 어떤 이유 때문인지 몰라도 푸아로는 늘 얘기를 털어놓기 편한 상대였다.

"사람들은 제가 미쳤다고 생각해요."

노마가 퉁명스럽게 말을 꺼냈다.

"그리고…… 제 생각에도 제가 미친 것 같아요. 제정신이 아닌 거 같다고 해야 하나……."

에르퀼 푸아로가 유쾌하게 입을 뗐다.

"그거 아주 흥미롭군요. 그런 걸 부르는 이름은 아주 많지요. 그것도 아주 거창한 것으로 말입니다. 정신과 의사나 심리학자, 그 외의 많은 사람이 신이 나서 이것저것 갖다 붙였지요. 그러나 미쳤다는 말은 일반인들에게 전반적인 인상이 어떠할지를 아주 잘 설명해 주는 말입니다. 에 비엥(음), 당신은 미쳤거나, 미쳐 보이거나, 미친 줄 알고 있거나, 실제로 미쳤을 수도 있겠지요. 그렇다고 하더라도 상태가 심각하다고는 할 수 없어요. 많은 사람이 그런 증세로 큰 고통을 받고 있지만, 대개는 적절한 치료만 받으면 쉽게 치료됩니다. 정신병은 긴장을 너무 많이 해서, 걱정이 너무 많아서, 시험 때문에 공부를 너무 많이 해서, 자신의 감정을 두고 너무 많은 생각을 해서, 신앙심이 너무 깊거나 혹은 딱할 정도로 얕아서, 아버지나 어머니를 미워할 만한 충분한 이유가 있어서 발생하는 것이지요! 물론 연애에 실패했다든가 하는 아주 단순한 이유 때문에 발생할 수도 있습니다."

"저한테는 계모가 있어요. 전 그 여자를 증오하고 있고 아버지도 증오하고 있는 것 같아요. 그 정도면 충분한 이유라고 생각되는데요, 안 그런가요?"

"부모 중 어느 한쪽만 증오하는 경우가 더욱 일반적이지요. 아가씨는 친어머니를 아주 좋아했군요. 어머니가 아버지와 이혼을 하셨나요, 돌아가셨나요?"

"돌아가셨어요. 이삼 년 전에."

"그리고 아가씨는 친어머니를 많이 좋아했고요?"

"그럼요, 그랬겠죠. 아니, 물론 좋아했어요. 아시겠지만 어머니는 환자였고, 그래서 병원에 자주 드나들어야 했죠."

"그러면 아버지는요?"

"아버지는 어머니가 병이 나기 훨씬 전에 외국으로 떠나 버리셨어요. 제가 5살인가 6살일 때 남아프리카로 가셨죠. 아버지는 어머니가 이혼해 주길 원했지만, 어머니가 이혼해 주지 않으려고 했던 것 같아요. 아버지는 남아프리카에 가서 광산업 같은 일에 손을 댔대요. 어쨌든 크리스마스 때 편지나 선물을 보내곤 했죠. 가끔 잊은 적도 있지만요. 그게 다였어요. 그래서인지 아버지는 저한테 존재감이 별로 없어요. 그러다가 큰아버지 일이랑 이런저런 재정 문제를 매듭지으려고 1년 전쯤 돌아오셨어요. 지금의 계모를 데리고 말이에요."

"아가씨는 그 사실에 분개했나요?"

"예, 그랬어요."

"그때는 친어머니가 돌아가신 후로군요. 남자가 재혼을 한다는 것이 그렇게 이상한 일은 아닙니다. 특히 부부가 그렇게 오랜 기간 서로 소원했다면 말이죠. 돌아올 때 데려왔다던 부인 말인데, 그 여자가 아버지께서 어머니께 이혼을 요구했을 당시 결혼하고 싶어 했던 사람인가요?"

"아니에요, 이번 부인은 아주 젊어요. 예쁘기도 하고요. 아버지가 마치 자기 소유라도 되는 것처럼 굴지요."

노마는 잠깐 동안 멈추었다 다시 말을 이어 나갔다. 이번에는 다소 어린아이 같은 목소리였다.

"이번에 아버지가 돌아왔을 때는 저를 예뻐해 주고 제 존재도 알아줄지 모른다고 생각했지만, 그 여자가 그렇게 내버려 두질 않았어요. 그 여자는 저를 미워해요. 그래서 저를 밀어냈죠."

"하지만 그런 건 이제 아가씨 나이에 중요하지 않습니다. 오히려 그건 잘된 일이지요. 지금 아가씨에게는 돌봐 줄 사람이 필요 없으니까요. 아가씨는 홀로 설 수 있고, 삶을 즐길 수도 있고, 친구도 마음대로 사귈 수 있고……."

"아버지와 그 여자가 그 일에 대해 어떻게 하는지 보면 그렇게 생각 안 하실걸요. 제 친구는 제가 정할 거예요."

"요즘 아가씨들은 친구에 대한 비난을 스스로 견딜 줄도 알아야 합니다."

"예전엔 정말 달랐어요. 아버지는 제가 5살 때 기억하던 그 모습과 전혀 달라요. 그때는 늘 저랑 놀아 주셨고, 또 재미있는 분이셨거든요. 지금은 전혀 그렇지가 않아요. 걱정도 많고 약간은 무서워지셨어요. 어쩌면 그렇게 달라졌는지 모르겠어요."

노마가 근심 섞인 목소리로 말했다

"하지만 그건 15년 전의 모습이잖습니까. 사람은 늘 변하게 마련입니다."

"하지만 어쩜 그렇게 변할 수가 있죠?"

"외모가 달라졌나요?"

"아뇨, 그게 아니에요. 그게 아니라고요! 의자 뒤에 걸린 사진을 보면 훨씬 젊었을 때 모습인데도 지금이랑 똑같아요. 그렇지만 제가 기억하고 있는 아버지와는 전혀 달라요."

"하지만 아가씨도 알다시피 사람들은 결코 우리가 기억하는 모습과 같다고 할 수는 없어요. 세월이 흐르면서 우리는 기억 속에서 사람들을 점점 우리가 원하는 모습으로 만들어 버립니다. 그러고는 그들을 기억하고 있다고 생각해 버리는 것이죠. 상냥하고 재미있고 잘생긴 사람으로 기억하고 싶으면, 그 사람을 실제보다 훨씬 더 그런 쪽으로 만들어 버리지요."

"그렇게 생각하세요? 정말 그런가요?"

노마는 잠깐 말을 멈추었다가 무뚝뚝하게 내뱉었다.

"그런데 왜 제가 사람들을 죽이고 싶어 한다고 생각하시는 거죠?"

이 질문은 아주 자연스럽게 흘러나왔다. 아까부터 두 사람 사이에 존재했던 질문이었다. 푸아로는 마침내 결정적인 순간에 도달했다고 생각했다.

"아주 흥미로운 질문이군요. 아주 흥미로운 이유가 있을 수 있지요. 하지만 그 질문에 답을 줄 수 있는 사람은 아마도 의사일 겁니다. 그런 문제를 잘 알고 있는 의사 말입니다."

노마는 그 말이 끝나기가 무섭게 격한 반응을 보였다.

"의사한테는 가지 않을 거예요. 의사 근처에는 가지 않을 거라고요! 부모님은 저를 의사한테 보내고 싶어 했지만 그렇게 되면 저는 미치광이들이 모인 곳에 영영 갇히게 될 게 뻔해요. 부모님은 다시는 저를 못 나오게 할 테니까요. 의사한테는 절대로 가지 않을 거예요."

노마는 발버둥을 치다 급기야 자리에서 벌떡 일어서기까지 했다.

"아가씨를 그런 데로 보낼 수 있는 사람은 내가 아니니 그렇게 놀랄 필요 없어요. 아가씨가 원하면 스스로 의사한테 갈 수도 있어요. 의사한테 가서 나한테 했던 말을 털어놓은 다음에 그 이유를 물어보면 의사가 답을 줄지도 모르지요."

"데이비드도 그렇게 말했어요. 데이비드도 제가 그렇게 해야 한다고 했지만 제 생각은 달라요. 데이비드도 이 점에 대해서는 충분히 이해하지 못하는 것 같아요. 어쩌면 의사에게…… 제가 하려고 했던 일들을 말해야 할지도 모르잖아요……."

"뭐 때문에 그렇게 생각하는 거죠?"

"왜냐하면 제가 무엇을 했는지, 어디 있었는지 기억을 못 할 때가 많거든요. 한두 시간이 비는데 전혀 기억을 못 하는 거예요. 한번은 복도에 있었거든요. 그러니까 그녀의 방문 밖에 있는 복도요. 손에 뭔가를 들고 있었는데 그게 어떻게 내 손에 들려 있었는지는 저도 모르겠어요. 그녀가 저를 향해서 걸어오고 있었는데, 가까이 오면서 점점 얼굴이 변했어요. 평상시 얼굴이 아니었어요. 전혀 달랐어요. 다른 누군가로 변해 있었죠."

"악몽을 기억하고 있는 게 아닐까요? 꿈속에서는 아는 사람의 얼굴이 다른 사람으로 바뀌기도 하잖아요."

"악몽이 아니었어요. 전 권총을 집어 들었죠. 그게 제 발밑에 놓여 있었거든요……."

"복도에 말입니까?"

"아뇨, 안마당에요. 그녀가 다가와서 그걸 저한테서 빼앗았어요."

"누가 그랬다는 거죠?"

"클로디아요. 그녀가 저를 위층으로 데려가더니 쓴맛이 나는 걸 마시라며 주었어요."

"그때 새어머니는 어디 있었죠?"

"그 여자도 거기 있었어요. 아니, 없었어요. 그 여자는 크로스헤지스에 있었어요. 아니면 병원에 있었겠죠. 거기서 자신이 독을 먹고 있단 걸 알아냈죠. 독살을 하려던 사람이 저래요."

"꼭 아가씨란 법은 없지요. 다른 누군가가 그랬을지도 모릅니다."

"저 말고 누가 그랬겠어요?"

"그녀의 남편은 어떤가요?"

"아버지요? 아버지가 도대체 무엇 때문에 메리를 독살하고 싶겠어요. 그 여자한테 얼마나 헌신적인데요. 바보 같을 정도로 그 여자한테 빠져 있다고요!"

"집 안에 다른 사람들도 있지 않습니까?"

"늙은 로더릭 할아버지요? 말도 안 돼요."

"사람 일은 모르는 법입니다. 그분도 정신 건강에 문제가 있는지 모르죠. 아름다운 스파이일지도 모르는 여자를 독살하는 게 자신의 임무라고 생각할지도 모르고요. 뭐, 말하자면 그렇다는 겁니다."

"그거 아주 재미있겠는데요."

순간적으로 주의가 다른 데로 옮겨 간 노마는 아주 자연스러운 태도로 말을 이었다.

"로더릭 할아버지는 저번 전쟁 때 첩보 활동 같은 데 꽤 깊이 연루되어 있었다고 해요. 또 누가 있더라? 소냐? 아름다운 스파이 역할에는 어울릴지 몰라도 제가 생각하는 스파이 타입은 아니에요."

"그렇기는 하지요. 소냐가 아가씨 계모를 독살하고 싶어 할 만한 이유는 없어 보이니까요. 이제 하인들과 정원사들이 남아 있군요."

"그 사람들은 평일에만 와요. 하지만 제 생각에는 그 사람들이야말로 전혀 이유가 없을 것 같은데요."

"어쩌면 새어머니가 스스로 한 걸지도 모르죠."

"자살을 말씀하시는 건가요? 76호 여자처럼?"

"하나의 가능성일 뿐입니다."

"메리가 자살을 하려 했다니 상상도 할 수 없어요. 그러기엔 너무 상식적인 사람이거든요. 게다가 그럴 이유가 없잖아요."

"그렇지요. 자살을 한다면 그녀는 오븐에 머리를 집어넣거나 깔끔하게 정리한 침대에 누워 수면제를 과다 복용할 거예요. 그렇게 생각하지 않습니까?"

"글쎄요, 그게 훨씬 그 여자다웠을 거예요. 봐요, 결국 저밖에 없잖아요."

노마가 진지한 표정으로 말했다.

"아하, 그것 또한 참 흥미롭군요. 꼭 아가씨였으면 하고 바라는 것 같아요. 어떤 극약인지는 몰라도 당신은 지금 치명적인 극약을 슬쩍 탄 사람이 자기 자신이었다는 생각에 끌리고 있는 것 같군요. 다시 말하면 그런 생각 자체를 좋아하는 것 같단 말씀입니다."

"어떻게 그런 말씀을 하실 수가 있죠?"

"그게 진실이라고 생각하기 때문입니다. 어째서 자신이 살인을 저질렀을지도 모른다는 생각에 그토록 흥분하는 건지 말해 보세요."

"그렇지 않아요."

"과연 그럴까요?"

푸아로가 조용히 말했다.

노마는 가방을 들고 떨리는 손으로 그 안을 뒤적이기 시작했다.

"여기 이대로 계속 앉아서 당신의 그런 끔찍한 말을 계속 듣지는 않겠어요."

노마가 여종업원에게 손짓을 하자 그녀가 계산서에 뭐라고 갈겨쓰더니 그것을 찢은 다음 노마의 접시 옆에 놓고 갔다.

"내가 내도록 하지요."

푸아로가 재빨리 계산서를 집어 들고 주머니에서 지갑을 꺼내려 하자 노마가 계산서를 다시 낚아채 갔다.

"싫어요. 당신한테 얻어먹지는 않겠어요."

"좋으실 대로 하시지요."

그 순간 푸아로는 보고자 했던 것을 보았다. 그 계산서는 2인분을 청구한 것이었다. 따라서 옷 잘 입는 데이비드 군은 자신이 먹은 음식의 값을 자기한테 홀딱 반한 어린 소녀한테 내도록 하는 데 거리낌이 없는 사람임이 입증된 셈이었다.

"음, 그러니까 일레븐시즈를 친구에게 대접하는 쪽은 아가씨였군요."

"내가 누군가와 같이 있었다는 걸 어떻게 알았죠?"

"저는 꽤 많은 걸 알고 있다고 말씀드렸을 텐데요."

노마는 테이블에 동전을 올려놓더니 자리에서 일어섰다.

"전 이만 가겠어요. 미행은 사절이에요."

"그러고 싶어도 할 수 있을지 의심스럽습니다. 아시다시피 나는 늙었으니까요. 당신이 저 거리를 뛰어내려 간다면 도저히 따라갈 수 없을 겁니다."

노마는 일어나서 문 쪽을 향했다.

"알아들으셨죠? 따라오지 마세요."

"최소한 문은 열어 드릴 수 있게 해 주십시오."

푸아로는 화려한 태도로 문을 열어 주었다.

"오 르부아, 마드무아젤(다음에 또 뵙죠, 아가씨)."

노마는 의심스러운 눈초리를 던지더니 빠른 걸음으로 거리를 걸어 내려갔다. 그러면서도 이따금씩 고개를 돌려 어깨 너머로 뒤를 돌아보았다. 푸아로는 문 옆에 서서 노마를 지켜보고 있을 뿐 거리로 나서서 그녀를 따라가려고 하지는 않았다. 노마가 시야에서 완전히 사라지자 푸아로는 카페로 돌아갔다.

"도대체 그게 다 무슨 뜻일까?"

푸아로는 혼잣말을 했다.

이때 여종업원이 불쾌한 표정을 지으며 푸아로에게 다가왔다. 푸아로는 아까 그 테이블에 자리를 잡고 앉아 커피 1잔을 더 주문함으로써 여종업원의 불쾌함을 씻어 주었다.

"아주 이상한 일이 벌어지고 있어. 그것도 아주 이상한 일이."

푸아로는 혼자 이렇게 중얼거렸다.

옅은 베이지색 액체가 앞에 놓였다. 푸아로는 한 모금을 마셔 보고는 얼굴을 찌푸렸다.

그리고 문득 지금쯤 올리버 부인이 어디 있을까 궁금해졌다.

9장

 올리버 부인은 버스 좌석에 앉아 있었다. 약간 숨이 가쁘기는 해도 이번 추적으로 활력이 넘쳤다. 그녀는 속으로 공작새라 이름 붙인 데이비드 때문에 다소 빨리 걸어야 했다. 올리버 부인은 평소에 걸음이 빠른 편이 아니었다. 그녀는 엠뱅크먼트(템스 강의 북쪽 강둑길—옮긴이)를 따라 20여 미터 거리를 두고 데이비드를 미행하고 있었다. 채링크로스에서 데이비드가 지하철을 타서 올리버 부인도 지하철을 탔고, 그가 슬로운 광장에서 내리자 올리버 부인도 따라 내렸다. 버스를 기다리는 줄에서는 서너 명 뒤에 떨어져서 기다렸다. 데이비드가 버스에 올라타자 올리버 부인도 올라탔다. 월즈 엔드에서 데이비드가 내리자 올리버 부인도 따라 내렸다. 잠시 후에는 킹스로드와 템스 강 사이에 있는 복잡한 미로에 들어섰다. 데이비드는 공사장 안마당처럼 보이는 넓은 곳으로 들어갔다. 올리버 부인은 출입구의 그늘진 곳에 서서 그를 지켜보았다. 그가 골목으로 들어서자 올리버 부인은 아주 잠깐 동안 기다렸다가 그를 따라갔다. 그런데 갑자기 그가 시야에서 사라지고 말았다. 올리버 부인은 주변을 둘러보았다. 건물들 전체가 낡아 보였다. 그녀는 골목 끝까지 가 보았다. 거기서는 다른 골목들이 시작되고 있었는데, 그중 일부는 막다른 골목이었다. 올리버 부인이 다시 공사장 안마당으로 돌아왔을 때는 방향 감각을 완전히 상실한 상태였다. 그때 갑자기 뒤에서 누군가의 목소리가 들려오는 바람에 올리버 부인은 화들짝 놀랐다. 그 목소리는 정중하게 이렇게 말했다.

"제가 걸음이 너무 빨랐나 봅니다."

올리버 부인은 놀라서 몸을 휙 돌렸다. 가벼운 마음으로 의기양양하게 시작했던 추적은 방금 전까지는 재미있는 소일거리였지만 더 이상은 아니었다. 올리버 부인은 예기치 못한 공포로 가슴이 덜컹 내려앉았다. 그렇다. 솔직히 말하자면 그녀는 겁이 났다. 갑자기 공기 중에 위협적인 요소가 감돌았다. 그 목소리는 상냥하고 예의 발랐지만 그 뒤에 분노가 감추어져 있다는 것을 감지할 수 있었다. 신문에서 이런저런 사건을 읽을 때 불현듯 엄습해 오는 공포가 느껴졌다. 나이 든 여자가 젊은 불량배들에게 폭행을 당했다거나, 증오에 차서 남에게 해를 끼치고자 하는 무자비하고 잔인한 불량배들. 데이비드는 올리버 부인의 존재를 눈치채고 나서 자신의 추적자인 그녀를 지금 이 골목까지 유인했다. 그런 그가 지금 출구를 가로막고 서 있는 것이다. 종잡을 수 없는 런던이다 보니 사람들에 둘러싸여 있다가도 어느 순간에는 주변에 아무도 없게 된다. 다음 거리에는 분명히 사람들이 있을 것이고, 주변에 있는 주택에도 누군가 있을 것이 분명하지만, 지금 가장 가까이 있는 사람은 힘세고 무자비한 손을 가진 오만한 젊은이뿐이었다. 올리버 부인은 당장이라도 그가 그 무자비한 손을 사용할 것만 같았다…….

공작새, 몸에 꼭 맞는 우아한 검은색 벨벳 바지를 입은, 저토록 조용하고 냉소적이면서 즐거워하는 듯한 목소리 이면에 무서운 분노를 숨기고 있는 오만한 공작새……. 올리버 부인은 심호흡을 크게 3번 했다. 그러고는 재빠르게 마음속에 떠오른 첫 번째 방어 태세를 취했다. 올리버 부인은 단호하고도 즉각적으로 근처 벽면 앞에 놓인 쓰레기통 위에 주저앉았다.

"어머나, 깜짝이야! 거기 있는지 몰랐잖아요. 기분 나빠하지 말았으면 좋겠네요."

"그러니까 저를 미행하고 있었던 거죠?"

"맞아요, 미안해요. 좀 성가셨죠? 하지만 난 정말 좋은 기회라고 생각했어요. 물론 화는 나겠지만 꼭 그렇게 생각할 필요는 없답니다. 정말이에요. 아는지 모르겠지만……."

올리버 부인은 쓰레기통 위에 좀 더 안정적으로 자리를 잡고 앉으면서 말했다.

"나는 글을 쓰는 사람이에요. 추리 소설을 쓰는데 오늘 아침부터 내내 너무 걱정이 되는 거예요. 그래서 카페에 가서 커피나 마시면서 생각을 정리할까 했지요. 누군가를 미행하는 부분을 집필 중이었어요. 남자 주인공이 누구를 미행하는 내용이었는데 문득 이런 생각이 들더라고요. '나는 미행에 대해서는 아는 게 거의 없어.' 나도 책에 그런 장면을 자주 쓰긴 했고 누군가를 미행하는 내용이 나오는 책도 많이 읽어 봤지만 책에 나온 대로 그렇게 쉬운지, 아니면 또 다른 책에 나온 것처럼 그렇게 불가능한 일인지 궁금해지더군요. 그래서 생각했죠. '그래, 유일한 방법은 내가 직접 미행을 해 보는 거야.' 직접 경험해 보지 않고는 어떤 건지 알 수 없는 것 아니겠어요? 미행을 하면 어떤 기분일지, 미행하던 사람을 놓쳤을 때 어떤 기분일지 직접 겪어 보지 않으면 모를 테니까요. 때마침 고개를 들어 보니 옆 테이블에 당신이 앉아 있었어요. 그래서 생각했지요. 당신은, 너무 기분 나빠하지 않았으면 해요, 미행하기에 더없이 좋은 사람이란 생각이 들었어요."

데이비드는 여전히 그 기묘하고 냉정한 푸른 눈으로 올리버 부인을 응시하고 있었지만, 올리버 부인이 보기에 그나마 그의 눈에서 조금 전의 긴장감은 사라진 것 같아 안심이 됐다.

"왜 내가 미행하기에 더 없이 좋은 사람이라는 거죠?"

"화려한 사람이니까요. 옷차림도 아주 매력적이에요. 마치 섭정 시대(1811년부터 1820년까지 — 옮긴이) 옷 같아요. 눈에 쉽게 띄는 사람을 미행하면 좋겠다고 생각했지요. 그래서 당신이 카페에서 나왔을 때 나도 따라 나온 거예요. 그런데 정말 쉽지가 않군요. 내가 당신 뒤를 밟고 있다는 사실을 줄곧 알고 있었는지 궁금해요."

그녀는 데이비드를 올려다보았다.

"처음엔 몰랐어요."

올리버 부인이 생각에 잠긴 표정으로 말했다.

"그렇군요. 물론 난 당신처럼 눈에 띄는 사람이 아니니까요. 다른 나이 많은 아줌마들 틈에 섞여 있으면 날 알아보지 못할 거예요. 난 그다지 눈에 띄지 않죠. 그렇죠?"

"정말 작가예요? 당신의 책 중에 내가 본 책이 있을까요?"

"글쎄요, 나도 모르겠군요. 있을 수도 있죠. 지금까지 43권의 책을 냈으니까요. 내 이름은 올리버예요."

"아리아드네 올리버요?"

"내 이름을 알고 있군요. 음, 그거 기분 좋은데요. 내 책을 그렇게 좋아할 것 같지는 않지만 말이에요. 아마 구식이라고 생각하겠지요? 요즘 책처럼 자극적인 내용은 그다지 없으니까 말이에요."

"미행하기 전에는 저에 대해 전혀 몰랐던 게 확실해요?"

올리버 부인은 고개를 가로저으며 말했다.

"아뇨, 정말 몰라요. 아니, 몰랐다고요."

"나랑 같이 있던 여자는요?"

"그러니까 당신이랑 베이크드 빈(맞죠, 베이크드 빈?) 먹던 아가씨 말인가요? 모를걸요. 물론 뒤통수만 봤으니까 확실치는 않지만요. 그 아가씨는 나한테 등을 보이고 있었어요. 게다가 요즘 아가씨들은 다들 비슷해 보여서 말이에요."

"그녀는 당신을 알던데요."

불쑥 말한 젊은이의 목소리는 일순간 날카롭게 변해 있었다.

"그녀가 얼마 전에 당신을 만난 적이 있다고 그랬거든요. 한 일주일 전쯤에요."

"어디서요? 파티에서였나? 만났을지도 모르죠. 이름이 뭐죠? 이름은 알지도 모르잖아요."

올리버 부인이 보기에 데이비드는 이름을 알려 줄지 말지 망설이는 것 같았다. 그러다가 마음을 정했는지 올리버 부인의 얼굴을 자세히 살피며 말해 주었다.

"그녀의 이름은 노마 레스태릭입니다."

"노마 레스태릭? 아, 물론 알아요. 시골 파티에서 만났지요. 어디였더라? 가만 있자, 롱 노턴이었나? 건물 이름은 기억이 나지를 않네요. 친구들 몇몇과 함께 갔지요. 하지만 얼굴을 봤어도 알아보지는 못했을 거예요. 내 책에 관해서 무슨 말인가를 했던 것 같은데……. 내 책을 주겠다고도 약속했지요. 정말 신기하지 않아요? 내가 아는 누군가와 함께 앉아 있던 사람을 미행하기로 마음먹고 실행에 옮기다니 말이에요. 정말 신기해요. 이런 건 책에 쓸 수도 없을 것 같군요. 지나친 우연의 일치라고 할까, 그렇지 않나요?"

"세상에! 내가 어디에 앉아 있었던 거람? 쓰레기통이라니! 게다가 그렇게 좋은 쓰레기통도 아니네."

자리에 일어선 올리버 부인이 코웃음을 치며 말했다.

"그런데 지금 여기가 어디죠?"

데이비드는 올리버 부인을 빤히 바라보았다. 올리버 부인은 불현듯 지금까지 자기가 완전히 잘못 생각하고 있었다는 느낌을 받았다.

'바보 같기는! 정말 바보 같았어. 저 남자가 위험하다고, 나한테 무슨 짓을 할지 모른다고 생각했다니.'

그는 이제 그녀를 보며 아주 매력적인 미소를 짓고 있었다. 가볍게 고개를 움직이자 밤색 고수머리가 그의 어깨 위에서 찰랑거렸다. 요즘 젊은이 중에 저런 멋진 청년도 있었구나!

"제가 해 드릴 수 있는 일이라곤 여사님이 저를 미행하시다가 오시게 된 이곳을 보여 드리는 것뿐이겠군요. 자, 이쪽 계단으로 올라오시죠."

그는 다락방으로 보이는 곳까지 건물 바깥쪽에 연결되어 있는 다 무너져 가는 계단을 가리켰다.

"저 계단을 오르라고요?"

올리버 부인은 살짝 의심이 들었다. 어쩌면 그는 자신의 매력을 이용해서 그녀를 위층까지 유인한 다음 위에서 밀어뜨리려는 건지도 몰랐다.

'소용없는 일이야, 아리아드네. 네 발로 여기까지 왔으니 끝까지 가서 알아낼 수 있는 건 다 알아내야지.'

속으로 다짐한 올리버 부인이 주저하며 말했다.

"계단이 내 몸무게를 버틸 수 있을까요? 굉장히 약해 보이는걸요."

"괜찮아요. 제가 먼저 올라갈 테니 따라오세요."

데이비드가 말하고는 계단을 올랐다.

올리버 부인은 데이비드를 따라 사다리같이 생긴 계단을 천천히 올라갔다. 계단 상태가 너무 부실해서 올리버 부인은 여전히 겁이 났다. 앞에 가고 있는 저 공작새, 아니 데이비드가 자신을 어디로 끌고 갈지 몰라 무서웠다. 이제 곧 알게 되리라. 데이비드는 꼭대기에 도달해서 문을 밀어 열고 어떤 방 안으로 들어갔다. 넓고 아무것도 놓이지 않은 방이었는데 화가의 작업실로 임시로 꾸며 놓은 것 같았다. 매트리스 몇 개가 바닥 여기저기에 놓여 있고, 캔버스가 벽 쪽으로 쌓여 있으며, 이젤도 두어 개 있었다. 물감 냄새가 진동을 했다. 작업실에는 두 사람이 있었다. 턱수염이 난 젊은 남자가 그림을 그리며 이젤 곁에 서 있다가 그들이 들어오자 돌아보았다.

"안녕, 데이비드. 친구를 데려왔군."

올리버 부인은 그를 보며 이제껏 본 젊은이들 중 가장 지저분해 보이는 젊은이일 거라고 생각했다. 기름진 검은 머리카락이 눈을 덮고 목뒤까지 늘어져 있었다. 턱수염을 비롯해서 얼굴의 다른 부분은 면도를 하지 않은 상태였고 기름이 덕지덕지 묻은 검은색 가죽옷과 목이 높은 장화를 신고 있었다. 올리버 부인의 시선이 그 지저분한 청년을 지나 모델을 서고 있는 여자에게로 향했다. 그녀는 높은 단 위에 올려놓은 나무 의자에 반쯤 걸터앉아 있었는데 머리를 뒤로 젖혀 검은 머리가 아래로 축 늘어지게 하고 있었다. 올리버 부인은 한눈에 그녀를 알아보았다. 보로딘 맨션에 사는 세 아가씨 중 두 번째 아가씨였다. 성은 기억나지 않았지만 이름은 기억하고 있었다. 매우 화려하게 꾸미고 다니긴 하지만 어딘지 생기가 없어 보이는 프랜시스라는 아가씨였다.

"이쪽은 피터예요."

지저분해 보이는 화가를 가리키며 데이비드가 말했다.

"신인 천재 화가랍니다. 그리고 낙태를 요구하는 절망적인 소녀의 포즈를 취하고 있는 저 아가씨는 프랜시스고요."

"닥쳐, 이 멍청아."

피터가 말했다.

"제가 아는 분 같은데, 아닌가요?"

올리버 부인이 프랜시스를 보며 조금은 확신하지 못하겠다는 태도로 유쾌하게 말했다.

"어디선가 만난 적이 있던 게 분명해요! 그것도 꽤 최근에."

"올리버 부인이시죠?"

프랜시스의 말에 데이비드가 끼어들며 말했다.

"그 이름을 대면서 자신이 그 사람이라더군. 사실이구나."

"가만, 그런데 어디서 아가씨를 만났더라……."

올리버 부인은 계속 연기를 했다.

"파티였던가요? 아니지. 어디 보자……. 아, 알겠어요. 보로딘 맨션에서였지요?"

프랜시스는 몸을 곧추세우고 앉아서 지친 듯하면서도 세련된 목소리로 말했다. 그러자 피터가 큰 소리로 투덜거렸다.

"포즈를 망치면 어떻게 해! 그렇게 몸부림을 쳐야겠어? 가만히 좀 있을 수 없어?"

"더 이상 못 하겠어. 정말 끔찍한 포즈였다고. 어깨에 쥐가 나서 죽을 거 같단 말이야."

"나는 실험 삼아 사람들을 미행해 보고 있던 참이랍니다. 생각보다 훨씬 어렵더군요. 여기가 작업실인가요?"

올리버 부인이 밝은 표정으로 주변을 둘러보며 물었다.

"요즘 작업실은 다들 이래요. 다락방 같은 데 꾸미는데, 천장이 무너지지 않으면 다행이죠."

피터가 말했다.

"그래도 있을 건 다 있어요. 북쪽 창에서 햇빛도 들어오고, 방도 충분히 넓고, 침대도 있어요. 또 전용은 아니지만 아래층에 화장실도 있고, 소위 취사 시설이란 것도 있으니까요. 술도 한두 병 있죠."

데이비드가 말했다.

그는 올리버 부인에게는 완전히 다른 목소리로 예의 바르게 말했다.

"한잔 드릴까요?"

"난 술을 안 마신답니다."

"그렇죠. 숙녀라면 술을 안 마시지요. 미처 몰랐네요!"

"무례하지만 당신 말이 맞아요. 사람들은 대부분 나한테 와서 이렇게 말하죠. '저는 당신이 술고래인 줄로만 알았어요.'라고요."

그녀가 핸드백을 열자마자 돌돌 말린 회색 머리 장식 세 개가 바닥에 떨어졌다. 데이비드는 그것을 주워 올리버 부인에게 건네주었다.

"어머! 고마워요."

올리버 부인은 그것을 받아들며 인사를 건넸다.

"오늘 아침에 시간이 없었거든요. 머리핀이 있나 모르겠네."

올리버 부인은 핸드백에 손을 넣어 머리 장식을 더 꺼내 머리에

붙이기 시작했다.

그러자 피터가 크게 웃으며 말했다.

"하하하, 멋진걸요."

'위험에 빠질지도 모른다고 생각했다니 정말 바보 같아. 위험? 이 젊은이들이? 겉모습과 달리 정말 친절하고 상냥하잖아. 사람들이 나더러 말한 게 하나도 틀리지 않아. 난 상상력이 너무 풍부하다니까.'

잠시 후 올리버 부인은 이제 가 봐야겠다고 말했고, 데이비드는 섭정 시대 신사라도 되는 듯 정중한 태도로 그녀가 곧 무너질 것 같은 계단을 무사히 내려갈 수 있도록 도와주었다. 그런 다음 킹스로드로 가는 가장 빠른 길을 알려 주었다.

"그다음에는 버스를 타면 됩니다. 여사님이 원하시면 택시를 타셔도 되고요."

"택시를 탈 거예요. 발이 마비된 것 같아요. 곧바로 택시에 타야겠어요. 고마워요. 굉장히 이상해 보였을 텐데도 내가 미행한 일을 너그럽게 이해해 줘서 말이에요. 만약 사립 탐정이나 사설 탐정, 그 비슷한 사람들이 나같이 미행을 한다면 큰일이란 생각이 드네요."

"아마도요."

데이비드가 진지한 표정으로 말했다.

"여기서 왼쪽으로 가신 다음에는 오른쪽으로 가세요. 그다음은 템스 강이 보일 때까지 왼쪽으로 가시다가 강 쪽으로 다시 오른쪽으로 꺾은 다음에 죽 앞으로만 걸어가시면 됩니다."

공사장 안마당을 가로질러 나올 때 정말 이상하게도 올리버 부인은 들어올 때 느꼈던 것과 똑같은 불안감과 긴장감을 느꼈다.

'괜한 상상력을 발휘해서는 안 돼.'

올리버 부인은 작업실의 계단과 창문을 뒤돌아보며 이렇게 생각했다. 데이비드는 여전히 창가에 서서 그녀의 뒷모습을 쫓고 있었다.

"3명 다 더할 나위 없이 친절한 젊은이들이야."

올리버 부인은 혼잣말을 했다.

"더할 나위 없이 친절하고 상냥하더란 말이지. 여기서 왼쪽으로 가고 그다음에는 오른쪽으로 가라고 했지? 어리석게도 그 애들을 보고 그저 겉모습이 유별나니까 덮어 놓고 위험할지도 모른다고 생각해 버리다니. 이번엔 오른쪽이었나? 왼쪽이었나? 왼쪽인 것 같은데……. 아이고, 발이야. 비까지 오려나 보네."

걷고 또 걸어도 끝은 안 보였고 킹스로드는 더 멀어진 것 같았다. 이젠 지나가는 차 소리도 거의 들리지 않았다. 템스 강은 도대체 어디 있는 거야? 알려 준 대로 오기는 한 건지조차 의심스러웠다.

"그래, 할 수 없지 뭐. 곧 강이든 푸트니든 완즈워스든 나오겠지."

올리버 부인은 지나가는 사람에게 킹스로드로 가는 길을 물었지만 그는 외국인이었고 영어도 못 하는 사람이었다.

올리버 부인이 지친 몸을 이끌고 다시 한번 모퉁이를 돌자 앞쪽으로 반짝반짝 빛나는 물줄기가 보였다. 그녀는 부리나케 물줄기를 향해 좁은 통로를 내려가다가 뒤에서 들려오는 발소리를 듣고 반쯤 몸을 돌렸다. 바로 그 순간 올리버 부인은 무언가에 의해 머리를 얻어맞았다. 이내 불꽃이 번쩍이더니 그녀는 정신을 잃었다.

10장

누군가의 목소리가 들려왔다.

"이걸 마셔요."

노마는 벌벌 떨고 있었고, 눈빛은 멍했다. 그녀는 앉아 있던 의자에서 몸을 약간 움츠렸다. 명령이 반복되었다.

"이걸 마시라니까요."

이번에는 노마도 그 명령에 따라 순순히 마셨다. 하지만 그만 사레가 들고 말았다.

"이거…… 이건 너무 독해요."

노마가 잔기침을 하며 말했다.

"안정이 될 겁니다. 곧 회복될 거예요. 그냥 가만히 앉아서 좀 기다려요."

노마를 혼란에 빠뜨렸던 메스꺼움과 현기증이 차츰 가라앉았다.

양 볼에 안색도 돌아오고, 떨림도 사그라졌다. 그제야 그녀는 처음으로 주변에 관심을 가지고 둘러보았다. 그녀를 짓누르던 두려움과 공포의 감정은 이제 서서히 정상으로 되돌아오고 있었다. 보통 크기의 방에 어렴풋이 낯익은 구조로 가구가 배치된 방이었다. 책상 하나, 소파 하나, 안락의자 하나, 보통 의자 하나, 사이드 테이블 위에 놓인 청진기 하나, 눈과 관계된 것으로 보이는 어떤 기계가 있었다. 잠시 뒤 그녀의 시선은 전체에서 세세한 부분으로 옮겨 갔다. 그녀에게 마실 것을 권한 남자가 보였다.

붉은 머리에 잘생기진 않았지만 은근한 매력이 있는, 우락부락하면서도 재미있는 인상을 가진 30살 정도의 젊은 남자였다. 그는 안심시키려는 듯한 태도로 노마를 보며 고개를 끄덕였다.

"이제 좀 정신이 드는 것 같습니까?"

"그런 것 같아요. 내가…… 당신이……. 도대체 무슨 일이 있었던 거죠?"

"기억 안 나요?"

노마가 남자를 보며 말했다.

"자동차…… 그게 나한테 다가왔어요……. 그게……. 저는 차에 치였어요."

"아니요, 당신은 차에 치인 게 아니에요. 그건 내가 보장해요."

그가 고개를 가로저으며 말했다.

"당신요?"

"당신이 길 한복판에 있는데 어떤 차가 돌진해 오고 있었지요. 내가 겨우 당신을 길에서 끌어냈어요. 그렇게 차들이 달리는 도로에 뛰어들다니 정신이 나갔어요?"

"기억이 안 나요. 난…… 그래요, 내가 딴생각을 하느라 그랬나 봐요."

"재규어 1대가 꽤 빠른 속도로 다가오고 있었고, 반대편에서 돌진하는 버스도 있었어요. 그 차가 당신을 들이받으려고 했다는 말은 아니겠죠?"

"난…… 나도 모르겠어요. 그러니까 나는……."

"혹시 다른 꿍꿍이가 있었던 건 아닌가요?"

"무슨 말씀이죠?"

"고의로 그랬을 수도 있단 말이죠."

"고의라니 그게 무슨 뜻이죠?"

"사실 나는 당신이 자살하려고 한 건 아닌가 생각했어요."

그러고는 무심히 덧붙여 물었다.

"그런 건가요?"

"난…… 아니에요……. 당연히 아니죠."

"만약 그랬다면 지독하게 바보 같은 방법이죠. 자, 이제 무엇 때문이었는지 기억해 보세요."

그의 목소리는 약간 달라져 있었다.

그 말에 노마가 다시 부들부들 떨기 시작했다.

"난…… 난 다 끝날 거라고 생각했어요. 난……."

"그러니까 당신은 자살하려고 했군요, 맞죠? 뭐가 문제입니까? 나한테 말해 보세요. 남자 친구? 그것도 사람 기분을 엉망으로 만들

순 있겠죠. 자살하면 남자 친구가 미안해할 거라는 헛된 희망을 품지만 그런 생각은 버려야 해요. 사람들은 자기가 잘못한 일을 미안해하지도 않고 그런 감정을 느끼고 싶어 하지도 않으니까요. 남자 친구들은 다들 이렇게 말할걸요. '항상 그녀의 정신이 불안정하다고 생각해 왔어. 결국 잘된 일이야.' 다음번에 또 재규어에 돌진하고 싶을 때는 이것만 기억해요. 재규어도 배려해 주어야 한다는 것을요. 그나저나 정말 이유가 그거였어요? 남자 친구한테 버림받아서?"

"아니에요. 오히려 그 반대인걸요."

잠시 후 노마가 불쑥 덧붙여 말했다.

"그가 나랑 결혼하고 싶다고 했거든요."

"그건 재규어 앞으로 뛰어들 이유가 못 되잖아요."

"맞아요. 내가 그랬던 이유는……."

노마는 말을 하려다 말았다.

"나한테 다 털어놓는 게 좋을 겁니다. 안 그래요?"

"내가 어떻게 여기까지 오게 된 거죠?"

"내가 택시에 태워서 여기로 데려왔어요. 부상을 당한 것 같진 않아 보였고 멍만 몇 군데 든 것 같더군요. 심하게 몸을 떠는 것 같았는데 아마도 충격 때문이었을 거예요. 주소를 물었지만 내가 무슨 말을 하는지 모르겠다는 표정으로 날 멍하니 바라보기만 했어요. 사람들이 하나둘 모여들기 시작해서 택시를 잡아타고 여기로 당신을 데려온 겁니다."

"여기는…… 진찰실인가요?"

"네. 여기는 진찰실이 맞고 나는 의사입니다. 내 이름은 스틸링플릿이에요."

"의사는 싫어요! 얘기도 하고 싶지 않고요! 나는 정말……."

"진정해요, 진정해. 당신은 이미 10분간 의사와 얘기했습니다. 그나저나 의사가 뭐가 어떻다는 거죠?"

"무서워요. 의사들이 무서워요."

"이것 봐요, 아가씨. 당신은 지금 나한테 진찰을 받고 있는 게 아닙니다. 나를 그냥 참견하기 좋아하는 구경꾼 정도로 생각해요. 죽을 뻔했다든가, 좀 더 그럴듯하게는 팔이나 다리가 부러질 뻔했다든가, 머리 부상을 당할 뻔했다든가, 목숨을 앗아 갈 수도 있는 그런 극한 상황에서 구해 준 구경꾼 말입니다. 지금보다 더 나쁜 상황도 벌어질 수 있었잖아요. 먼저 당신이 고의로 자살하려고 했던 거라면 예전 같으면 법정에 설 수도 있었어요. 그게 동반 자살 계획이었다면 지금도 그런 가능성은 충분하지요. 내 말이 틀렸다고는 못 할 겁니다. 이제 도대체 의사를 왜 무서워하는지 솔직하게 다 털어놓아 준다면 고맙겠군요. 도대체 의사가 당신한테 무슨 짓을 한 건가요?"

"아무것도요. 나한테 어떻게 한 것은 없어요. 하지만 의사가 어쩌면……."

"어쩌면 뭐요?"

"날 가둘까 봐 무서워요."

스틸링플릿은 모랫빛 눈썹을 치켜 올리고 노마를 쳐다보았다.

"이런, 이런! 당신은 의사들에 대해서 아주 이상한 생각을 가지고 있군요. 내가 무엇 때문에 당신을 가두겠습니까? 차 한잔하겠어요?"

그는 곧바로 덧붙여 물었다.

"아니면 환각제나 진정제가 필요한가요? 당신 또래 젊은이들은 그런 걸 좋아하잖아요. 당신도 먹어 봤겠죠, 그렇죠?"

노마가 고개를 가로저으며 대답했다.

"아뇨, 한 번도 먹어 본 적 없어요."

"못 믿겠는데요. 어쨌든 왜 그렇게 불안해하고 의기소침해하는 거죠? 정신병이 있는 것도 아니잖아요? 아, 이런 말은 하지 말 걸 그랬네요. 의사들은 사람 가두는 취미 같은 건 없답니다. 정신 병원도 이미 환자들로 넘쳐 나고 있어서 더는 입원시킬 수도 없어요. 사실 요즘에는 꽤 많은 사람을 내보내고 있지요. 그것도 필사적으로. 엄밀히 말하면 그대로 남아 있어야 하는 사람들까지 말이에요. 요즘 이 나라에서는 어디를 가도 사람들로 넘쳐 나지요."

잠시 후 그가 다시 물었다.

"음, 뭐로 하겠어요? 약장에 있는 걸로? 구닥다리 영국식 차?"

"음…… 차가 좋겠네요."

"인도산? 아니면 중국산? 이렇게 물어봐야 되는 거죠, 맞죠? 미안하지만 중국산은 없을지도 몰라요."

"인도산이 좋겠네요."

"잘됐네요."

그는 문 쪽으로 가서 문을 열고 큰 소리로 말했다.

"애니, 여기 차 2잔만 부탁해요."

그가 돌아와서 앉으며 말했다.

"이제 이 점만은 분명히 해야 해요, 젊은 아가씨. 그나저나 이름이 뭐죠?"

"노마 레스……."

그녀가 멈칫했다.

"뭐라고요?"

"노마 웨스트요."

"자, 웨스트 양, 이 점은 분명하게 짚고 넘어갑시다. 내가 당신을 치료하려는 것도, 당신이 나한테 진찰을 받으러 온 것도 아니에요. 당신은 길거리에서 우연히 사고를 당했어요. 그렇다고 해 두는 거예요. 당신이 그렇게 보이고 싶어 하는 것 같으니까요. 재규어를 몰던 그자한테는 조금 미안한 일이지만."

"처음에는 다리에서 뛰어내릴까 생각했어요."

"정말이에요? 막상 실행에 옮겼다고 해도 아주 어려웠을걸요. 요즘은 다리 놓는 사람들도 꽤 조심하는 편이에요. 뛰어내리려면 일단 난간까지 올라가야 하는데 그게 쉬운 일이 아니거든요. 올라가는 도중에 누군가 당신을 말릴 거예요. 얘기를 계속하자면 당신이 너무 큰 충격에 빠져서 주소도 알려 주지 않았기 때문에 이곳으로 데려온 겁니다. 그나저나 주소가 어떻게 되지요?"

"주소는 없어요. 집이 없거든요."

스틸링플릿이 미소를 지으며 말했다.

"그거 재미있군요. 경찰들이 말하는 '주거 부정'이로군요. 그럼 매일 엠뱅크먼트에 앉아서 밤을 지새우나요?"

노마는 의심스러운 눈초리로 그를 바라보았다.

"사고를 경찰에 신고할 수도 있었지만 내게 꼭 그래야 하는 의무는 없지요. 그보다 딴생각에 빠져 왼쪽을 살피지 못하고 길을 건너려고 했다는 쪽을 택하겠어요."

"내가 생각했던 의사랑은 전혀 다르시네요."

"그래요? 나는 이 나라에서 의사 노릇을 하는 데 점점 환멸을 느끼고 있어요. 사실 이곳 병원을 접고 2주 뒤에는 오스트레일리아로 가려고 해요. 그러니까 나한테는 뭐든 말해도 돼요. 벽에서 분홍색 코끼리가 걸어 나오는 게 보인다거나, 나무에서 가지가 뻗어 나와서 당신 목을 조르는 것 같다거나, 사람들 눈에서 악마가 튀어나오는 게 보인다거나, 그 밖의 기분 좋은 환상 같은 게 있으면 나한테 다 말해 봐요. 무슨 얘기를 해도 가만 있을 테니까! 실례가 될지 모르겠지만 당신은 제정신으로 보이거든요."

"내 생각엔 아니에요."

"당신 말이 맞을지도 모르죠. 당신이 그렇게 생각하는 이유나 한번 들어 봅시다."

스틸링플릿이 관대한 표정을 지으며 말했다.

"무슨 일을 해 놓고도 기억을 하지 못해요……. 내가 한 일을 사람들한테 말해 놓고도 무슨 얘기를 했는지 기억하지 못할 때도 많고요……."

"그저 기억력이 나쁜 사람 얘기로 들리는데요."

"이해를 못 하시는군요. 그게 다…… 나쁜 짓이에요."

"혹시 광신도인가요? 재미있겠는데요."

"종교랑은 무관해요. 그건…… 증오와 관계된 거예요."

그때 문 두드리는 소리가 나더니 나이 든 여자가 차 쟁반을 들고 들어왔다. 그녀는 쟁반을 책상 위에 내려놓고 다시 밖으로 나갔다.

"설탕?"

스틸링플릿이 물었다.

"예, 주세요."

"똑똑한 아가씨네요. 설탕은 충격을 받았을 때 아주 효과가 좋지요."

그는 차 2잔을 따른 다음 하나를 노마 쪽에 놓고 설탕 그릇을 잔 옆에 놓았다.

"자, 우리가 무슨 얘기 중이었더라? 아, 증오였지요."

그가 자리에 앉으며 말했다.

"누군가를 죽이고 싶을 정도로 심하게 증오하는 일은 흔히 있지요, 그렇죠?"

"아, 그럼요. 충분히 가능한 일이죠. 사실 가장 자연스러운 일이기도 하고요. 하지만 정말 그러고 싶은 마음이 있다고 해도 그 지경까지 자신을 몰고 갈 수는 없는 일 아니겠어요? 인간에게는 선천적인 제동 장치가 있고 어느 지점에서는 그 제동 장치가 작동한답니다."

"아주 대수롭지 않게 말씀하시네요."

노마의 목소리에는 불쾌한 기색이 가득했다.

"글쎄요, 그건 지극히 자연스러운 일이니까요. 아이들은 거의 매일 증오를 느낀답니다. 제 성질을 못 이기고 엄마나 아빠한테 이렇게 말하지요. '엄마 나빠. 미워. 엄마가 죽었으면 좋겠어.' 간혹 민감하게 받아들이는 엄마들도 있지만 대개는 그런 말에 전혀 신경 쓰지 않습니다. 어른이 된 후에도 우리는 여전히 남을 미워하지만 그때쯤 되면 죽이고 싶다는 생각을 이전처럼 하지는 않습니다. 그런 생각이 든다고 하더라도 그런 일을 저지르면 감옥에 가겠구나 하고 단념하게 되는 거죠. 그러니까 그런 성가시고 어려운 일을 직접 하게 된다면 말이에요. 그나저나 다 꾸며 낸 얘기는 아니겠죠?"

그가 무심하게 물었다.

"물론 아니에요."

노마가 자리에서 벌떡 일어서며 말했다. 그녀의 눈빛은 분노로 번득이고 있었다.

"물론 아니고말고요. 사실도 아닌데 내가 그런 끔찍한 걸 말할 것 같아요?"

"안 그럴 것 같지만 실은 그러는 경우가 가끔 있답니다. 어떤 사람들은 자신에 대해서 온갖 끔찍한 말을 하면서 그걸 즐기지요."

그는 노마에게서 빈 컵을 받아들면서 말했다.

"자, 이제 나한테 모든 걸 털어놔 봐요. 누가 미운지, 왜 미운지, 그 사람한테 어떻게 해 주고 싶은지 말이에요."

"사랑이 증오로 바뀔 수도 있어요."

"유행가 가사처럼 들리는군요. 하지만 증오가 사랑으로 바뀔 수도 있단 점을 잊지 마세요. 두 방향 모두 가능합니다. 남자 친구 문제는 아니라고 했지요? 그러니까 남자 친구가 나한테 잘못을 했다, 뭐 그런 종류는 아니죠?"

"그런 게 아니에요. 그 사람은…… 제 계모예요."

"무정한 계모 때문이군요. 하지만 그것도 말이 안 돼요. 당신 나이 정도면 계모한테서 벗어날 수 있으니까요. 당신 아버지랑 결혼한 것 말고 그녀가 당신한테 잘못한 게 있나요? 아버지도 미운가요? 아니면 아버지가 너무 좋아서 새어머니와 함께 아버지를 공유하고 싶지 않은 건가요?"

"절대로 그런 게 아니에요. 절대로요. 옛날엔 아버지를 사랑했죠. 끔찍이 사랑했어요. 아버지는…… 아버지는…… 굉장히 멋진 분이셨어요."

"자, 이제 내 말 잘 들어요. 다른 뜻이 있는 건 아닙니다. 저기 문 보이죠?"

노마는 고개를 돌려 어리둥절한 표정으로 문을 보았다.

"아주 평범한 문이에요, 그렇죠? 잠겨 있지 않고 다른 문들처럼 열고 닫을 수 있어요. 가서 한번 해 보세요. 우리 집 가정부가 저 문으로 드나드는 것을 봤죠? 절대로 환각이 아닙니다. 자, 일어나서 내가 말한 대로 해 보세요."

노마는 의자에서 일어나 머뭇거리며 다가가 문을 열었다. 그녀는 열린 문 앞에 서서 의아한 표정으로 스틸링플릿을 돌아보았다.

"자, 이제 뭐가 보이죠? 지극히 평범한 복도가 보일 겁니다. 보수는 해야겠지만 내가 오스트레일리아로 가 버리면 그것도 소용없는 일이 되겠지요. 이제 가서 정문을 한번 열어 보세요. 이번에도 속임수는 없습니다. 밖으로 나가서 길가까지 내려가 보세요. 당신을 가두려는 어떠한 제지도 받지 않고 당신이 완전히 자유롭다는 것을 알게 될 겁니다. 언제든지 이곳에서 걸어 나갈 수 있다는 확신이 들면, 다시 돌아와서 저기 있는 편안한 의자에 앉아 나한테 당신의 얘기를 들려주세요. 그런 다음에 내가 유용한 충고를 드리도록 하지요. 충고를 받아들일지 말지는 당신이 결정할 일이고요."

잠시 후 그가 위로하듯 덧붙였다.

"사람들은 좀처럼 충고를 받아들이지 않지만, 그래도 일단 들어 보는 편이 낫겠죠? 동의한 거죠?"

노마는 약간 비틀거리면서 천천히 방에서 (의사가 설명한 대로 지극히 평범한) 복도로 나가 손쉽게 정문을 열고 네 계단을 내려가 깔끔하지만 다소 지루한 집들이 늘어선 거리에 섰다. 그녀는 스틸링 플릿이 레이스 블라인드 뒤에서 지켜보고 있다는 사실도 모른 채 한동안 그렇게 서 있었다. 그리고 약 2분간 그렇게 있다가 단호한 표정을 짓더니 다시 계단을 올라와서 정문을 닫고 원래 있던 방으로 돌아왔다.

"봤죠? 속임수 같은 건 전혀 없다는 걸 이제 알았겠지요? 정말로 속임수는 없습니다."

노마는 고개를 끄덕였다.

"좋아요, 거기 앉으세요. 편안하게요. 담배 피워요?"

"저, 그게······."

"마리화나나 그 비슷한 것만 피우나요? 괜찮아요, 나한테 그것까지는 말하지 않아도 돼요."

"그런 건 당연히 안 피워요."

"그런 일에는 '당연하다'는 말을 쓰면 안 되지만 환자가 그렇게 말하니까 믿어야겠지요. 자, 이제 당신에 대해서 말해 보세요."

"잘…… 잘 모르겠어요. 실은 별로 말할 것도 없어요. 저기 긴 의자에 누워야 하나요?"

"아, 꿈에 대한 기억이라든가 뭐 그런 걸 말해야 하는지를 묻는 건가요? 그런 걸 말할 필요는 없어요. 그저 성장 배경을 좀 알고 싶은 것뿐이니까요. 어딘가에서 태어나 시골에서든 도시에서든 살았고, 형제자매가 있다거나 외동딸이라는 것 등등 말이에요. 친어머니가 돌아가셨을 때 많이 속상했나요?"

"당연히 그랬죠."

노마가 볼멘소리로 대답했다.

"당연이란 말을 아주 좋아하는군요, 웨스트 양. 그나저나 웨스트가 본명은 아니죠? 아, 신경 쓰지 말아요. 본명을 알고 싶단 뜻은 아니니까요. 웨스트든 이스트든 노스든 아무거나 골라도 상관없어요. 아무튼 친어머니가 돌아가시고 나서 어떻게 지냈죠?"

"돌아가시기 직전까지도 어머니는 몹시 편찮으셨어요. 대부분을 병원에서 보내셨죠. 어머니가 돌아가시고 나서 나는 데본셔에서 늙은 이모와 지냈어요. 친이모는 아니었고 엄마의 사촌이었어요. 그러다가 아버지가 돌아오신 게 겨우 6개월 전이었어요. 그건…… 정말이지 아주 놀라운 일이었어요."

노마의 얼굴이 갑자기 밝아졌다. 그녀는 겉으로는 태연해 보이는 젊은 의사가 보낸 재빠르고도 예리한 시선을 눈치채지 못했다.

"아버지에 대한 기억은 거의 없었어요. 내가 5살 때쯤 떠났으니까요. 다시는 만나지 못할 줄 알았어요. 어머니도 아버지 얘기를 별로 안 하셨고요. 처음에는 어머니도 아버지가 다른 여자를 버리고 돌아오길 바라시는 줄 알았어요."

"다른 여자요?"

"예. 아버지가 어떤 여자랑 도망갔거든요. 어머니는 그 여자가 아주 못된 여자였다고 말씀하셨어요. 어머니는 아버지에 대해서도 안 좋게만 말씀하셨지만 나는 어머니가 생각하는 것만큼 아버지가 나쁜 사람은 아닐지도 모른다고 생각했어요. 모든 건 다 그 여자 잘못일 거라고 생각했지요."

"아버지가 그 여자랑 결혼했나요?"

"아뇨. 어머니가 절대로 아버지와 이혼해 주지 않겠다고 했거든요. 어머니는 성공회였나 고교회였나 아무튼 독실한 신자였어요. 어떻게 보면 로마 가톨릭 교도 같기도 했어요. 그래서 이혼 같은 건 절대 하지 않으려고 했지요."

"아버지와 그 여자는 그 뒤로 계속 같이 살았나요? 그 여자 이름은 뭐였죠? 그것도 비밀인가요?"

"성은 기억이 안 나요."

노마가 고개를 가로저으며 이어서 말했다.

"둘이 같이 산 기간은 그렇게 길지 않았던 것 같은데, 저는 잘 모르는 일이에요. 둘이 같이 남아프리카로 갔는데 싸우고는 얼마 안 있어서 헤어졌다나 봐요. 왜냐하면 그때 어머니가 아버지가 다시 돌아올지 모른다고 그랬거든요. 하지만 아버지는 돌아오지 않으셨죠. 편지 1통도 없었고요. 심지어 나한테까지도요. 크리스마스 때 이것저것 챙겨 보내 주긴 했어요. 하지만 늘 선물뿐이었어요."
"아버지는 당신을 귀여워했나요?"
"모르겠어요. 내가 어떻게 알겠어요? 아무도 우리 아버지에 대해 얘기해 주지 않았어요. 사이먼 큰아버지만 빼고요. 큰아버지는 시티에서 사업을 하셨는데 아버지가 모든 걸 버리고 갔다면서 엄청 화를 내셨어요. 큰아버지는 아버지가 늘 그 모양이니 어디에도 정착하지 못할 거라고 하면서도 원래 나쁜 사람은 아니라고 하셨어요. 그냥 의지가 나약할 뿐이라고 하셨죠. 큰아버지도 자주 뵙지는 못했어요. 늘 어머니 친구들만 만났는데, 모두 끔찍할 정도로 지루했어요. 내 인생도 내내 지루했지요…….
 그러다 아버지가 집으로 돌아온다고 하자 정말 꿈만 같았어요. 아버지의 좋은 모습을 떠올리려고도 해 봤죠. 아버지가 했던 말이라든가 나랑 같이 놀아 준 것들 말이에요. 아버지는 나를 많이 웃게 해 주셨거든요. 아버지가 찍힌 예전 사진이 있지 않을까 찾아보기도 했어요. 하지만 다 버린 거 같더라고요. 어머니가 다 찢어 버린 게 분명해요."
"어머니는 아버지를 내내 원망하고 있었군요."

"어머니가 원망한 사람은 실은 루이즈였던 것 같아요."

"루이즈요?"

그는 노마의 얼굴이 다소 굳어진 것을 보았다.

"기억이 나지 않아요. 아까 말했잖아요. 성은 기억이 안 난다고요."

"괜찮아요. 아버지와 함께 달아났던 여자 얘기를 하는 거로군요, 맞지요?"

"네, 어머니는 루이즈가 술도 너무 많이 마시고 약도 많이 먹어서 말로가 좋지 않을 거라고 말씀하셨어요."

"하지만 그 여자가 어떻게 됐는지는 모르죠?"

"난 아무것도 몰라요······."

그녀의 감정이 복받치고 있었다.

"나한테 그만 질문하셨으면 좋겠어요! 그 여자에 대해선 아무것도 모른단 말이에요! 그 뒤로 그 여자에 대한 소식을 들은 적도 없고요! 당신이 그 여자 얘기를 꺼내지 않았으면 까맣게 잊고 있었을 텐데······. 아무것도 모른다고 그랬잖아요."

"자, 그렇게 흥분하지 마세요. 지나간 과거를 가지고 그렇게 괴로워할 필요는 없어요. 미래에 대해서 생각해 봅시다. 이제 뭘 할 거죠?"

노마는 깊은 한숨을 내쉬더니 말했다.

"모르겠어요. 갈 데도 없고. 나는······ 아마 그게 나을 거예요······. 훨씬 낫겠죠······. 모든 걸 끝내 버리는 게······. 다만······."

"다만 두 번째 시도는 못 하겠다는 겁니까? 또 그런다면 아주 바보 같은 일일 거예요. 그건 내가 장담하지요, 아가씨. 자, 당신은 갈

곳도, 믿을 사람도 없다고 했습니다. 돈은 있어요?"

"네, 은행에 계좌가 있는데 아버지가 3개월마다 넉넉하게 돈을 보내 주세요. 하지만 잘 모르겠어요……. 어쩌면 지금쯤 저를 찾고 있을지도 몰라요. 그렇지만 나는 만나고 싶지 않아요."

"그럼 만나지 마세요. 내가 도와줄게요. 켄웨이 코트란 곳이 있어요. 이름처럼 근사한 곳은 아니고 사람들이 안정을 취하기 위해 가는, 일종의 회복기 환자들의 요양소 같은 곳이죠. 의사도, 긴 의자도 없고, 갇힐 일은 더욱 없으니 안심해요. 원하면 언제든지 나올 수 있습니다. 당신이 원하면 침대에서 아침을 먹을 수도 있고, 종일 침대에 누워 있어도 돼요. 푹 쉬고 있으면 내가 찾아갈 테니 대화하면서 당신의 문제를 함께 풀어 보도록 합시다. 괜찮겠어요? 그럴 마음이 있나요?"

노마는 무표정한 얼굴로 그를 응시하며 앉아 있다가 천천히 고개를 끄덕였다.

그날 밤 늦게 스틸링플릿은 전화를 1통 걸었다.

"꽤 훌륭한 납치 작전이었습니다. 그녀는 지금 켄웨이 코트에 있습니다. 양처럼 순순히 갔지요. 아직 알아낸 건 별로 없습니다. 그 애는 약에 절어 있어요. 각성제에 코카인에, 아마 LSD까지 복용해 온 것 같더군요……. 꽤 오랫동안 마약에 절어 살았어요. 본인은 아니라고 하지만 그 말은 믿을 수 없습니다."

스틸링플릿은 잠시 동안 듣기만 하다가 이렇게 말했다.

"저한테 물어보지 마십시오! 조심스럽게 접근해야 해요. 그녀는 쉽게 놀라요……. 맞아요, 뭔가를 두려워하고 있더군요. 아니면 그런 척하는 것이거나……. 아직은 저도 모릅니다. 약을 하는 사람들은 종잡을 수 없단 점을 명심하세요. 그들이 하는 말을 전부 믿어서는 안 됩니다. 지금까지 섣불리 행동하지도 않았고 그녀를 놀라게 하고 싶지도 않아요…….

어린아이같이 아버지 콤플렉스가 있더군요. 여러모로 판단하건대 엄격한 어머니는 별로 안 좋아했던 것 같습니다. 어머니는 독선적인 순교자 타입 같더군요. 아버지는 유쾌한 성격이었지만 결혼 생활의 쓸쓸함을 견디지 못한 것 같아요. 루이즈란 사람을 아십니까? ……그 이름을 떠올리며 소스라치게 놀랐어요. 그 여자가 그 애의 첫 번째 증오의 대상이라 할 수 있지요. 5살 때 그 여자가 아버지를 빼앗아 갔대요. 그 나이의 아이들은 이해력은 떨어지지만 책임이 있다고 생각되는 사람에게 순식간에 아주 강한 분노를 느낍니다. 아버지를 다시 보게 된 게 몇 달 전이었답니다. 그녀는 다시 아버지의 반려자, 눈에 넣어도 안 아픈 딸이 되는 감상적인 꿈에 젖어 있었나 봐요. 하지만 환멸을 느낀 게 분명합니다. 아버지가 젊고 매력적인 새 부인을 데리고 돌아왔거든요. 그 새 부인의 이름이 루이즈는 아니죠? ……아, 그냥 물어본 겁니다. 상황을 대충 알려 드리는 거예요. 그러니까 전반적인 상황 말입니다."

수화기 저편에서 날카로운 목소리가 들렸다.

"뭐라고요? 다시 말해 보세요."

"상황을 대충 알려 드리는 거라고 했잖아요."

잠깐 동안 침묵이 이어졌다.

"아 참, 당신이 흥미를 가질 만한 사실이 한 가지 더 있습니다. 그 아가씨가 허술한 자살 시도를 했습니다. 놀라셨나요? ……아, 아니군요. ……아뇨, 아스피린을 삼키거나 오븐에 머리를 집어넣은 게 아니라 과속하던 재규어 앞으로 뛰어들었습니다……. 정말이지 간발의 차로 겨우 구할 수 있었습니다. 네, 순전히 충동에 사로잡혀서 한 행동이었습니다……. 본인도 시인하더군요. 구태의연한 이유를 대면서요. 모든 것에서 벗어나고 싶었다나요."

그는 상대가 빠르게 내뱉는 말을 다 듣고 나서 말했다.

"저도 모르겠습니다. 지금 단계에서는 확신할 수가 없어요. 보여진 상황을 따져 보면 명백하지만요. 신경질적인 소녀, 신경과민 환자, 게다가 이 약 저 약 너무 많이 먹어서 지나치게 흥분한 상태입니다. 어떤 종류인지는 분명하게 알 수 없습니다. 저마다 효과가 조금씩 다른 온갖 약들이 난무하고 있어서 말이죠. 정신착란과 기억 상실 증세가 있을 수도 있고 공격적일 때도 있고 혼란을 겪을 수도 있어요. 또 완전히 멍한 상태가 될 수도 있습니다! 문제는 진짜 반응과 약물로 인해 초래된 반응을 구분하기가 어렵다는 겁니다. 아시다시피 둘 중 하나예요. 그녀는 신경과민이니 신경 쇠약이니 떠벌리면서 자살을 하려는 것일 수도 있습니다. 실제 그런 경우도 있거든요. 그게 아니면 전부 다 거짓말인 겁니다. 그 애가 알 수 없는 이유 때문에, 이를테면 자기에 대해서 완전히 잘못된 인상을 주고 싶다든가 하는 이유 때문에 일부러 그런 행동을 했을 수도 있지요. 그런 의도였다면 아주 제대로 해냈다고 할 수 있겠네요. 이따금씩 그녀가 제시하고 있는 상황에 뭔가 어울리지 않는 구석이 있는 것 같습니다. 그녀는 영악한 배우일까요? 아니면 진짜 반쯤 정신이 나간 자살 시도자일까요? 어느 쪽이든 가능하겠지요……. 뭐라고요? ……아, 그 재규어요? ……네, 과속하고 있었습니다. 그게 자살 시도가 아니었을 수 있다고요? 그 재규어가 일부러 그녀를 치려고 했을지도 모른다는 말씀이십니까?"

그는 잠깐 동안 생각에 잠겼다.

"지금은 알 수가 없습니다."

그는 느릿느릿 이렇게 말하고는 다시 말을 이어 나갔다.

"그럴 수 있지요. 그래요, 그럴 수 있어요. 하지만 저는 그런 식으로 생각해 본 적은 없습니다. 문제는 어떤 쪽이든 가능하다는 거예요, 안 그렇습니까? 아무튼 곧 그녀에게서 좀 더 많은 것을 알아낼 생각입니다. 그녀가 절반쯤은 저를 믿게 된 것 같습니다. 너무 서둘러서 의심을 사지만 않는다면 곧 저를 완전히 믿고 좀 더 많은 얘기를 해 주겠죠. 그녀가 진짜 환자라면 나한테 다 털어놓을 겁니다. 그러지 않고는 못 배길 거예요. 지금 그녀는 뭔가에 잔뜩 겁을 먹고 있어요……. 물론 그녀가 저를 속이고 있는 거라면 그 이유를 알아내야 할 겁니다. 당분간은 퀸웨이 코트에 계속 있을 거예요. 하루나 이틀쯤 감시를 붙이고 거기서 나가려고 하면 그 애와 안면이 없는 누군가를 시켜 미행시키는 게 나을 겁니다."

11장

앤드루 레스태릭은 수표를 쓰고 있었다. 평소처럼 그의 얼굴이 조금 일그러졌다.

그의 사무실은 전형적인 실업계 거물의 사무실답게 매우 넓었고 가구도 훌륭했다. 가구와 비품은 사이먼 레스태릭이 쓰던 것들이었고 앤드루 레스태릭은 별 생각 없이 그것을 인계받았다. 달라진 것이라곤 그림 몇 개를 내리고 그 자리에 시골에서 가져온 자신의 초상화와 남아프리카 공화국에 있는 테이블 마운틴을 그린 수채화 1점을 건 것뿐이다.

앤드루 레스태릭은 이제 살이 붙기 시작한 중년 남성이었지만 이상하게도 지금 그의 머리 위에 걸려 있는 그림을 그렸을 당시인 15년 전과 달라진 바가 거의 없었다. 돌출된 턱이며 굳게 다문 입술, 위로 약간 치켜 올라가 당혹스러운 인상을 주는 눈썹까지 꼭 같았다. 그다지 눈에 띄는 외모는 아니고 평범한 축에 속했으며 어딘지 불행해 보이기까지 했다. 비서가 들어와서 책상 앞으로 다가오자 그가 고개를 들었다.

"에르퀼 푸아로 씨가 와 계십니다. 사장님과 약속이 있다고 주장하시는데 저는 기록해 놓은 바가 없어서요."

"에르퀼 푸아로 씨라고?"

왠지 낯익은 이름이었지만 어디서 마주친 이름이었는지 기억이 나지 않았다.

앤드루 레스태릭이 고개를 가로저으며 말했다.

"약속한 기억은 없지만 이름은 어디서 들어 본 적이 있는 것 같군. 어떻게 생겼던가?"

"아주 작은 키에 외국인인데 프랑스인으로 보여요. 긴 콧수염에……."

"아하! 메리에게 들은 것 같군. 사돈 어르신을 보러 온 사람이라고 했는데 나와 약속을 했다니 대체 무슨 일이지?"

"사장님께서 편지를 보냈다고 하십니다."

"나는 편지를 보낸 기억도 없는데. 메리가 보냈나? 할 수 없지. 들여보내요. 무슨 일인지 만나 보는 게 좋을 것 같군."

잠시 후 클로디아 리스홀란드가 달걀형 머리에 기다란 콧수염이 있고 코가 뾰족한 에나멜 구두를 신은, 다소 자만에 빠진 듯한 작은 남자를 안내하며 돌아왔다. 메리가 말했던 인상착의와 딱 맞았다.

"에르퀼 푸아로 씨입니다."

클로디아 리스홀란드가 말했다.

그녀가 다시 방을 나가자 에르퀼 푸아로가 레스태릭의 책상 쪽으로 다가갔다. 앤드루 레스태릭이 자리에서 일어섰다.

"무슈 레스태릭? 저는 에르퀼 푸아로라고 합니다."

"아, 아내가 일전에 저희 집, 아니 저희 사돈 어르신을 방문하러 오신 적이 있다고 하더군요. 무슨 일로 나를 찾아오셨지요?"

"당신의 편지를 받고 이렇게 친히 찾아왔습니다."

"편지요? 나는 당신한테 편지를 보낸 적이 없습니다, 무슈 푸아로."

푸아로는 그를 뚫어져라 응시했다. 그러더니 주머니에서 편지 1장을 꺼내 펼친 다음 쭉 훑고는 몸을 숙여 책상 맞은편으로 그것을 건네주었다.

"직접 보시지요, 무슈."

레스태릭은 푸아로가 건네준 편지를 찬찬히 보았다. 그 편지는 자신의 사무실에서 쓰는 종이에 타이핑이 된 것이었다. 맨 끝에는 그의 자필 서명도 있었다.

친애하는 무슈 푸아로,

위 주소로 형편이 닿는 대로 빨리 저를 방문해 주시면 감사하겠습니다. 아내가 말한 바도 그렇고 런던 시내 여러 곳에 문의를 해 보니 당신은 신중을 요하는 임무를 맡기기에 아주 믿을 만한 분이라고 하더군요.

앤드루 레스태릭

레스태릭이 날카롭게 물었다.

"이 편지를 언제 받으셨죠?"

"오늘 아침에 받았습니다. 마침 지금 당장은 아무 일도 없기에 찾아온 것입니다."

"정말 이상한 일이군요, 무슈 푸아로. 이 편지는 내가 쓴 게 아닙니다."

"당신이 쓴 게 아니라고요?"

"예, 내 서명은 그것과 전혀 다릅니다. 직접 보시지요."

그는 자신의 필적을 보여 줄 수 있을 만한 무언가를 찾다가 무의식적으로 방금 전에 서명을 마친 수표책을 푸아로에게 보여 주었다.

"봤죠? 그 편지에 있는 서명은 내 서명과 전혀 다릅니다."

"하지만 정말 이상하군요."

"참으로 이상한 일입니다. 그렇다면 이 편지는 도대체 누가 써서 보낸 걸까요?"

"그건 내가 묻고 싶은 질문이군요."

"실례합니다만 혹시 부인께서 쓰신 건 아닐까요?"

"아닙니다. 메리가 그런 짓을 할 리가 없어요. 썼다고 해도 왜 내 서명을 남기겠습니까? 그럴 리가 없어요. 만약 그런 편지를 보냈다면 나한테도 말했을 겁니다. 내가 당신을 맞을 준비를 할 수 있도록 말이에요."

"그렇다면 누가 이 편지를 보냈을지 짐작이 가는 데라도 없단 말인가요?"

"그렇습니다."

"레스태릭 씨, 그렇다면 이 편지에서 나한테 의뢰하려고 했던 문제가 무엇인지도 모르시겠군요."

"내가 어떻게 알 수 있겠습니까?"

"실례합니다만 당신은 이 편지를 끝까지 읽지 않았습니다. 첫 번째 페이지 서명 아래 작은 글씨로 '다음 페이지에 계속'이라고 쓰여 있잖습니까."

레스태릭은 편지를 넘겼다. 다음 페이지의 맨 위에는 다음과 같은 내용이 타이핑되어 있었다.

당신과 상의하고 싶은 문제는 다름 아니라 제 딸아이인 노마와 관련된 일입니다.

레스태릭의 태도가 돌변하며 얼굴이 어두워졌다.

"그렇군요! 하지만 대체 누가 알았을까……. 누가 이 문제에 참견할 수 있단 말입니까? 대체 누가 알고 있는 걸까요?"

"저와 상의하라고 촉구하는 한 방법일 수도 있지 않을까요? 선의를 지닌 어떤 친구로부터 말이지요. 누가 이 편지를 썼을지 정말 모르시겠습니까?"

"어느 쪽이 됐든 정말 모르겠습니다."

"따님한테도 아무 문제가 없는 게 맞고요? 노마라는 이름의 따님 말입니다."

레스태릭의 말투가 느려졌다.

"내게는 노마라는 딸이 있습니다. 외동딸이지요."

마지막 단어를 말할 때 그의 목소리가 미세하게 변했다.

"그리고 그 따님이 지금 곤경에, 그러니까 어떤 어려움에 처해 있나요?"

"내가 알기로는 아닙니다."

마지막 말을 내뱉으면서 그는 약간 주저하는 듯했다.

푸아로가 몸을 앞으로 내밀며 말했다.

"잘못 알고 계신 것 같군요, 레스태릭 씨. 따님 일로 분명히 고민이 있으실 텐데요."

"어째서 그렇게 생각하시는 거죠? 누가 당신한테 그 일에 대해 귀띔이라도 주던가요?"

"전적으로 당신의 목소리를 듣고 그렇게 직감했지요, 무슈. 많은 사람이……."

푸아로는 잠시 뜸을 들였다가 다시 말을 이어 나갔다.

"요즘 세상에서는 딸 문제로 고민을 하지요. 젊은 아가씨들은 갖가지 골칫거리와 곤경에 처하는 데 어떤 재주라도 있는 것 같으니까요. 당신에게도 그런 일이 일어나지 말라는 법은 없지요."

레스태릭은 잠깐 동안 아무 말 없이 손가락으로 책상만 두드렸다.

"그래요, 나도 노마가 걱정됩니다."

마침내 그가 입을 열었다.

"그 애는 까다로운 애랍니다. 신경과민에 히스테리 경향도 있지요. 하지만 난…… 불행하게도 그 애에 대해 잘 알지 못합니다."

"두말할 필요 없이 어떤 젊은 청년에 관한 문제겠지요?"

"어떤 면에서는 그렇습니다. 그러나 내가 걱정하는 건 그게 다가 아닙니다. 내 생각에는……."

그가 재는 듯한 눈으로 푸아로를 보며 말했다.

"당신이 신중한 사람이라고 생각해도 되겠습니까?"

"그렇지 않다면 제가 몸담고 있는 분야에서 이만큼 성공하지도 못했겠지요."

"실은 내 딸을 찾고 싶습니다."

"그렇군요."

"그 애는 평소처럼 주말에 시골집에 내려왔습니다. 그리고 일요일 밤에 두 아가씨와 공동 생활을 하고 있는 아파트로 돌아갔지만 알아보니 돌아가지 않았더군요. 어디 다른 데로 간 게 분명합니다."

"그러니까 실종 상태란 말씀인가요?"

"그렇게 말씀하시니 무척 거창하게 들리는군요. 꼭 그렇다고는 할 수 없어요. 좀 더 그럴듯한 설명이 있겠지만, 글쎄요, 세상 어느 아버지라도 걱정은 되겠지요. 알다시피 그 애는 전화도 하지 않았고 아파트를 함께 쓰는 다른 아가씨들한테도 이유를 말해 주지 않았으니까요."

"그 아가씨들도 걱정하고 있겠군요."

"아뇨, 그렇진 않을 겁니다. 그 아가씨들은 대수롭지 않게 여길 거예요. 요즘 아가씨들은 서로 어떤 간섭도 하지 않으니까요. 내가 영국을 떠났던 15년 전보다 더한 것 같아요."

"당신이 못마땅해하는 그 젊은 청년은 어떻습니까? 따님이 그 청년과 사랑의 도피를 택한 것은 아닐까요?"

"그러지 않았기를 간절히 바랄 뿐입니다. 가능성은 있지만 나는, 아니 아내와 나는 그렇게 생각하지 않아요. 그 청년을 봤지요? 사돈 어르신을 뵈러 집에 오신 그날 말이에요……."

"아, 지금 말씀하시는 그 청년이라면 저도 알 것 같습니다. 아주 잘생긴 청년이긴 하지만 내가 아버지라도 인정하기 힘든 청년이라고 말씀드리고 싶군요. 부인께서도 썩 달가워하지 않으시는 것 같았고요."

"아내는 그날 그가 몰래 집 안으로 들어왔다고 확신하고 있더군요."

"그는 자기가 그 집에서 전혀 환영받지 못한다는 사실을 알고 있나요?"

"알다마다요."

레스태릭이 험악한 표정을 지으며 말했다.

"유감이지만 따님이 그 청년과 함께 있을 가능성이 높다는 생각은 안 해 보셨나요?"

"나도 잘 모르겠습니다. 처음엔……."

"경찰에 다녀오셨군요."

"아닙니다."

"누구라도 실종되면 대개는 경찰에 신고하는 게 상책입니다. 경찰은 신중하면서도 저 같은 사람은 강구할 수 없는 여러 가지 수단을 이용할 수 있으니까요."

"경찰에 신고하기는 싫습니다. 내 딸이란 말입니다, 모르시겠어요? 내 딸이라고요. 그 애가 잠깐 그 녀석과 도망을 가서 우리한테 알리지 않기로 했다면, 그건 그 애 문제잖습니까. 그 애가 위험에 처해 있다고 생각할 만한 이유가 없어요. 난…… 난 그저 그 애가 어디 있는지만 알면 그걸로 족합니다."

"그렇다면 레스태릭 씨, 넘겨짚는 게 아니길 바라지만, 따님을 두고 걱정하는 이유가 혹시 그 한 가지뿐인가요?"

"어째서 다른 이유가 있을 거라고 생각하시는 겁니까?"

"왜냐하면 젊은 아가씨가 부모나 함께 살고 있는 친구들한테도 알리지 않고 며칠씩 사라진다는 사실이 요즘에는 그다지 유별난 게 아니기 때문입니다. 당신이 이토록 걱정하는 데에는 뭔가 다른 이유가 있을 거라고 생각되는군요."

"글쎄요, 어쩌면 당신 말이 맞을지도 몰라요. 그건……."

그는 의심스러운 눈초리로 푸아로를 보며 말했다.

"이런 일을 낯선 사람에게 말하기는 좀 그렇군요."

"그렇지 않습니다. 그런 일은 친구나 아는 사람들에게 말하는 것보다 낯선 사람에게 말하기가 훨씬 쉬운 법이지요. 그렇지 않습니까?"

"그럴 수도 있지요. 무슨 말씀인지는 알겠습니다. 우선 내 딸 때문에 내 심기가 편치 않다는 점은 인정하겠습니다. 사실 그 애는 다른 애들이랑 너무 다른 데다가 이미 내가, 아니 우리가 걱정해 오던 문제가 있었습니다."

"따님은 아마도 또래 여자애들이 겪는 힘든 시기, 다시 말해서 자신이 책임질 수도 없는 행동을 마구잡이로 하는 정서적 사춘기에 다다른 것 같습니다. 감히 말씀드리건대 이 시기의 행동에 괘념치 마십시오. 따님이 계모를 맞이한 것에 대한 불만을 드러내는 게 아닐까요?"

"불행하게도 그건 틀린 말입니다. 그럴 이유도 없고요, 무슈 푸아로. 내가 전처와 헤어진 건 최근이 아닙니다. 아주 오래전에 헤어졌지요."

그는 잠시 말을 멈추었다가 다시 이어 나갔다.

"당신한테는 솔직하게 말하는 게 좋겠군요. 결국 그 일을 모르는 사람이 없으니까. 전처와 나는 서로 소원한 사이였습니다. 꾸미지 않고 솔직히 말씀드리죠. 나는 다른 사람을 만났고 그 사람한테 완전히 반해 버렸습니다. 그래서 그 여자와 영국을 떠나 남아프리카로 갔지요. 아내는 이혼에 동의해 주지 않았고 나도 이혼을 요구하지 않았어요. 아내와 아이에게는 적절한 경제적 지원을 해 주었습니다. 그때 그 아이는 겨우 5살이었지요……."

그는 다시 말을 멈추었다가 곧 다시 이어 나갔다.

"돌이켜 보면 그 당시 나는 인생에 불만이 꽤 많았던 것 같습니다. 늘 여행을 갈망했습니다. 그 나이에 사무실 책상에 매여 있는 게 그렇게 싫을 수가 없더군요. 형이 당시에 나도 함께 몸담고 있던 가업에 관심을 좀 가지라며 몇 번인가 꾸짖기도 했었지요. 형은 내가 의무를 다하지 않고 있다고 했지만 난 그런 인생이 못 견디게 싫었습니다. 나는 정처 없이 돌아다니며 모험 가득한 삶을 살고 싶었습니다. 세계 곳곳을 구경하면서 아무도 밟지 않은 미개한 곳에도 가 보고 싶었지요…….”

그가 거기서 잠시 말을 멈추었다.

“내 인생사를 듣고 싶은 건 아니겠지요. 아무튼 나는 남아프리카로 루이즈와 함께 떠났습니다. 그다지 성공적인 도피는 아니었어요. 그 점은 솔직하게 인정하겠습니다. 그녀와 나는 분명히 사랑에 빠져 있었지만 끊임없이 싸웠어요. 남아프리카 생활을 싫어한 그녀가 런던이며 파리 같은 대도시로 돌아가고 싶어 했기 때문이지요. 그래서 그곳에 도착한 지 겨우 1년 만에 헤어지고 말았습니다.”

그가 한숨을 깊게 내쉬었다.

“어쩌면 그때 나는 여기로, 생각만으로도 그토록 싫어했던 길들여진 삶으로 돌아와야 했는지도 모릅니다. 하지만 나는 그러지 않았지요. 아내가 나를 다시 받아 주었을지는 모르겠군요. 아마 그녀는 그것이 자신의 의무라고 생각했을 겁니다. 그 여자는 의무를 이행하는 데는 누구보다 철저했으니까요.”

푸아로는 그의 말에 감도는 약간의 쓰라림을 알아차렸다.

“노마에게 좀 더 신경을 썼어야 했는데……. 그렇지만 어쩌겠습니까. 그 아이는 어머니와 잘 살고 있었어요. 경제적인 어려움도 전혀 없었고요. 가끔 그 애한테 편지도 보내고 선물도 보냈지만 한 번도 영국에 돌아와서 그 애를 만나야겠다고 생각한 적이 없었지요. 내 입장에서는 그게 전혀 비난받을 일이 아니었어요. 나는 다른 방식의 인생을 택한 것이고, 아이에게 들락날락하는 아버지가 생긴다면 그것이 오히려 정서적으로 더 불안정하고 마음의 평화를 어지럽히는 일이 될 것이라고 생각했으니까요. 당시로서는 그게 노마에게 최선인 줄 알았습니다."

레스태릭의 말이 빨라졌다. 마치 자신의 이야기에 동정심을 가지고 귀 기울여 들어 주는 사람을 만났다는 데서 위안을 받기라도 한 듯했다. 이는 푸아로가 앞에서 이미 알아차린 반응이었고, 지금은 푸아로 자신이 조장하고 있는 반응이기도 했다.

"본인 스스로 집에 돌아오고 싶었던 적이 한 번도 없었단 말씀인가요?"

레스태릭은 단호하게 고개를 가로저으며 말했다.

"그렇습니다. 내가 바라던 삶, 내게 지워진 운명대로 삶을 살고 있었으니까요. 나는 남아프리카에서 동아프리카로 갔습니다. 금전 운이 꽤 따라 주어서 내가 손댄 일마다 모두 성공을 거두었지요. 가끔씩 다른 사람들과 동업을 하거나 혼자 사업을 했는데 매번 성공을 거두었습니다. 가끔은 길고 고된 여행을 떠나기도 했지요. 그게 바로 제가 원하던 삶이었으니까요. 나는 천성적으로 밖으로 떠돌 수밖에 없는 사람인가 봅니다. 어쩌면 그래서 전처와 결혼했을 때도 어딘가에 갇힌 것처럼 답답했고 다시 틀에 박힌 그 인생으로 돌아가기 싫었던 건지도 모르지요."

"하지만 결국엔 돌아오셨잖습니까?"

레스태릭이 한숨을 쉬며 말했다.

"예, 돌아왔지요. 어쩌겠어요, 사람은 누구나 나이를 먹지 않습니까. 게다가 때마침 어떤 사람과 동업을 했는데 그것이 크게 성공을 거두었어요. 아주 높은 수익을 줄 수 있는 채굴권을 확보한 겁니다. 런던에서 협상을 해야 해서 그 부분을 형에게 의지해 볼까 했더니 형이 죽고 없더군요. 당시까지 나는 회사의 동업자로 남아 있었습니다. 마음만 먹는다면 돌아와서 그 일을 맡아 할 수 있었지요. 그런 생각을 한 게 그때가 처음이었습니다. 그러니까 다시 시티 생활을 하겠단 생각 말입니다."

"아마도 당신의 부인, 그러니까 두 번째 부인께서는……."

"그래요, 그런 생각을 할 만도 하지요. 나는 형이 죽기 한두 달 전쯤에 메리와 결혼했습니다. 메리는 남아프리카에서 태어났지만 영국에 몇 번인가 와 본 적이 있었고 이곳에서의 생활을 좋아했지요. 영국식 정원을 가지게 되었다며 특히 기뻐했어요! 난 어땠냐고요? 태어나서 처음으로 영국 생활이 마음에 들 거란 예감이 들었습니다. 물론 노마 생각도 났지요. 그 애 엄마는 2년 전에 죽고 없었습니다. 메리에게 모든 걸 다 얘기했고, 메리도 흔쾌히 딸애에게 좋은 가정을 만들어 주고 싶다고 했지요. 앞길이 환해 보였어요. 그래서……."

그가 쓴웃음을 지으며 말했다.

"그래서 집에 왔지요."

푸아로는 레스태릭의 뒤쪽에 걸려 있는 초상화를 보았다. 시골집에 있을 때보다 여기 있으니 빛을 더 잘 받았다. 책상에 앉아 있는 남자 초상화였다. 고집이 있어 보이는 턱과 미심쩍어하는 듯한 눈썹, 고개의 각도 등 남자의 특징들을 고스란히 보여 주고 있었다. 하지만 지금 의자에 앉아 있는 남자에게 없는 한 가지를 지니고 있었다. 바로 젊음이었다!

그때 푸아로의 머릿속에 또 다른 생각이 떠올랐다. 앤드루 레스태릭은 시골집에 걸려 있던 자신의 초상화를 왜 런던 사무실로 옮겨 놓았을까? 레스태릭 부부의 초상화는 당시 인기가 많았던 초상화 전문 화가가 같은 시기에 그린 것으로 2점이 1세트였다. 푸아로는 원래 의도대로 그 둘을 함께 놓아두면 훨씬 자연스러웠을 것이라고 생각했다. 그러나 레스태릭은 자신의 초상화만 사무실로 옮겼다. 일종의 허영심 때문이었을까, 실업가이자 시티의 주요 인사로서의 자신을 과시하고픈 욕망 때문이었을까? 그러나 그는 생의 대부분을 야생에서 보낸 사람이고, 야생의 삶이 더 좋다고 공언한 사람이었다. 아니면 마음속까지 시티 생활에 자신을 맞추려고 한 것일까? 시티에서의 삶에 대해서 마음을 더욱 굳게 먹어야겠다고 생각했기 때문일까?

'허영심 때문이겠지! 나도 가끔은 허영심이 들 때가 있잖아.'

평소와 다르게 겸손한 마음이 동한 푸아로는 속으로 이렇게 생각했다.

두 남자 모두 눈치채지 못하고 있던 아주 잠깐 동안의 침묵이 깨졌다.

"용서하십시오, 무슈 푸아로. 내 얘기로 따분하게 해 드린 것 같군요."

"아닙니다, 레스태릭 씨. 따님께 영향을 미친 부분만 말씀해 주신

걸요. 따님 때문에 걱정이 많은가 봅니다. 하지만 그렇게 놀라신 진짜 이유는 아직 말씀을 해 주지 않은 것 같군요. 따님을 찾고 싶다고 하셨죠?"

"예, 그 애를 찾았으면 합니다."

"따님을 찾고 싶단 말이지요? 제게 그 일을 부탁하실 겁니까? 아, 망설이지 마십시오. 라 폴리테스(체면)는 인생에서 꼭 필요한 것이지만 지금 상황에서는 아니죠. 제 말을 들으십시오. 따님을 찾고 싶으시면 저 에르퀼 푸아로는 필요한 장비를 모두 갖추고 있는 경찰을 찾아가시라고 권하는 바입니다. 제가 알고 있는 바에 따르면 경찰은 무척 신중하답니다."

"아주 절망적인 상황이 아닌 이상 경찰에는 신고하지 않을 생각입니다."

"그러면 사립 탐정한테 도움을 요청하실 겁니까?"

"그래요. 하지만 난 사립 탐정에 대해서는 아는 게 하나도 없어요. 누가 믿을 수 있는 사람인지도 모르고, 누가……."

"저에 대해선 얼마나 알고 계십니까?"

"당신에 대해서라면 조금은 알고 있습니다. 이를테면 당신이 전쟁 중에 정보부에서 중책을 맡았다는 사실 말입니다. 사돈 어르신께서 당신에 대해서 보증하더군요. 그건 공인된 사실이지요."

푸아로의 얼굴에 희미하게 나타난 냉소적인 표정을 레스태릭은 눈치채지 못했다. 공인된 사실이란 것이 완전히 허상에 지나지 않는다는 사실을 푸아로는 너무나 잘 알고 있었다. 그러나 레스태릭은 로더릭 경이 기억력과 시력에 있어서 얼마나 못 믿을 사람인지 전혀 모르고 있는 것이 분명했다. 로더릭 경은 푸아로가 지어낸 말을 고스란히 믿었다. 푸아로는 로더릭 경이 가진 환상을 바로잡아 주지 않았다. 반면 확인해 보지 않은 이상 그 누가 한 어떤 말이라도 절대로 믿어서는 안 된다는 오랫동안의 신념을 재차 확인했을 뿐이었다. '모두를 의심하라.' 이는 평생 동안은 아니라도 꽤 오랫동안 푸아로가 가장 우선시해 온 신념이었다.

"마음 놓으십시오. 저는 탐정 경력을 통틀어 내내 예외적으로 성공을 거두었습니다. 여러 방면에서 저와 견줄 만한 사람은 없습니다."

레스태릭은 그 말을 듣더니 오히려 믿을 수 없다는 표정을 지었다. 영국인은 그런 말로 자기 자랑을 늘어놓는 사람은 못 미덥다고 인식했다.

"당신은 자신을 어떤 사람이라고 생각하십니까, 무슈 푸아로? 내 딸을 찾을 자신이 있습니까?"

"경찰만큼 빨리는 못 찾겠지만 찾을 자신은 있습니다. 반드시 찾아낼 겁니다."

"당신이 만약……."

"레스태릭 씨, 제가 따님을 찾아 주기를 바란다면 이번 일의 전말을 저에게 말씀해 주셔야만 합니다."

"나는 이미 다 말씀드렸습니다. 시간, 장소, 그 애가 있어야 할 곳까지. 친구들 명단을 드릴 수도 있습니다……."

푸아로는 세차게 고개를 가로저으며 말했다.

"아니, 진실을 말씀해 주십시오."

"내가 진실을 말하지 않았다는 겁니까?"

"진실의 일부만 말씀하셨지요. 그 점은 확신합니다. 뭐가 두려운 겁니까? 알려지지 않은 사실들, 제가 임무를 완수하려면 꼭 알고 있어야 하는 사실들은 무엇인가요? 따님은 계모를 싫어합니다. 그건 분명해요. 이상할 것도 없지요. 실은 아주 자연스러운 반응이에요. 꽤 오랫동안 따님은 아버지인 당신을 남몰래 흠모해 왔다는 점을 명심하셔야 합니다. 부모의 파탄으로 인해 자녀가 애착 관계에 심각한 타격을 입은 경우에는 더욱 그럴 수 있지요. 그래요, 제가 무슨 얘기를 하고 있는지는 누구보다 잘 압니다. 아이들은 곧 잊어버린다고 생각하시겠죠? 당신을 다시 만났을 때 당신의 얼굴이나 목소리를 기억하지 못했을 수도 있다는 점에서 따님은 당신을 잊었다고 할 수도 있습니다. 하지만 당신을 대상으로 자신만의 이미지를 만들었을 거예요. 당신은 떠나 버렸으니까요. 따님은 당신이 돌아오기를 바랐을 것입니다. 어머니는 딸에게 아버지의 얘기는 꺼내지도 못하게 했을 것이 분명하고, 당신에 대한 따님의 생각은 더욱 간절해졌겠지요. 어머니한테도 아버지 얘기를 꺼낼 수 없었으니 아이로서는 지극히 당연한 반응을 보였을 겁니다. 아버지가 곁에 없는 탓을 자기 곁에 있는 어머니 탓으로 돌리는 것이지요. '아버지는 나를 좋아했어. 아버지가 싫어하는 건 어머니야.' 이와 같은 말을 스스로에게 되뇌다 보니 일종의 이상화, 다시 말해서 당신과 그녀 사이에 일종의 은밀한 관계가 맺어진 겁니다! 그렇습니다. 틀림없이 그런 일은 종종 일어납니다. 저도 심리학을 어느 정도 알고 있어요. 따님은 당신이 집으로 올 거라는, 즉 자기와 아버지가 재회할 거란 사실을 알게 되자 수년간 애써 외면해 왔던 수많은 기억이 되살아났을 겁니다. 아버지가 돌아오신다! 우리는 다시 행복해질 거야. 새엄마의 존재는 까맣게 모르고 있다가 마침내 그녀를 보게 됩니다. 그러고는 어마어마한 질투심에 사로잡히지요. 아주 자연스러운 일입니다. 따님이 그토록 질투하게 된 데에는 당신의 부인분이 예쁘고, 세련되고, 거기다 자신만만하기까지 한 이유도 있습니다. 소녀들은 대개 자신감이 부족한 경우가 많기 때문에 그런 사람을 보면 화를 내지요. 따님께서 열등의식에 익숙하지 않아서 그럴 수도 있습니다. 그러니 유능하고 예쁜 계모를 보면 미워하는 게 당연합니다. 미워하더라도 반은 어린아이나 마찬가지인 사춘기 소녀로서의 감정이겠지요."

"음, 우리가 의사한테 상담을 받으러 갔을 때 들었던 말과 아주 비슷하군요. 그러니까 내 말은……."

"아하, 의사한테 찾아가셨군요. 의사한테 도움을 요청했다면 그만한 이유가 있었을 텐데요. 그렇지 않습니까?"

"특별한 이유는 없습니다."

"아, 그런가요? 이 에르퀼 푸아로한테는 통하지 않습니다. 아무 이유도 없지 않았습니다. 실은 아주 중대한 이유가 있었을 것입니다. 저한테 말씀하시는 게 좋을 겁니다. 왜냐하면 따님이 무슨 생각을 하고 있는지 알면 더욱 진전이 있을 테니까요. 일이 더 빨라진다이 말입니다."

 레스태릭은 잠깐 아무 말도 하지 않다가 마음의 결정을 내렸다.

 "지금부터 내가 하는 말은 극비입니다. 아시겠지요, 무슈 푸아로? 당신을 믿겠습니다. 믿어도 되겠지요?"

 "물론입니다. 무슨 문제였나요?"

 "확신하지는…… 못하겠습니다."

 "따님이 부인께 반항을 하기 시작했나요? 어린아이처럼 무례하게 굴거나 기분 나쁜 말 몇 마디 하는 정도를 넘어섰나요? 그보단 심한 일이었을 겁니다. 그보다 훨씬 심각한 일 말이에요. 따님이 부인께 신체적 공격을 가하기라도 했나요?"

 "아닙니다. 신체적 공격은 없었습니다. 아무것도 입증된 것은 없었지요."

 "아니죠, 그 점은 인정합시다."

 "아내의 건강이 나빠졌습니다……."

 그가 망설이며 대답했다.

 "아하, 이제 알겠습니다. 어떤 병이었죠? 아마도 소화기 계통에 이상이 있었겠지요? 장염 증세를 보였나요?"

 "예리하군요, 무슈 푸아로. 정말 예리하세요. 그렇습니다. 소화기 계통에 이상이 있었습니다. 아내가 병에 걸리다니 정말 이해할 수 없었습니다. 평상시에 아주 건강했거든요. 결국 아내는 소위 말하는 '검사'를 받으러 병원에 갔습니다. 건강 진단 말입니다."

 "결과는 어땠습니까?"

"병원에서도 정확한 이유를 찾지 못했습니다……. 아내가 건강을 완전히 회복한 듯 보여서 곧 퇴원을 했습니다. 그런데 재발을 한 겁니다. 먹는 음식을 굉장히 조심시켰는데도 말입니다. 뚜렷한 원인도 없는 장 중독 증세로 고생을 했지요. 그래서 추가적으로 조치를 취했습니다. 아내가 먹는 음식들을 검사해 본 거죠. 아내가 먹는 음식이라면 모조리 샘플을 채취해서 검사를 했는데 여러 음식에 특정 독극물이 들어 있다는 사실이 밝혀졌습니다. 독이 검출된 음식은 아내만 먹는 음식이었고요."

"쉽게 말해서 누군가 부인께 비소를 먹이고 있었다는 말씀이군요. 맞습니까?"

"맞아요. 소량이지만 결국 그것이 축적되어 영향을 미친 것이 분명했지요."

"따님을 의심하셨나요?"

"아닙니다."

"그러신 걸로 알고 있는데요. 따님 말고 누가 그랬겠습니까? 당신은 딸을 의심했습니다."

레스태릭이 땅이 꺼질 듯 한숨을 쉬며 대답했다.

"솔직히 그랬습니다."

푸아로가 집에 도착해 보니 조지가 그를 기다리고 있었다.

"주인님, 이디스란 여자분께서 전화하셨습니다."

"이디스?"

푸아로가 얼굴을 찌푸리며 물었다.

"아마 올리버 부인 밑에서 일하는 분일 겁니다. 그녀가 올리버 부인이 세인트 자일스 병원에 입원해 있다고 전해 달라더군요."

"무슨 일이라던가?"

"부인께서…… 음…… 그러니까 곤봉에 맞았다고 합니다."

조지는 이디스가 전해 달라고 했던 메시지의 뒷부분은 전달하지 않았다.

그 메시지의 내용은 다음과 같았다.

'그리고 그건 다 푸아로 씨 탓이라고 전해 주세요.'

푸아로는 혀를 끌끌 차며 말했다.

"내가 그렇게 경고했건만! 어젯밤에 전화할 때 왠지 불안하더라고. 전화를 받지 않았거든. 레 팜므(여자들이란)!"

12장

"공작 1마리를 사야겠어요."

올리버 부인이 뜬금없이 이렇게 말했다. 그녀의 눈은 감겨 있었고 목소리는 가냘팠지만 분노가 담겨 있었다.

세 사람이 놀라서 동그래진 눈으로 그녀를 바라보았다.

"내 머리를 쳤어요."

그렇게 덧붙인 올리버 부인은 초점 없는 눈으로 자기가 어디에 있는지 기를 써서 알아내려 하고 있었다.

가장 먼저 그녀의 눈에 들어온 것은 한번도 본 적이 없는 낯선 얼굴이었다. 노트에 뭔가를 적고 있던 젊은 남자였다. 그는 손에 연필을 쥐고 받아 적을 준비를 하고 있었다.

"경찰이군."

올리버 부인이 단호하게 말했다.

"부인, 뭐라고 하셨죠?"

"당신을 보고 경찰관이라고 했어요, 맞나요?"

"네, 부인."

"범법성이 있는 공격이었어요."

올리버 부인은 이렇게 말하더니 안심했다는 듯 두 눈을 지그시 감았다. 그러고는 다시 눈을 뜨고 주변을 좀 더 찬찬히 살펴보았다. 그녀는 상당히 위생적으로 보이는 병원 침대에 누워 있었다. 상하좌우로 움직일 수 있는 종류의 침대였다. 집이 아닌 것만은 분명했다. 주변을 둘러보고 나자 자신이 어디 있는지 판단이 섰다.

"병원 아니면 요양원이군요."

수간호사가 근엄한 표정으로 문가에 서 있었고, 올리버 부인이 누워 있는 침대 곁에도 간호사가 서 있었다. 올리버 부인은 네 번째 인물을 알아보았다.

"그런 콧수염은 언제나 눈에 띄죠. 무슈 푸아로, 여기서 뭐 하는 거예요?"

그러자 에르퀼 푸아로가 침대 쪽으로 다가오며 말했다.

"마담, 내가 조심하라고 했잖습니까."

"누구든 길을 잃을 수는 있어요."

올리버 부인은 다소 이해하기 힘든 말을 하고 나서 한마디 덧붙였다.

"머리가 아프네요."

"당연하지요. 이미 알겠지만 당신은 머리를 얻어맞았어요."

"맞아요, 그 공작새 녀석이 그랬죠."

경찰이 거북한 표정으로 다가오면서 물었다.

"실례합니다만 부인, 지금 공작새에게 폭행을 당했단 말씀인가요?"

"그래요. 얼마간 이상한 기분이었어요. 왜 그런 분위기란 게 있잖아요."

올리버 부인은 분위기란 말을 설명하기에 적절한 제스처로 손을 흔들려다가 질겁했다.

"아야! 가만 있는 게 낫겠어요."

"환자는 절대 안정을 취해야 합니다."

수간호사가 못마땅한 표정을 지으며 말했다.

"어디서 폭행을 당했는지 말씀해 주실 수 있겠습니까?"

"전혀 모르겠어요. 길을 잃었거든요. 작업실 비슷한 데서 오던 중이었어요. 관리가 아주 형편없고 불결했죠. 거기 있던 또 다른 청년은 며칠 동안 면도도 하지 않은 모습이었어요. 기름이 덕지덕지 묻은 가죽 재킷을 입었더라고요."

"당신을 폭행한 사람이 그 남자인가요?"

"아니, 다른 사람이에요."

"그 사람 얘기를 해 주시면……."

"지금 하고 있잖아요. 나는 카페에서부터 내내 그를 미행했어요. 하지만 미행에 무척 서툴렀어요. 연습해 본 적도 없었으니까요. 생각보다 훨씬 어렵더군요."

올리버 부인의 시선이 경찰관에게 향했다.

"하지만 당신에게 그런 것쯤은 식은 죽 먹기겠지요. 미행하는 훈련을 따로 받을 테니까요. 오, 신경 쓰지 말아요! 별 거 아니에요."

올리버 부인의 말이 갑자기 빨라지기 시작했다.

"정말 간단해요. 난 월즈엔드에서 버스를 내렸고, 거기에서 그를 놓쳤어요. 당연히 그가 다른 사람을 만나 함께 있거나 다른 방향으로 간 줄 알았어요. 그런데 내 뒤에서 갑자기 나타난 거예요."

"그가 누구지요?"

"공작새 녀석요. 그가 나를 놀라게 했다고요. 누구나 자신이 예상한 것과 달리 정반대의 일이 벌어지면 깜짝 놀라잖아요. 그러니까 내 말은 내가 그 사람을 미행하고 있던 게 아니라 그 사람이 날 미행하고 있었다는 거예요. 시작은 내가 먼저 했지만 말이에요. 왠지 불안하더라니. 사실은 이유 없이 정말 무서웠어요. 그는 아주 깍듯하게 말했지만 그래도 난 무서웠어요. 어쩌다 보니 거기까지 가게 됐고 그가 '올라가서 작업실을 구경하시죠.'라고 했어요. 그래서 삐걱거리는 계단을 올라갔답니다. 계단이라기보다 사다리 같았는데 그곳을 지나 방 안에 들어서자 아까 내가 더럽다고 했던 젊은이가 그림을 그리고 있었고 그 아가씨가 모델 서고 있었어요. 그 아가씨는 아주 깔끔하고 예쁜 편이었지요. 그곳에 있던 젊은이들은 모두 친절하고 공손했어요. 그러다가 내가 집에 가 봐야겠다고 하자 그들이 킹스로드로 돌아가는 길을 알려 줬어요. 그런데 실은 길을 제대로 가르쳐 준 게 아니었나 봐요. 물론 내가 실수를 했을 수도 있지만요. 두 번째에서는 왼쪽으로, 세 번째에서는 오른쪽으로 이렇게 알려 주면 가끔 반대로 가기도 하잖아요. 적어도 나는 그래요. 어쨌든 나는 템스 강에서 아주 가까운 이상한 빈민가로 접어들었어요. 사실 그때는 무서운 느낌이 말끔히 가신 뒤였지요. 공작새 녀석이 날 쳤을 때는 너무 방심하고 있었어요."

"헛소리를 하고 계신 것 같습니다."

간호사가 설명하듯 말했다.

"헛소리가 아니에요. 내가 무슨 말을 하고 있는지는 나도 분명히 안다니까요."

간호사는 입을 열고 무슨 말인가를 하려다가 수간호사의 경고하는 듯한 눈짓을 보고는 재빨리 입을 다물었다.

"벨벳과 새틴으로 된 옷을 입고 긴 고수머리를 하고 있어요."

"새틴 옷을 입은 공작새라고요? 진짜 공작새 말인가요, 부인? 첼시 쪽 템스 강 근처에서 공작새를 보셨나요?"

"진짜 공작새라니요? 당연히 아니죠. 바보같이! 진짜 공작새가 첼시 엠뱅크먼트에서 뭘 하고 있겠어요?"

이 질문에 답할 수 있는 사람은 아무도 없는 듯했다.

"그는 공작처럼 거들먹거리며 걷거든요. 그래서 공작새란 별명을 붙인 거예요. 과시욕에 허영심에, 또 잘난 외모를 어찌나 자만하고 있던지……. 외모뿐 아니라 다른 면에서도 공작새와 똑같아요."

그녀가 푸아로를 보며 말했다.

"데이비드 뭐라고 했는데, 당신은 내가 누구를 말하는지 알 거예요."

"예, 나는 알지요. 그를 돌아봤나요?"

"보지는 못했어요. 전혀 몰랐어요. 뒤에서 무슨 소리가 나는 것 같아서 돌아보려고 했는데 그러기도 전에 일이 일어났어요! 1톤짜리 벽돌 같은 게 떨어진 것 같았다고요. 이제 잠 좀 자야겠어요."

그녀는 고개를 약간 움직이더니 고통스러운지 얼굴을 일그러뜨렸다가 이내 만족스러운 무의식 상태에 빠져 들었다.

13장

 푸아로는 아파트에 들어갈 때 열쇠를 이용해 본 일이 거의 없었다. 그 대신 구식이지만 벨을 누르고 유능한 일꾼인 조지가 문을 열어 줄 때까지 기다렸다. 그러나 오늘 올리버 부인을 병문안하고 돌아왔을 때 문을 열어 준 사람은 레몬 양이었다.
 "손님 두 분이 와 계십니다."
 딱 알맞게 조절한 그녀의 목소리는 속삭임은 아니었지만 평소보다는 훨씬 낮았다.
 "한 분은 고비 씨고 다른 한 분은 로더릭 호스필드 경이라는 노신사입니다. 어느 분을 먼저 뵙고 싶어 하실지 모르겠네요."
 "로더릭 호스필드 경을 먼저 만나 보겠네."
 푸아로가 생각에 잠긴 채 말했다.
 푸아로는 유럽 울새처럼 고개를 살짝 기울인 채 이와 같은 전개가 전반적인 상황에 어떤 영향을 미칠 것인지를 곰곰이 따져 보았다. 고비는 레몬 양의 타이핑 전용 사무실이자 레몬 양이 기다려 달라고 말했음이 분명한 작은 방에 있다가 불쑥 밖으로 모습을 드러냈다. 푸아로가 외투를 벗자 레몬 양이 그것을 받아 홀스탠드(옷걸이·모자걸이·우산꽂이 등이 있는 현관용 가구 — 옮긴이)에 걸었다. 고비는 평소대로 레몬 양의 뒤통수에 대고 말했다.

"부엌에서 조지와 차 한잔 마시겠습니다. 내 시간은 내 것이니 내가 알아서 하겠어요."

그는 이렇게 말하고는 부엌으로 정중하게 사라져 주었다. 푸아로가 거실로 들어가자 활기차게 서성거리던 로더릭 경이 쾌활하게 말했다.

"한달음에 왔다네. 전화란 참 놀라운 것이더군."

"제 이름을 기억하시다니 영광입니다."

"글쎄, 이름을 기억했다고는 할 수 없네. 자네도 알다시피 내가 이름을 기억하는 데는 재주가 없질 않나. 얼굴은 절대 잊는 법이 없지만."

그가 득의양양하게 덧붙였다.

"실은 런던 경시청에 전화를 해 보았네."

"아하!"

푸아로는 속으로 지극히 로더릭 경다운 행동이라고 생각하면서도 살짝 놀란 표정을 지었다.

"누구를 찾느냐고 묻더군. 그래서 가장 높은 사람을 바꿔 달라고 했지. 내 방식은 그렇다네. 절대로 2인자를 통하지 말 것. 소용이 없거든. 제일 높은 사람한테 갈 것. 그게 내가 주는 충고라네. 잘 들어 보게나. 우선 내가 누군지 밝히고 나서 최고 관료와 통화하고 싶다고 했더니 연결이 되더군. 아주 정중한 친구였지. 모 월 모 일 프랑스의 모 지역에 나랑 함께 파견되었던 연합군 정보부 소속 친구 한 명의 주소를 알고 싶다고 했네. 막막해하는 것 같기에 내가 이렇게 말했지. '내가 누구를 말하는 건지 알 거요. 프랑스 사람, 아니 벨기에 사람이었나?' 좌우간 그렇게 말했지. '그 사람 이름이 아킬레스 비슷했어. 아킬레스는 아니지만 아킬레스 그 비슷한 거 말이야. 기다란 콧수염도 있었는데……' 내가 이렇게 말하니까 그 친구가 감을 잡았는지 자네 이름이 전화번호부에 있을 거라고 하더군. 나는 잘됐다고 하면서 '그 사람이 아킬레스나 헤라클레스라는 이름으로 올라와 있지는 않을 것 아니오, 안 그렇소? 성이 기억이 나질 않는군.' 하고 말했지. 그러자 그 친구가 내게 알려 주었지. 아주 예의 바른 친구였네. 암, 그렇고말고."

"다시 뵙게 되어 반갑습니다."

푸아로는 이렇게 인사하면서 나중에 로더릭 경의 전화를 받은 그 사람이 푸아로에게 뭐라고 할지 떠올려 보았다. 하지만 다행스럽게도 전화를 받은 사람이 고위직은 아닌 것 같았다. 아마도 푸아로를 이미 알고 있는 사람으로, 지난날 유명했던 사람들을 깍듯하게 상대하는 일을 맡은 사람일 터였다.

"그렇게 해서 여기 이렇게 올 수 있었지."

"잘 오셨습니다. 먼저 뭘 좀 드시지요. 차, 석류시럽, 위스키소

다수, 시롭 드 카시스(푸아로가 즐겨 마시는 블랙커런트 시럽 — 옮긴이)……."

로더릭 경이 시롭 드 카시스란 말에 놀라며 말했다.

"아니, 됐네. 위스키로 하지. 마시지 말라고 했지만 자네도 알다시피 의사들은 전부 바보 아닌가. 의사들은 우리가 좋아할 만한 건 뭐든지 못 하게 해야 직성이 풀리지."

푸아로는 벨을 울려 조지를 부르고 위스키를 가져오라고 했다. 조지는 곧 위스키와 탄산수 병을 로더릭 경 앞에 놓고 물러났다.

"자, 무슨 일로 오셨지요?"

"자네가 맡아 줄 일이 있네."

시간이 어느 정도 지나자 로더릭 경은 과거에 자신과 푸아로가 더욱 가까운 사이였다고 확신하는 듯했다. 이렇게 되면 앤드루는 푸아로의 능력을 더욱 신뢰할 것이니, 푸아로는 오히려 잘된 일이라고 속으로 생각했다.

"서류를 찾는 일이네."

로더릭 경이 목소리를 낮추어 말했다.

"어떤 서류를 잃어버렸는데 그걸 찾아야 해서 말이야, 알겠나? 내 눈도 예전 같지 않고, 정신도 약간 오락가락하네. 기왕이면 잘 아는 사람에게 맡기는 게 낫겠다고 생각했지. 일전에 자네가 때맞춰 잘 와 주었네. 자네한테는 다 털어놔야겠지?"

"아주 흥미로운 이야기로군요. 말씀하시는 서류가 어떤 서류인지 여쭤봐도 될까요?"

"음, 그 서류를 찾아내려면 당연히 물어봐야 하겠지. 그 서류들은 기밀에 속하는 서류라네. 극비 서류였지. 적어도 예전에는 말이야. 하지만 다시 극비 서류가 될 것 같네. 말하자면 누군가와 주고받았던 편지들이야. 당시에는 전혀 중요할 게 없었지. 아니면 그들이 그렇게 생각했거나. 그런데 정치란 늘 변하는 법이지. 정치라는 게 어떤 것인지 자네도 잘 알겠지? 하루아침에 판도가 뒤바뀌기도 하지. 전쟁이 터졌을 때 어땠는지 자네도 느꼈을 거야. 그 누구도 한 치 앞을 내다볼 수 없네. 어떤 전쟁에서는 이탈리아 놈들과 아군이다가, 또 다른 전쟁에서는 적군이 되질 않나. 그중 무엇이 최악이었는지는 나도 모르겠네. 제1차 세계 대전에서는 일본 놈들이 우리의 친애하는 아군이었다가 제2차 세계 대전에서는 진주만을 날려 버렸지! 정말 한 치 앞을 내다볼 수 없어! 러시아 놈들과 손을 잡았다가 결국에는 적이 되기도 했어. 푸아로, 나는 아군이 누구인가보다 더 어려운 답은 없다고 보네. 하룻밤 새 바뀔 수 있는 거니까!"

"경께서 서류를 일부 분실하셨다고요?"

푸아로가 노신사에게 방문한 목적을 다시 일깨워 주고자 이렇게 물었다.

"그렇지. 내겐 서류가 아주 많았고 최근에 검토 작업을 하고 있네. 원래는 은행에 안전하게 모셔 놓았지. 그러다 모두 가져와서 정리를 하기 시작했어. 회고록을 써 보면 어떨까 해서 말이야. 요새는 너도나도 다들 쓰니까. 몽고메리도, 앨런브룩도, 오플렉도 다들 책을 써서 떠들어 대지 않았나. 대부분 다른 장군들에 대한 자기들의 생각이었지만. 훌륭한 의사인 어느 영감은 유명인 환자에 대해서 지껄여 댔지. 다음엔 또 누가 무슨 말을 할지 알 수가 없네. 좌우간 세상이 그렇게 돌아가고 있으니 나도 알던 사람들에 대한 몇 가지 사실을 사람들에게 들려주면 어떨까 하는 생각이 들더군. 나도 남들처럼 그러지 말란 법 있나? 그래서 그 일에 몰두하는 거라네."

"사람들도 큰 관심을 보일 거라 믿어 의심치 않습니다."

"그렇고말고! 뉴스에 나오는 사람들을 많이 안다고 하면 다들 우러러보지. 사람들은 뉴스에 나오는 자들이 얼마나 바보인지 모르지만, 나는 잘 알고 있네. 세상에! 고위직에 있는 몇몇 인간들이 저지른 이야기들을 들으면 다들 놀라 까무러칠 걸세. 그래서 나는 서류들을 꺼내서 그때 봤던 소녀와 함께 정리를 하고 있었지. 그 애는 아주 착하고 똑똑하기까지 하거든. 영어는 잘 못하지만 아주 똑똑한 데다 여러모로 많은 도움을 준다네. 서류는 대부분 안전하게 넣어두었네만 모든 게 뒤죽박죽이었지. 아무튼 요는 내가 찾던 서류가 거기 없었단 말일세."

"거기 없었다고요?"

"그렇다네. 처음엔 실수로 빠뜨린 줄 알았는데 다시 찾아봐도 없더군. 살펴보니 꽤 많은 분량이 없어진 것 같더라고. 물론 그중에는 하찮은 것도 있네. 사실 내가 찾던 서류도 딱히 중요한 건 아니었지. 그러니까 내 말은 아무도 그걸 중요하다고 생각하지 않았을 거란 말이네. 그렇지 않다면 내가 가지고 있지도 못했겠지. 좌우간 내가 찾던 편지들은 거기 없었네."

"저도 신중해야 한다는 것을 알고 있지만 우선 경께서 말씀하신 편지가 어떤 편지인지 말씀해 주실 수 있겠습니까?"

"나도 정확히 기억은 나지 않네. 내가 말해 줄 수 있는 거라곤 최근에 자신의 과거 언행에 대해서 떠벌리고 있는 사람에 관한 내용이란 것뿐이네. 하지만 그자는 거짓말을 하고 있고, 내가 잃어버린 그 편지들은 그자가 얼마나 거짓말쟁이인가를 잘 보여 주고 있지! 벌써 소문이 퍼졌을 것 같지는 않네. 우리는 그 친구에게 사본을 보낸 다음 그가 당시에 정확히 뭐라고 했는지 알려 주고 우리 쪽에 그 증거 문서가 있다고 알릴 참이었지. 그 뒤에 상황이 예상에서 약간 빗나간다고 해도 놀랄 건 없겠지. 이제 알겠나? 내가 굳이 물어볼 필요도 없겠지. 자네도 이런 종류의 일이라면 잘 알고 있을 테니."

"맞는 말씀입니다, 로더릭 경. 무슨 말씀인지는 잘 알겠지만, 되찾고자 하는 게 정확히 어떤 내용의 편지인지, 지금쯤 어디에 가 있을 것 같은지를 알려 주지 않으시면 꽤나 어려운 일이 될 겁니다."

"모든 일에는 순서가 있지. 먼저 누가 그 편지를 훔쳐 갔는지 알고 싶네. 자네도 알다시피 그게 중요한 거니까. 또 그 서류 중에는 기밀이 또 있을지 모르는데 누가 그것으로 장난을 치려는지도 알고 싶네."

"짐작이 가는 데는 없으십니까?"

"당연히 그럴 거라고 생각하는 모양이로군."

"글쎄요, 가장 유력한 용의자는……."

"나도 알고 있네. 내 입에서 그 애 이름이 나오길 바라는군. 하지만 나는 그 애의 짓일 거라고는 꿈에도 생각지 않네. 그 애가 아니라고 했고 난 그 말을 믿거든. 알겠나?"

"예, 잘 알겠습니다."

푸아로가 가는 한숨을 내쉬며 말했다.

"우선 그 애는 너무 어리기 때문에 그런 게 얼마나 중요한지 모를 걸세. 그 애가 태어나기도 전의 일이니 말이야."

"누군가 그녀에게 지시를 했을지도 모르지요."

"그래, 충분히 그럴 수 있지. 하지만 그거야말로 너무 뻔하지 않은가."

푸아로는 한숨이 나왔다. 로더릭 경이 저렇게 편견에 사로잡혀 있으니 우겨 봐야 아무 소용이 없을 것 같았다.

"그 밖의 누가 그 서류에 접근할 수 있지요?"

"앤드루와 메리가 있지만 앤드루가 그런 데 관심이 있을지는 의심스럽네. 좌우간 양심이 아주 바른 사람이니까. 늘 그랬지. 그 애를 아주 잘 알았던 건 아니야. 명절에 한두 번 제 형이랑 찾아온 게 다야. 물론 자기 부인을 버리고 얼굴만 반반한 여자랑 남아프리카로 도망가기는 했지만 그런 일은 어떤 남자라도 저지를 수 있는 일 아닌가. 특히나 그레이스 같은 여자가 부인이라면 말이야. 그레이스도 자주 만나지는 못했네. 거만하고 다른 사람들을 참 피곤하게 했던 여자였지. 어쨌든 앤드루는 첩자 노릇에는 어울리지 않아. 메리로 말할 것 같으면 선량해 보이더군. 내가 아는 바로는 장미만 들여다보는 애야. 정원사가 있기는 하지만 83살이나 먹은 노인네고 평생을 그 마을에서 살았지. 그 밖에 후버 청소기로 시끄러운 소리를 내면서 집 안을 누비고 다니는 여자들이 몇 명 있지만 그 여자들도 그런 짓을 할 리는 없네. 따라서 외부인의 소행이란 결론이 나오지. 물론 메리가 가발을 쓰니까……."

로더릭 경의 말이 다소 엉뚱한 방향으로 이어졌다.

"그러니까 내 말은 메리가 가발을 쓰니까 첩자라고 생각할 수도 있지만 사실은 그렇지가 않아. 메리는 18살에 열병을 앓고 나서 머리카락이 다 빠져 버렸다더군. 젊은 여자한테는 꽤 불행한 일이었을 거야. 처음에는 가발을 쓰는 줄 전혀 몰랐는데 어느 날 장미 덩쿨에 머리카락이 걸려 벗겨졌지. 정말 불행한 일이야."

"그렇지 않아도 그녀가 머리를 매만지는 게 좀 이상하다고 생각했습니다."

"어쨌든 유능한 첩보원은 절대 가발을 쓰지 않는다네. 어떤 불쌍한 놈들은 성형외과에 가서 얼굴을 바꾸기도 하지. 어쨌든 누군가 내 서류에 손을 댄 게 분명하네."

"따로 다른 보관함에 둔 건 아닙니까? 다른 서랍이나 서류철에 말입니다. 그 서류들을 마지막으로 본 게 언제였죠?"

"한 1년 전쯤 만졌네. 그때 보면서 좋은 기삿거리가 되겠다고 생각돼서 그 편지들을 눈여겨봐 두었던 게 기억이 나는군. 그런데 지금 그 편지들이 감쪽같이 사라졌어. 누군가가 가져간 게 분명하네."

"앤드루 씨와 부인, 고용인들은 의심하지 않고 계시는군요. 그렇다면 그 따님은 어떻게 생각하시나요?"

"노마? 글쎄, 노마가 정신이 약간 나가기는 했지. 어쩌면 자기가 훔치는 줄도 모르고 남의 물건을 훔치는 절도광일지도 몰라. 하지만 그 애가 내 서류더미를 뒤졌으리라고는 생각되지 않네."

"그렇다면 경께서는 어떻게 생각하고 계신지요?"

"자네는 우리 집에 와 보았으니까 그 집이 어떤 구조인지 봤겠지? 누구나 언제든지 원하기만 하면 드나들 수 있지. 우리는 문을 잠그지 않으니까 말이야. 잠근 적도 없고."

"방문은 잠그십니까? 런던을 간다거나 그럴 때 말입니다."

"그럴 필요성을 전혀 못 느꼈네. 물론 지금은 잠그고 다니지만 이제 와서 무슨 소용이 있겠는가? 너무 늦었지. 어쨌든 내게는 집 안에 있는 모든 문을 열 수 있는 만능 열쇠가 있네. 외부에서 누군가 들어온 게 틀림없어. 요새 절도 사건은 다 그런 식으로 일어나지 않나. 대낮에 들어와 뚜벅뚜벅 위층으로 가서는 아무 방이나 들어가서 보석 상자를 털고 다시 걸어 나오지. 본 사람도 없고 본다고 하더라도 크게 신경을 쓰지 않는 거지. 아마 모드족이거나 로커족(1950년대에 기원을 둔 로커들은 과장되게 세운 머리, 구레나룻과 애교머리카락, 가죽 재킷 등 튀는 외모를 선호했다. — 옮긴이)이거나 비트족처럼 보이겠지. 요즘 흔히 볼 수 있는 긴 머리에 손톱 밑에 때나 묻히고 다니는 그런 녀석들 말이야. 그런 녀석들 여럿이 어슬렁거리는 걸 본 적이 있네. '도대체 넌 뭐 하는 놈이냐?' 하는 질문이 절로 나올 정도로 도무지 성별을 알 수가 없으니 곤란한 노릇이야. 그 집에는 그런 녀석들이 늘 들락거리지. 노마의 친구들인 것 같더군. 옛날 같았으면 발도 들여놓지 못하게 했을 거야. 하지만 집에서 쫓아

내고 나서 나중에 알고 보면 엔더슬레이 백작의 큰아들이거나 레이디 샬롯 마조리뱅크스야. 요샌 뭐가 뭔지 통 모르겠다니까."

로더릭 경은 잠시 멈추었다가 말을 덧붙였다.

"이번 일을 해결할 수 있는 사람이 있다면 그건 바로 자네뿐이라네, 푸아로."

그는 마지막 한 모금 남은 위스키를 들이키더니 자리에서 일어났다.

"자, 내 얘기는 여기까지네. 이제 자네한테 달렸어. 이번 일을 맡아 줄 텐가?"

"최선을 다해 보도록 하지요."

그때 현관 초인종이 울렸다.

"그 작은 여자아이라네. 1분도 늦는 법이 없지. 놀랍지 않은가? 그애 없이는 런던을 돌아다닐 수가 없네. 눈뜬장님이나 마찬가지라서 말이야. 길도 건널 수가 없어."

"안경을 쓰시면 되지 않습니까?"

"어딘가 있을 텐데, 늘 흘러내리거나 잃어버린다네. 게다가 내가 안경을 안 좋아해서 말이야. 안경 같은 건 쓰지 않을 걸세. 65살까지만 해도 안경 없이 글을 읽을 수 있었는데……. 그때가 좋았지."

"영원한 건 아무것도 없지요."

조지가 소녀의 도착을 알려 왔다. 그녀는 오늘따라 유난히 예뻐 보였다. 푸아로는 살짝 수줍어하는 태도가 더없이 잘 어울린다고 생각했다. 그는 벨기에인 특유의 친절한 태도로 앞으로 걸어 나가며 말했다.

"앙샹테, 마드무아젤(반갑습니다, 아가씨)."

푸아로가 허리를 굽혀 소냐의 손을 잡으며 말했다.

"늦은 건 아니겠죠, 로더릭 경."

소냐가 푸아로를 지나쳐 로더릭 경을 건너다보며 말했다.

"기다리시게 한 건 아닌가 해서요."

"1분도 늦지 않았단다. 아주 정확히 왔구나."

로더릭 경이 말했다.

소냐는 약간 당황한 것 같았다.

로더릭 경이 말을 이었다.

"맛있는 차라도 한잔 마셨는지 모르겠구나. 맛있는 차도 마시고, 롤빵이나 에클레어나 아무튼 요즘 젊은 아가씨들이 좋아하는 걸로 사 먹으라고 했는데, 그랬니?"

"아뇨, 그러지는 못했어요. 그동안 구두 한 켤레를 샀어요. 보세요, 예쁘죠?"

소냐가 한쪽 발을 내밀었다.

누가 봐도 예쁜 발이었다. 로더릭 경은 얼굴 가득 미소를 지으며 소냐의 예쁜 발을 내려다보았다.

"자, 이제 우리는 기차를 타러 가야겠네. 좀 구식인지 몰라도 난 전적으로 기차를 신뢰하지. 제시간에 출발해서 정시에 도착하니까. 그러지 못할 때도 가끔 있지만. 자동차는 러시아워에 걸리면 꽉 막혀서 쓸데없이 길에서 1시간 반 이상은 시간을 보내야 하지. 자동차란! 흥!"

"조르주한테 택시를 잡아 놓으라고 할까요? 전혀 어려운 일이 아닙니다."

"제가 이미 택시를 대기시켜 놓았어요."

"역시! 이것 보게, 소냐는 놓치는 게 없다네."

로더릭 경은 소냐의 어깨를 가볍게 두드렸다. 소냐가 로더릭 경을 바라보았다. 에르퀼 푸아로는 그 표정을 충분히 읽을 수가 있었다.

푸아로는 현관문까지 그들을 배웅하며 정중하게 작별 인사를 했다. 고비는 부엌에서 나와 현관에 서서 가스 점검을 하러 나온 사람처럼 연기를 감쪽같이 하고 있었다.

로더릭 경과 소냐가 엘리베이터에 타자마자 조지가 현관문을 닫고 뒤를 돌아보니 푸아로는 현관 쪽을 빤히 쳐다보고 있었다.

"조르주, 저 젊은 아가씨에 대한 자네의 의견이 듣고 싶은데 말해 주겠나?"

푸아로는 가끔은 조지의 의견이 절대적으로 옳다고 생각해 왔다.

"글쎄요, 주인님. 이런 말을 해도 될지 모르겠지만, 저 노신사분께서 조금은 잘못 생각하고 계신 것 같습니다. 그 아가씨한테 완전히 빠져 있더군요."

"자네 말이 맞는 것 같네."

"물론 그 연세의 신사분께 드문 일은 아니지요. 마운트브라이언 경이 생각나네요. 그분은 인생 경험도 풍부했고 그 누구보다 빈틈없는 분이었지요. 하지만 이 얘기를 들으면 깜짝 놀라실 겁니다. 어떤 젊은 여자가 마사지를 해 주러 왔는데, 글쎄 그분이 그 여자한테 뭘 줬는지 아세요? 이브닝드레스와 예쁜 팔찌를 줬다지 뭡니까? 잊지 말아 달라는 뭐 그런 뜻이었겠죠. 터키옥과 다이아몬드도 주었지요. 아주 비싼 건 아니었지만 그래도 꽤 값이 나가는 것들이었죠. 그다음에는 밍크는 아니지만 모피로 만든 숄을 주었고, 러시아 담비 모피에 자그마하고 화려한 이브닝백까지 주었답니다. 그랬더니 그 여자 오빠가 빚 때문에 곤경에 처해 있다고 하지 뭡니까. 저는 그 여자한테 과연 오빠가 있을까 하는 의심이 살짝 들었어요. 마운트브라이언 경이 그 여자한테 빚을 갚아 주라고 돈을 주자 그 여자가 굉장히 화를 냈지요! 자신의 사랑은 정신적인 사랑이라나요. 하여간 남자들은 그 나이가 되면 정신을 차리지 못하는 것 같더군요. 대개 그들이 열을 올리는 여자는 꿋꿋한 타입이 아니라 착 달라붙는 타입이지요."

"자네 말이 맞네, 조르주. 그렇지만 내 질문에 대한 온전한 답은 아니네. 나는 자네에게 그 젊은 아가씨를 어떻게 생각하느냐고 물었네."

"아, 그 젊은 아가씨요……. 글쎄요, 주인님. 단정 지어 뭐라 말할 순 없지만 그 아가씨는 꽤 분명한 타입인 것 같습니다. 딱히 지적할 건 없더군요. 하지만 그 두 사람은 자신들이 뭘 하고 있는지 알고 있는 게 확실합니다."

푸아로가 응접실로 들어가며 손짓을 하자 고비도 따라 들어갔다.

고비는 평소처럼 등받이가 높은 안락의자에 앉았다. 무릎은 가지런히 모으고 발가락은 안쪽으로 구부린 채. 그는 주머니에서 낡고 작은 수첩을 꺼내 조심스럽게 펼치고는 탄산수 병을 꼼꼼하게 살피기 시작했다.

"조사를 부탁하신 레(스태릭)의 배경입니다. 레스태릭 가문은 상당한 존경을 받고 있고 명망 있는 가문입니다. 추문도 없었고 아버지인 제임스 패트릭 레스태릭은 홍정의 귀재였다고 합니다. 삼대째 가업을 이어 오고 있습니다. 할아버지가 세우고 아버지가 키운 회사를 장남인 사이먼 레스태릭이 이어 왔는데, 2년 전 사이먼 레스태릭이 관상동맥 이상으로 건강이 악화되었고 관상동맥 혈전증으로 약 1년 전쯤 사망했습니다.

동생인 앤드루 레스태릭은 옥스퍼드에서 내려와 가업을 도우며 그레이스 볼드윈 양과 결혼했습니다. 두 사람 사이에는 딸이 하나 있으며, 이름은 노마입니다. 그러다 앤드루 레스태릭이 부인을 버리고 남아프리카로 비렐이라는 여자와 도피를 떠났습니다. 이혼 소송은 없었고 앤드루 레스태릭 부인은 2년 반 전에 사망했지요. 꽤 오랫동안 병을 앓았다고 합니다. 노마 레스태릭 양은 메도우필드 여학교 기숙사에 머물렀고 수상한 점은 없었습니다."

고비는 에르퀼 푸아로의 표정을 살피며 말했다.

"사실 레스태릭 가문에는 아무 문제가 없어 보입니다."

"망나니도, 정신병자도 없었단 말인가?"

"그런 것 같습니다."

"실망스럽군."

고비는 그 말을 그냥 지나쳤다. 그는 헛기침을 하고 손가락에 침을 묻히더니 수첩을 넘겼다.

"데이비드 베이커. 전과가 있습니다. 집행 유예가 2번이에요. 경찰에서도 이 친구를 예의 주시하고 있더군요. 몇 건의 수상쩍은 사건에 가담했고, 중대한 미술품 도난 사건에도 연루되었다는 의혹을 받고 있으나 증거가 없습니다. 예술가 흉내를 내는 부류이며 특별한 생계 수단은 없으나 호의호식하고 있습니다. 돈 많은 여자들을 선호하고 자기한테 빠져 있는 여자들을 등쳐 먹는 일도 마다하지 않습니다. 제 의견을 물으신다면 뼛속까지 나쁜 놈이지만 문제에 휘말리지 않을 정도의 머리는 있는 놈입니다."

고비가 갑자기 푸아로를 흘긋 보면서 물었다.

"그 친구는 만나 보셨습니까?"

"만났지."

"만나 보니까 어떻던가요?"

"자네랑 같은 생각이네."

푸아로는 잠시 후 생각에 잠긴 표정으로 덧붙였다.

"겉만 번지르르하더군."

"여자들한테는 먹히지요. 요새 여자들은 착실한 젊은이들은 거들떠보지도 않는다니까요. 오히려 못된 놈들, 건달을 더 좋아하지요. 그러면서 이런 말을 하기 일쑤지요. '그에게는 기회가 없었어. 불쌍한 사람!'이라고요."

"공작처럼 으스대면서 다니더군."

"그렇게도 말할 수 있겠군요."

고비가 다소 의심스러운 표정을 지으며 대꾸했다.

"그 친구가 누군가의 뒤통수를 내리칠 사람으로 보이던가?"

고비는 생각에 잠기더니 전기 히터를 보며 천천히 고개를 가로저었다.

"그런 일로 고발당하진 않았습니다. 그런 짓을 못할 놈이라고는 할 수 없지만 일단 그쪽에는 취미가 없을 것 같더군요. 그자는 언변이 좋은 타입이지 그런 거친 일을 할 타입은 아니라고 봅니다."

"그렇지. 내가 애초에 잘못 생각했어. 돈에 매수되기도 쉽겠지? 보아하니 자네 생각도 그런 것 같군."

"자기한테 유리하기만 하면 어떤 여자라도 헌신짝처럼 버릴 놈입니다."

푸아로는 고개를 끄덕였다. 한 가지 일이 머릿속을 스치고 지나갔다. 앤드루 레스태릭은 푸아로에게 자신의 서명을 볼 수 있도록 수표를 보여 준 적이 있었다. 그때 푸아로는 서명뿐만 아니라 그 수표의 수취인까지 보아 두었다. 그 수표는 데이비드 베이커에게 발행되었으며 거액이었다. 푸아로는 데이비드 베이커가 그 돈을 과연 거절했을지가 궁금했다. 모든 사항을 고려해 볼 때 절대 그랬을 것 같지는 않았다. 고비도 그렇게 생각하는 것이 분명했다. 불량한 젊은 청년들은 시대를 불문하고 돈에 매수되어 왔고, 그것은 불량한 젊은 아가씨들도 마찬가지였다. 아들들은 맹세를 하고 딸들은 눈물을 흘렸지만 그래도 돈 앞에서는 꼼짝 못 했다. 노마에게 데이비드는 결혼을 재촉했다. 과연 그가 진심이었을까? 정말로 노마를 좋아했을까? 만약 그렇다면 그에게 돈을 주어도 소용이 없었을 것이다. 그의 말은 진심인 것처럼 들렸다. 노마가 그의 말을 진심으로 받아들인 것은 의심할 여지가 없었다. 하지만 앤드루 레스태릭과 고비 그리고 에르퀼 푸아로는 노마와 생각이 달랐다. 모르긴 몰라도 아마 이들 세 사람의 생각이 맞을 듯했다.

고비는 헛기침을 하고 말을 이어 나갔다.

"클로디아 리스홀란드 양은 아무 문제가 없습니다. 의심할 이유가 없더군요. 수상쩍은 구석이 전혀 없어요. 아버지는 하원 의원인데, 부자인 데다 구설수도 없어요. 그동안 들어 왔던 일부 국회의원들과는 다르더군요. 홀랜드 양은 로딘 기숙학교와 레이디 마가렛홀(옥스퍼드 최초의 여자 대학 — 옮긴이)을 졸업하고 비서 과정을 밟았습니다. 처음에는 할리가(街)에 있는 병원에서 의사 비서로 일하다가 석탄 위원회로 이직했어요. 일급 비서랍니다. 두 달 전부터는 레스태릭 씨의 비서로 일하고 있어요. 특별히 교제하는 사람은 없고 가볍게 한두 번 만나는 정도의 남자 친구들은 있어요. 원한다면 상대를 골라 데이트를 해도 될 입장이지요. 레스태릭 씨와는 아무 사이도 아닌 것 같습니다. 지난 3년간 임대료가 꽤 비싼 보로딘 맨션에 아파트 1채를 얻어 지내 왔습니다. 아가씨 2명과 아파트를 같이 쓰지만, 특별히 친한 사이는 아닌 듯합니다. 아파트 동거인들은 자주 바뀌는 편이지요. 프랜시스 캐리라는 젊은 아가씨는 두 번째 아가씨로 꽤 오랫동안 같이 살았어요. 왕립 연극 학교에 잠깐 다니다가 슬레이드 예술학교로 옮겼지요. 본드가에서 유명한 웨더번 화랑에서 일해요. 맨체스터, 버밍엄에서 열리는 미술전을 기획하고 있으며 가끔 해외에도 나갑니다. 스위스와 포르투갈에 간 적이 있더군요. 미술가 흉내를 내는 타입이며 예술가나 배우 친구들이 많습니다."

고비는 잠깐 숨을 멈추고 헛기침을 하더니 작은 수첩을 다시 훑어보았다.

"남아프리카에서는 아직 정보를 많이 입수하지 못했습니다. 앞으로도 별로 기대할 것은 없어요. 레스태릭은 케냐, 우간다, 황금 해안 여기저기 많이 옮겨 다녔어요. 한동안은 남아메리카에 있었어요. 여기저기 떠돌아 다니는 스타일이에요. 특별히 친한 사람은 없는 것으로 보이고, 어디든 가고 싶은 곳은 모두 갈 수 있을 만큼 돈이 많아요. 돈을 많이 벌었지요. 그를 만나 본 사람들은 그에게 모두 호감을 가졌던 모양입니다. 그렇지만 타고난 방랑자예요. 사람들과 연락하고 지내는 것도 그다지 좋아하지 않아요. 3번 정도 사망 신고된 적이 있더군요. 오지로 들어갔다가 돌아오지 않았거든요. 언제나 그랬듯 결국에는 다시 나타났지만. 오류 개월 뒤면 어김없이 전혀 엉뚱한 장소나 국가에서 불쑥 나타나곤 했습니다.

작년에 런던에 있던 그의 형이 갑자기 죽었을 때도 그의 행방을 추적하는 데 약간의 곤란을 겪었답니다. 형의 죽음으로 다소 충격을 받았다는 말도 있어요. 돌아다닐 만큼 돌아다녀서인지, 아니면 마침내 제 짝을 만나서였는지 모르겠지만 좌우간 그는 방랑을 그만두기로 마음먹고 영국으로 돌아왔습니다. 여자는 나이가 좀 어린 편이고 교사였다고 합니다. 착실한 타입이지요. 레스태릭은 본인이 엄청난 부자인 데다 형의 유산까지 물려받았습니다."

"성공 신화와 불행한 소녀……. 그 아가씨에 대해 좀 더 잘 알았으면 좋겠네. 내게 필요한 정보를 알아 오느라 정말 애를 많이 쓴 것 같군. 그 아가씨를 둘러싼 사람들, 그 아가씨에게 영향을 끼쳤을지도 모르는 사람들, 실제로 그 아가씨에게 영향을 끼쳤을 법한 사람들까지. 그 아가씨의 아버지, 계모, 그 아가씨가 좋아한다는 청년, 그 아가씨와 같이 살았던 사람들, 런던에 있다는 직장. 이 아가씨와 관련된 죽음이 확실히 1건도 없나? 이건 중요한 문제네……."

"그런 낌새는 없었습니다. 그 아가씨는 홈버즈라는 회사에서 일했는데, 그 회사는 파산 직전이라 월급도 많지 않습니다. 계모는 최근 검사를 받으러 시골에 있는 병원에 입원을 했답니다. 떠도는 소문은 많지만 확실한 것은 아무것도 없었습니다."

"그녀가 죽지 않았어……."

푸아로는 이렇게 말하더니 살벌한 말투로 덧붙였다.

"내게 필요한 건 죽음인데 말이야."

고비는 그 점이 유감이라고 말하고는 자리에서 일어섰다.

"현 시점에서 더 필요한 정보가 있습니까?"

"정보는 이제 됐네."

"알겠습니다, 선생님."

고비가 수첩을 주머니에 넣으며 말했다.

"실례입니다만 선생님, 경솔한 말이 될지 모르겠지만 방금 여기 있던 그 젊은 아가씨 말인데요……."

"그 아가씨가 뭘 어떻다는 말인가?"

"그게 이 일과는 무관한 것 같지만, 그래도 말씀드려야 할 것 같아서……."

"말해 보게. 전에 어디서 본 적이라도 있는가?"

"예. 몇 달 전에요."

"어디서 봤지?"

"큐 왕립 식물원에서요."

"큐 왕립 식물원에서?"

푸아로는 약간 놀란 표정을 지어 보였다.

"미행하고 있었던 건 아니었습니다. 다른 사람, 그러니까 그 아가씨가 만났던 사람을 미행하던 중이었지요."

"그게 누구였지?"

"누군지는 선생님께 정확히 말씀드릴 수는 없습니다. 헤르조고비니아 대사관의 하위 주재원 중 하나였습니다."

푸아로는 이맛살을 찌푸리며 생각에 잠겼다.

"참 흥미롭군. 아주 흥미로워. 큐 왕립 식물원이라……. 접선 장소로는 그만이지. 아주 좋은 곳이야."

"그 당시에 저도 그렇게 생각했습니다."

"그 둘이 얘기를 나누던가?"

"아닙니다. 둘이 아는 사이 같진 않았습니다. 그 젊은 아가씨가 책을 1권 가지고 의자에 앉더니, 잠깐 동안 그 책을 읽다가 옆에 내려놓았습니다. 잠시 후 제가 미행하고 있던 녀석도 그 옆자리에 앉았지요. 둘은 아무 대화도 하지 않았고, 곧 그 아가씨만 일어나서 다른 데로 가 버렸습니다. 그 친구도 거기 앉아 있다가 곧 일어나서 자리를 떴어요. 그런데 그 젊은 아가씨가 두고 간 책을 그 친구가 가지고 갔습니다. 그게 전부입니다."

"음, 그거 아주 흥미롭군."

고비는 책장에 시선을 고정한 채 작별 인사를 하고는 밖으로 나갔다.

푸아로는 땅이 꺼질 듯 깊은 한숨을 쉬며 말했다.

"앙팡(결과적으로), 복잡하군! 정말 너무 복잡해. 이제 첩보원에다 반첩보원까지. 내가 찾는 건 지극히 간단한 단 하나의 살인 사건인데 말이야. 약물 중독자의 머릿속에서 벌어진 살인 사건일지도 모르겠군!"

14장

"셰르 마담(친애하는 부인)."

푸아로는 정중하게 고개 숙여 인사를 하면서 올리버 부인에게 아주 세련된 빅토리아식 꽃다발을 선사했다.

"무슈 푸아로! 어머나, 친절하기도 해라. 정말 당신답군요. 내 꽃들은 늘 정신없는데 말이에요."

그녀는 꽃병에 다소 변덕스럽게 꽂힌 국화를 보다가 단아한 장미 꽃다발을 보며 말했다.

"날 보러 와 주기까지 하다니 정말 다정하군요."

"부인, 완쾌를 축하합니다."

"그래요, 이제 다 나은 것 같네요."

올리버 부인이 조심스럽게 고개를 이리저리 흔들며 말했다.

"하지만 두통은 남아 있어요. 그것도 아주 심한 두통 말이에요."

"마담, 제가 위험한 일은 하지 말라고 말했잖습니까."

"당신이 무모한 짓은 하지 말라고 그랬죠. 그래요, 내가 무모하게 굴었던 것 같네요."

올리버 부인이 이내 덧붙였다.

"뭔가 사악한 기운이 감돌았어요. 나는 겁에 질리다니 정말 바보 같다며 혼잣말을 했답니다. 내가 겁먹을 이유가 뭐 있겠어요? 내 말은 런던 한가운데잖아요. 사방에 사람들이 있는데 내가 왜 겁이 나겠어요? 고립된 숲 속에 있는 것도 아니잖아요."

푸아로는 올리버 부인을 찬찬히 뜯어보았다. 올리버 부인은 정말 그렇게 지레 겁이 났던 걸까? 아니면 정말 악의를 가진 뭔가가, 혹은 누군가가 저주를 비는 것 같은 불길한 예감을 강하게 느꼈던 걸까? 아니면 그 모든 걸 나중에 자기 나름대로 해석해 버린 것은 아닐까? 푸아로는 그런 일이 얼마나 쉽게 일어나는지 너무나 잘 알고 있었다. 수많은 고객이 올리버 부인과 똑같은 말을 했다.

'뭔가 잘못됐을 줄 알았어요. 사악한 기운을 느꼈거든요. 무슨 일이 일어날 줄 알았다니까요.'

하지만 실제로 그 사람들은 그런 감정을 느끼지 않았다. 과연 올리버 부인은 어떤 쪽에 속할까?

푸아로는 골똘히 생각에 잠겨 올리버 부인을 바라보았다. 올리버 부인은 자칭 직감이 매우 뛰어난 사람이었다. 하나의 직감에 이어 또 다른 직감이 연이어 나왔으며, 그중 하나의 직감이라도 실현되면 늘 우쭐해했다!

그렇지만 인간은 대개 번개가 치기 직전 개나 고양이가 느끼는 불안감 같은 것을 느낄 수도 있고 뭔가 잘못되었다는 인지 능력을 가지고 있다. 비록 무엇이 잘못된 건지는 잘 모르더라도 말이다.

"언제 그 느낌이 들었지요? 두려움 말입니다."

"큰길에서 벗어났을 때요. 그때까지만 해도 모든 게 평범하고 꽤 흥분되기까지 했어요. 맞아요, 누군가의 뒤를 밟는다는 게 얼마나 어려운지 깨닫고 당황하기는 했지만 난 그것을 즐기고 있었어요."

올리버 부인은 잠시 말을 멈추고 생각에 잠겼다.

"마치 게임 같았어요. 그러다 갑자기 상황이 달라졌지요. 이상한 골목길과 낡은 건물들, 건물을 지으려고 철거하고 있던 창고와 공터 때문이었어요. 오, 나도 모르겠어요. 뭐라고 말해야 할지 말이에요. 하지만 모든 게 갑자기 달라졌어요. 마치 꿈처럼 말이에요. 꿈이 어떤지 알잖아요. 꿈에서는 파티나 뭐 그런 걸로 시작했다가 갑자기 정글이나 전혀 엉뚱한 곳에 가 있잖아요. 모든 게 불길하고요."

"정글이라고요? 그런 예를 들다니 정말 흥미롭군요. 그러니까 당신은 마치 정글에 와 있는 것처럼 느꼈고 공작새가 무서워졌다는 말이군요."

"내가 특별히 공작새를 무서워한 건지는 잘 모르겠어요. 사실 공작새가 위험한 동물은 아니잖아요. 공작은 뭐랄까, 그 청년을 가리키는 말이었어요. 그 청년이 굉장히 치장에 신경을 많이 쓰는 사람이라고 생각했거든요. 공작새도 그렇잖아요. 그 화려한 청년도 공작새와 똑같았지요."

"머리를 얻어맞기 전까지는 누가 미행하고 있는 줄 전혀 몰랐습니까?"

"그렇다니까요. 전혀 몰랐어요. 하여간 그 청년이 나한테 길을 잘못 가르쳐 준 건 맞아요."

푸아로가 생각에 잠긴 얼굴로 고개를 끄덕였다.

"나를 친 건 그 공작새 청년이 틀림없어요. 그 청년 말고 누가 있겠어요? 기름때 묻은 옷을 입은 그 지저분한 청년? 냄새는 지독했지만 악의를 품은 것 같지는 않았어요. 그 약해빠진 프랜시스인지 뭔지 하는 아가씨도 아닐 거예요. 그 아가씨는 검은 머리를 치렁치렁 늘어뜨린 채로 포장 상자에 기대어 포즈를 취하고 있었거든요. 어떤 여배우가 떠올랐는데……."

"그 아가씨가 모델 노릇을 해 주고 있었단 말인가요?"

"맞아요. 그 공작새 청년이 아니라 지저분한 청년을 위해서요. 당신이 그 아가씨를 만난 적이 있는지 모르겠군요."

"아직 그런 영광은 누려 보지 못했습니다. 그걸 영광이라고 할 수 있다면 말이지요."

"음, 그 아가씨는 단정치는 못해도 가짜 화가치고 꽤 예쁜 편이에요. 하지만 얼굴에 떡칠을 했더라고요. 백지장같이 새하얀 얼굴에 마스카라도 두껍게 바른 데다 푸석푸석한 머리는 얼굴을 다 덮고 있었어요. 화랑에서 일한다니 비트족들에게 둘러싸여서 모델 노릇을 할 수도 있지요. 그런 여자가 어떻게 나를 때릴 수 있겠어요. 그 아가씨는 공작새 청년한테 빠져 있는 것 같더군요. 어쩌면 그 지저분한 청년을 좋아하는지도 모르겠고요. 아무튼 그 아가씨는 내 머리를 쳐서 쓰러뜨릴 사람으로는 보이지 않아요."

"부인, 저는 또 다른 가능성을 염두에 두고 있습니다. 누군가가 당신이 데이비드를 미행한다는 사실을 눈치채고 반대로 당신을 미행했을 수도 있지요."

"내가 데이비드의 뒤를 밟는 걸 본 누군가가 오히려 내 뒤를 밟았다고요?"

"아니면 누군가가 이미 그 은신처나 작업장에서 당신이 미행하던 그 사람을 감시하고 있었는지도 모르지요."

"물론 그렇게 생각할 수도 있어요. 하지만 내가 궁금한 건 그게 누구냐 하는 거예요."

올리버 부인의 말에 푸아로가 길게 한숨을 내쉬었다.

"아, 그렇군요. 어렵습니다, 너무 어려워요. 연루된 사람도 너무 많고, 일도 너무 많아요. 명확한 건 하나도 없군요. 확실한 것은 자기가 살인을 저질렀을지도 모른다고 말한 소녀가 있다는 것뿐이에요. 그것만 믿고 나아가야 하는데, 심지어 그 점에서도 난제가 있어요."

"난제라니 무슨 소리예요?"

"잘 생각해 보세요."

하지만 올리버 부인은 깊이 생각하는 것을 그다지 좋아하지 않았다.

"당신은 늘 모를 말만 해요."

그녀가 투덜거렸다.

"난 지금 살인 얘기를 하고 있는 겁니다. 그러나 무슨 살인이지요?"

"계모 살인이 아닌가요?"

"하지만 계모는 살해당하지 않았어요. 멀쩡하게 살아 있습니다."

"당신은 정말 복잡한 사람이에요."

푸아로는 의자에 똑바로 앉더니 손가락 끝을 모으고는 그가 그토록 좋아하는 긴 사색에 돌입할 태세를 갖추었다. 적어도 올리버 부인이 보기에는 그랬다.

"부인께서는 깊이 생각하기를 거부하는군요. 그러나 어디에든 도달하려면 깊이 생각해야만 합니다."

"난 깊이 생각하고 싶지 않아요. 내가 알고 싶은 건 내가 입원해 있는 동안 당신이 무슨 일을 했는가 하는 거예요. 무슨 일인가는 했을 것 아니에요? 그동안 뭘 했죠?"

푸아로는 그 질문을 무시하고 말했다.

"우리는 처음부터 다시 시작해야만 합니다. 어느 날 당신이 저한테 전화를 걸었지요. 전 그때 매우 심란한 상태였어요. 그래요, 제가 심란한 상태였다는 걸 인정합니다. 누군가가 아주 고통스러운 말을 했기 때문이지요. 부인께서는 아주 친절했습니다. 저를 위로해 주고 격려해 주었지요. 맛있는 핫 초콜릿도 대접해 주었습니다. 또 저를 돕겠다고 제의했고 실제로 도움을 주기도 했지요. 제게 찾아와 자신이 살인을 저질렀을지도 모른다고 말했던 아가씨를 찾는 걸 도와주었어요! 이제 생각해 봅시다, 부인. 이 살인이란 과연 어떤 살인일까요? 누가 살해당한 걸까요? 어디서 살해당했고, 무슨 이유로 살해당한 걸까요?"

"아, 제발 그만 좀 해요. 당신 때문에 다시 두통이 생기려고 하니까. 나를 힘들게 하지 마세요."

푸아로는 올리버 부인의 간청에도 아랑곳하지 않고 계속 말을 이어 갔다.

"살인이 일어나기는 한 걸까요? 당신은 계모가 살해당했다고 하지만 전 계모가 죽지 않았다고 했지요. 그렇다면 아직 살인 사건은 일어나지 않은 것입니다. 그러나 분명히 살인이 있었어요. 따라서 저는 우선 누가 죽었는가부터 묻고 싶군요. 누군가 제게 와서 살인이란 말을 꺼냈습니다. 어딘가에서 알 수 없는 방법으로 저질러진 살인. 그런데 저는 그 살인 사건이 무엇인지도 찾아낼 수 없습니다. 당신은 이번에도 메리 레스태릭에 대한 살인 미수가 아니겠느냐고 묻겠지만 이 에르퀼 푸아로는 그걸로 족하지 않습니다."

"당신이 뭘 더 원하는 건지 난 정말로 모르겠어요."

"난 살인을 원합니다."

"그런 식으로 말하니까 냉혈한 같잖아요!"

"저는 살인을 찾고 있는데 찾을 수가 없어요. 정말 약 오르는 일이지요. 그러니 함께 생각 좀 해 보자고요."

"한 가지 생각이 떠올랐어요. 앤드루 레스태릭이 서둘러 남아프리카로 떠나기 전에 첫 번째 부인을 죽였다고 가정해 봐요. 그런 생각은 해 봤나요?"

"아니, 그렇게는 생각해 보지 않았습니다."

푸아로가 발끈하며 말했다.

"음, 난 그렇게도 생각해 보았어요. 재미있잖아요. 앤드루 레스태릭이 크리펜 박사처럼(가수였던 부인을 죽인 뒤 시체를 지하실에 묻고 정부와 달아났다가 체포되어 사형당한 홀리 하비 크리펜의 유명한 살인 사건 — 옮긴이) 다른 여자와 사랑에 빠져서 함께 달아나고 싶으니까 첫 번째 부인을 죽인 거죠. 누구의 의심도 받지 않고 말이에요."

푸아로는 길게 한숨을 내쉬며 말했다.

"하지만 레스태릭의 부인은 그가 이 나라를 떠나 남아프리카로 간 지 11년 또는 12년이 지난 뒤에야 죽었어요. 그 당시 그의 딸도 겨우 5살이었으니 그 나이에 자기 생모의 살인에 관여했을 리가 없잖아요."

"딸애가 생모한테 엉뚱한 약을 주었을지도 모르죠. 어쩌면 레스태릭이 자기 부인이 죽은 걸로 거짓으로 말한 건지도 몰라요. 그 여자가 정말 죽었는지 아닌지 우리는 모르잖아요."

"나는 압니다. 조사를 했으니까요. 첫 번째 레스태릭 부인은 1963년 4월 14일에 죽었습니다."

"그런 걸 어떻게 알아냈어요?"

"사실 확인을 하라고 누군가를 고용했으니까요. 제발 부탁 드리는데 부인, 그런 식으로 성급하게 터무니없는 결론을 내리지 말아 주십시오."

올리버 부인이 고집을 피웠다.

"난 내 생각이 무척 기발한 것 같은데요. 책에서 이 사건을 다룬다면 난 구성을 이렇게 짜겠어요. 그리고 그 아이를 범인으로 만들

거예요. 하지만 본인의 의지가 아니라 아버지가 어머니한테 빻은 회양목 가루를 탄 음료를 갖다 주라고 해서 그렇게 된 것이지요."

"농 덩 농 덩 농(말도 안 됩니다)!"

푸아로가 고개를 세차게 흔들며 말했다.

"좋아요. 당신 식대로 말해 봐요."

"슬프게도 전 할 말이 없습니다. 살인 사건을 찾고 있는데 아무런 단서도 찾지 못하고 있으니까요."

"메리 레스태릭이 병이 나서 입원을 했다가 회복되어 돌아왔어요. 그런데 또 병이 났지요. 검사해 보면 어딘가에서 비소가 나오거나 노마가 숨겨 둔 독극물 같은 게 나올 거예요."

"그렇잖아도 비소가 검출되었다더군요."

"그렇다면 무슈 푸아로, 더 이상 뭘 원하는 거죠?"

"당신이 제 말에 좀 더 주의를 기울여 주었으면 합니다. 그 아가씨가 저를 찾아와서 제 하인인 조르주한테 했던 말을 저한테도 반복했습니다. 그 아가씨는 누구에게도 '내가 누군가를 죽이려고 했어요.'라거나 '새엄마를 죽이려고 했어요.'라고 말하지 않았습니다. 그 아가씨는 이미 행해진 어떤 행위, 이미 일어난 어떤 일을 언급했어요. 분명히 일어난 어떤 일 말입니다. 과거의 일 말이에요."

"난 포기할래요. 노마가 새엄마를 죽이려고 했다고는 도무지 믿으려 하지 않는군요."

"아니에요. 나도 노마가 새엄마를 죽이려고 했을지도 모른다는 사실을 믿어 의심치 않습니다. 그게 사건의 전말일지도 모르지요.

심리학적으로도 맞잖아요. 그 아가씨의 혼란스러운 사고 체계를 고려할 때도 맞아요. 하지만 증거가 없어요. 누구나 노마의 물건에 비소를 숨겨 놓았을 수도 있어요. 남편이 갖다 놓은 것일 수도 있고요."

"당신은 부인 살해범으로 늘 남편을 지목하는 경향이 있다니까요."

"대개는 남편이 가장 유력한 용의자니까요. 그러니까 남편을 가장 먼저 떠올릴 수밖에요. 범인은 노마일 수도 있고 오 페어 걸일 수도 있고, 로더릭 경일 수도 있습니다. 아니면 레스태릭 부인 자신이었을 수도 있고요."

"말도 안 돼요. 이유가 뭐죠?"

"여러 가지 이유를 들 수 있지요. 다소 억지스러운 이유일 수도 있겠지만 그렇다고 전혀 가능성이 없는 건 아닙니다."

"무슈 푸아로, 모두를 의심할 수는 없지 않겠어요?"

"메 위(아니에요), 내가 할 수 있는 게 바로 그것입니다. 나는 모두를 의심하지요. 먼저 의심을 하고 나서 이유를 찾습니다."

"그러면 그 여리디여린 외국인 여자애한테는 무슨 이유가 있다고 생각하죠?"

"그 아가씨가 그 집에서 무슨 일을 하고 있는지, 영국에 온 이유가 무엇인지, 그 밖에도 상황에 따라 여러 이유가 있을 수 있겠지요."

"당신은 제정신이 아니에요."

"아니면 데이비드라는 청년이었을지도 모르겠군요. 당신의 공작새 말입니다."

"지나친 억지예요. 데이비드는 거기 있지도 않았어요. 그 집 근처에도 가 본 적이 없다고요."

"아닙니다. 그 청년은 내가 그 집에 갔던 날도 그 집 복도를 어슬렁거리고 있었어요."

"그렇다고 해서 그가 노마의 방에 독약을 두고 간 것도 아니잖아요."

"그걸 부인이 어떻게 알지요?"

"노마는 그 끔찍한 청년과 서로 사랑하는 사이니까요."

"그렇게 보이는 거죠."

"당신은 항상 모든 일을 그렇게 어렵게 만들고 싶어 한다니까요."

올리버 부인이 투덜댔다.

"천만에요. 일이 어려워진 거지 제가 어렵게 만든 게 아닙니다. 전 정보가 필요하고 그 정보를 줄 수 있는 사람은 딱 한 사람뿐인데 그 사람이 사라졌습니다."

"노마를 말하는 거로군요."

"맞아요, 노마를 말하는 겁니다."

"하지만 그녀는 사라지지 않았어요. 우리가 그녀를 찾아냈잖아요. 당신과 내가 말이에요."

"그녀는 카페에서 걸어 나간 뒤 또다시 사라졌어요."

"그녀를 보내 줬단 말이에요?"

올리버 부인의 목소리가 분노로 가느다랗게 떨렸다.

"안타깝게도!"

"그녀를 순순히 보내 줬단 말이에요? 다시 찾아보려고 노력하지도 않았고요?"

"다시 찾아보려고 하지 않았다고는 안 했습니다."

"하지만 지금까지 못 찾았잖아요. 무슈 푸아로, 당신한테 정말 실망했어요."

"한 가지 유형이 있어요. 맞아요, 유형이 있어요. 그런데 한 가지 빠진 요소가 있어서 그 유형이 완성되질 않고 있습니다. 모르시겠어요?"

에르퀼 푸아로가 꿈꾸는 듯한 목소리로 말했다.

"모르겠는걸요."

올리버 부인이 두통에 시달리며 대답했다.

푸아로는 앞에 있는 대화 상대보다 자기에게 암시하듯 계속해서 혼잣말을 했다. 올리버 부인을 대화 상대라고 할 수 있다면 말이다. 그녀는 지금 푸아로에게 상당히 화가 나서 '그 레스태릭 양의 말이 맞아. 푸아로는 너무 늙었어!' 하고 생각하고 있던 참이었다. 자신이 직접 나서서 푸아로를 위해 노마도 찾아내고, 제시간에 도착할 수 있도록 푸아로에게 전화도 해 주었고, 몸소 두 사람 중 한쪽을 미행하기도 했다. 노마는 푸아로에게 남겨 두고서 말이다. 그랬더니 푸아로가 한 일이라고는 그녀를 놓쳐 버린 것이었다! 이제 와서 생각해 보니 푸아로는 어디에도 소용이 되는 일을 한 적이 없는 것 같았다. 올리버 부인은 푸아로에게 정말로 실망했다. 그래서 그가 혼잣말을 멈추면 다시 한번 실망했다고 말해 주어야겠다고 생각했다.

푸아로는 그 '유형'이란 것의 윤곽을 천천히 그리고 있었다.

"그건 서로 맞물려 있어. 그래, 서로 맞물려 있기 때문에 어려운 거야. 하나가 다른 하나와 관계를 맺게 되고 그다음에는 그것이 다시 유형 밖에 존재하는 다른 어떤 것과 연결이 된다는 걸 알게 되지. 하지만 사실 그것은 유형 밖에 있는 게 아니야. 그래서 더욱 많은 사람이 의심의 고리 안에 들어오는 거라고. 무엇을 의심하지? 여기서 또 모르겠군. 첫 번째로 한 여자가 있고, 나는 상충하는 유형들로 이루어진 복잡한 미로를 통과해서 가장 핵심적인 질문에 대한 답을 찾아야만 해. 그 아가씨는 피해자고, 지금 위험에 처한 걸까? 아니면 아주 교활해서 자기 나름의 목적을 위해 일부러 자기가 만들어 내고 싶은 어떤 인상을 만드는 걸까? 어떤 쪽으로든 해석될 수 있겠지. 하지만 여전히 뭔가 부족해. 한 가지 확실한 지표가 필요한데, 어딘가 분명히 있을 거야. 분명히 어딘가 있어."

올리버 부인은 핸드백을 뒤적이며 볼멘소리로 말했다.

"왜 필요할 때는 꼭 아스피린을 찾을 수가 없는지 모르겠다니까요."

"살펴보면 서로 연결되는 일련의 관계가 있습니다. 아버지, 딸, 계모. 그들의 삶은 서로 밀접한 관계를 맺고 있지요. 또 치매 증세를 보이는 나이 든 사돈 어르신이 이들과 함께 살고 있고요. 여기에는 소냐라는 소녀도 있습니다. 그녀는 늙은 사돈 어르신과 관계가 있는 인물이지요. 그녀는 로더릭 경 밑에서 일을 하고 있으며 행실이 바릅니다. 로더릭 경은 소냐 양을 아주 좋아하고 있지요. 그녀한테 반해 있다고나 할까요. 하지만 도대체 소냐 양이 그 집에 있는 이유가 무엇일까요?"

"영어를 배우고 싶은 게 아닐까요?"

"그녀가 헤르조고비니아 대사관 관계자를 큐 왕립 식물원에서 만났답니다. 하지만 그자와 말을 하지는 않았고 책을 살짝 두고 가 버렸습니다······."

"그게 다 무슨 말이에요?"

"그것이 다른 유형과 관계가 있을까요? 아직은 모릅니다. 무관할 것 같지만 무관하지 않을 수도 있지요. 메리 레스태릭이 우연히 그 소녀에게 위험할 수도 있는 무언가를 본 걸까요?"

"이 모든 일이 첩보전이나 뭐 그런 것과 관련 있다고 말하려는 건 아니겠죠?"

"저는 지금 당신한테 말을 하고 있는 게 아니라 혼자 생각하고 있는 겁니다."

"로더릭 경이 치매 증세가 있다고 아까 그랬지요?"

"이건 로더릭 경이 치매 증세가 있냐 없냐의 문제가 아닙니다. 그는 전쟁 중에 중요한 인물이었습니다. 중요한 서류들이 그의 손을 거쳤지요. 중요한 편지를 받았을 수도 있고요. 그 편지들은 시간이 지나고 그 중요성을 잃은 뒤 로더릭 경이 아무런 제약도 받지 않고 간직하고 있었습니다."

"지금 당신은 전쟁 얘기를 하고 있지만 벌써 오래전 일이잖아요."

"꽤 오래전 일이지요. 하지만 아주 오래전 일이라고 과거가 다 지나간 것은 아니지요. 새로운 동맹 관계가 맺어지기도 합니다. 거부하고, 부인하고, 어떤 일을 가지고 이런저런 거짓말을 늘어놓는 대국민 연설도 행해지지요. 특정 인사의 입장을 바꿔 놓을 만한 어떤 편지나 문서가 여전히 존재한다고 가정해 봅시다. 사실을 말하고 있는 게 아니라 그냥 가정해 보는 겁니다. 과거에는 진실이라고 여겼던 그런 가정들 말이죠. 어떤 편지나 서류는 굉장히 중요하기 때문에 폐기되거나 다른 나라의 정부에 넘겨야 했을지도 모릅니다. 저명한 신사가 회고록 집필을 한다고 했을 때 자료 수집을 도울 사람으로 젊고 매력적인 아가씨보다 더 좋은 적임자가 어디 있겠습니까? 요즘에는 다들 회고록을 쓰고 있지요. 이거야 원 못하게 막을 수도 없고! 계모가 여러모로 쓸모 많은 그 비서 겸 오 페어 아가씨가 요리를 한 날 음식에서 사소한 뭔가를 발견했다면요? 그리고 노마가 그러한 의심을 받도록 증거를 조작했다면?"

"정말 삐딱한 생각이네요. 내 말은 그럴 가능성이 거의 없다는 거예요."

"바로 그겁니다. 유형이 너무 많아요. 어떤 게 맞을까요? 노마 양이 집을 나와 런던으로 갑니다. 당신이 나한테 알려 줬던 바대로 그녀는 두 아가씨와 아파트 하나를 나눠 쓰고 있는 세 번째 아가씨지요. 여기서 다시 한번 유형이 등장합니다. 그 두 아가씨들은 노마 양과 전혀 모르는 사이입니다. 그러나 내가 어떤 사실을 발견했는지 아세요? 클로디아 리스홀란드가 노마 레스태릭의 아버지의 비서였어요. 여기서 또다시 새로운 연결 고리가 등장합니다. 우연일까요? 아니면 그 뒤에 숨어 있는 모종의 유형이 있는 걸까요? 당신이 말했다시피 모델 노릇을 하고 있던 나머지 한 아가씨는 노마의 애인이자 당신이 '공작새'라고 부르는 그 청년과 아는 사이입니다. 여기서 연결 고리가 또다시 등장합니다. 그렇다면 데이비드, 그러니까 그 공작새 청년은 이 모든 일에서 어떤 역할을 하고 있는 걸까요? 그는 노마를 사랑하는 걸까요? 그래 보이기는 하더군요. 노마 양의 부모가 둘 사이를 갈라놓고 싶어 하는 게 당연합니다."

"클로디아 리스홀란드가 레스태릭의 비서라니 좀 이상하네요."

올리버 부인이 골똘히 생각에 잠겨 말했다.

"무슨 일을 맡든 잘 해낼 거예요. 어쩌면 7층 창문에서 여자를 민 것도 그녀였을지 몰라요."

푸아로가 천천히 그녀 쪽으로 고개를 돌리며 물었다.

"그게 무슨 말입니까?"

푸아로가 재차 다그쳤다.

"그게 무슨 말이냐고요?"

"그 아파트에 사는 이름도 모르는 어떤 여자가 7층 창문에서 떨어져 죽었는데, 그냥 떨어졌는지 투신 자살했는지 모르겠어요."

푸아로의 언성이 높아지더니 그가 비난조로 말했다.

"나한테 그 말을 왜 이제야 하는 거죠?"

올리버 부인은 깜짝 놀라 푸아로를 멍하니 바라보았다.

"그게 왜요?"

"왜라니요? 내가 당신한테 죽음에 관한 이야기가 필요하다고 하지 않았습니까? 내 말은 그거였습니다. 죽음 말이에요. 죽은 사람이 아무도 없다더니. 고작 미수에 그친 독살밖에 생각해 내지 못했는데, 이제야 죽음 얘기가 나왔어요. 죽음이라……. 그 맨션 이름이 뭐라고요?"

"보로딘 맨션요."

"그렇지요. 그 일이 일어난 게 언제였지요?"

"자살인지 뭔지 말이에요? 음, 그러니까 내가 그곳에 가기 약 일주일 전쯤이었던 것 같아요."

"좋아요! 그 얘기는 어떻게 들었지요?"

"우유 배달원이 말해 줬어요."

"우유 배달원이라니! 봉 듀(세상에)!"

"말이 많은 사람이더라고요. 좀 슬픈 얘기였어요. 낮에 벌어진 일이었대요. 아주 이른 아침이라고 했던 것도 같고."

"그 여자 이름은 뭐라던가요?"

"나도 모르겠어요. 이름은 말하지 않았어요."

"젊었나요, 중년이었나요? 아니면 노인이었나요?"

올리버 부인은 잠시 생각에 잠겼다.

"딱히 몇 살이라고는 안 했어요. 그냥 50대라고 그랬던 것 같아요."

"아 참, 그 세 아가씨와 알고 지내는 사람이었나요?"

"내가 어떻게 알겠어요? 아무도 말해 준 사람이 없었는데."

"그리고 당신도 나한테 말해 줄 생각은 안 했고요."

"글쎄요, 무슈 푸아로. 그 일이 이번 일과 관련이 있다고 보긴 어렵지 않나요? 그럴 수도 있겠지만, 그런 말을 한 사람도, 그런 생각을 한 사람도 없었잖아요."

"하지만 관련이 있어요. 바로 거기에 연결 고리가 있어요. 그건 바로 노마라는 아가씨예요. 노마 양은 그 아파트에 사는데, 어느 날 누군가가 그 아파트에서 자살을 했지요. (이것은 일반적인 견해입니다.) 즉 누군가가 투신을 했거나 7층 높이의 창문에서 떨어져 죽임을 당했다는 말이지요. 그러고 나서는? 며칠 뒤 노마 양은 어떤 파티에서 당신이 내 얘기를 하는 걸 듣고는 나를 찾아와 자기가 살인을 저질렀을지도 모른다고 말했지요. 그래도 모르겠어요? 사망 사건이 있었고, 며칠 지나지 않아 자기가 살인을 저질렀을지도 모른다고 생각하는 사람이 나타난 겁니다. 그래요, 이건 살인이 틀림없습니다."

올리버 부인은 '말도 안 된다.'고 말하고 싶었지만 감히 그럴 수가 없었다. 그러나 푸아로의 말이 터무니없다는 생각에는 변함이 없었다.

"바로 이게 내게 부족했던 정보의 조각임이 틀림없습니다. 이것이 모든 걸 연결해 주는 고리예요! 맞아요, 어떻게 연결되는 건지는 몰라도 연결되는 것만은 틀림없습니다. 생각을 해야겠어요. 그게 바로 내가 해야 할 일입니다. 집에 가서 작은 조각들이 서로 들어맞을 때까지 차근차근 생각을 해야겠어요. 바로 이게 나머지 조각들을 모두 연결해 주는 핵심 조각이 될 테니까요……. 마침내, 마침내 서광이 비치기 시작하는군요. 아듀, 셰르 마담(친애하는 부인, 그럼 안녕히)!"

이렇게 말한 푸아로는 병실에서 서둘러 나갔다.

올리버 부인은 마침내 자신의 본심을 드러낼 수 있었다.

"말도 안 돼."

그녀는 빈 방에 대고 말했다.

"정말 터무니없어. 아스피린을 4알 먹으면 너무 많을까?"

15장

 에르퀼 푸아로의 바로 옆에는 조지가 준비해 놓은 티잔이 있었다. 푸아로는 디잔을 홀짝거리면서 생각에 잠겨 있었다. 푸아로에게는 그만의 독특한 사고방식이 있었다. 퍼즐 조각을 고르듯이 생각들을 고르는 것이다. 그렇게 하면 머지않아 그 조각들이 재조합되어 하나의 분명하고 연관성 있는 그림을 만들어 낸다. 당장 중요한 것은 선택과 구분이었다. 그는 티잔을 한 모금 마신 뒤 컵을 내려놓고는 양손을 의자의 팔걸이에 올려놓고 잡다한 퍼즐 조각을 하나씩 떠올려 보았다. 조각들을 모두 알아낸 다음에 고르게 될 것이다. 하늘에 해당하는 조각, 푸른 강기슭에 해당하는 조각, 호랑이 것으로 보이는 줄무늬 조각…….
 에나멜가죽 구두를 신은 발에서 느꼈던 통증. 그는 거기서부터 시작했다. 푸아로는 좋은 친구인 올리버 부인 덕분에 그 동네 길을 걷고 있었다. 계모. 정문에 손을 얹고 있던 자신의 모습이 보였다. 잘 자라지 못한 장미를 잘라 내느라 고개를 숙이고 있다가 고개를 들어 푸아로를 바라보던 여인. 그때 그 자리에 뭐가 있었지? 아무것도 없었다. 황금빛 머리. 올리버 부인의 머리처럼 꼬아서 동그랗게 말아 올린 황금빛 머리. 푸아로는 얼굴에 희미한 미소를 지었다. 메리 레스태릭의 머리는 올리버 부인의 머리와는 비교가 안 될 정도로 훨씬 가지런한 모양새를 하고 있었다. 황금빛 원처럼 보이는 그녀의 머리는 얼굴 크기에 비해 지나치게 큰 듯한 인상을 풍겼다. 푸아로는 레스태릭 부인이 병 때문에 가발을 쓸 수밖에 없었다는 늙은 로더릭 경의 말을 떠올렸다. 젊은 여자한테는 아주 안 된 일이라는 말도 했다. 그러고 보니 그녀의 머리가 이상할 정도로 무거워 보이는 것 같기도 했다. 또한 전혀 변화가 없고 흐트러지지 않았다. 푸아로는 메리 레스태릭의 가발을 놓고 곰곰이 생각해 보았다. 그게 정말 가발인지도 불확실했다. 푸아로로서는 로더릭 경의 말을 믿어도 좋을지 전혀 감을 잡을 수가 없었다. 그는 가발이 어떤 의미를 지니고 있을지도 곰곰이 생각해 보았다. 그는 그날 그녀와 나눴던 대화 내용도 떠올려 보았다. 무슨 중요한 얘기가 있었지? 그렇게 중요한 얘기는 없었던 것 같았다. 그는 레스태릭 부인과 함께 들어가 보았던 방을 생각했다. 최근 사람이 머물지 않은 것처럼 보였던 아무 특징 없는 방. 벽에는 그림이 2점 걸려 있었는데, 하나는 비둘기색 드레스를 입은 여자의 초상화였다. 작은 입에 굳게 다문 입술, 잿빛이 도는 갈색 머리카락. 바로 첫 번째 레스태릭 부인이었다. 그림

속의 그녀는 남편보다 더 나이 들어 보였다. 레스태릭의 초상화는 레스태릭 부인의 초상화 맞은편 벽에 걸려 있었다. 둘 다 매우 훌륭한 초상화였다. 랜스버거는 훌륭한 초상화 화가였다. 푸아로의 생각은 남편 쪽 초상화에 머물렀다. 처음 초상화를 본 날은 나중에 레스태릭의 사무실에서 본 것만큼 찬찬히 뜯어보지를 못했다…….

앤드루 레스태릭과 클로디아 리스홀란드. 둘은 무슨 사이일까? 단순한 사장과 비서의 관계일까? 그러지 말란 법은 없다. 자, 여기 오랫동안 고국을 떠나 있다가 최근에 돌아온 남자, 가까운 친구나 친척도 없고, 자기 딸의 기질과 행동 때문에 당황하고 고민하는 남자가 있다. 그런 그가 최근에 채용한 유능한 비서를 믿고 그녀에게 자기 딸이 런던에서 거처할 만한 곳을 권해 달라고 한 일은 어찌 보면 너무도 당연한 일이었다. 그녀로서도 세 번째 여자를 물색 중이었으므로 남자의 딸에게 숙소를 제공하는 일은 유익한 일이었을 것이다. 세 번째 여자……. 올리버 부인에게 들어서 알게 된 이 말이 머릿속에서 떠나지 않았다. 그 말이 숨은 뜻이라도 지니고 있는 것처럼 느껴졌지만 어떤 이유에서인지는 푸아로도 알 수 없었다.

그때, 하인인 조지가 방으로 들어와 뒤에서 조심스럽게 문을 닫았다.

"주인님, 어떤 젊은 여자분이 찾아오셨습니다. 일전에 오셨던 분입니다."

때마침 푸아로가 생각하고 있던 내용과 맞아떨어졌기에 푸아로는 깜짝 놀라 자세를 고쳐 앉았다.

"아침 식사 시간에 오셨던 그 아가씨 말인가?"

"아닙니다, 주인님. 로더릭 호스필드 경과 함께 왔던 아가씨입니다."

"아하, 그렇군. 들여보내게. 그 아가씨는 지금 어디 있지?"

푸아로는 이맛살을 찌푸렸다.

"제가 레몬 양의 방으로 모셨습니다, 주인님."

"그랬군, 들여보내 주게."

소냐는 조지가 도착을 알릴 때까지 기다리지도 않았다. 그녀는 빠르고 다소 공격적인 걸음으로 조지보다 앞서 방으로 들어섰다.

"빠져나오기가 쉽진 않았지만 그 서류를 훔친 건 제가 아니라는 말씀을 드리려고 왔어요. 전 아무것도 훔치지 않았어요. 아시겠어요?"

"누가 당신더러 훔쳤다고 하던가요? 앉으시죠, 마드무아젤."

"저는 앉고 싶지 않아요. 시간도 별로 없어요. 다만 그건 전혀 사실이 아니라고 말씀드리러 왔을 뿐이에요. 저는 아주 정직하고 지시받은 일만 합니다."

"무슨 말인지 알겠습니다. 사실 이미 알고 있었지요. 그러니까 지금 진술하는 내용은 당신이 로더릭 경의 댁에서 그 어떤 서류나 정보, 서신, 문서도 빼내지 않았단 말씀이군요. 맞습니까?"

"예, 선생님께 그 말씀을 드리려고 왔어요. 그분은 저를 믿고 계세요. 제가 절대 그런 짓을 할 사람이 아니라고 믿고 있지요."

"좋습니다. 그것도 하나의 의견이니까 유념하도록 하지요."

"그 서류를 찾을 수 있을 것 같으세요?"

"지금은 다른 조사를 진행 중입니다. 하지만 로더릭 경의 서류도 곧 조사에 착수할 겁니다."

"그분은 매우 걱정하고 계세요. 그분께는 말씀드릴 수 없지만 선생님께는 말씀드릴게요. 그분은 물건들을 곧잘 잃어버리세요. 이런저런 물건들이 그분이 있다고 생각하는 곳에 없는 경우가 많아요. 그분은 뭐랄까, 엉뚱한 곳에 물건을 두시거든요. 저도 알아요. 당신은 저를 의심하고 있을 거예요. 다른 사람들도 저를 의심하고 있고요. 저는 외국인이니까요. 제가 외국에서 왔기 때문에 다들 그렇게 생각하는 거죠. 다들 제가 바보 같은 영국의 첩보 소설에서처럼 기밀 서류를 훔쳤다고 생각하고 있어요. 하지만 저는 그러지 않았어요. 저는 지식인이라고요."

"그렇군요. 뭔가를 알게 된다는 건 늘 좋은 일이지요."

푸아로는 잠깐 사이를 두고 이렇게 덧붙였다.

"그 밖의 또 하고 싶은 말이 있나요?"

"있어야 하나요?"

"그야 모르는 일이지요."

"그나저나 말씀하신 다른 사건이라는 건 뭐죠?"

"아, 당신의 시간을 빼앗고 싶지는 않습니다. 휴무일일 테니까요."

"맞아요. 일주일에 하루 쉬는데 그날 하고 싶은 걸 해요. 런던에 오기도 하고 대영 박물관에 가기도 하지요."

"아, 그렇군요. 두말할 필요 없이 빅토리아 앤드 앨버트 박물관에도 가겠지요."

"그래요."

"국립 미술관에 가서 그림도 보겠지요? 날씨가 좋으면 켄싱턴 가든도 가고, 멀리 큐 왕립 식물원에도 가고요."

그녀의 얼굴이 갑자기 굳어지더니 화가 난 듯 의심에 찬 눈초리를 던졌다.

"어째서 큐 왕립 식물원 얘기를 꺼내는 거죠?"

"그곳에는 아주 멋진 식물과 관목과 나무가 있으니까요. 아! 큐 왕립 식물원은 꼭 가 보셔야 합니다. 입장료도 아주 저렴해요. 1페니나 2페니일 겁니다. 그 돈만 내면 열대 식물을 다 볼 수도 있고 의자에 앉아서 책을 읽을 수도 있지요."

푸아로는 그녀의 화를 누그러뜨리려는 듯 미소를 지었는데, 그녀의 불쾌한 기색은 더욱 역력해졌다.

"하지만 당신을 더 붙잡아 두어서는 안 되겠지요, 마드무아젤? 당신에게는 만나야 할 대사관 친구가 있을지 모르니까요."

"왜 그런 말씀을 하시는 거죠?"

"아무 이유 없습니다. 당신 말마따나 당신은 외국인이니 이곳에 있는 자국 대사관에 친구가 있을 가능성이 크지요."

"어디서 들은 얘기가 있으시군요. 누군가 저한테 죄를 뒤집어씌운 거예요! 그분은 물건을 어디다 두었는지 자꾸 잊으시는 바보 같은 노인네라니까요. 그게 다예요! 뭐 대단한 걸 알고 있는 것도 아니라고요. 기밀 서류니, 문서니, 뭐니 하는 그런 건 없어요. 가지고 있던 적도 없단 말이에요!"

"자신이 무슨 말을 하는지 모르고 있군요. 알다시피 시간은 흐릅니다. 그분도 한때는 중요한 기밀을 알고 있던 중요한 사람이었습니다."

"저를 겁주려고 하시는군요."

"아니, 아니에요. 그 점에 대해서는 내가 과장하고 있는 게 아닙니다."

"레스태릭 부인이군요. 당신한테 그런 말을 한 사람은 레스태릭 부인이 틀림없어요. 그녀는 저를 싫어하니까요."

"레스태릭 부인은 나한테 그런 말을 한 적이 없습니다."

"어쨌든 저는 그 여자가 싫어요. 그 여자는 믿지 못할 여자예요. 비밀이 있는 건 오히려 그 여자일 거예요."

"정말 그렇게 생각하나요?"

"그래요. 그 여자는 남편한테 뭔가 숨기고 있어요. 런던이나 어디 다른 데 가서 남자들을 만나는 것 같았어요. 아무튼 다른 남자를 만나는 것만은 틀림없어요."

"그렇군요. 정말 흥미로운데요. 그러니까 레스태릭 부인이 다른 남자를 만나러 외출하는 것 같단 말씀인가요?"

"맞아요. 런던에 자주 가는데 늘 남편한테 알리지 않는 것 같아요. 어떤 때는 쇼핑을 하러 간다고 하지요. 뭐 그 비슷한 핑계를 대거나요. 레스태릭 씨는 일이 바쁘니까 부인이 왜 런던에 오는지 곰곰이 생각하지 않아요. 레스태릭 부인은 시골에 있는 날보다 런던에 있는 날이 더 많아요. 그런데도 원예를 아주 좋아하는 척하고 있고요."

"레스태릭 부인이 만나는 남자가 누군지는 모르시나요?"

"제가 어떻게 알겠어요? 그 여자를 미행하는 것도 아닌데요. 레스태릭 씨는 의심이 많은 분이 아니세요. 그 여자가 말하면 그대로 다 믿지요. 늘 사업 생각만 하나 봐요. 딸 문제로도 걱정이 많은 것 같고요."

"그렇지요. 레스태릭 씨는 따님 문제에 걱정이 많으십니다. 따님에 대해서는 얼마나 알고 있나요? 그 아가씨에 대해서 얼마나 잘 알고 있죠?"

"잘 몰라요. 하지만 제 생각을 물으신다면 말씀드리죠! 제 생각에는 그녀가 미친 것 같아요."

"그녀가 미쳤다고요? 왜 그렇게 생각하죠?"

"가끔 이상한 말을 하거든요. 있지도 않은 게 보인다고 하지를 않나."

"있지도 않은 게 보인다고 했다고요?"

"그 자리에 있지도 않은 사람들 말이에요. 어느 때는 아주 들떠 있고 어느 때는 꿈을 꾸는 것처럼 보이기도 해요. 말을 걸어도 듣지를 못하지요. 아무 대꾸도 하지 않을 때도 많고요. 그리고 누군가가 죽기를 바라는 것 같아요."

"레스태릭 부인 말입니까?"

"아버지인 레스태릭 씨도요. 증오가 가득한 눈빛으로 아버지를 쳐다보더라고요."

"두 분 모두 그녀가 사귀고 있는 젊은 청년과의 결혼을 결사적으로 반대하기 때문인가요?"

"예, 두 분 모두 결혼에 반대하고 있어요. 물론 두 분 생각이 옳지만 그 때문에 그녀는 화가 나 있지요. 언젠가는……."

소냐는 유쾌하게 고개를 끄덕이며 말했다.

"나는 그녀가 자살할 것 같아요. 바보 같은 짓은 안 하기를 바라지만 사람들은 사랑에 푹 빠지면 그런 일을 저지르기도 하잖아요."

그녀는 어깨를 으쓱해 보이며 말했다.

"이제 가야겠어요."

"한 가지만 말씀해 주십시오. 레스태릭 부인이 가발을 쓰고 있나요?"

"가발요? 제가 어떻게 알겠어요?"

소냐는 잠깐 동안 생각하더니 대답했다.

"그럴지도 몰라요. 여행할 때 유용하니까요. 유행이기도 하고요. 저도 가끔 가발을 쓰는걸요. 녹색으로요! 요즘은 안 쓰지만요."

소냐는 잠시 후 덧붙여 말했다.

"그럼 가 볼게요."

그러고는 방을 나갔다.

16장

"오늘은 할 일이 많군."

아침 식사를 마친 에르퀼 푸아로는 자리에서 일어서며 큰 소리로 이렇게 말한 뒤 레몬 양에게 다가갔다.

"몇 가지 조사할 게 있어요. 필요한 기록과 약속, 연락은 미리 다 해 두었겠지요?"

"물론이죠, 여기 있습니다."

레몬 양이 작은 서류철을 건네며 말했다. 푸아로는 그 안에 든 내용물을 훑어보고는 고개를 끄덕였다.

"늘 믿음직스럽군요, 레몬 양. 세 팡타스티크(굉장해요)!"

"무슈 푸아로, 저는 뭐가 굉장하다는 건지 모르겠습니다. 지시하신 대로만 했을 뿐인걸요. 당연한 일이에요."

"천만에요! 절대 당연한 일이 아니죠. 내가 가스 기사, 전기 기사,

수리 기사한테 지시 사항을 안 주던가요? 하지만 그들이 내가 지시한 대로 하던가요? 그런 경우는 극히 드물지요."

푸아로는 홀로 나갔다.

"조르주, 약간 묵직한 외투를 주게나. 가을 날씨가 조금 쌀쌀한 것 같군."

그는 비서실로 다시 고개를 들이밀며 물었다.

"그나저나 어제 왔던 그 젊은 아가씨는 어떻던가요?"

막 타자기에 손을 올리려던 레몬 양이 짧게 대답했다.

"외국인이더군요."

"그래요, 그렇지요."

"분명히 외국인이었어요."

"그 점 말고 그 아가씨에 대해 달리 생각나는 건 없나요?"

레몬 양은 곰곰이 생각해 보더니 대답했다.

"뭐라고 판단할 만한 게 전혀 없어요."

레몬 양은 잠시 후 확신하지 못하겠다는 표정으로 한마디를 덧붙였다.

"무엇 때문인지 화가 난 것 같았어요."

"맞아요. 알다시피 그녀는 절도 혐의를 받고 있거든요! 돈이 아니라 서류를 고용주에게서 훔쳤다는 혐의를 받고 있지요."

"중요한 서류인가요?"

"그럴 가능성이 꽤 높아요. 반대로 고용주가 아무것도 잃어버리지 않았을 가능성도 있지만."

"그러게 누군가를 고용할 때에는 어느 나라 사람인지 파악을 하고, 가능하다면 영국인을 고용하는 게 낫다니까요."

에르퀼 푸아로는 비서실에서 나왔다. 첫 방문지는 보로딘 맨션이었다. 그는 택시를 잡아타고 가서 안마당에서 내린 뒤 주위를 죽 훑어보았다. 제복을 입은 수위가 다소 음울한 멜로디를 휘파람으로 불면서 여러 개의 출입구 중 한 곳의 안쪽에 서 있었다. 푸아로가 다가가자 그가 물었다.

"무슨 일이시죠?"

"혹시 최근에 여기서 일어났던 아주 비극적인 사건에 대해서 알고 있나요? 조금 궁금한 게 있어서 찾아왔습니다."

"비극적인 사건요? 제가 알기로는 없는데요."

수위가 무심하게 말했다.

"투신자살했다는, 아니 위층에서 누군가가 밀어 살해되었다고 해야 할까, 아무튼 그런 부인이 있지 않나요?"

"아, 그거요! 전 근무한 지 일주일밖에 안 돼서 아무것도 모릅니다. 어이, 조!"

그러자 또 다른 수위가 건물 반대쪽에서 건너왔다.

"자네, 7층에서 떨어졌다던 그 부인 알지? 아마 한 달쯤 전이었나?"

"그렇게 오래되지는 않았어."

조는 나이가 많고 말이 느린 남자였다.

"큰 사고였지."

"그 여자는 즉사했습니까?"

"그랬죠."

"그 여자 이름이 뭐였죠? 제 친척인 것 같아서요."

푸아로는 거짓말을 한다고 양심의 가책을 느끼는 사람은 아니었다.

"저런! 유감입니다. 그녀는 샤르팡티에 부인이었습니다."

"이 아파트에 오래 살았나요?"

"글쎄요. 가만 있자…… 한 1년, 1년 반 정도 살았을 거예요. 아니, 2년쯤 살았을 겁니다. 7층 76호예요."

"그게 꼭대기 층인가요?"

"예, 선생님. 샤르팡티에 부인은……."

친척이라면 그런 것쯤은 알고 있을 것이라 여길 수도 있기 때문에 푸아로는 자세한 사항을 꼬치꼬치 캐묻지 않았다. 그 대신 이렇게 질문했다.

"그 사건으로 사람들이 많이 동요하고 궁금해했습니까? 몇 시에 사건이 일어났지요?"

"새벽 5시나 6시쯤이었을 겁니다. 어떤 조짐 같은 것도 없이 갑자기 떨어졌어요. 그 이른 시간에도 저쪽 난간으로 금세 사람들이 벌떼처럼 몰려들더군요. 사람들이란 원래 다 그렇잖습니까?"

"물론 경찰도 왔겠지요?"

"그럼요. 경찰이 꽤 빨리 왔어요. 의사랑 앰뷸런스도 왔지요. 여느 때처럼 말입니다."

수위는 7층 창문에서 투신하는 일을 매달 한두 번쯤은 겪어 보았다는 듯 귀찮아하며 말했다.

"무슨 일이 벌어졌는지 듣고 사람들이 아파트에서 우르르 내려왔군요."

"아, 아파트에서 내려온 사람들은 그렇게 많지 않았습니다. 우선 자동차 소리나 이런저런 소음 때문에 시끄러워서 아파트 사람들은 미처 알지 못했으니까요. 누군가 그 여자가 떨어지면서 비명을 지른 것 같다고 했지만 사람들이 들을 만큼 큰 소리는 아니었을 겁니다. 사건을 목격한 건 지나가던 행인들이었어요. 그 사람들이 난간 너머로 목을 길게 빼고 있자 지나가던 다른 사람들도 같이 구경하게 된 거예요. 사고가 나면 어떤지 아시잖습니까!"

푸아로는 사고가 나면 어떤지 자신도 알고 있음을 수위에게 확인시켜 주었다.

"혼자 살고 있었겠지요?"

푸아로는 다 알고 있지만 확인한다는 투로 이렇게 물었다.

"맞습니다."

"하지만 아파트 주민 중에 친구가 있었겠지요?"

조는 어깨를 으쓱하며 고개를 가로저었다.

"있었겠지만 저야 모르지요. 하지만 주민 중 누구하고도 식당에 있는 걸 본 적이 없어요. 외부 친구를 데리고 와 여기서 가끔 저녁을 먹기는 했어요. 여기 주민들과는 특별히 친하게 지내지 않은 것 같아요. 그 여자에 대해서 알고 싶으면 이곳 책임자인 맥팔레인 씨와 얘기해 보는 게 좋을 겁니다."

조는 이야기를 끝맺고 싶어 했다.

"아, 감사합니다. 그러는 게 좋겠군요."

"사무실은 저쪽 건물에 있습니다, 선생님. 1층이에요. 문에 사무실이라고 씌어 있을 겁니다."

푸아로는 수위가 가르쳐 준 곳으로 갔다. 그는 서류철에서 레몬 양이 준비해 준 '맥팔레인 씨'라고 표시된 맨 위의 편지를 꺼냈다. 맥팔레인은 45살 가량의 잘생기고 빈틈없어 보이는 남성이었다. 푸아로가 그에게 편지를 건네자 그는 그것을 뜯어 읽었다.

"아, 알겠습니다."

그는 편지를 책상 위에 내려놓더니 푸아로를 쳐다보았다.

"집주인이 저한테 루이즈 샤르팡티에 부인의 비극적인 죽음에 대해서 선생님께 드릴 수 있는 도움을 모두 드리라고 했군요. 정확히 뭘 알고 싶으신 건가요, 무슈……?"

그는 편지를 다시 한번 보고 말을 끝맺었다.

"무슈 푸아로?"

"물론 지금부터 묻는 건 모두 기밀 사항입니다. 그녀의 친척들은 경찰과 사무 변호인에게 연락을 받았지만 제가 영국으로 직접 와서 몇 가지 개인적인 사항들을 알아내 주기를 바라고 있습니다. 무슨 말인지 아시겠지요? 공식 보고밖에 접하지 못한다는 건 아주 괴로운 일이랍니다."

"그렇습니다, 그렇고말고요. 충분히 이해합니다. 제가 아는 건 다 말씀드리겠습니다."

"여기 산 지는 얼마나 되었으며, 이 아파트는 어떻게 구하게 된 건지 말씀해 주세요."

"그분이 여기 산 지는 서류를 찾아보면 정확히 알 수 있겠지만 약 2년쯤 됩니다. 빈집이 생겼고, 그 집에서 나가려던 와일더 부인이 자기 지인인 샤르팡티에 부인에게 집을 양도하겠다고 미리 말했지요. 와일더 부인은 BBC 방송국에서 일했고 한동안 런던에 살다가 캐나다로 가려고 했습니다. 아주 좋은 분이셨지요. 돌아가신 샤르팡티에 부인과 잘 아는 사이는 아닌 것 같습니다. 그냥 어쩌다 아파트를 양도하려고 한다는 얘기가 나왔겠지요. 샤르팡티에 부인은 이 아파트를 아주 좋아했다고 들었습니다."

"당신은 샤르팡티에 부인이 괜찮은 세입자라고 생각했나요?"

맥팔레인은 약간 머뭇거리다 대답했다.

"샤르팡티에 부인은 만족스러운 세입자였지요."

"저한테는 솔직하게 다 말씀하셔도 됩니다. 소란스러운 파티가 있었다지요? 조금 지나치게 방탕한 여흥이라고나 할까요?"

맥팔레인은 이제 신중하기를 포기했다.

"가끔 불만이 접수되기도 했습니다만, 주로 연세가 많은 분들이었습니다."

에르퀼 푸아로는 말없이 의미심장한 행동을 해 보였다.

"술을 너무 좋아하셨지요. 그리고 꽤 방탕한 남자하고도 어울렸고요. 그것 때문에 가끔 곤란을 겪곤 했습니다."

"다른 남자들도 많았나요?"

"거기까지는 모르겠습니다."

"그럼요, 전 다 이해합니다."

"그 부인은 그렇게 젊지도 않았지요."

"겉모습만 봐서는 잘 모르지요. 몇 살로 보이던가요?"

"알 수가 없어요. 40살에서 45살쯤?"

그가 곧이어 덧붙였다.

"건강이 좋지 않았어요."

"그렇군요."

"술을 너무 많이 마셨어요. 그거 한 가지는 확실해요. 그리고 몹시 우울해했어요. 안절부절못하기도 했지요. 병원에는 자주 갔지만 의사들이 하는 말은 콧등으로도 믿지 않았어요. 여자들은 생각이 많잖아요. 특히 그맘때쯤에는 말이에요. 그녀는 자기가 암에 걸렸다고 생각했어요. 철석같이 믿고 있었죠. 의사가 안심시켜 주었지만 믿지를 않았어요. 검사에서도 아무 문제가 없다고 했다는데. 그런 일은 우리 주변에서 매우 흔하지요. 하지만 샤르팡티에 부인은 혼자 이 생각 저 생각에 빠져 어느 날……."

맥팔레인은 고개를 주억거리며 말을 마쳤다.

"아주 슬픈 일입니다. 아파트 주민 중에 부인과 특별히 친하게 지내던 친구는 없었나요?"

"제가 알기론 없습니다. 여기는 보시다시피 서로 사이좋게 지낼 만한 곳은 아니에요. 대부분 사업을 하거나 직장에 다니는 사람들이라서요."

"클로디아 리스홀란드 양을 생각하고 있었습니다. 혹시 그 둘이 서로 알고 지냈는지 궁금하군요."

"리스홀란드 양요? 아뇨, 아닐걸요. 서로 얼굴은 알았겠지요. 엘리베이터에 같이 타면 한두 마디 하는 정도? 사교적인 접촉 같은 건 없었을 겁니다. 아시다시피 그 둘은 세대가 전혀 다르잖아요. 제 말은 그러니까……."

맥팔레인은 약간 어리둥절해하는 것 같았다. 푸아로는 그 이유가 궁금했다.

"홀란드 양과 같은 아파트에 사는 두 아가씨 중에 한 아가씨가 샤르팡티에 부인을 알고 있지 않았나요? 노마 레스태릭 양요."

"그랬나요? 제가 몰랐을 수도 있겠군요. 그 아가씨는 아주 최근에 들어와서 저도 잘 못 알아보거든요. 겁에 질린 듯한 젊은 아가씨 같았어요. 갓 학교를 졸업한 것 같더군요."

잠시 후 맥팔레인이 덧붙였다.

"뭐 더 궁금하신 게 있으십니까, 선생님?"

"아뇨, 감사합니다. 친절하게 대해 주셔서 감사합니다. 혹시 그 아파트를 볼 수 없을까요? 그러니까 그게……."

푸아로는 일부러 얼버무리면서 말을 멈췄다.

"글쎄요, 한번 볼까요? 지금은 트래버스 씨가 살고 있는데, 그분은 하루 종일 시티에 나가 계시죠. 원하신다면 저랑 같이 올라가 보시죠."

그들은 7층으로 올라갔다. 맥팔레인이 열쇠를 꽂자 문에 붙어 있던 숫자 하나가 툭 떨어지면서 푸아로의 에나멜가죽 구두 한쪽에 맞을 뻔했다. 푸아로는 민첩하게 피한 다음 몸을 숙여 그 숫자를 주웠다. 그리고 그것을 원래 있던 자리에 조심스럽게 되돌려 놓았다.

"이 숫자들이 떨어지려고 하는군요."

"죄송합니다, 선생님. 제가 적어 놓겠습니다. 가끔 숫자들이 떨어지기도 하더라고요. 자, 다 왔습니다."

푸아로는 거실로 들어갔다. 아무런 개성이 없었다. 벽에는 원목 무늬의 벽지가 발라져 있었다. 여느 거실과 다름없는 안락한 가구들이 있었고, 개인적인 흔적이라곤 오직 텔레비전 1대와 몇 권의 책뿐이었다.

"아파트에는 가구가 얼마간 비치되어 있습니다. 세입자들은 원한다면 자기 물건을 안 가지고 들어와도 되지요. 자주 이사 다니는 사람들에게는 아파트가 좋지요."

"장식도 모두 똑같은가요?"

"완전히 똑같지는 않을 겁니다. 하지만 이 원목 무늬를 좋아하는 것 같더라고요. 액자를 걸기 좋아서인지. 유일하게 다른 부분은 문을 마주하고 있는 한쪽 벽입니다. 여러 가지 프레스코 벽화 중에서 하나를 고를 수 있도록 하고 있습니다. 한 세트에 10개가 있어요."

맥팔레인의 말투에는 자부심이 약간 배어 있었다.

"일본풍 프레스코도 하나 있는데 아주 예술적입니다. 영국식 정원도 있고 멋진 새 그림, 나무 그림, 얼룩무늬, 선과 입방체가 선명하게 대비를 이루는 추상화도 있고, 그 밖에도 여러 가지가 있지요. 전부 훌륭한 화가들이 디자인한 겁니다. 가구는 모두 똑같고요. 색

깔은 두 가지가 있고, 자신이 좋아하는 가구를 더 들여놓을 수도 있지요. 하지만 대개 귀찮아하더군요."

"대부분이 집을 가꾸는 사람이라고 보기는 어렵단 말씀이군요."

"그보다는 철새에 가깝죠. 안락하고 수도 시설만 잘되어 있으면 그만이고, 딱히 장식에는 관심 없는 바쁜 사람들이에요. 간혹 집 안을 손수 꾸미는 분들도 한둘 있는데, 우리가 보기에는 영 아니더라고요. 그래서 임대차 계약서 조항에 원상 복구를 해 놓지 않으면 그 비용을 물어야 한다는 조항을 넣어야 했지요."

두 사람은 이제 샤르팡티에 부인의 죽음이라는 주제에서 점점 더 멀어지고 있었다. 푸아로는 창가 쪽으로 다가갔다.

"여기였습니까?"

푸아로가 낮은 목소리로 조심스럽게 물었다.

"맞아요. 즉사했지요, 다행스럽게도. 물론 그냥 사고였을 수도 있어요."

푸아로가 고개를 가로저으며 말했다.

"정말 그렇게 생각하시는 건 아니겠죠, 맥팔레인 씨? 계획적이었던 게 틀림없습니다."

"글쎄요, 사람들은 늘 더 쉬운 가능성을 찾으려고 하잖아요. 샤르팡티에 부인은 유감스럽게도 행복한 여자가 아니었어요."

"그래요. 친절하게 대해 주셔서 감사합니다. 이제야 프랑스에 있는 그녀의 친척들에게 아주 분명하게 설명해 줄 수 있게 되었군요."

무슨 일이 일어났는가에 대하여 푸아로가 머릿속으로 그려 본 그림은 그가 원하는 만큼 명료하지 않았다. 지금까지는 루이즈 샤르팡티에 부인의 죽음이 중요할지 모른다는 그의 가설을 뒷받침할 만한 것이 아무것도 없었다. 그는 생각에 잠겨 샤르팡티에 부인의 이름을 되뇌었다. 루이즈……. 어째서 루이즈란 이름이 귀에 익은 걸까? 푸아로는 고개를 가로저었다. 그는 맥팔레인에게 고맙다는 인사를 하고 밖으로 나왔다.

17장

 닐 경감은 매우 사무적이고 딱딱한 태도로 책상 너머에 앉아 있었다. 그는 정중하게 인사를 건넨 다음 푸아로에게 손짓으로 의자에 앉으라고 권했다. 경감에게 푸아로를 안내해 준 젊은이가 방을 나가자 닐 경감의 태도는 정반대로 바뀌었다.
 "지금은 뭘 캐고 다니지, 비밀 많은 이 친구야?"
 "그건 자네도 이미 알고 있잖나."
 "알고는 있지. 급히 이것저것 조사해 보기는 했네만 자네가 말한 쥐구멍에서는 별로 건질 게 없더군."
 "어째서 쥐구멍이라고 하는 거지?"
 "자네 하는 행동이 꼭 쥐 잡는 고양이 같지 않은가. 쥐구멍 앞에서 쥐가 나오길 기다리는 고양이 말이야. 내 생각에는 자네가 말한 쥐구멍에는 쥐가 없는 것 같네. 뭐 그렇다고 자네가 모종의 미심쩍은 거래를 파헤치지 못할 거란 말은 아니지만. 금융가들이 어떤지는 자네도 잘 알잖나. 감히 말하지만 광물이니 채굴권이니 석유니 뭐 그런 일과 관련해서 수상쩍은 일이 한두 가지가 아니라네. 하지만 조슈아 레스태릭 주식회사는 평판이 꽤 좋아. 전에는 가업이었지만 지금은 가업이라고 할 수 없지. 사이먼 레스태릭은 자식이 없었고 동생인 앤드루 레스태릭은 딸밖에 없으니. 모친 쪽으로 나이 많은 이모가 하나 있었는데, 앤드루 레스태릭의 딸은 학교를 졸업하고 생모가 죽자 그 이모와 살았지. 그 이모도 6개월 전쯤 뇌졸중으로 죽었지만. 살짝 맛이 갔던 것 같아. 약간 이상한 몇몇 종교 단체에 소속되어 있었더군. 남에게 해를 끼친 건 없지만 말이야. 사이먼 레스태릭은 전형적인 사업가이고 사교적인 부인을 두었더군. 두 사람은 좀 늦은 나이에 만나 결혼했고."

"앤드루 쪽은?"

"앤드루는 방랑벽으로 고생깨나 한 거 같더군. 수상한 점은 없었네. 그 어디에서도 오래 머문 적이 없었고, 남아프리카, 남아메리카, 케냐 등지를 돌아다녔지. 형인 사이먼이 몇 번이고 돌아올 것을 종용했지만 꿈쩍도 하지 않았다네. 앤드루는 런던이나 사업은 싫어했지만 레스태릭 가문 대대로 내려오는 천부적인 돈벌이 능력은 타고난 것 같더군. 광산지 같은 곳을 열심히 찾아 다녔지. 하지만 그는 코끼리 사냥꾼도, 고고학자도, 식물학자도, 그 어떤 분야의 학자도 아니었네. 모든 일이 사업에 관계된 일이었고 매번 성공을 거두었지."

"그러니까 앤드루 레스태릭도 자기 나름의 방식대로 틀에 박힌 삶을 살았단 말인가?"

"그렇다고 할 수 있지. 형이 죽고 나서 무엇 때문에 영국으로 돌아왔는지는 나도 모르겠네. 아마도 새로 얻은 부인 때문이겠지. 재혼을 했거든. 자기보다 훨씬 젊은 예쁜 여자와 말이야. 지금은 연로한 로더릭 호스필드 경과 함께 살고 있네. 로더릭 경의 여동생이 앤드루 레스태릭의 큰아버지와 결혼을 했지. 하지만 임시 거처인 것 같더군. 이것들 중 자네가 몰랐던 사실이 하나라도 있는가? 아니면 벌써 다 알고 있나?"

"대부분은 이미 들어서 알고 있네만, 혹시 양가 중에서 한쪽에라도 정신병 병력을 가진 사람은 없던가?"

"이상한 종교를 믿는 늙은 이모를 빼면 없는 걸로 보이네. 하지만 혼자 사는 여자에게 그런 일은 이상한 일도 아니지."

"그러니까 실제로 나한테 해 줄 수 있는 말은 그 집안에 돈이 많다는 것뿐이로군."

"그것도 엄청나게 말이야. 전부 합치면 어마어마할 거야. 한 가지 주목할 점은 그중 일부는 앤드루 레스태릭이 남아프리카 채굴권, 광산, 광산지 등으로 벌어들인 돈이란 점이야. 그런 것들이 다 개발되거나 시장에 나올 때쯤에는 엄청나게 큰돈이 될 걸세."

"상속은 누가 받지?"

"그야 앤드루 레스태릭의 유언에 따라 달라지겠지. 그가 정하기 나름이겠지만 내가 보기에는 부인과 딸밖에 없네."

"그렇다면 둘 다 언젠가는 막대한 돈을 물려받을 위치에 있단 애기로군."

"그렇다고 봐야겠지. 가족 신탁이나 뭐 그런 것도 충분히 들어 두었을 걸세. 시티에서 통용되는 수단은 다 동원하겠지."

"관심을 두고 있는 다른 여자는 없던가?"

"알려진 바에 따르면 여자 문제는 없더군. 그럴 리가 있겠나. 젊고 예쁜 새 부인을 얻었는데."

"젊은 남자라면 이 모든 걸 손쉽게 알아낼 수 있겠지?"

"그 딸이랑 결혼하겠다는 청년 말인가? 그 청년을 막을 방법은 없네. 설사 그녀가 후견인의 보호를 받게 된다고 하더라도 말이야. 물론 그래도 딸이 그 청년과 결혼하고 싶다고 한다면 아버지가 딸의 상속권을 박탈할 수 있겠지."

푸아로는 한쪽 손에 들고 있는 깔끔하게 정리된 리스트를 내려다보았다.

"웨더번 화랑은 어떤가?"

"어떻게 거기까지 알아낼 수 있었는지 모르겠군. 위작 사건이라도 의뢰받은 건가?"

"그 화랑은 위작도 거래하는 모양이지?"

"위작을 속아서 사지 거래하는 사람이 어디 있나."

닐 경감이 나무라듯 말했다.

"다소 불미스러운 사건이 있었네. 텍사스 출신의 백만장자가 그곳에서 그림을 산 뒤 어마어마한 액수를 지불했지. 화랑에서 르누아르와 반 고흐를 판 걸세. 르누아르 그림은 어떤 소녀의 작은 머리를 그린 그림이었는데 그 그림을 둘러싸고 의혹이 불거졌네. 애초에 웨더번 화랑은 그 그림이 진품이라고 믿고 매입했다고 했지만 그다지 설득력이 없었어. 그전에도 그런 사례가 있었으니까. 위대한 미술 전문가들이 와서 판정을 내렸네. 하지만 늘 그렇듯 결국에는 전문가들끼리도 서로 의견이 분분했어. 어쨌든 화랑에서는 그 그림을 도로 가져가겠다고 했네. 하지만 그 백만장자는 최근 가장 촉망받고 있는 전문가가 진품이라고 단언하자 마음을 바꾸지 않았지. 백만장자는 전문가의 말을 철석같이 믿었던 거야. 그렇다고는 해도 그 사건 이후 그 화랑을 둘러싼 의혹은 여전히 남아 있지."

푸아로는 자신이 가지고 있는 리스트를 다시 한번 보았다.

"그렇다면 데이비드 베이커는 어떤가? 그자도 나 대신 조사하겠지?"

"아, 그 친구는 흔히 볼 수 있는 불량배라네. 떼 지어 다니면서 나이트클럽에서 행패나 부리는 양아치들 말이야. 환각제, 헤로인, 코카인을 달고 살아. 요즘 젊은 여자들이 열광하는 부류라고 할 수 있지. 비운의 천재라니 뭐니 안타까워할 딱 그런 타입의 남자야. 그의 그림도 좋은 평가를 받지 못하고 있다네. 내 생각에는 몸뚱이 말고는 가진 게 없는 놈이야."

푸아로는 리스트를 다시 한번 찬찬히 훑어보았다.

"하원 의원인 리스홀란드 씨에 대해서는 그동안 뭐 좀 알아낸 게 있나?"

"지금까진 꽤 잘해 오고 있더군. 정치적으로 말이야. 말재주가 있어서 그런가. 런던에서 약간 수상쩍은 거래 한두 건에 연루되었는데 감쪽같이 빠져나왔더군. 미꾸라지 같다고나 할까. 이따금씩 수상한 방법을 동원해서 돈을 꽤 모았더군."

푸아로는 마침내 궁극점에 다다랐다.

"로더릭 호스필드 경은 어떤가?"

"착한 양반이지만 치매 증세가 좀 있어. 하여간 자네 직감은 알아줘야 해, 푸아로. 그 모든 걸 눈치채다니! 공안부에서도 문제가 많다네. 회고록이 유행하면서 불거질 문제들 때문이지. 다음엔 또 어떤 기밀이 무심코 폭로될지 아무도 몰라. 재직 중이건 퇴임했건 늙은 양반들이 서로 앞 다투어 남의 과오를 들춰내서 자기 방식대로 세상에 알리려고 혈안이 되어 있으니! 대개가 쓸데없는 소리지만 간혹 내각이 정책을 바꾸면서 남의 민감한 부분을 건드리거나 거짓을 공표하게 될 수도 있지 않은가. 그러니까 우리가 늙은 양반들을 찾아다니면서 입단속을 시켜야 하지. 물론 그들 중에는 쉽지 않은 상대도 있네. 이쪽 정보를 캐고 싶으면 공안부에 직접 가 봐야 할 걸세. 큰 부정을 저지른 것 같지는 않더군. 문제는 그들이 마땅히 폐기해야 할 서류를 폐기하지 않는다는 점이지. 전부 보관하고 있다네. 그게 그렇게 중요할 것 같지는 않네만 어떤 큰 세력이 몰래 캐고 다니고 있다는 증거가 우리 쪽에 접수되어 있지."

푸아로는 길게 한숨을 내쉬었다.

"내 얘기가 도움이 됐는가?"

"공식 기관으로부터 진정한 내막을 들어서 아주 좋았네. 하지만 자네가 나한테 해 준 말은 그다지 큰 도움이 안 되는 것 같군."

푸아로는 한숨을 내쉬고 나서 물었다.

"어떤 여자, 그것도 젊고 매력적인 여자가 가발을 쓴다는 얘기를 듣는다면 어떨 것 같은가?"

"아무렇지도 않을 것 같아."

닐 경감은 이렇게 말하더니 다소 무뚝뚝하게 덧붙였다.

"집사람도 여행할 때는 항상 가발을 쓴다네. 시간이 많이 절약된다고 하더군."

"그런가?"

두 사람이 서로 작별 인사를 주고받을 때 경감이 물었다.

"지난번에 나한테 물었던 아파트 자살 사건에 대한 정보는 다 받았겠지? 내가 자네한테 보내라고 했네."

"아, 고맙네. 최소한 공식적인 자료는 확인했지. 가감 없는 기록 말이야."

"아까 자네가 무슨 말인가 할 때 생각난 게 있었는데……. 곧 생각나겠지. 그건 흔하지만 약간 슬픈 이야기였지. 남자를 좋아하는 방탕한 여자가 있었는데 먹고살 돈도 있고 딱히 걱정거리도 없었음에도 불구하고 술을 많이 마셔서 건강을 해쳤다. 그러다가 소위 건강 집착증에 걸린 사람이 되었지. 그런 사람들은 자기가 암이나 그 비슷한 죽을병에 걸렸다고 철석같이 믿고 있잖나. 의사한테 진찰을 받으러 갔다가 아무 문제 없다는 말을 듣지만, 막상 집에 오면 또 그 말을 안 믿지. 내 생각엔 말이야, 그녀가 이제 더 이상 예전처럼 남자들한테 매력적으로 보이지 않는다는 사실을 깨달았기 때문에 그런 것 같아. 그게 진짜 우울하게 하는 이유지. 그런 일은 흔히 일어난다네. 외롭고 딱한 인생이라 할 수 있지. 샤르팡티에 부인도 그런 여자들 중 하나였을 뿐이야. 내 생각에는……."

닐 경감이 갑자기 말을 멈췄다.

"아, 생각났네. 자네가 하원 의원인 리스홀란드에 대해서 물었지? 그자도 방탕한 자였는데 꽤 조심하는 편이었어. 아무튼 루이즈 샤르팡티에는 한때 그의 정부였다네. 그게 다야."

"심각한 관계였나?"

"그렇진 않았을걸. 둘이 수상쩍은 클럽 같은 데 어울려 다녔던 것뿐이야. 우리가 그런 쪽으로도 조심스럽게 감시하고 있다는 거 알잖나. 하지만 그 둘에 대한 기사가 난 적은 없었네. 그런 쪽으로는 말이야."

"그렇군."

"그렇기는 해도 그 둘의 관계는 한동안 지속되었지. 6개월 동안 가끔씩 둘이 함께 있는 모습이 목격되기는 했지만 리스홀란드 의원한테 정부가 샤르팡티에 부인 하나도 아니었을 거고, 마찬가지로 샤르팡티에 부인한테 애인이 리스홀란드 한 사람도 아니었을 걸세. 그게 중요한 사실 아닌가?"

"꼭 그렇다고 볼 수는 없지."

"어쨌든 그것도 하나의 연결 고리야. 맥팔레인이 당황한 이유가 설명이 되는군. 엠린 리스홀란드 의원과 루이즈 샤르팡티에 사이의 작은 연결 고리라……."

푸아로는 계단을 내려가면서 이렇게 혼잣말을 했다.

어쩌면 정말로 아무 의미가 없는 걸지도 몰랐다. 꼭 그러란 법은 없으니까. 하지만 그래도…….

"난 너무 많이 알아."

푸아로는 혼잣말로 투덜거렸다.

"너무 많이 알아서 탈이라니까. 이 세상 모든 일, 모든 사람을 어느 정도 꿰고 있는데도 유형을 못 찾다니! 알고 있는 사실 중에 절반은 전혀 무관할 텐데……. 유형이 필요해, 나만의 유형이."

푸아로가 소리 내어 말을 하자 곁에 있던 엘리베이터 보이가 놀란 표정을 하고 돌아보며 물었다.

"뭐라고 하셨죠, 선생님?"

"아무것도 아니네."

18장

푸아로는 웨더번 화랑 입구에 멈춰 서서 그림을 자세히 들여다보았다. 엄청나게 기다란 몸통에 공격적인 표정을 하고 있는 젖소 3마리가 커다랗고 복잡한 풍차에 가려져 있는 그림이었다. 그림에 등장하는 젖소나 풍차는 서로 아무런 연관이 없어 보였고 아주 이상한 보랏빛 채색과도 그래 보였다.

"흥미롭지 않습니까?"

부드럽고 낮은 목소리가 들려왔다.

새하얀 이를 지나치게 드러내며 활짝 웃고 있다는 것을 단번에 알 수 있는 중년의 남자가 곁에 서 있었다.

"아주 참신하군요."

그의 손은 하얗고 통통하며 큼지막했는데 마치 금방이라도 발레의 아라베스크 자세를 취하려는 듯 두 손을 흔들었다.

"독창적인 전시회였는데 지난주에 마감했지요. 대신 클로드 라파엘 쇼가 그저께부터 시작되었습니다. 이번 쇼도 잘될 겁니다. 암, 그렇고말고요."

"아하!"

푸아로는 짧은 감탄사를 내뱉으며 회색 벨벳 커튼을 지나 기다란 전시실로 안내되었다.

푸아로는 조심스럽게 못미덥다는 의견을 몇 마디 내비쳤다. 뚱뚱한 남자는 아주 자연스럽게 푸아로를 안내했다. 그는 겁을 줘서 쫓아 버려서는 안 되는 사람이 찾아왔다고 생각한 것이 분명했다. 상술이 보통이 아니었다. 이 화랑에서는 대번에 무엇 하나 사지 않고도 원한다면 하루 종일 있어도 좋다는 인상을 받을 것이다. 오로지 눈을 즐겁게 하는 그림들을 감상만 한다. 화랑에 들어설 때는 그림을 보고 눈이 즐거울 거라 생각하지 않았겠지만 말이다. 하지만 화랑을 나설 때쯤이면 눈을 즐겁게 한다는 말, 바로 그 말이 딱 들어맞는 말이라고 확신할 것이다. 미술에 대한 몇 마디 유용한 조언을 듣고 나서 '저 그림이 더 마음에 드는데요.'와 같이 아마추어다운 평을 몇 마디 하면, 보스콤이란 남자는 다음과 같이 어깨를 으쓱이며 반응을 보일 것이다.

'그런 말씀을 하시다니 정말 흥미로운걸요. 대단한 통찰력이라고 말씀드리고 싶군요. 대부분의 사람들은 뭐랄까, (캔버스 한쪽 구석에 파란색과 녹색의 가지런한 줄무늬가 있는 작품을 가리키며)저 그림처럼 너무 뻔한 기호를 가지고 있거든요. 그런데 선생님은 안목이 있으시네요. 물론 어디까지나 제 개인적인 의견일 뿐입니다만, 저 작품은 라파엘의 걸작 중 하나라고 생각합니다.'

푸아로와 보스콤은 둘 다 고개를 한쪽으로 갸우뚱하게 기울인 채로 인간의 두 눈을 그린 오렌지색 마름모꼴을 응시하였다. 그것은 한쪽으로 일그러진 채로 거미줄처럼 생긴 줄에 매달려 있는 형상이었다. 시간이 충분히 흘러 부드러운 관계가 성립되었을 때 푸아로가 물었다.

"프랜시스 캐리란 분이 여기서 일하는 걸로 알고 있는데, 그런가요?"

"아, 프랜시스요? 똑똑한 아가씨지요. 예술적 감각도 있고 유능하기도 하답니다. 우리 쪽에서 여는 아트 쇼 개최를 마치고 포르투갈에서 막 돌아왔지요. 아주 성공적이었답니다. 그녀 자신도 꽤 뛰어난 화가지만 독창적이라고까지는 못하지요. 그보다는 사업 쪽으로 더 유능해요. 자신도 그 점을 잘 알고 있답니다."

"듣기로는 열렬한 예술 후원자라던데요?"

"그럼요. 그녀는 '레 쥰느(젊은이들이란 뜻의 불어 — 옮긴이)'에 관심을 가지고 있습니다. 젊은 화가들의 재능을 장려하는 후원 단체인데, 지난봄에는 저를 설득해서 일단의 젊은 화가들을 위한 쇼를 열기도 했지요. 꽤 성공적이었습니다. 그리 대단한 건 아니었지만 어쨌든 언론에서 관심을 보였거든요. 그녀가 후견하는 사람들도 여럿 있다고 들었습니다."

"내가 구식인 건지는 몰라도 요즘 젊은이들이란 브래멍(정말 놀라울 따름)입니다!"

푸아로가 양손을 들어 올리며 말했다.

"아, 외모로 사람을 판단해서는 안 됩니다. 옷은 옷일 뿐이잖습니까. 턱수염이며 청바지며 화려한 옷이며 머리며. 그것도 다 한때지요."

"데이비드 뭐였더라. 성은 기억나지 않는군요. 캐리 양이 그를 높이 평가하는 것 같았는데……."

"피터 카디프를 말씀하는 건 아니겠지요? 캐리 양이 현재 후견하고 있는 청년이지요. 하지만 유감스럽게도 저는 그녀만큼 그를 신뢰하지 못하겠어요. 그는 본인이 주장하는 것만큼 그렇게 혁신적이지는 않아요. 오히려 보수에 가깝지요. 간혹 번 존스(19세기말 영국의 대표적인 화가이자 디자이너 — 옮긴이)를 떠올리게 만들기도 하지만 누가 아나요. 기껏 이런 반응밖에 못 이끌어 낼 사람이에요. 캐리 양이 가끔 모델도 서고 그럽니다."

"데이비드 베이커! 이제야 생각이 나는군요."

"그 친구도 나쁘진 않아요. 개인적으로 독창성은 별로 없다고 생각합니다. 그 친구도 아까 제가 말씀드린 그 젊은 화가 집단에 끼어 있지만 평범해요. 좋은 화가일지는 몰라도 뛰어나다고는 할 수 없지요. 모방이 심해요!"

보스콤이 담담하게 말했다.

푸아로는 집으로 돌아갔다. 레몬 양이 서명할 편지 몇 장을 들고 왔다가 서명을 받고 곧 물러갔다. 조지가 조심스럽게 비위를 맞추려는 듯한 태도로 허브를 곁들인 오믈렛을 푸아로에게 대령했다. 점심 식사 후 푸아로가 커피를 곁에 두고 등받이가 네모난 안락의자에 혼자 앉아 있는데 전화벨이 울렸다.

"올리버 부인입니다, 주인님."

조지가 전화기를 가져다가 그의 옆에 놓으며 말했다.

푸아로는 마지못해 수화기를 집어 들었다. 지금은 올리버 부인과 이야기하고 싶지가 않았다. 올리버 부인이 그가 하기 싫은 뭔가를 하라고 재촉할 것만 같은 느낌이 들었다.

"무슈 푸아로?"

"세 므와(접니다)."

"앞으로 어떻게 할 거지요? 지금까지는 뭘 했고요?"

"지금은 의자에 앉아 있습니다."

푸아로는 이렇게 말하고 나서 잠시 후 말을 덧붙였다.

"생각 좀 하면서요."

"그게 다예요?"

"생각이야말로 중요한 겁니다. 생각 끝에 무엇을 떠올릴지는 나도 모르겠지만."

"하지만 당신은 그 여자애를 찾아야 하잖아요. 그 애는 어쩌면 납치됐을지도 몰라요."

"물론 그렇겠지요. 그렇잖아도 정오에 배달된 우편물 중에 그녀의 아버지가 보낸 편지가 있더군요. 나더러 만나서 진전이 좀 있는지 알려 달라더군요."

"그래서 어떤 진전이 있었나요?"

"지금으로서는……."

푸아로가 마지못해 말을 이었다.

"진전이 없습니다."

"이런! 무슈 푸아로, 분발하셔야겠어요."

"당신도요!"

"나도라니 그게 무슨 말이에요?"

"나를 닦달하는 일 말입니다."

"내가 머리를 얻어맞았던 첼시에 있는 그 건물로 가 보는 건 어때요?"

"가서 나도 머리를 얻어맞고 쓰러지라고요?"

"당신이란 사람은 정말 모르겠어요. 난 카페에서 그 아가씨를 찾아내서 당신한테 단서를 주었지요. 당신도 내가 그랬다고 말했잖아요."

"나도 알아요, 알아."

"창문에서 뛰어내린 그 여자는 어떻게 됐어요? 뭐 알아낸 것이라도 있어요?"

"몇 가지 조사를 해 보았어요."

"그런데요?"

"아무것도 안 나왔어요. 그 여자는 평범한 여자에 불과했어요. 젊고 매력적일 때는 애인도 많고 열정적이지만 매력이 시들면서 애인들도 떠나가고 우울해져서 술을 많이 마셨대요. 그러다 자신이 암이나 그 비슷한 불치병에 걸렸다고 생각하고는 절망과 고독에 허덕이다 창문에서 투신한 겁니다!"

"그녀의 죽음이 중요하다고, 뭔가 의미가 있을 거라고 그랬잖아요."

"그랬어야 했지요."

"정말이지!"

말문이 막힌 올리버 부인이 전화를 툭 끊어 버렸다.

의자의 등받이가 수직이었으므로 푸아로는 최대한 깊숙이 몸을 파묻고 앉아 조지에게 손을 흔들어 커피 주전자와 전화기를 치우라고 신호한 다음, 3가지 철학적 의문을 떠올렸다.

'내가 알고 있는 게 뭐지? 내가 기대할 수 있는 게 뭐지? 내가 할 일은 뭐지?'

그는 의문이 든 순서가 맞는지, 그 의문 자체가 올바른 의문인지도 확신할 수 없었지만 그 의문들에 대해 곰곰이 생각해 보았다.

"어쩌면 내가 너무 늙은 건지도 모르지. 내가 알고 있는 게 뭘까?"

절망의 나락에 빠진 푸아로는 중얼거렸다.

곰곰이 생각해 본 결과 그는 자신이 너무 많이 알고 있다고 생각했다. 그래서 그 질문은 당분간 접어 두기로 했다.

"내가 기대할 수 있는 게 뭘까?"

사람은 항상 희망을 가질 수 있다. 그 누구의 두뇌보다 우수한 그의 두뇌가 머지않아 찜찜했던 문제에 대한 답을 생각해 내리라고 희망해 볼 수 있을 것이다.

"내가 할 일은 뭘까?"

이 의문에 대한 답은 분명했다. 그가 해야 할 일은 딸 문제로 괴로워하고 있을, 딸을 앞에 데려다 놓지 못한 푸아로를 원망하고 있을 앤드루 레스태릭을 방문하는 것이었다. 푸아로는 앤드루 레스태릭의 입장을 이해할 수도 있고 동정심도 갔지만 자신이 그처럼 불리한 상황에 제 발로 걸어 들어가야 한다는 게 싫었다. 그 밖의 다른 할 일이라고는 누군가에게 전화를 걸어 어떤 진전이 있었는지 묻는 것뿐이었다.

그러나 그러기 전에 그는 접어 두었던 의문으로 다시 돌아갔다.

"내가 알고 있는 게 뭘까?"

그는 웨더번 화랑이 의심을 받고 있다는 사실, 지금까지는 법을 어기지 않았지만 앞으로도 무지한 백만장자들에게 수상쩍은 그림을 팔아서 사기 치는 데 조금도 주저하지 않을 거란 사실을 알고 있었다.

그는 하얗고 통통한 손과 가지런한 이를 가진 보스콤을 떠올리고 이내 좋은 사람은 아닐 거라고 결론을 내렸다. 더러운 일에 연루되었음이 거의 확실해 보이는 자였다. 자신을 철저하게 보호하고 있는 것도 훤히 보였다. 그 사실은 데이비드 베이커와 연결 고리가 될 수도 있기 때문에 나중에 쓸모가 있을 수도 있다. 그다음에는 공작새인 데이비드 베이커가 있다. 그는 데이비드에 관하여 무엇을 알고 있는가? 푸아로는 그를 만나 보았고, 대화도 나누어 봤기 때문에 그에 대해서 어느 정도 의견을 가지고 있었다. 그는 돈을 위해서라면 어떠한 부정한 거래라도 할 것이며, 사랑하지도 않으면서 돈을 위해서라면 부잣집 상속녀와 결혼도 마다하지 않을 것이고, 어쩌면 돈으로 매수도 가능한 사람이었다. 아니, '어쩌면'이 아니라 거의 확실히 매수할 수 있는 사람이었다. 앤드루 레스태릭은 그 점을 거의 확신하고 있었으며, 어쩌면 그의 생각이 옳을지도 몰랐다. 다만…….

생각이 앤드루 레스태릭에 미치자, 앤드루 레스태릭이란 사람보다 머리 위 벽에 걸려 있던 초상화가 먼저 떠올랐다. 그는 뚜렷한 이목구비, 튀어나온 턱, 결단력과 과단성 있어 보이는 그의 태도를 생각했다. 그러고는 고인이 된 레스태릭 부인을 생각했다. 냉혹해 보이는 입술선……. 푸아로는 그 초상화에 노마 문제에 대한 단서가 있을지도 모르니 그 초상화를 좀 더 자세히 보기 위해 크로스헤지스에 다시 한번 가 봐야겠다고 생각했다. 노마. 노마에 대해서는 아직 생각해서는 안 된다. 그 집에 또 뭐가 있었더라?

런던에 지나치게 자주 가는 것으로 보아 정부가 있는 것이 틀림없다고 소냐가 말했던 메리 레스태릭이 있었다. 푸아로 자신도 그 점에 대해서 생각을 안 해 본 것은 아니었으나 소냐의 말이 맞는 것 같지는 않았다. 푸아로는 레스태릭 부인이 런던을 간다면 그건 부동산이라든지, 고급 아파트, 메이페어에 있는 주택, 실내 장식가, 그 밖의 런던 시내에서 돈으로 살 수 있는 것들을 보기 위해서일 거라고 생각했다.

돈이라……. 푸아로가 보기에 그의 마음속을 스쳐 지나간 모든 일은 결국 돈으로 이어지는 것 같았다. 돈. 돈이 얼마나 중요한가. 이 사건에는 거액의 돈이 얽혀 있었다. 아무래도 표면에 드러나지는 않았지만 어떤 식으로든 돈이 중요한 것이 분명했다. 돈은 제 역할을 다 했다. 지금까지는 샤르팡티에 부인의 비극적인 죽음이 노마의 짓일 거라는 그의 생각을 입증할 만한 것이 아무것도 없었다.

증거도, 동기도 없었다. 그럼에도 불구하고 푸아로에게는 부인할 수 없는 연결 고리가 존재했다. 노마는 자기가 '살인을 저질렀을지도 모른다.'고 했다. 사망 사건은 겨우 하루이틀 전에 일어났다. 노마가 살던 건물에서 일어난 사망 사건. 그 죽음이 어떤 식으로든 연관되지 않는다면 그것은 지나친 우연이라고밖에 할 수 없다. 그는 메리 레스태릭이 앓았다던 정체불명의 병에 대해서 다시 한번 생각해 보았다. 표면만 보아서는 전형적이라고 할 수 있을 만큼 단순한 사건이었다. 독살을 시도한 사람이 가족 중에 있다. (그래야만 한다.) 메리 레스태릭이 자작극을 꾸민 걸까, 남편이 그녀를 독살하려고 한 걸까, 소냐라는 아가씨가 독약을 몰래 사용한 걸까? 아니면 노마가 범인일까? 푸아로는 논리적으로 모든 것이 노마를 가리키고 있음을 시인하지 않을 수 없었다.

"투 드 멤므(역시). 아무것도 알아낸 게 없으니, 에 비엥(그렇다면), 논리적으로 문제가 있는 건 아니군."

푸아로는 한숨을 내쉬고 일어나 조지에게 택시를 불러 놓으라고 지시했다. 어쨌든 앤드루 레스태릭과의 약속은 지켜야 하니까.

19장

 클로디아 리스홀란드는 오늘 사무실에 없었다. 대신 중년의 여자가 푸아로를 맞이했다. 그녀는 레스태릭 씨가 기다리고 있다면서 푸아로를 레스태릭의 방으로 안내했다.
 "자, 내 딸은 어디에 있습니까?"
 레스태릭은 푸아로가 방으로 들어서기도 전에 물었다.
 푸아로는 양손을 쫙 펼쳐 보이며 말했다.
 "아직은 아무것도 알아낸 게 없습니다."
 "이봐요, 뭐든 단서가 있을 것 아닙니까? 그 애가 그냥 공기 속으로 사라져 버릴 수는 없는 것 아닙니까."
 "그렇게 사라진 여자들은 이전에도 많았고 앞으로도 많을 겁니다."
 "얼마가 들어도 좋다는 내 말을 못 들었습니까? 이런 식으로 막연히 기다릴 수만은 없어요."

이번에는 레스태릭도 초조해하는 것 같았다. 그는 전보다 더 야위어 보였고 붉게 충혈된 두 눈이 불면의 밤을 말해 주고 있었다.

"얼마나 불안한지는 알겠습니다만, 따님의 흔적을 쫓기 위해 제가 할 수 있는 일은 다 해 보았습니다. 이런 일들은 서두른다고 되는 일이 아니지요."

"그 애는 기억 상실에 걸렸을지도 모르고, 어쩌면 어딘가가 아플지도 모른단 말입니다. 아프거나……."

푸아로는 그 뒤에 어떤 말이 나올지 충분히 짐작할 수 있었다. 아마도 '그 애는 죽었을지도 몰라요.'라는 말을 하려고 했을 것이다.

푸아로는 레스태릭의 책상 맞은편에 자리를 잡고 앉은 다음 말했다.

"당신이 얼마나 불안한지 누구보다 잘 알고 있습니다. 지금이라도 경찰에 의뢰하신다면 훨씬 빠른 결과를 얻을 수 있을 거라고 다시 한번 말씀드리고 싶군요."

"그건 안 됩니다!"

그가 격한 목소리로 말했다.

"경찰은 더 뛰어난 장비도 갖추고 있고 조사 인력도 더 많습니다. 이번 일은 돈만 가지고 해결될 일이 아닌 게 분명합니다. 돈이 아무리 많아도 고도의 능률을 갖춘 조직이 만들어 내는 결과를 따라갈 수는 없어요."

"그런 말은 필요 없습니다. 노마는 내 딸이에요. 내 외동딸이자 유일한 혈육이란 말입니다."

"따님에 대해서 저한테 숨김없이 다 말씀해 주신 게 확실합니까?"
"내가 무슨 말을 더 해 줄 수 있겠습니까?"
"저야 모르지요. 이를테면 과거에 사고가 있었다거나······."
"어떤 사고 말이지요? 도대체 무슨 말을 하고 싶은 겁니까?"
"정서 불안에 관계된 병력 같은 것 말입니다."
"그러니까 당신 생각은······."
"제가 어떻게 알겠습니까, 어떻게 알 수가 있겠습니까?"
레스태릭이 갑자기 비통한 표정을 지으며 말했다.
"나라고 어떻게 알겠습니까? 내가 그 애에 대해서 뭘 알겠어요? 그 긴 세월을 떠나 있었는데······. 그레이스는 가혹한 여자였습니다. 쉽게 용서해 주지도, 잊어 주지도 않는 여자였어요. 가끔은, 가끔은 그 여자가 노마를 키우지 말았어야 했다는 생각을 합니다."
레스태릭은 자리에서 일어나 방 안을 서성이다가 다시 의자에 앉았다.
"물론 애초에 내가 아내를 떠나지 말았어야 했겠지요. 나도 그건 알고 있습니다. 내가 자식까지 있는 여자를 버렸다는 사실 말입니다. 하지만 당시에는 내 나름의 변명거리가 있었어요. 그레이스는 노마에게 무척 헌신적인 사람이었지요. 그 애에게는 더 없이 훌륭한 보호자였어요. 하지만 아내가 정말로 그런 사람이었을까요? 그레이스가 나한테 보낸 편지 중에는 분노와 복수심이 그대로 담겨 있는 편지도 있었습니다. 하지만 그건 지극히 당연한 건지도 모르지요. 어쨌든 나는 내내 멀리 떠나 있었습니다. 좀 더 자주 찾아와서 그 애가 어떻게 자라는지 지켜봤어야 했어요. 내가 양심이 없는 사람이었던 거죠. 지금에 와서 변명해 봐야 무슨 소용이 있겠습니까."

그가 갑자기 고개를 돌리며 말했다.

"그래요, 노마를 다시 봤을 때 그 애가 신경과민에 버릇이 무척 없다는 생각을 했습니다. 시간이 지나면 노마와 메리의 사이가 좀 나아지겠지 기대했지만 내가 봐도 그 애는 정상이 아닌 것 같았습니다. 그래서 그 애더러 런던에서 직업을 구하고 주말에만 집에 오도록 했어요. 메리와 친하게 지내라고 자꾸 강요하지 않는 게 차라리 낫겠다 싶었지요. 하지만 오히려 내가 모든 걸 망쳐 버렸습니다. 그나저나 그 애는 어디에 있을까요? 대체 어디로 갔죠? 그 애가 기억 상실에 걸렸을 수도 있다고 보십니까? 가끔 그런 일들이 일어나기도 하지 않습니까."

"그렇습니다, 그럴 가능성도 있어요. 따님의 상태라면 자기가 누군지도 모르고 여기저기 떠돌아다니고 있을지도 모르지요. 사고를 당했을 수도 있고요. 하지만 그럴 가능성은 낮다고 보아야겠지요. 장담하건대 병원과 그 밖의 여러 곳을 샅샅이 조사해 보았습니다."

"설마 당신은 그 애가…… 그 애가 죽었다고 생각하는 건 아니겠지요?"

"죽었다면 훨씬 더 찾기가 쉬울 겁니다. 진정하세요, 레스태릭 씨. 따님한테는 당신이 전혀 모르는 친구들이 있을 수도 있습니다. 영국 어디에 사는지 모르는 친구들, 생모와 함께 살던 시절 알게 된 친구들, 이모와 함께 살면서 알게 된 친구들, 학교 친구들의 친구들 말입니다. 이런 관계들을 가려내려면 시간이 좀 걸리는 법입니다. 어쩌면 마음의 준비를 하셔야 할지도 모릅니다. 남자 친구와 같이 있을지도 모르니까요."

"데이비드 베이커 말입니까? 만에 하나……."

"따님은 데이비드 베이커와 함께 있지 않습니다. 그 점에 대해서는……. 제가 보증합니다."

푸아로가 담담하게 말했다.

"그 애에게 어떤 친구들이 있는지 나는 잘 알지 못합니다. 그 애를 찾게 된다면, 아니 그 애를 찾으면 이 모든 것으로부터 데리고 나갈 겁니다."

레스태릭이 한숨을 쉬며 말했다.

"무엇으로부터 말인가요?"

"이 나라 말입니다. 나는 불행했어요, 무슈 푸아로. 이곳에 돌아온 이후로 줄곧. 난 시티 생활을 싫어했습니다. 틀에 박힌 듯 끝없이 반복되는 지루한 회사 일, 변호사, 금융업자와 계속 되풀이하는 상담들. 내가 좋아하는 인생은 늘 한결같아요. 여행하고, 여기저기 돌아다니고, 사람들이 살지 않는 곳에 가 보는 거예요. 그게 바로 내가 추구하는 삶이죠. 그 삶을 포기하지 말았어야 했어요. 차라리 노마를 내가 있던 곳으로 데려갔어야 했어요. 노마를 찾으면 그렇게 할 겁니다. 이미 여러 곳에서 공개 매수 제안을 해 오고 있습니다. 성사만 되면 아주 유리한 조건으로 전부 다 팔 수 있을 거예요. 그러면 난 그 돈을 들고 내게 의미가 있던 그 나라들로 갈 겁니다."

"그렇군요! 부인께서는 뭐라고 하십니까?"

"메리 말입니까? 그녀도 그런 삶에 익숙합니다. 그녀가 태어난 곳이 바로 그곳이니까요."

"돈 많은 르 팜므(여자)에게 런던은 아주 매력적인 곳이지요."

"그녀도 내 생각에 따라 줄 겁니다."

그 순간 책상 위에 놓인 전화기의 벨이 울렸고 레스태릭이 수화기를 들었다.

"예? 아, 맨체스터에서 온 전화라고요? 그래요, 클로디아 리스홀란드라면 연결해 줘요."

그는 잠깐 동안 기다렸다.

"여보세요! 클로디아? 그래, 크게 말해 봐. 회선이 안 좋은 모양이야. 안 들려. 그쪽에서 동의했다고? 아, 이런……. 아냐, 자넨 아주 잘했어……. 좋아……. 알았어. 저녁 기차를 타고 돌아오도록 해요. 내일 아침에 더 이야기하도록 하지."

레스태릭은 수화기를 내려놓으며 말했다.

"유능한 아가씨입니다."

"리스홀란드 양이었나요?"

"그렇습니다. 놀라울 정도로 유능하지요. 내 짐을 아주 많이 덜어 준답니다. 맨체스터에서의 이번 거래를 성사시키도록 재량권을 주었지요. 나는 도무지 집중할 수가 없었거든요. 그런데 그녀가 아주 잘해 주었습니다. 어떤 면에서는 남자 못지않다고 할 수 있어요."

레스태릭은 돌연 조금 전의 문제로 돌아와 푸아로를 바라보았다.

"아 참, 무슈 푸아로. 내가 제정신이 아니군요. 혹시 추가 비용이 필요한가요?"

"아닙니다, 레스태릭 씨. 따님을 무사히 되돌아오게 할 수 있도록 최선을 다할 것을 약속드리겠습니다. 따님의 안전을 위해서는 가능한 모든 예방 조치를 다 취해 놓았습니다."

푸아로는 바깥 사무실을 지나 밖으로 나왔다. 거리에 다다르자 푸아로는 하늘을 올려다보며 중얼거렸다.

"한 가지 의문에 대한 명확한 답, 그것만 있으면 되는데……."

20장

 에르퀼 푸아로는 최근까지도 장이 서는 오래된 마을의 조용한 거리에 위풍당당하게 들어서 있는 조지 왕조풍의 주택을 정면에서 올려다보았다. 신속한 변화의 바람이 불어오고 있었지만 새로 생긴 슈퍼마켓, 선물 가게, 마저리 부티크, 페그 카페, 새로 들어선 대궐 같은 은행은 한결같이 비좁은 하이가(街) 대신 크로프트로(路)에 터를 잡았다.
 잘 닦여서 광택이 나는 노크용 청동 고리를 푸아로는 흐뭇하게 바라보았다. 푸아로는 한쪽에 있는 초인종을 눌렀다.
 곧바로 회색 머리를 깔끔하게 빗어 올린 키 크고 기품 있는 여자가 활기차게 문을 열어 주었다.
 "무슈 푸아로? 정말 정확하시군요. 들어오세요."
 "배터스비 양?"

"맞아요."

그녀가 문을 열어 젖히자 푸아로는 안으로 들어섰다. 배터스비 양은 푸아로의 모자를 홀스탠드에 걸고 그를 벽으로 둘러싸인 쾌적한 방으로 안내했다. 그 방에서는 좁은 정원이 내려다보였다.

그녀는 의자를 끌어다가 앉더니 잔뜩 기대하는 표정을 지었다. 배터스비 양은 의례적인 말로 시간을 허비할 타입이 절대로 아니었다.

"메도우필드 여학교 교장 선생님이셨다고 들었습니다만."

"맞아요. 1년 전에 퇴직했지요. 저희 학교에 다녔던 노마 레스태릭 양 일로 저를 만나고 싶다고 하셨다고요?"

"맞습니다."

"편지에서는 자세한 내용을 밝히지 않으셨더군요. 당신이 누군지 알고 있다고 해도 무방하겠군요, 무슈 푸아로. 그러니 얘기에 앞서 정보를 조금 더 주셨으면 합니다. 혹시 노마 레스태릭 양을 고용하려는 건가요?"

"아니, 그런 것은 아닙니다."

"직업이 직업이니만큼 제가 더욱 자세한 내용을 듣고 싶어 하는 이유를 아시겠지요? 노마의 친척 중 누군가로부터 저를 소개받고 오신 건가요?"

"이번에도 제 대답은 '아니요.'입니다. 지금부터 자세히 설명해 드리지요."

"그러세요."

"사실을 말씀드리자면 저는 레스태릭 양의 아버지인 앤드루 레스태릭 씨께 고용이 되었습니다."

"아! 영국을 오래 떠나 계시다가 최근에 돌아오셨다고 들었어요."

"그렇습니다."

"하지만 그분한테 소개장을 받아 오신 건 아니겠지요?"

"그분께 소개장을 써 달라고 한 적도 없습니다."

배터스비 양은 어리둥절한 표정으로 푸아로를 바라보았다. 푸아로가 계속 말을 이었다.

"만약 그랬다면 그분이 저와 동행하겠다고 고집을 부렸을지도 모릅니다. 그랬다면 제가 질문을 하는 데 방해가 됐을 겁니다. 그 질문에 대한 답들이 그에게 고통과 번뇌를 안겨 주었을 테니까요. 지금 이 순간에도 고통을 받고 있을 텐데 그에게 걱정거리를 더해 주어서는 안 되겠지요."

"노마에게 무슨 일이라도 일어났나요?"

"그러지 않았기를 바랍니다만, 그럴 가능성이 전혀 없지는 않아요. 그 아이를 기억하십니까, 배터스비 양?"

"내 학생은 전부 기억해요. 난 기억력이 아주 좋거든요. 게다가 메도우필드는 그렇게 큰 학교도 아니에요. 학생이 200명도 안 되니까요."

"왜 교직에서 물러나셨습니까?"

"무슈 푸아로, 그게 당신 일과 무슨 관련이 있는 건지 모르겠군요."

"관련은 없습니다. 그저 한 인간으로서 가지고 있는 호기심일 뿐이지요."

"내 나이 70살이랍니다. 그게 이유가 아니면 뭐가 이유겠어요?"

"당신의 경우는 좀 다르다고 봐야 하지 않을까요. 제 눈에는 여전히 활력과 에너지가 넘치고 앞으로도 꽤 오랫동안 충분히 교장 선생님을 하실 수 있을 것 같은 데 말입니다."

"시대는 변한답니다, 무슈 푸아로. 변화의 방식이 늘 마음에 드는 건 아니지만요. 당신의 호기심을 충족시켜 드리지요. 그건 제가 학부모들을 점점 더 못 견디게 되었기 때문이에요. 하나같이 자기 딸에 대한 기대가 너무 근시안적이었고, 솔직히 말해서 터무니없기도 했어요."

푸아로가 자격증에서 본 바에 의하면 배터스비 양은 저명한 수학자였다.

"내가 안일하게 살아왔다고 생각지는 말아요. 나는 일을 즐기면서 살아왔어요. 고학년 학생들을 가르쳤고요. 이제 당신이 노마 레스태릭 양에게 관심을 갖게 된 이유를 알려 줄 수 있겠어요?"

"걱정스러운 일이 생겼습니다. 직설적으로 말하자면, 그녀가 사라졌습니다."

배터스비 양은 여전히 침착한 표정이었다.

"그래요? 당신이 '사라졌다'는 말을 할 때 나는 그 애가 부모한테 어디 가는지 알리지 않고 집을 나갔다는 뜻으로 받아들였어요. 아, 어머니가 돌아가셨다고 했으니까 아버지한테 어디 갔는지 알리지 않았다고 해야겠군요. 요즘에는 그런 일이 전혀 드문 일이 아니랍니다, 무슈 푸아로. 레스태릭 씨가 경찰에는 알리지 않았나 보군요?"

"그 부분은 아주 확고하더군요. 분명하게 거부 의사를 밝혔습니다."

"그 애의 행방은 저도 아는 게 전혀 없습니다. 사실 그 애가 메도우필드를 떠난 뒤로는 어떤 소식도 듣지를 못했어요. 도움이 못 되어서 유감입니다."

"제가 원하는 건 꼭 그런 정보만은 아닙니다. 저는 그녀가 어떤 사람이었는가 알고 싶습니다. 당신이라면 그녀를 어떻게 설명하시겠습니까? 그러니까 외모가 아니라 성격이나 특징 말입니다."

"학교에 다닐 당시의 노마는 지극히 평범한 아이였어요. 학업 성적이 특별히 우수한 건 아니었지만 웬만큼은 했어요."

"신경과민은 아니었나요?"

배터스비는 잠시 생각에 잠기더니 느릿느릿 말했다.

"아뇨, 그렇다고 볼 수는 없어요. 그러니까 그 애의 가정 환경을 고려할 때 예상되는 정도보다 심하진 않았다는 뜻이지요."

"병든 어머니를 말하는 건가요?"

"맞아요. 그 애는 결손 가정 출신이었지요. 그 애가 아주 좋아했던 아버지는 어느 날 갑자기 다른 여자와 집을 떠나 버렸어요. 어머니의 분노가 극에 달한 건 아주 당연한 일이었지요. 그녀는 자신의 분노를 자제하지 않고 온전히 다 드러냄으로써 딸인 노마를 필요 이상으로 힘들게 했어요."

"어쩌면 고인이 되신 레스태릭 부인에 대한 사견을 여쭙는 편이 훨씬 적절할지도 모르겠군요."

"지금 내 개인적 의견을 묻는 건가요?"

"굳이 싫지 않으시다면요."

"아뇨, 기꺼이 대답해 드리죠. 여자아이의 인생에서 가정 환경은 아주 중요하기 때문에 나는 늘 아이들을 내가 접할 수 있는 작은 정보를 통해서나마 최대한 관찰해 왔어요. 레스태릭 부인은 겉으로는 덕망 있고 올곧은 여자였어요. 하지만 사실은 생전에 독선적이고 비판적인 데다 말도 못하게 어리석게 구는 바람에 자기의 인생을 망친 여자였답니다!"

"아하!"

푸아로가 알겠다는 듯이 고개를 끄덕였다.

"그 여자는 말라드 이마지나리아(상상병 환자를 뜻하는 불어 — 옮긴이)였어요. 하찮은 병도 크게 부풀려 말하는 그런 타입이었지요. 늘 병원을 들락날락하면서 말이에요. 여자아이, 특히나 자기만의 인성이 뚜렷하게 형성되지 않은 여자아이에게는 불행한 가정 환경이었지요. 노마는 딱히 공부에 대한 욕심도 없고, 자신감도 없었기 때문에 직업을 권하진 않았어요. 기껏해야 평범한 직장에 다니다가 결혼해서 아이 낳고 잘 살겠구나 생각했어요."

"죄송하지만 하나만 더 묻겠습니다. 그녀에게서 정서 불안정의 징후는 전혀 보이지 않았나요?"

"정서 불안정이라고요? 정말 터무니없군요!"

"그렇게 생각하시는군요. 터무니없다라! 그렇다면 신경과민도 아니었나요?"

"어떤 여자아이든지, 특히나 사춘기고 바깥세상을 처음 접할 때에는 신경과민이 될 수 있어요. 그 애는 아직 미숙하고 이성을 처음

접하기 때문에 지도가 필요할 뿐이에요. 여자아이들은 건전하지 못하고 때로는 위험하기까지 한 젊은 남자들에게 자주 끌리곤 한답니다. 요즘에는 아이들을 그런 문제에서 구원해 줄 수 있을 정도로 강인한 부모들이 전무한 편이지요. 그러다 보니 아이들이 이성을 잃고 불행을 느끼는 시기를 겪게 되고, 심지어는 머지않아 이혼으로 끝나고 마는 부적절한 결혼을 하게 되는 겁니다."

"그러니까 노마가 정서 불안정의 징후를 보인 건 아니라는 거지요?"

"그 애는 감정적이기는 해도 평범한 아이예요. 정서 불안정이라니! 앞에서도 말했지만 정말 터무니없군요. 그 애는 아마도 어느 젊은 남자와 도망을 가서 결혼했을 겁니다. 이보다 더 정상적인 일이 어디 있겠어요!"

21장

 푸아로는 널찍하고 네모난 그의 안락의자에 앉아 있었다. 그는 양손을 팔걸이에 얹고서 앞에 있는 벽난로를 멍하니 바라보고 있었다. 그의 곁에는 작은 테이블이 있었고, 그 위에는 깔끔하게 클립으로 고정시켜 놓은 여러 가지 문서가 놓여 있었다. 고비가 제출한 보고서, 친구인 닐 경감으로부터 얻은 정보, '풍문, 가십, 루머'라는 표제와 그 출처가 나와 있는 낱장들의 문서들이었다.
 당장은 그 문서들을 참고할 필요가 없었다. 사실 푸아로는 그 문서들을 이미 꼼꼼하게 읽어 보았고 혹시라도 한 번 더 참조할 일이 있을까 해서 그곳에 놓아둔 것이었다. 이제 그는 마음속으로 자신이 알고 있는 사실들을 전부 짜맞춰 보기로 했다. 그렇게 하면 하나의 유형이 만들어질 것이라는 확신이 들었기 때문이다. 분명히 어떠한 유형이 존재하고 있을 것이다. 그는 지금 정확히 어떤 각도에서 접근해야 할지를 곰곰이 생각해 보고 있었다. 푸아로는 어떤 특정한 직관을 광신적으로 믿는 사람이 아니었다. 그처럼 직관적인 사람은 아니었지만 그에게는 예감이라는 것이 있었다. 중요한 것은 예감 자체가 아니라 그러한 예감을 유발한 것이 무엇이냐 하는 것이다. 주목해야 할 것은 원인이며, 이 원인이라는 것이 전혀 뜻밖의 것인 경우가 많았다. 그러한 원인은 대개의 경우 논리로, 감각으로, 지식으로 밝혀내야만 했다.

이번 사건에 대한 그의 예감은 무엇이었을까? 이번 사건은 어떤 범주에 속하는 사건인가? 일반적인 사실부터 시작해 특정한 사실로 나아가 보자. 이 사건에서 두드러지는 사실은 과연 무엇일까?

푸아로는 돈도 그중 한 가지일 거라고 생각했다. 어떤 식으로든 돈이 연관되어 있을 것이다……. 어딘가 악이 존재한다는 생각도 들었고, 이러한 생각은 점차 확신으로 굳어졌다. 그는 악에 대해 잘 알고 있었다. 악에 직면한 적이 많았기 때문이었다. 그는 악의 냄새와 악의 맛, 악이 진행되는 방식까지 잘 알고 있었다. 문제는 아직까지도 악의 소재를 정확히 파악할 수 없다는 데 있었다. 푸아로는 지금까지 악에 맞서기 위해 이런저런 조치를 취해 왔다. 현 시점에서 그는 기존의 조치만으로도 충분하기를 바랐다. 어떤 일은 일어나고 있었고, 어떤 일은 이미 진행 중이며, 어떤 일은 아직 완수되지 않았다. 어딘가에서 누군가가 지금 위험에 처해 있다는 것이다.

하지만 문제는 여러 사실이 두 방향을 가리키고 있다는 것이었다. 그가 위험에 처해 있다고 생각한 사람이 정말로 위험에 처한 거라면 그 이유가 뭘까? 지금까지도 도무지 그 이유를 알아낼 수가 없었다. 그 특정인이 어째서 위험에 처해야만 하는가? 동기가 없었다. 그가 위험에 처해 있다고 생각한 사람이 위험에 처한 게 아니라면 접근 방식을 대대적으로 수정해야 할 것이다. 한 점을 가리켰던 모든 것을 뒤로하고 정반대의 관점으로 바라보아야만 할 것이다.

그는 일단 그 부분은 미결 상태로 남겨 두고 한 사람 한 사람에게 생각을 돌렸다. 각각의 사람들은 어떤 유형을 만들었는가? 그들은 어떤 역할을 맡고 있는가?

첫째, 앤드루 레스태릭! 푸아로는 지금까지 앤드루 레스태릭에 대하여 상당량의 정보를 축적했다. 외국으로 나가기 전후의 그의 인생에 대한 전반적 그림은 그려졌다. 한 가지 목표에 오랫동안 매달려 본 적이 없는 불안정한 사람이지만 전반적으로 호감을 사고 있다. 흠집도 전혀 없었고, 비열하거나 교활한 구석도 없었다. 그러나 강인한 성격의 소유자는 아닌 듯했다. 여러 면에서 살펴볼 때 나약하다고나 할까?

푸아로는 못마땅한 듯 얼굴을 찡그렸다. 그 그림은 아무래도 푸아로 자신이 직접 만나 본 앤드루 레스태릭과는 들어맞지 않았다. 돌출한 턱과 확고한 눈빛, 결단력 있는 태도로 보아 레스태릭은 나약한 사람은 분명 아니었다. 그는 누가 봐도 성공한 사업가이기도 했다. 젊은 시절부터 맡은 일을 잘 해냈고 남아프리카와 남아메리카에서도 큰 성공을 거두었다. 그의 재산은 계속 늘어만 갔다. 이는 금의환향한 사나이의 성공 신화였다. 그런 사람이 어떻게 나약한 성격의 소유자겠는가? 여자에 관해서만은 나약할지도 모른다. 상대를 잘못 골라 결혼에서 실패한 셈이니까……. 가족 때문에 마지못해 한 결혼이었을까? 그러고는 곧 다른 여자를 만났다. 그 여자뿐이었을까? 다른 여자들도 있었을까? 많은 세월이 흐른 뒤라서 그런 기록을 찾아내기는 어려웠다. 그가 악명 높은 남편이 아니었던 것은 분명하다. 그는 누가 봐도 어린 딸을 좋아하던 평범한 가장이었다. 그런데 가정과 고국을 버릴 정도로 좋아하는 여자를 만난 것이다. 그것은 진정한 사랑이었을 것이다.

그러나 그런 점이 다른 부가적인 동기와 부합했는가? 사무실 생활, 시티, 런던에서의 일상에 대한 반감……. 그럴 수도 있겠다는 생각이 들었다. 유형과 맞아떨어지기 때문이었다. 그는 고독한 타입인 것 같았다. 국내에서든 해외에서든 많은 사람이 그에게 호감을 가졌지만 막상 절친한 친구는 없었다. 어느 한곳에 오랫동안 머물렀던 적이 없으니 타지에서 절친한 친구를 사귄다는 것도 그에게는 어려운 일이었을 것이다. 그는 어떤 모험에 뛰어들었다가 대성공을 거두었지만 이내 싫증을 느끼고 어딘가 다른 곳으로 떠나 버렸다. 유목민, 방랑자였던 것이다.

그래도 여전히 앤드루 레스태릭에 대한 푸아로 나름의 그림에는 들어맞지 않았다……. 그림? 레스태릭의 사무실 책상 너머 벽에 걸려 있던 초상화가 떠올랐다. 초상화는 15년 전의 레스태릭을 그린 그림이었다. 15년이라는 세월이 지금의 레스태릭을 얼마만큼이나 바꾸어 놓았는가? 놀랍게도 바뀐 것이 없었다! 머리가 약간 희끗희

끗하고, 어깨가 좀 더 묵직한 점만 빼면 인상은 거의 그대로였다. 다부진 얼굴. 자신이 원하는 바를 알고 그것을 얻으려 했던 남자, 기꺼이 위험을 감수하는 남자, 어느 정도는 냉혹해 보이는 남자의 얼굴이었다.

푸아로는 어째서 레스태릭이 그 초상화를 런던으로 가지고 왔을는지 궁금했다. 그 초상화는 남편과 부인을 그린 2점이 한 세트였다. 예술적인 관점에서 엄밀히 말하자면, 그 2점의 초상화는 같은 장소에 있어야 했다. 정신분석학자라면 레스태릭이 무의식중에 자신과 전 부인과의 관계를 끊고 싶어 했기 때문이라고, 자신과 그녀를 분리하고 싶어 했기 때문이라고 할지도 모른다. 그렇다면 레스태릭은 전 부인이 죽었는데도 여전히 그녀의 존재감으로부터 숨으려고 했다는 말인가? 흥미로운 주제다…….

그 초상화들은 가문의 다른 잡다한 비품과 함께 보관되어 있다가 밖으로 나왔을 것이다. 아마 메리 레스태릭은 로더릭 경이 마련해 놓은 크로스헤지스의 가구들을 보완하려고 개인적인 취향의 물건들을 골랐을 것이다. 푸아로는 두 번째 부인 메리 레스태릭이 초상화를 벽에 거는 것을 마음에 들어 했을지 궁금했다. 어쩌면 메리 레스태릭에게는 첫 번째 부인의 초상화를 다락에 처박아 두는 편이 훨씬 자연스러운 일일 것이다! 그러나 곰곰이 생각해 보면 레스태릭 부인에게는 원치 않는 물건들을 치워 둘 다락이 따로 없었을지도 모른다. 아마도 로더릭 경은 몇 가지 가재도구를 놓을 공간만 마련해 주었을 것이고, 그 때문에 귀국한 부부는 런던에 적당한 집을 알아보고 있었을 것이다. 따라서 초상화 따위는 사소한 문제에 불과한 것이고 두 초상화를 다 걸어 두어도 무방했을 것이다. 게다가 메리 레스태릭은 질투심이 강하거나 감정적이라기보다는 분별력 있는 유형인 것 같았다.

"투 드 멤므 르 팜므(그래도 여자들이란) 대부분 질투심에 사로잡히잖아. 가끔은 전혀 그럴 것 같지 않은 여자들도 질투를 하니까!"

그의 생각은 이제 메리 레스태릭에게로 옮겨 갔고 이제 그녀에 대해서 생각해 볼 차례가 되었다. 이제 와 보니 정말 이상하게도 메리 레스태릭에 대해서는 거의 고민해 보지 않았다. 한 번밖에 만난 적이 없기는 하지만 어쩐 일인지 그녀는 푸아로에게 그다지 큰 인상을 남기지 않았다. 능률적이랄까? 어떻게 표현해야 좋을지 모르겠지만 일종의 고의성도 느꼈다. ('하지만 이것 보라고.' 푸아로는 이렇게 말했다가 곧이어 덧붙여 말했다. '또다시 가발 생각이로군!')

여자에 대해서 이렇게나 모르다니 참으로 어처구니없는 일이었다. 유능하면서도 가발을 쓴, 아름다우면서도 분별력 있고 분노를 느낄 수 있는 여자. 그렇다, 그녀는 공작새 청년이 불청객처럼 집 안을 마음대로 돌아다녔다는 사실을 알고 몹시 화를 냈다. 그녀는 자신의 분노를 거침없이 드러냈다. 하지만 그 청년은 언제 보였지? 맞아, 그는 즐기는 것 같았다. 그녀는 그가 집 안에 있다는 사실만으로 굉장히 화를 냈다. 물론 그건 지극히 당연한 일이었다. 그는 어떤 어머니라도 자기 딸과 사귀는 것을 절대 인정하고 싶어 하지 않은 유형의 청년이니까…….

푸아로는 잠시 생각을 멈추고 고개를 세차게 가로저었다. 메리 레스태릭은 노마의 생모가 아니었다. 불행하고 부적절한 결혼을 하려거나 부적절한 아버지를 둔 사생아의 존재를 알리려는 딸로 인한 고뇌나 걱정은 그녀에게 해당되는 일이 아닐 것이다! 메리는 노마를 어떻게 생각했을까? 생각해 보면 우선 노마는 하나부터 열까지 성가신 아이였을 것이다. 앤드루 레스태릭에게 걱정과 고뇌만 안겨 줄 것이 분명한 청년을 골랐으니 말이다. 다음으로 메리 레스태릭은 고의로 자신을 독살하려 한 것으로 보이는 의붓딸을 어떻게 생각했을까?

그녀의 태도는 매우 분별력 있게 보였다. 그녀는 노마를 집에서 내보내 위험에서 벗어나고자 했다. 그리고 남편과 협력하여 실제 일어난 일에 대한 비방을 잠재우려고 했다. 노마는 가끔씩 주말에만 내려와 얼굴을 비쳤지만 그 이후 그녀의 삶은 런던을 중심으로 이루어질 수밖에 없었다. 레스태릭 부부는 적당한 집을 찾아 이사를 하더라도 노마에게 들어와 살라고는 하지 않을 것이다. 요즘에는 젊은 처녀들도 가족과 떨어져 사는 경우가 많으니까. 따라서 그 문제는 해결된 셈이었다.

푸아로에게 있어서 그 점을 제외하면 메리 레스태릭에게 독약을 투여한 사람이 누구냐는 질문은 여전히 해결되지 못했다. 레스태릭도 범인을 자신의 딸이라고 믿고 있었다……

그러나 푸아로는 그 점이 의심스러웠다……

그는 머릿속으로 소냐라는 소녀가 지닌 여러 가지 가능성을 재보았다. 그녀는 그 집에서 무얼 하고 있는 걸까? 왜 그 집에 온 걸까? 그녀는 로더릭 경을 쥐락펴락하고 있다. 고국으로 돌아갈 마음은 없는 걸까? 어쩌면 그녀는 순전히 결혼을 목표로 하고 있는 건지도 모른다. 로더릭 경과 같은 연배의 노인들이 어린 여자들과 결혼하는 일은 다반사니까. 세상 이치에 따르면 소냐에게도 그 편이 훨씬 이익일 것이다. 확고한 사회적 지위, 안정적이고 충분한 수입이 기대되는 미망인 생활. 혹시 그녀의 목표는 전혀 다른 게 아닐까? 그녀가 책갈피 사이에 로더릭 경의 사라진 서류를 끼워 큐 왕립 식물원에 가져간 게 아닐까?

메리 레스태릭이 소냐를 의심했을 수도 있다. 그녀의 활동, 그녀의 충성심, 그리고 휴일을 어디서 보내는지, 누구를 만나는지를 의심한 걸까? 그래서 소냐가 평범한 위염 증세처럼 보이는 약물을 메리 레스태릭에게 매일 조금씩 투여한 것은 아닐까?

푸아로는 당분간 크로스헤지스 일가는 마음속에서 접어 두기로 했다.

이제 그는 노마가 그랬듯 런던으로 와서 아파트 하나를 나눠 쓰고 있는 세 여성을 생각하기에 이르렀다.

클로디아 리스홀란드, 프랜시스 캐리, 노마 레스태릭. 클로디아 리스홀란드는 유명한 하원 의원의 딸로 부유하고 유능하며 교육도 잘 받았다. 용모도 단정한 데다 일급 비서로 일하고 있다. 프랜시스 캐리는 지방 사무 변호사의 딸로 예술적 기질이 있으며 잠깐 동안 연극 학교에 다니다가 슬레이드 예술학교에 입학했다. 그러나 이마

저도 중도에 포기하고 임시로 예술 위원회에서 일하다가 지금은 화랑에서 근무하고 있다. 제법 많은 봉급을 받고 있고 예술가적 기질을 발휘하고 있으며 자유분방한 무리와 어울리고 있다. 데이비드 베이커를 알고 있지만 그 이상은 아닌 것이 분명하다. 혹시 데이비드와 사랑에 빠진 걸까? 데이비드는 부모들, 국교회 교인들, 경찰이 싫어할 만한 종류의 인물이라고 푸아로는 생각했다. 명문가 출신의 아가씨들이 그 청년의 어디를 마음에 들어 한 것인지 푸아로로서는 알 수가 없었다. 그렇더라도 그 점은 부인할 수 없는 하나의 사실이었다. 푸아로 자신은 데이비드를 어떻게 생각했는가?

크로스헤지스 2층에서 노마의 심부름을 하다가(아니면 노마와는 무관하게 정찰을 나선 것일까?) 처음 마주쳤던 건방지면서도 약간은 쾌활한 잘생긴 청년. 푸아로는 데이비드를 자기 차에 태워 주면서 한 번 더 관찰했다. 한번 마음먹은 일은 해낼 수 있을 것 같은 인상을 풍긴 젊은이였다. 한편으로는 불만족스러운 면도 있었다. 푸아로는 테이블 위에 있는 서류들 중 하나를 집어 들고 그것을 자세히 살펴보았다. 딱히 범죄 기록은 없었지만 이력이 불량했다. 정비 공장에서 저지른 자잘한 사기 행위들, 폭력 행위, 기물 파손, 집행유예 2번. 모두 요즘 젊은이들 사이에서 유행하는 것들이었다. 그러나 푸아로가 생각하는 악의 범주에는 들지 않는 것들이었다. 데이비드 베이커는 전도유망한 화가였지만 이를 내팽개쳐 버렸다. 그는 안정된 직업을 가질 타입이 아니었다. 허영심 가득하고 오만하며 자기 외모에 반해 버린 공작새였다. 그에게 겉으로 드러난 모습 이상의 무엇인가가 있기는 한 걸까? 푸아로는 그 점이 궁금해졌다.

푸아로는 한쪽 팔을 뻗어 다시 종이 1장을 집어 들었다. 그 종이는 카페에서 노마와 데이비드가 주고받은 대화 내용 중 주요 부분을 대충 휘갈겨 써 놓은 종이였다(그러니까 올리버 부인이 기억하는 바에 따른 것이다). 하지만 이게 정확해 봐야 얼마나 정확하겠는가? 푸아로는 미심쩍다는 듯 고개를 가로저었다. 어디쯤에서 올리버 부인의 상상력이 개입되었을지 그 누가 알겠는가! 데이비드는 노마를 좋아했고, 정말 그녀와 결혼하고 싶었던 걸까? 데이비드에 대한 노마의 감정에는 의문의 여지가 없었다. 데이비드는 노마에게 결혼하자고 했다. 노마의 수중에 돈은 있었을까? 노마는 부잣집 딸이긴 했지만 그녀 자체가 부자는 아니었다. 푸아로는 부아가 치밀어 소리를 빽 질렀다. 깜빡하고 고인이 된 레스태릭 부인의 유언 내용을 조사하지 않은 것이다. 푸아로는 메모가 적힌 종잇장들을 획획 넘겨 보았다. 아니지, 고비가 이처럼 노골적인 사항을 간과했을 리 없다. 레스태릭 부인은 일생 동안 남편한테 받은 돈으로 부족함 없이 살았다. 그렇더라도 그녀의 수입은 어림잡아 1년에 1000파운드 정도밖에 안 되었을 것이다. 그녀는 전 재산을 딸에게 남겼지만 그렇다 해도 레스태릭 부인의 유산이 결혼을 생각할 정도로 많지는 않았을 것이다. 노마는 외동딸로서 나중에 아버지가 죽으면 큰돈을 물려받겠지만 그건 전혀 다른 문제였다. 노마의 아버지가 사위를 싫어해서 노마에게 유산을 안 물려줄지도 모르기 때문이다.

그런데도 불구하고 데이비드는 기꺼이 노마와 결혼하려고 했으니 그녀를 진심으로 좋아했다고 말할 수 있을 것인가. 여전히……. 푸아로는 고개를 가로저었다. (그가 고개를 가로저은 것이) 이번이 벌써 5번째였다. 모든 사실이 서로 연결되지도 않을뿐더러 만족스러운 유형도 만들어지지 않았다. 그는 레스태릭의 책상과 그가 (데이비드를 노마로부터 떼어 내려고) 썼던 수표를 떠올렸다. 데이비드는 돈을 받고 기꺼이 물러나 주었을 것이다! 여기서 다시 한번 아귀가 맞지 않았다. 그 수표는 데이비드 베이커 앞으로 쓰인 게 분명했고 터무니없이 큰 금액이었다. 인간성이 그리 좋지 못한 무일푼의 젊은이라면 누구든 구미가 당길 만한 금액이었다. 하지만 데이비드는 그 전날 노마에게 결혼하자고 했다. 물론 그건 술책이었을지도 모른다. 요구 금액을 더 높이기 위한 술책. 푸아로는 레스태릭이 입을 굳게 다물고 앉아 있던 모습을 떠올렸다. 레스태릭이 그렇게 큰 돈을 선뜻 내어 줄 정도로 자기 딸을 아끼고 있다는 점과 자기 딸이 그런 남자와 결혼하기로 마음먹었을까 봐 노심초사하고 있다는 점은 분명했다.

레스태릭에 대한 생각에서 이제 클로디아에 대한 생각으로 옮겨 갔다. 클로디아와 앤드루 레스태릭. 클로디아가 레스태릭의 비서가 된 것은 순전히 우연이었을까? 그 둘 사이에 어떤 연결 고리가 있을지도 모른다. 클로디아. 푸아로는 클로디아에 대해서 곰곰이 생각하기 시작했다. 같은 아파트, 즉 클로디아 리스홀란드의 아파트에 사는 세 여자. 클로디아는 아파트를 구해서 자기가 알고 있던 친구와 함께 쓰다가 또 다른 친구인 세 번째 여자를 들인 당사자였다.

세 번째 여자라……. 푸아로는 생각했다. 항상 세 번째 여자로 생각이 귀결되는군. 세 번째 여자. 이번에도 결국 세 번째 여자로 되돌아왔다. 그는 마땅히 세 번째 여자로 회귀해야만 했다. 유형에 대한 이 모든 생각이 이르는 곳. 그것은 바로 노마 레스태릭이었다.

아침 식탁에 앉아 있을 때 그에게 상담하러 왔던 소녀. 그녀가 사랑하는 남자와 베이크드 빈을 먹던 카페의 한 테이블에서 푸아로가 합석했던 소녀. (이제 보니 그녀를 만날 때마다 식사 시간이었다!) 푸아로는 그녀에 대해서 어떻게 생각했던가? 그보다 먼저 다른 사람들은 그녀에 대해서 어떻게 생각했는가? 레스태릭은 노마를 아꼈고 그녀를 심히 걱정했으며, 그녀가 어떻게라도 될까 봐 몹시 두려워했다. 그는 노마가 최근에 계모를 독살하려고 했다고 의심했을 뿐만 아니라 거의 확신하기까지 했다. 그는 딸 문제로 의사와 상담을 했다고 했다. 푸아로는 레스태릭이 상담했다는 그 의사와 직접 얘기를 해 보고 싶었지만 그런다고 하더라도 큰 소득이 있을지는 의문이었다. 의사들은 부모와 같이 정식으로 인정을 받은 보호자가 아니면 진료 내용을 공개하기를 꺼리기 때문이다. 그러나 푸아로는 의사가 뭐라고 했을지 충분히 짐작할 수 있었다. 푸아로가 생각하기에는 그 자신도 의사들 못지않게 신중했다. 의사는 몇 번이나 헛기침을 하다가 노마를 진료한 결과를 말했을 것이다. 그는 정신병이라는 관점을 지나치게 도드라지게 강조하지는 않았겠지만 이를 넌지시 암시했을 것이다. 그러면서도 속으로는 정신적으로 문제가 있다고 확신했을지도 모른다. 하지만 그는 히스테리를 부리는 소녀들에 대해서도, 그런 아이들이 때로는 정신적인 문제 때문이 아니라 일시적인 기분이나 질투, 감정, 스트레스 때문에 그런 증세를 보인다는 사실도 잘 알고 있을 것이다. 그는 전문적인 정신과 의사나 신경과 의사는 아닐 것이다. 어쩌면 자신이 확신하지 못하는 증세를 비난하는 모험보다는 노파심에서 일반적인 문제들을 두루뭉술하게 경고하는 일반의였을 것이다. 아마도 런던 어딘가에서 상담을 받고 나서 다시 전문가에게 치료를 받게 했을지도 모른다.

다른 사람들은 노마 레스태릭을 어떻게 생각했을까? 클로디아 리스홀란드는 어땠을까? 그 점은 푸아로도 모르는 사실이다. 확실한 것은 그가 그녀에 대해서 아무것도 모른다는 사실이었다. 그녀는 어떤 비밀이든 숨길 수 있고, 발설하지 않겠다고 마음먹은 것은 절대 발설하지 않을 사람이었다. 그녀는 노마를 내쫓고 싶다는 기색을 내비친 적도 없었다. 노마의 정신 상태를 두려워했다면 당장이라도 내보내고 싶어 했을 텐데 말이다. 두 번째 여자인 프랜시스는 노마가 집에서 주말을 보내고 나서 아파트로 돌아오지 않았다는 사실을 아무 생각 없이 발설했다. 그것으로 보아 그 문제에 있어서 클로디아와 프랜시스 사이에는 이견이 없었을 것이다. 클로디아는 그 사실을 마음에 걸려 했다. 겉보기보다 클로디아가 유형에 더욱 들어맞을 수도 있다. 그녀에게는 지능도 있고 유능하기까지 했다…….푸아로는 노마에게로, 세 번째 여자에게로 다시 돌아왔다. 유형에서 그녀의 위치는 어디였던가? 모든 것을 통합할 수 있는 위치였다. 오필리어였던가? 그러나 노마에 대해서 두 가지 의견이 존재했듯이 점에서도 두 가지 의견이 존재했다. 오필리어는 진짜로 미쳤을까, 아니면 미친 척했던 걸까? 여배우들 사이에서는 오필리어 역을 어떻게 연기해야 하는가를 두고 의견이 분분했다. 어쩌면 연출자들 사이에서라고 해야 할지도 모르겠다. 그들이 그런 고민을 하니까. 햄릿은 미쳤던 걸까, 제정신이었던 걸까? 당신이 선택하라. 오필리어는 미쳤던 걸까, 제정신이었던 걸까?

레스태릭은 머릿속으로도 자기 딸에 대하여 '미쳤다.'라는 말은 사용하지 않았을 것이다. 정서 장애, 이것이 모두가 선호하는 용어였다. 노마를 두고 사용했던 또 다른 말은 '제정신이 아니다.'였다. '그 애가 약간 제정신이 아니에요.' '정신이 딴 데 가 있어요.' '약간 모자란다고 할까요.' 매일 집에 드나드는 파출부들이 훌륭한 심사원이라 할 수 있을까? 푸아로는 그럴 수도 있다고 생각했다. 노마에게 이상한 점이 있다는 것은 분명했지만 겉보기와 달리 다른 면에서 이상한 것일지도 모른다. 푸아로는 그가 있던 방으로 노마가 구부정하게 걸어 들어오던 장면을 떠올렸다. 요즘의 젊은 여자들, 수많은 다른 젊은 여자들과 같은 차림을 한 여자였다. 푸석푸석한 머리는 어깨까지 늘어져 있었고, 헐렁한 상의에 무릎까지 꽉 죄는 치마를 입고 있었다. 그 모든 것이 보수적인 그의 눈에는 성인 여성이 아이인 척 꾸민 것으로 보였다.

'죄송해요. 당신은 너무 늙었어요.'

그 말이 맞을지도 모른다. 그는 나이 든 사람의 눈으로 그녀를 보았다. 감탄의 마음이 일지 않는 그에게 그녀는 상대의 마음에 들고 싶은 마음도 없고 교태를 부릴 줄도 모르는 여자아이일 뿐이었다. 자기가 지니고 있는 여성성, 매력, 신비감을 인지하지 못한 채 그저 생물학적 성별밖에는 내세울 것이 없는 소녀. 어쩌면 그에 대한 그녀의 비난은 정당한 것이었는지 모른다. 그는 그녀를 이해하지 못했기 때문에, 그녀를 올바르게 인식하는 것조차 불가능했기 때문에 그녀를 도울 수가 없었던 것이다. 푸아로는 그녀를 위해 최선을 다했지만 지금까지 무슨 성과가 있단 말인가? 그녀가 찾아와 호소한 이후 그가 그녀를 위해 한 일이 무엇이었던가? 머릿속에서는 벌써 답이 나왔다. 그는 그녀를 안전하게 지켜 주고 있었다. 적어도 그것만은 사실이었다. 그녀가 만약에 신변에 위협을 받고 있다면 말이다. 바로 이 점이 모든 문제의 핵심이었다. 그녀는 실제로 신변에 위협을 받았을까? 그처럼 터무니없는 고백이라니! 그것은 고백이라기보다 선언에 가까웠다.

'내가 살인을 저질렀을지도 몰라요.'

푸아로는 그 말을 곱씹어 보았다. 그 말이야말로 이 모든 일의 핵심이니까. 바로 이것이 그의 전문 분야였다. 살인 사건을 다루고, 살인 사건을 해결하고, 살인 사건을 방지하는 것, 살인 사건을 추적하는 유능한 사냥개가 되는 것! 예고된 살인, 어딘가에서 일어난 살인. 그는 그 살인 사건을 찾아 헤매었지만 결국 찾아내지 못했다. 수프에 비소를 넣는 유형? 칼로 서로를 찔러 대는 젊은 폭력배들의 유형? 터무니없고 불길한 말, 안마당의 혈흔! 권총에서 발사된 총알한 발은 누구에게, 왜 발사되었을까?

그것은 예상과 달리 노마가 말한 '내가 살인을 저질렀을지도 모른다.'는 형태의 범죄가 아니었다. 그는 어둠 속을 헤매다가 비틀거리며 걷고 있는 셈이었다. 범죄 유형을 알아내려고 애를 쓰고, 세 번째 여자가 그 유형에 어떻게 들어맞는지를 알아내려고 애를 쓰다가, 결국에는 그 여자가 실제로 어떤 사람이었는지를 알아야 할 필요성에 다시 봉착했기 때문이었다.

아리아드네 올리버가 우연히 내뱉은 말이 그에게 서광을 비춰 주었다. 보로딘 맨션에서 일어났을지 모르는 어떤 여자의 자살 사건. 그 사건이라면 유형에 들어맞을 것이다. 그곳은 바로 세 번째 여자가 살고 있는 아파트였으니까. 세 번째 여자가 말하려고 했던 것은 살인이 분명하다. 그와 거의 비슷한 시기에 일어난 살인 사건은 지나친 우연이었을까! 그 즈음에 다른 살인 사건이 일어났다는 조짐이나 흔적은 전혀 없었다. 파티에서 그의 친구인 올리버 부인이 푸아로의 업적에 대해서 입에 침이 마르도록 칭찬하는 말을 듣고 노마가 그토록 이른 시간에 서둘러서 그를 찾아오게 할 만한 다른 사망 사건은 없었다. 올리버 부인이 푸아로에게 무심결에 창문에서 투신 자살한 여자 얘기를 해 주었을 때 그는 마침내 자신이 찾고 있던 것을 발견한 것 같았다.

여기에 단서가 있었다. 그가 직면한 난제에 대한 해답이 있었다. 여기에서 그는 자신이 필요로 하는 것을 찾아낼 것이다. 왜, 언제, 어디서 일어난 사건인가.

"켈 데셉시옹(이렇게 실망스러울 때가)!"

푸아로가 큰 소리로 말했다.

그는 손을 뻗어 타자기로 깔끔하게 요약한 여성의 일생에 대한 기록을 찾았다. 샤르팡티에 부인의 생활에 대한 가감 없는 내용이었다. 사회적 지위가 어느 정도 있는 43살의 여성으로 2번의 결혼과 2번의 이혼을 겪었다고 한다. 방탕하고 남자를 밝히는 여성이었으며 말년에는 건강에 해로울 정도로 술을 많이 마셨다. 파티를 좋아했고 자기보다 훨씬 젊은 남자들과 사귀었다고 한다. 보로딘 맨션의 아파트에서 혼자 살았다니 그 여자가 어떤 여자였을지 알 수 있었고 이해도 되었다. 그녀가 왜 어느 이른 아침 자고 일어나 절망감에 허덕이다 높은 창문에서 뛰어내리고 싶어 했는지도 알 것 같았다.

암에 걸렸거나 암에 걸린 줄 알았기 때문일까? 그러나 의학적 증거들에 따르면 전혀 그렇지 않았다.

푸아로에게 필요한 것은 노마 레스태릭과의 연결 고리였다. 그러나 그는 그것을 찾을 수가 없었다. 그는 무미건조한 사실들을 죽 훑어보았다.

그녀의 신원은 심리에서 지방 사무 변호사가 확인해 주었다. 그녀의 본명은 루이즈 카펜터였지만 그녀는 자신의 성을 프랑스식인 샤르팡티에로 바꾸어 사용해 왔다. 샤르팡티에가 루이즈란 이름과 더 잘 어울리기 때문일까? 루이즈란 이름이 어째서 귀에 익숙한 걸까? 누군가가 무심결에 언급한 이름인가? 어떤 경구에 나왔던 이름인가? 그의 손가락이 타자기로 작성된 페이지들을 휘리릭 넘겼다.

아하! 그래, 맞아! 그때 딱 한 번 언급된 적이 있었다. 앤드루 레스태릭이 부인을 버리고 함께 떠났던 여자가 바로 루이즈 비렐이라는 여자였다. 새 출발을 결심한 레스트릭의 인생에서 그다지 중요한 비중을 차지하지 않았던 여자였다. 그들은 1년쯤 뒤 크게 싸우고 헤어졌다. 푸아로는 똑같은 유형을 생각했다. 이 특정한 여성의 인생을 통틀어 행해져 왔을 바로 그 유형. 한 남자를 미치도록 사랑해서 그의 가정을 파괴한 뒤 그와 살다가 싸우고 그를 떠나는 것이다. 푸아로는 이 루이즈 샤르팡티에란 여자가 바로 그 루이즈라고 확신했다.

그렇다고 하더라도 그 사실이 노마라는 아가씨와 어떻게 연결되는 걸까? 레스태릭이 영국으로 돌아오면서 그와 루이즈 샤르팡티에와의 관계가 다시 시작되었던 걸까? 푸아로는 그러지는 않았을 것이라고 생각했다. 그 둘은 수년간 떨어져 살았다. 그들이 어떤 우연으로든 재회했을 것이란 추측은 전혀 불가능해 보였다! 그 두 사람의 애정 행각은 잠깐 동안이었고 사실상 하찮은 연애 사건에 지나지 않았다. 레스태릭의 현재 아내인 메리 또한 남편의 옛날 애인을 창문에서 떠밀 정도로 남편의 과거를 질투할 타입은 아니다. 말도 안 되는 소리다! 오랜 세월 원한을 품어 오다가 자신의 가정을 파탄낸 여자에게 복수를 집행할 마음을 품을 만한 사람은 단 한 사람, 레스태릭의 첫 번째 부인뿐이다. 그러나 이 또한 전혀 불가능하다. 어찌 되었든 레스태릭의 첫 번째 부인은 고인이 되지 않았는가!

전화벨이 울렸다. 푸아로는 자리에서 꿈쩍도 하지 않았다. 이 순간만큼은 누구에게도 방해받고 싶지 않았기 때문이었다. 뭔가 손에

잡힐 것만 같은 느낌이 들었다……. 그것을 쫓고 싶었다……. 전화 벨 소리가 멈췄다. 잘됐군. 레몬 양이 알아서 잘 처리하겠지.

그때 문이 열리고 레몬 양이 들어왔다.

"올리버 부인께서 통화를 하고 싶어 하십니다."

푸아로는 손을 내저으며 말했다.

"제발 지금은, 지금은 내버려 두세요! 지금은 그녀와 통화할 수 없어요."

"부인께서 지금 막 생각이 난 게 있다고, 깜빡 잊고 말하지 않은 게 있다고 하십니다. 가구 운송 트럭에 싣던 책상의 압지에서 떨어진 어떤 종이인데, 미완성된 편지인 것 같다고 하시네요. 약간 뜬금없는 이야기 같아요."

레몬 양이 못마땅한 기색을 목소리에 담아 뒷말을 덧붙였다.

푸아로는 더욱 극도로 흥분하며 손을 내저으며 재차 강조했다.

"지금은 아니라고요. 제발 지금은 내버려 두란 말입니다."

"지금 바쁘시다고 말씀드리겠습니다."

레몬 양이 방을 나갔다.

푸아로가 있던 방에 다시 한번 평화가 찾아왔다. 푸아로는 온몸에 피로가 몰려드는 것을 느꼈다. 생각을 너무 많이 했나? 쉬어야겠다. 그래, 이제 쉬어야겠어. 긴장을 풀어 주어야 한다. 그러다 보면 유형이 나타나겠지. 그는 눈을 감았다. 모든 구성 요소가 이미 존재하고 있었다. 이제 외부에서 알아낼 것은 더 이상 없다는 확신이 들었다. 이제 내부에서 찾아야만 한다.

정말 불현듯, 그의 눈꺼풀이 스르르 감길 때쯤 그것은 갑자기 찾아왔다…….

모든 것은 이미 존재하고 있었고 그를 기다리고 있었다! 그는 모든 것을 알아내야만 했다. 그리고 이제 그는 알게 되었다. 모든 조각은 이미 존재하고 있었다. 서로 관련 없어 보였던 작은 조각들이 이제는 모두 들어맞았다. 가발, 그림, 새벽 5시, 여자들의 헤어스타일, 공작새 청년, 모든 것은 그 일이 시작된 이 어구로 귀결된다.

세 번째 여자…….

'살인을 저질렀을지도 몰라요…….'

물론 그러시겠지!

바보 같은 동요 가사가 떠올랐다. 그는 동요를 소리 내어 암송해 보았다.

둥둥둥둥, 세 남자가 같은 욕조에 있네
그들이 누구일 것 같나요?
푸줏간 주인, 빵집 주인, 촛대장이라네…….

유감스럽게도 마지막 줄이 기억나지 않았다. 빵집 주인, 그렇지. 억지스럽긴 하지만 푸줏간 주인도……. 그는 여성 버전으로 개사해 보았다.

쎄쎄쎄, 세 여자가 같은 욕조에 있네

그들이 누구일 것 같나요?

수행 비서, 슬레이드 출신 아가씨

그리고 세 번째는…….

레몬 양이 들어왔다.

"아, 이제 생각났다. '그들은 모두 비엔나소시지 포테이토에서 나왔지.'였어."

레몬 양이 걱정스러운 눈빛으로 푸아로를 바라보았다.

"스틸링플릿 선생님께서 지금 당장 통화하고 싶다고 하십니다. 급한 일이라는군요."

"스틸링플릿 선생한테……. 잠깐, 지금 스틸링플릿이라고 했어요?"

그는 레몬 양을 밀치고 나가서 수화기를 급히 집어 들었다.

"전화 바꿨네. 푸아로야! 무슨 일이지?"

"그녀가 여기를 떠났습니다."

"뭐라고?"

"방금 들으신 대로입니다. 그녀가 갑자기 이곳을 떠났어요. 정문으로 걸어 나갔습니다."

"그냥 보내 줬단 말인가?"

"달리 어떻게 할 수 있겠습니까?"

"그 애를 막을 수도 있었잖나."

"그럴 수는 없었습니다."

"그 애를 가게 내버려 둔 건 미친 짓이네."

"그렇지 않습니다."

"이해를 못하는군."

"그게 제가 처음에 약속한 사항이었습니다. 원하면 언제든 가도 좋다고요."

"어떤 위험이 도사리고 있는지 모르는군."

"그래요, 저는 모릅니다. 하지만 제가 무슨 짓을 하고 있는지는 알고 있어요. 그녀를 못 가게 막았다면 그녀한테 기울여 온 제 모든 노력이 수포로 돌아갔을 겁니다. 저는 그녀에게 정성을 다해 왔어요. 당신 일과 내 일은 성격이 달라요. 추구하는 목적도 다르고요. 잘되고 있었어요. 잘되고 있기에 그녀가 떠나지 않을 거라고 확신했습니다."

"그렇지만 몬 아미(이 친구야), 어쨌든 그녀는 그곳을 떠나질 않았나."

"솔직히 저도 이해하지 못하겠습니다. 왜 실패한 건지 알 수가 없어요."

"무슨 일이 있었던 게지."

"그랬겠죠. 하지만 무슨 일이었을까요?"

"그녀가 본 사람이나 그녀에게 말을 걸었던 사람, 그녀의 행방을 알아낸 사람이 있었을 거야."

"어떻게 그럴 수 있는지 모르겠어요……. 하지만 당신이 잊은 게 있어요. 그녀도 자유 의지를 가지고 판단을 내릴 수 있다는 사실입니다. 그래야 마땅하지요."

"누군가 그녀를 찾아냈어. 누군가 그녀의 소재를 알아낸 거야. 그녀가 편지나 전보, 전화를 받지는 않았나?"

"아뇨, 그런 건 없었습니다. 그 점은 확실합니다."

"그렇다면 도대체……. 아하! 신문이로군. 자네 병원에서도 신문은 보겠지?"

"물론입니다. 정상적이고 일상적인 생활이야말로 저희 병원에서 표방하고 있는 점이니까요."

"그럼 그쪽에서도 바로 그런 점을 이용해서 그녀를 찾아냈을 거야. 정상적이고 일상적인 생활 말이네. 어떤 신문을 구독하고 있나?"

"5가지입니다."

그가 5가지 신문 이름을 댔다.

"그녀가 언제 나갔지?"

"오늘 아침에요. 10시 30분경이었습니다."

"딱 맞아떨어지는군. 신문을 읽고 나서였어. 그 정도면 일을 실행하기에 충분하지. 그녀는 보통 어떤 신문을 읽었지?"

"어느 한 가지만 읽은 것 같지는 않습니다. 어느 때는 이 신문, 어느 때는 저 신문, 어느 때는 전부 다 읽고, 또 어느 때는 대충 훑어보기만 했어요."

"음, 이런 얘기하느라 시간을 낭비할 수는 없어."

"그녀가 광고를 봤다고 생각하시는군요. 아니면 그 비슷한 것이라도 말입니다."

"달리 어떤 설명이 가능하겠는가? 잘 있게. 지금은 더 이상 할 말이 없네. 먼저 찾아봐야 하니까. 문제의 광고를 찾아낸 다음에 당장 서둘러 나가야겠어."

푸아로는 수화기를 내려놓았다.

"레몬 양, 우리가 보는 신문 좀 가져다줘요. 《모닝 뉴스》와 《데일리 코멧》 있지요? 조르주한테 나머지 신문도 몽땅 구해 오라고 하세요."

개인 광고를 펼쳐 주의 깊게 읽어 내려가는 동안 푸아로에게는 여러 가지 생각이 밀려왔다.

제때 맞출 수 있겠지? 제때 맞춰야만 해……. 이미 살인이 한 번 일어났고 앞으로 살인이 한 번 더 일어나려고 해. 그러나 나 에르퀼 푸아로가 그것을 막을 것이다……. 제때 시간만 맞춘다면……. 그는 무고한 자들의 원수를 갚아 주는 사람, 바로 에르퀼 푸아로였다. '나는 살인을 용납하지 않는다.'고 말하던 그가 아니었던가? (이 말을 할 때면 사람들은 웃곤 했다.) 사람들은 그 말이 허풍일 거라고 생각했겠지만 그렇지가 않다. 그것은 과장 없는 있는 그대로의 사실이었다. 푸아로는 살인을 용납하지 않았다.

조지가 신문 한 뭉치를 들고 들어왔다.

"조간신문 전부입니다, 주인님."

푸아로는 능력을 발휘하기를 기다리며 대기하고 있는 레몬 양을 쳐다보았다.

"내가 놓치는 게 있을지 모르니 내가 이미 훑어본 신문을 한 번 더 봐 주세요."

"개인 광고란 말씀인가요?"

"맞아요. 아마도 데이비드란 이름이 있을 거라 생각됩니다. 여자 이름이나 애완동물 이름이나 별명이 있을 수도 있어요. 노마란 이름은 쓰지 않았을 겁니다. 도움을 호소하는 내용일 수도 있고 모임을 소집한다는 내용일 수도 있어요."

레몬 양은 마지못해 푸아로가 건네주는 신문을 받았다. 이런 일은 그녀가 추구하는 능률과는 거리가 먼 것이었지만 현재로서는 그녀에게 줄 다른 임무가 없었다. 푸아로는 직접《모닝 크로니클》을 펼쳤다. 개인 광고란은 검색 범위가 가장 넓은 부문이었다. 자그마치 세 단이나 되었다. 푸아로는 펼친 신문 쪽으로 몸을 깊이 숙였다. 자신의 모피 코트를 처분하려는 여자……. 자동차를 타고 외국 여행을 함께할 동승자를 구하는 사람……. 매물로 내놓은 어느 특정 시대의 멋진 주택……. 하숙인……. 지진아……. 집에서 만든 초콜릿……. '줄리아, 당신을 절대로 잊지 않겠소. 언제나 당신을 사랑하며.' 마지막 광고가 가장 그럴듯했다. 푸아로는 곰곰이 생각하다가 그냥 넘기기로 했다. 루이 15세 시대 가구……. 호텔 경영을 도와주실 중년 여성……. '절박한 상황에 처했음. 꼭 만나야 함. 4시 30분에 아파트로 올 것. 암호는 골리앗.'

푸아로가 '조르주, 택시!' 하고 외침과 동시에 서둘러 외투를 걸치고 있을 때 초인종이 울렸다. 바로 그 순간 조지는 현관문을 열다가 올리버 부인과 부딪쳤다. 세 사람은 모두 비좁은 현관에서 몸을 가누며 빠져나오려고 안간힘을 써야 했다.

22장

  작은 여행 가방을 든 프랜시스 캐리는 방금 길모퉁이에서 만난 친구와 수다를 떨면서 보로딘 맨션 건물 쪽으로 향해 있는 맨드빌 로를 걷고 있었다.
  "정말이지 프랜시스, 감옥에 사는 기분일 것 같아, 저 건물 말이야. 웜우드 스크럽스 교도소 같잖아."
  "말도 안 돼, 에일린. 아파트가 얼마나 편리한지 모르는구나. 다행히 클로디아도 같이 살기 아주 편한 사람이야. 절대로 귀찮게 안 하거든. 게다가 훌륭한 가정부도 있어. 관리가 정말 잘되고 있다고."
  "너희 둘밖에 없어? 기억이 잘 안 나서 말이야. 세 번째 여자도 있다고 하지 않았니?"
  "아, 그 애는 우리 아파트에서 나간 것 같아."
  "그 애가 집세를 안 내니?"

"아니, 집세 문제가 아니야. 아마도 남자 친구랑 잘되고 있는 모양이야."

에일린은 흥미를 잃었다. 남자 친구라면 뻔한 이야기였다.

"지금 어디서 오는 길이야?"

"맨체스터. 초대전이 있었거든. 반응이 아주 좋았어."

"다음 달에 진짜로 빈에 갈 거니?"

"응, 그럴 것 같아. 지금까지는 일이 꽤 잘돼 가고 있거든. 재미도 있어."

"그림이 도난당하기라도 하면 골치 아파지는 것 아니니?"

"진짜 귀중한 그림들은 보험에 들어 놓은 상태라 문제없어."

"피터의 전시회는 어땠어?"

"유감스럽게도 썩 좋진 않았어. 하지만《아티스트》의 비평가가 평을 아주 좋게 써 줬지 뭐야. 그건 아주 중요해."

프랜시스는 보로딘 맨션으로 들어갔고, 그녀의 친구는 마구간을 개조한 그녀의 작은 집을 향해 가던 길을 계속 갔다. 프랜시스는 수위에게 '안녕하세요!'라고 인사를 한 다음 엘리베이터를 타고 6층까지 올라갔다. 그녀는 콧노래를 흥얼거리면서 복도를 걸었다.

프랜시스는 아파트 문에 열쇠를 꽂아 돌린 뒤 안으로 들어갔다. 현관 불은 아직 켜져 있지 않았다. 클로디아가 퇴근하려면 아직 1시간 30분은 더 있어야 했다. 그러나 문이 반쯤 열려 있는 거실에는 불이 켜져 있었다.

프랜시스는 큰 소리로 말했다.

"불이 켜져 있다니 별일이네."

코트를 벗은 그녀는 여행 가방을 바닥에 내려놓고 열린 거실 문을 활짝 열고 들어갔다…….

잠시 후 그녀는 죽은 듯 그 자리에 얼어붙었다. 입이 열렸지만 이내 다시 다물어졌다. 온몸이 빳빳하게 굳었다. 그녀의 두 눈은 바닥에 엎드린 형상을 뚫어져라 응시하다가 서서히 벽에 걸린 거울을 향했다. 거울을 통해 공포에 질린 자신의 얼굴이 보였다…….

그녀는 겨우겨우 숨을 쉴 수 있었다. 순간적인 경직 상태가 지나가고 나서 그녀는 고개를 돌리고 비명을 지르기 시작했다. 그리고 현관 바닥에 놓여 있던 자신의 여행 가방에 발부리가 걸리자 그것을 옆으로 걷어차고 바깥 복도로 뛰쳐나가 옆집 문을 미친 듯이 두드려 댔다.

나이 든 여자가 문을 열었다.

"도대체……."

"저기 누가 죽어 있어요, 누가 죽어 있다고요! 내가 아는 사람 같아요……. 데이비드 베이커요. 그가 우리 집 바닥에 누워 있다고요……. 칼에 찔린 것 같아요……. 찔린 게 틀림없어요. 피가, 온통 피가 있어요."

그녀는 발작적으로 흐느껴 울기 시작했다. 제이콥스 양은 프랜시스의 손에 잔을 쥐어 주며 말했다.

"이걸 마시고 여기 그대로 있어요."

프랜시스는 제이콥스 양의 말대로 천천히 브랜디를 들이켰다. 제

제이콥스 양은 신속하게 밖으로 나와 불빛이 쏟아져 나오고 있는 열린 문 안으로 들어갔다. 거실 문이 활짝 열려 있어서 제이콥스 양은 곧장 거실로 들어갔다.

그녀는 비명을 지르는 유형의 여자가 아니었다. 그저 입술을 굳게 다문 채 문간에 서 있을 뿐이었다.

지금 그녀가 바라보고 있는 장면은 악몽에나 나올 법한 장면이었다. 바닥에는 잘생긴 젊은 청년이 두 팔을 활짝 벌리고 밤색 머리칼은 늘어뜨린 채 누워 있었다. 그는 진홍색 벨벳 코트를 입고 있었는데 흰색 셔츠가 피로 얼룩져 있었다…….

제이콥스 양은 처음부터 그 방 안에 자기 말고 다른 사람이 있다는 사실을 알고 있었다. 젊은 여자 하나가 벽에 딱 붙어 서 있었는데, 그 위로는 채색된 하늘을 가로질러 뛰어오를 것처럼 보이는 커다란 광대의 그림이 걸려 있었다.

여자는 흰색 울 슈미즈를 입고 있었고 연갈색 머리카락은 한쪽 얼굴 위로 늘어져 있었다. 한 손에는 무시무시한 식칼을 쥐고 있었다.

제이콥스 양은 그녀를 빤히 쳐다보았고, 그녀도 제이콥스 양을 쳐다보았다.

잠시 후 그녀는 조용하고 차분한 목소리로, 마치 누군가의 질문에 대답이라도 하듯 말했다.

"그래요, 내가 그를 죽였어요……. 칼에서 흘러내린 피가 손에 묻었어요……. 욕실에 가서 씻어 내려고 했지만 이런 건 씻어 낼 수 있는 게 아닌가 봐요. 그러다가 꿈인지 현실인지 확인하려고 여기에 다시 와 봤어요……. 역시 현실이네요……. 불쌍한 데이비드……. 하지만 난 그럴 수밖에 없었어요……."

충격으로 제이콥스 양은 그녀답지 않은 말을 내뱉었다.

그 말을 하면서 제이콥스 양은 자기가 듣기에도 참 바보 같다고 생각했다!

"정말인가요? 어째서 그럴 수밖에 없었다는 거죠?"

"모르겠어요……. 적어도 제 생각엔 그래요. 정말이에요. 그 사람은 굉장히 곤란한 상황에 처해 있었어요. 그가 오라고 했고, 그래서 온 건데……. 사실은 그에게서 벗어나고 싶었어요. 그에게서 도망치고 싶었지요. 나는 그를 사랑하지 않았나 봐요."

그녀는 칼을 테이블 위에 조심스럽게 내려놓고 나서 의자에 앉았다.

"위험한 거예요."

그녀가 말문을 열었다.

"누군가를 증오한다는 건…… 무슨 짓을 할지 모르기 때문에 위험하죠……. 루이즈처럼……."

그녀는 조금 있다가 담담하게 말했다.

"경찰에 신고해야 하지 않겠어요?"

제이콥스 양은 고분고분하게 999에 전화를 걸었다.

벽에 어릿광대 그림이 걸려 있는 이 방에는 이제 6명이 있었다. 오랜 시간이 흘렀다. 경찰도 벌써 다녀갔다.

앤드루 레스태릭은 실성한 사람처럼 앉아 있었다. 한두 번인가 '믿을 수 없다.'는 말만 되풀이할 뿐이었다. 그는 사무실에 있다가 전화를 받고 클로디아 리스홀란드와 함께 왔다. 리스홀란드는 그녀만의 차분한 방식으로 줄곧 일을 처리했다. 변호사에게 전화 연결을 한 것도, 메리 레스태릭에게 연락하려고 크로스헤지스와 부동산 중개업체 두 군데에 전화를 건 것도 그녀였다. 그녀는 프랜시스 캐리에게 진정제를 주고 자리에 눕혔다.

에르퀼 푸아로와 올리버 부인은 소파에 나란히 앉아 있었다. 두 사람은 경찰과 거의 동시에 도착했다.

사람들이 다 돌아갔을 때쯤 마지막으로 도착한 사람은 회색 머리에 점잖은 태도를 가진 런던 경시청의 닐 경감이었다. 닐 경감은 도착하자마자 푸아로에게 가벼운 목례로 인사를 하고 앤드루 레스태릭을 소개받았다. 키가 큰 붉은 머리의 젊은이가 창가에서 안마당을 내려다보고 있었다.

닐 경감이 도착하기 전 올리버 부인은 궁금했다. 다들 뭘 기다리는 걸까? 시체도 치웠고 사진사와 경관도 맡은 일을 다 했는데, 그들은 클로디아의 침실에 우르르 몰려갔다가 지금은 다시 거실로 나와 있었다. 아마도 런던 경시청 관계자를 기다리고 있는 것 같았다.

"제가 가기를 바라신다면……."

올리버 부인이 자신 없는 목소리로 닐 경감에게 말했다.

"아리아드네 올리버 부인이시죠? 아닙니다, 괜찮으시다면 부인께서도 남아 주셨으면 합니다. 그다지 유쾌한 일은 아닌 줄로 압니다만……."

"현실 같지가 않아요."

올리버 부인은 눈을 감고 모든 걸 머릿속으로 다시 떠올려 보았다. 그 공작새 청년은 그림 속에 나오는 사람처럼 죽어 있어서 마치 무대 위의 한 장면을 보는 듯했다. 그리고 그 소녀는, 그 소녀는 달랐다. 크로스헤지스에서 보았던 변덕스러운 노마도 푸아로가 묘사했던 매력 없는 오필리어도 아니었다. 그녀는 차분하게 운명을 받아들이는 듯한 비장한 모습을 하고 있었다.

푸아로는 전화를 두 군데만 걸어도 되겠냐고 물었다. 한 군데는 런던 경시청이었는데 경사가 먼저 꼬치꼬치 캐묻고 나서야 승낙을 해 주었다. 경사가 푸아로에게 클로디아의 침실에 있는 내선을 사용하라고 하자 푸아로는 문을 닫고 그 방에서 전화를 걸었다.

경사는 여전히 미심쩍은 표정을 지으면서 부하에게 투덜거렸다.

"괜찮다고 허락하기는 했는데. 저자가 도대체 누구지? 이상하게 생긴 사람이군."

"외국인이지요? 공안부에서 나왔을까요?"

"아닐걸. 닐 경감을 찾았으니까."

부하는 양미간을 찌푸리고는 휘파람을 불려다가 참았다.

통화가 끝나자 푸아로는 다시 문을 열고 부엌에 어정쩡하게 서 있던 올리버 부인에게 자기가 있는 쪽으로 와 달라고 손짓했다. 푸아로와 올리버 부인은 클로디아 리스홀란드의 침대에 나란히 앉았다.

"우리가 무슨 일이든 할 수 있으면 좋겠어요."

늘 행동이 앞서는 올리버 부인이 말했다.

"인내심을 가지세요, 셰르 마담(친애하는 부인)."

"당신은 무슨 일이든 할 수 있지 않아요?"

"이미 했습니다. 필요한 데에 전화를 걸어 놓았습니다. 경찰이 예비 조사를 마치기 전까지 여기서 우리가 할 수 있는 일은 없어요."

"닐 경감 말고 누구한테 전화한 거예요? 노마의 아버지였나요? 그 사람이 와서 자기 딸을 위해 보석을 신청할 수는 없나요?"

"살인 사건이라 보석을 허가하지는 않을 겁니다. 이미 경찰이 노마 양의 아버지한테 통지했을 거예요. 캐리 양한테 번호를 얻었다더군요."

푸아로가 무덤덤하게 말했다.

"그녀는 어디 있나요?"

"옆집 제이콥스 양의 집에서 히스테리 발작을 일으키고 있을 거예요. 그녀가 시체를 발견했다고 하더군요. 그래서 힘들어하는 모양이에요. 여기서 시체를 보고는 비명을 지르면서 뛰쳐나갔다는군요."

"캐리 양이 화가 흉내 내는 그 아가씨지요? 클로디아라면 침착했을 텐데요."

"당신 말이 맞아요. 그녀는 아주 차분한 여성이지요."

"그런데 누구한테 전화한 거예요?"

"이미 말한 것처럼 런던 경시청의 닐 경감한테 걸었지요."

"그가 와서 수사하는 걸 이 구역에서 좋아할까요?"

"경감이 와서 수사할 일은 없을 겁니다. 그는 최근에 내 부탁으로 조사를 해 오던 게 있는데, 그게 이번 사건을 해명하는 데 도움을 줄 수도 있어요."

"아, 그렇군요……. 경감 말고 또 누구한테 전화한 거죠?"

"존 스틸링플릿 선생이요."

"그 사람이 누군데요? 불쌍한 노마가 실성했기 때문에 사람을 죽인 거라고 증언해 줄 사람인가요?"

"필요하다면 법정에서 그런 취지의 증언을 해 줄 만한 자격은 될 겁니다."

"그 사람이 노마에 대해서 아는 게 있나요?"

"꽤 많이 알 겁니다. 당신이 샴록 카페에서 노마를 발견했던 날 이후로 그녀는 줄곧 스틸링플릿 선생의 보살핌을 받았으니까요."

"그녀를 그곳으로 보낸 게 누구죠?"

푸아로가 웃으며 말했다.

"내가 보냈지요. 카페에 당신을 만나러 가기 전에 전화를 걸어서 준비해 두었어요."

"뭐라고요? 그동안 내내 당신한테 너무나 실망했다며 제발 무슨 일이든 하라며 채근했는데, 정말 무슨 일인가를 했던 거군요? 어떻게 나한테 한마디도 안 할 수 있지요? 정말이지, 푸아로! 어쩜 한마디도! 어떻게 나한테 그렇게…… 그렇게 치사하게 굴 수 있어요?"

"그렇게 화내지 말아 주세요, 마담. 나는 그저 최선을 다했을 뿐입니다."

"사람들은 남들이 몹시 화낼 만한 일을 해 놓고도 늘 그렇게 말하지요. 또 무슨 일을 벌였지요?"

"노마의 아버지가 나를 고용하도록 했지요. 그래야 그녀의 안전을 위해 필요한 조치를 취할 수 있을 테니까요."

"스틸링워터 선생 말이에요?"

"스틸링플릿입니다. 맞아요."

"도대체 그런 일을 어떻게 다 한 거예요? 노마의 아버지가 이 모든 일을 부탁할 사람으로 당신을 선택하리라고는 생각도 못 했어요. 그 사람은 외국인에 대해서 굉장히 불신하는 것처럼 보이던데……."

"내가 그렇게 유도했지요. 마술사가 카드 마술을 하듯이 말이에요. 무작정 그를 방문한 다음에 나한테 사건을 의뢰하는 편지를 보내지 않았느냐고 물었어요."

"그가 그 말을 믿었단 말이에요?"

"당연하지요. 그에게 편지를 보여 줬거든요. 그의 사무실에서 쓰는 종이에 타이프를 친 것이었고 그의 서명도 있는 편지였지요. 그가 지적했듯이 필적은 달랐지만."

"그러니까 그 편지를 당신이 직접 썼단 말이에요?"

"예. 그 편지로 그의 호기심을 일깨우면 나를 찾게 만들 수 있을 거라는 내 판단이 적중했다고나 할까요. 지금까지 늘 그래 왔듯이 내 능력을 믿었던 거지요."

"그에게 스틸링플릿 선생 얘기도 했나요?"

"아니요, 선생 얘기는 아무에게도 안 했습니다. 당신도 알다시피 위험했으니까요."

"노마에게 위험했단 거예요?"

"노마에게 위험할 수도 있고 다른 누군가에게 위험할 수도 있었지요. 처음부터 가능성은 두 가지였습니다. 여러 가지 사실도 두 가지로 해석될 수 있었고요. 레스태릭 부인에 대한 독살 미수는 납득이 가지를 않았어요. 너무 오래 끌었던 데다 심각한 살해 기도도 아니었거든요. 그러다가 여기 보로딘 맨션에서 권총이 1발 발사되었다는 모호한 이야기를 듣게 되었지요. 자동 칼이랑 혈흔에 대한 얘기도 들었고요. 이런 일들이 일어날 때마다 노마는 아무것도 모르고 기억도 못 했지요. 이를테면 노마는 서랍에서 비소를 발견했지만 거기에 자신이 그걸 넣어두었는지는 기억을 못 하는 겁니다. 자기가 무슨 일을 하고 있었는지 기억하지 못하면 기억에 착오가 있었다느니 얼마 동안의 기억을 잊어버렸다고 둘러댔지요. 우리는 여기서 자문해 보아야 했습니다. 그녀가 하는 말이 사실일까? 아니면 나름대로의 이유 때문에 지어낸 말일까? 그녀는 극악무도하고 정신 나간 듯한 음모의 잠재적 희생자일까? 아니면 주동자일까? 그녀는 자신을 정서 불안을 앓고 있는 소녀로 그리려는 걸까? 아니면 한정 책임 능력을 방패 삼아 살인을 하려는 걸까?"

"오늘 그녀는 많이 달라 보였어요."

올리버 부인이 느릿느릿 말했다.

"당신도 눈치챘나요? 네, 전혀 달라 보였어요. 더 이상 정신이 나간 것처럼은 안 보이더군요."

푸아로가 고개를 끄덕였다.

"오필리어가 아니라 이피게니아(아가멤논의 딸이자 미케네의 공주로, 트로이 전쟁 때 아가멤논에 의해 제물로 바쳐짐 ― 옮긴이)지요."

아파트 바깥에서 시끄러운 소리가 들리는 바람에 두 사람의 신경이 거기에 쏠렸다.

"당신 생각에는……."

올리버 부인이 말을 하다 말고 멈추었다. 푸아로가 창가로 다가가서 안마당을 내려다보고 있었다. 앰뷸런스 1대가 보였다.

"시체를 옮기려는 모양이죠?"

올리버 부인이 떨리는 목소리로 물었다. 그러더니 갑자기 동정심이 우러났는지 이렇게 덧붙였다.

"불쌍한 공작새."

"그는 그다지 호감이 가는 인물은 아니었지요."

푸아로가 냉정하게 말했다.

"그는 꾸미길 좋아하는 사람이었어요……. 그리고 젊었죠."

"르 팜므(여자들)에게는 그거면 충분하지요."

푸아로는 침실 문을 소리나지 않도록 조심스럽게 열면서 밖을 내다보았다.

"미안하지만 잠깐 나갔다 와야겠습니다."

"어디를 가려는 거죠?"

올리버 부인이 의심스러운 눈초리로 다그쳐 물었다.

"그런 질문은 이 나라에서 별로 품위 있는 질문이 아닌 걸로 알고 있습니다만."

푸아로가 비난조로 말했다.

"오, 미안해요……. 화장실은 그쪽이 아니에요."

올리버 부인은 문틈으로 내다보며 푸아로의 등 뒤에 대고 낮은 목소리로 뒷말을 덧붙였다.

그녀는 다시 창문으로 돌아와서 아래에서 무슨 일이 벌어지는지 지켜보았다.

"레스태릭 씨가 방금 택시를 타고 도착했어요."

잠시 뒤 푸아로가 슬그머니 방으로 들어왔을 때 올리버 부인은 계속 밖을 주시하고 있었다.

"클로디아도 함께 왔네요. 노마 방인지 어딘지는 모르지만 당신이 가고 싶었던 데는 들렀어요?"

"노마 양의 방은 경찰들이 점령한 상태예요."

"짜증나겠군요. 그나저나 손에 들고 있는 그 검은색 주머니에는 뭐가 들었어요?"

푸아로는 대답 대신 질문을 했다.

"페르시아 말이 그려진 당신의 가방에는 무엇이 들어 있는지 물어봐도 될까요?"

"내 쇼핑백 말이에요? 아보카도 2개밖에 없어요."

"그렇다면 내 주머니를 당신한테 맡겨도 될까요? 거칠게 다루거나 꽉 누르지 말아 주세요."

"그게 뭔데요?"

"내가 꼭 알아내고 싶어 하던 것인데 드디어 그 증거를 찾아냈지요. 일이 술술 풀리기 시작하는군요······."

그는 점점 더 크게 들려오는 여러 가지 소리에 귀를 기울였다.

푸아로가 하는 말은 올리버 부인에게 영어가 표현할 수 있는 정도 이상으로 아주 정확하게 다가왔다. 언성이 높아지고 화가 난 듯한 레스태릭과 전화를 걸고 있는 클로디아, 프랜시스 캐리와 제이콥스라 불리는 미지의 인물로부터 진술을 받기 위해 옆집으로 가는 경찰 속기사의 소리, 명령이 떨어진 일들이 시작되었다가 완료되는 소리, 그리고 마침내 사진기를 들고 도착한 두 사진사의 소리.

얼마 지나지 않아 키가 크고 머리가 붉은 남자가 별안간 비틀거리며 클로디아의 침실로 들어왔다. 올리버 부인이 있다는 사실을 눈치채지 못한 채 그가 푸아로에게 물었다.

"그녀가 무슨 짓을 한 겁니까? 살인인가요? 누구죠? 그 남자 친구인가요?"

"그렇다네."

"그녀가 시인하던가요?"

"그럴 것 같아."

"석연치가 않습니다. 그녀가 자기 입으로 그렇게 말했나요?"

"그녀가 그렇게 말하는 걸 듣지는 못했네. 직접 물어볼 새가 없었거든."

그때 한 경관이 안을 들여다보았다.

"스틸링플릿 선생님?"

경관이 물었다.

"경찰의가 선생님과 말씀을 나누고 싶다고 합니다."

스틸링플릿 선생은 고개를 끄덕이고 그를 따라 방을 나갔다.

"저 사람이 스틸링플릿 선생이군요."

올리버 부인이 잠깐 동안 곰곰이 생각하는 듯하더니 덧붙였다.

"대단한 사람인가 봐요."

23장

 닐 경감이 종이 1장을 자기 앞으로 잡아당기더니 거기에 간단하게 몇 마디 메모를 적어 넣었다. 그러고는 방 안에 있는 다섯 사람을 빙 둘러보고는 또렷하면서도 사무적인 목소리로 입을 열었다.
 "제이콥스 양!"
 닐 경감은 문가에 서 있던 경관 쪽을 쳐다보았다.
 "코널리 경사가 그녀의 진술을 받았다고 들었지만 직접 그녀에게 몇 가지 물어보고 싶은 게 있네."
 그러자 몇 분 뒤 제이콥스 양이 안내를 받아 그 방으로 들어왔다. 닐 경감은 자리에서 일어나 그녀에게 정중하게 인사를 했다.
 "저는 닐 경감이라고 합니다."
 악수를 나누며 그가 말을 이었다.
 "이렇게 재차 수고를 끼쳐 드려서 죄송합니다. 하지만 이번에는 아주 비공식적인 자리가 될 겁니다. 정확히 뭘 보고 들으셨는지 그것만 저한테 분명하게 말씀해 주시면 됩니다. 괴로울 수도 있겠지만⋯⋯."

"아뇨, 괴롭지 않아요."

제이콥스 양이 닐 경감이 권한 의자에 앉으며 말했다.

"물론 충격이야 받았지요. 하지만 아무런 느낌이 없어요."

사이를 두었다 그녀가 덧붙였다.

"현장을 정리하신 것 같더군요."

닐 경감은 그녀가 시체를 치운 것을 두고 말한 것이라고 생각했다.

예리하고 엄격한 그녀의 두 눈이 방 안에 모인 사람들을 가볍게 훑고 지나갔다. 푸아로를 보고는 놀란 표정을 숨기지 않았고(도대체 이게 다 무슨 일이지?), 올리버 부인을 보고는 가벼운 호기심을 보였다. 또 붉은 머리의 스틸링플릿 선생의 뒷모습을 뜯어보다 클로디아에게는 가벼운 목례로 알은체를 했다. 그리고 마지막으로 앤드루 레스태릭에게는 동정하는 듯한 표정을 지어 보이더니 말을 붙였다.

"당신이 그 아가씨의 아버지군요. 생면부지인 사람한테는 위로의 말을 들어 봤자 소용없지요. 아예 안 하는 게 나을 거예요. 요즘 우리는 참 서글픈 세상에 살고 있는 것 같아요. 적어도 제 눈에는 그래 보이네요. 여자들이 공부를 너무 많이 해서 그런지⋯⋯."

그러고 나서 그녀는 침착하게 닐 경감 쪽으로 고개를 돌렸다.

"무슨 일이죠?"

"제이콥스 양, 당신이 보고 들은 것을 저한테 정확하게 말씀해 주셨으면 합니다."

"아까 말한 내용과는 달라질 것 같네요. 아시다시피 말이란 건 늘 달라지잖아요. 최대한 정확하게 말하려고 애쓰다 보면 말이 더 많아지지요. 하지만 제 생각에는 더 이상 정확할 수는 없을 것 같네요. 그러니까 무의식중에 자기가 보거나 들었을지도 모르거나, 보거나 들었어야만 했다고 생각되는 내용을 더하게 되거든요. 하지만 최선을 다해 보도록 할게요.

처음엔 비명 소리가 들렸고 저는 깜짝 놀랐어요. 누가 다쳤나 보다라고 생각했죠. 그래서 누가 문을 두드리는 소리가 들리자마자 바로 문으로 다가갔는데 그때까지 비명 소리는 여전히 멈추지 않았어요. 문을 열어 보니 옆집, 그러니까 67호에 사는 세 아가씨 중 한 명이 서 있었어요. 미안하지만 얼굴은 아는데 이름은 모르겠네요."

"프랜시스 캐리입니다."

클로디아가 알려 주었다.

"그녀는 헛소리를 하면서 더듬더듬 누가 죽었다는 말을 했어요. 자기가 아는 데이비드 뭐라고 했는데 성은 잘 듣지를 못했어요. 그녀는 흐느껴 울고 있었고 온몸을 바들바들 떨고 있었죠. 그래서 그녀를 안으로 들어오게 한 다음 브랜디를 주고 제가 직접 보러 갔어요."

방 안에 있는 사람은 모두 제이콥스 양이 어떠한 경우에도 똑같이 행동했을 거라고 생각했다.

"제가 뭘 발견했는지는 아실 거예요. 그 부분도 설명을 해야 하나요?"

"간단하게라도 해 주십시오."

"젊은 남자, 요즘 흔히 볼 수 있는 현란한 의상에 머리가 긴 남자였어요. 그 남자가 바닥에 누워 있었는데 죽은 게 분명해 보였어요. 셔츠가 피 때문에 뻣뻣해져 있었거든요."

스틸링플릿이 고개를 휘저었다. 그리고 고개를 돌려 제이콥스 양을 날카롭게 보았다.

"조금 있다가 나는 그 방에 여자가 1명 있다는 사실을 알게 됐어요. 그녀는 식칼을 쥐고 있었어요. 아주 침착하고 차분해 보였는데, 정말 이상하다고 생각했죠."

스틸링플릿이 물었다.

"그녀가 무슨 말을 했지요?"

"손에 묻은 피를 닦으러 욕실에 갔었다고 했어요. 그다음에는 '이런 건 씻어 낼 수 있는 게 아닌가 봐.'라고 말했어요."

"사라져라, 저주 받은 핏자국이여! 뭐 그런 뜻이었나요?"

"그녀를 보고 맥베스 부인이 떠오르진 않았어요. 뭐랄까, 그녀는 너무나 평온해 보였어요. 탁자 위에 칼을 올려놓고 의자에 앉더라고요."

"그 밖의 다른 말은 없었나요?"

닐 경감이 시선을 앞에 놓인 휘갈겨 쓴 메모에 고정한 채 물었다.

"증오에 관한 말을 했어요. 누군가를 증오한다는 건 위험한 일이라고요."

"'불쌍한 데이비드'에 대해서도 뭐라고 하지 않던가요? 코널리 경사에게는 그렇게 말씀하셨더군요. 그리고 또 그에게서 벗어나고 싶다고도 했고요."

"그건 제가 깜빡했네요. 맞아요. 그가 자기더러 여기로 오라고 했다나 어쨌대나 뭐 그런 말도 했고, 루이즈에 대해서도 뭐라고 했어요."

"루이즈에 대해서는 뭐라고 했지요?"

상체를 앞으로 홱 굽히며 질문을 한 사람은 다름 아닌 푸아로였다. 제이콥스 양이 의심스러운 눈초리로 그를 바라보았다.

"별다른 말 없이 그냥 그 이름만 말했어요. '루이즈처럼'이라고요."

그녀는 여기까지 말하고 말을 멈췄다.

"사람들을 증오하는 건 위험하다는 말을 하고 나서 그 뒤에 했어요······."

"그러고 나서는요?"

"그러고 나서는 아주 침착하게 저더러 경찰에 신고하는 게 낫지 않겠느냐고 했어요. 그래서 저는 그대로 했지요. 우리는 경찰이 올 때까지 그렇게 앉아만 있었어요······. 그녀를 내버려 두어서는 안 될 것 같았어요. 우린 아무 말도 하지 않았어요. 그녀는 자기 생각에 빠져 있는 것 같았고, 저는 음······ 솔직히 아무 말도 생각이 안 났어요."

"그 애가 정서적으로 불안정하다는 걸 알 수 있었을 겁니다, 안 그런가요? 자기가 무슨 짓을 왜 했는지 그 애가 모른다는 걸 알 수 있었을 거예요, 그렇지요?"

앤드루 레스태릭은 애원조로, 제발 그렇다고 답해 달라는 듯이 물었다.

"살인을 저지른 다음에도 태연하고 침착해 보이는 게 정서 불안의 증세라고 한다면, 당신 말에 동의할 수도 있겠네요."

제이콥스 양은 반대하기로 단단히 마음먹은 사람처럼 단호하게 말했다.

이번에는 스틸링플릿이 말했다.

"제이콥스 양, 그녀가 그를 죽였다고 시인했나요?"

"그럼요. 그 말을 먼저 했어야 했는데……. 그 말이 그녀가 가장 처음 한 말이었어요. 마치 내 질문에 대답이라도 하는 것 같았어요. 이렇게 말했거든요. '그래요, 내가 그를 죽였어요.' 그러더니 손 씻은 얘기를 했어요."

레스태릭은 고통스러운 신음소리를 내뱉고는 양손에 얼굴을 파묻었다. 클로디아가 그의 팔 위에 한 손을 얹으며 위로했다.

푸아로가 말했다.

"제이콥스 양, 그녀가 자신이 들고 있던 칼을 그 탁자에 내려놓았다고 했지요? 그 탁자가 당신 가까이에 있었습니까? 칼을 똑똑히 보셨나요? 칼도 씻은 것 같던가요?"

제이콥스 양은 주저하며 닐 경감을 바라보았다. 그녀는 푸아로가 공식적인 심리와 비슷한 이 자리에서 다른 사람들과는 이질적이고 비공식적인 어조로 질문하고 있다고 느낀 듯했다.

"질문에 대답해 주시겠어요?"

닐 경감이 말했다.

"아뇨, 칼을 물로 씻거나 다른 뭔가로 씻은 것 같지는 않았어요. 그 칼은 두텁고 끈끈한 물질로 얼룩지고 더럽혀져 있었어요!"

"아하."

푸아로가 의자에 기대앉았다.

"칼에 대해서는 다 알고 계실 거라 생각했는데요."

제이콥스 양이 비난조로 닐 경감에게 말했다.

"경찰에서 검사하지 않았나요? 안 했다면 업무 태만으로 볼 수 있을 것 같군요."

"물론 경찰에서 검사는 했습니다. 그래도 저희 쪽에서는…… 뭐랄까…… 늘 확실한 진술을 받고 싶어 하니까요."

그녀는 닐 경감에게 날카로운 시선을 보냈다.

"그러니까 지금 증인의 관찰이 얼마나 정확한지 알아내고 싶다는 말씀이군요. 증인이 어느 정도 꾸며 내는 건지, 또는 실제로 본 건지, 아니면 봤다고 착각하는 건지 말이에요."

닐 경감이 살짝 미소를 지으면서 말했다.

"당신을 의심하는 게 아닙니다, 제이콥스 양. 당신은 뛰어난 증인이 되어 줄 겁니다."

"별로 즐거울 것 같지는 않네요. 하지만 한 번은 겪어야 할 일이겠죠."

"유감스럽게도 그렇습니다. 감사합니다, 제이콥스 양."

닐 경감이 주위를 둘러보며 말했다.

"더 질문하실 분 안 계십니까?"

푸아로는 질문할 의사가 있다는 뜻을 내비쳤다. 제이콥스 양은 나가려다가 불쾌한 표정으로 문가에서 멈추어 섰다.

"뭐죠?"

"루이즈란 사람에 대해서 언급했다는 부분 말입니다. 그녀가 말한 사람이 누군지 아셨나요?"

"제가 어떻게 알겠어요?"

"그녀가 루이즈 샤르팡티에 부인을 말한 것일 수도 있잖아요. 당신도 샤르팡티에 부인은 알고 있지 않습니까?"

"아뇨, 몰랐어요."

"샤르팡티에 부인이 최근 이쪽 동에 있는 아파트 창문에서 투신했다는 사실은 알고 계셨지요?"

"물론 그건 알고 있었어요. 하지만 그 여자의 이름이 루이즈란 사실도 전혀 몰랐고, 개인적으로 잘 알고 지내던 사이도 아니었어요."

"딱히 친하게 지내고 싶지도 않았던 것 같군요?"

"죽은 사람을 두고 이렇게 말하기는 좀 그렇군요. 하지만 부인하지는 않겠어요. 그녀는 가장 못마땅한 주민이었고 나를 비롯해서 다른 주민들도 이곳 관리에 대해서 자주 불평을 했어요."

"정확히 무슨 관리를 말씀하시는 건지요?"

"솔직히 말해서 그 여자는 주정뱅이였어요. 사실 그 여자 집이 제 집 바로 위층이었는데 날이면 날마다 소란스러운 파티를 열었어요. 유리 깨지는 소리, 가구 쓰러지는 소리, 노래하고 소리 지르는 소리, 여러 사람이 오가는 소리. 소음이 끊이질 않았지요."

"모르긴 몰라도 샤르팡티에 부인은 외로웠을 겁니다."

푸아로가 넌지시 말했다.

"그런 인상은 아니었어요."

제이콥스 양이 신랄한 투로 말했다.

"심리에서는 그 여자가 자신의 건강 때문에 우울해했다고 했더군요. 하지만 그건 순전히 그녀의 착각에 불과해요. 그 여자는 건강에 아무 이상이 없어 보였거든요."

그녀는 고인이 된 샤르팡티에 부인에 대해 일말의 동정심도 없이 말하고는 방을 나갔다.

푸아로는 이제 앤드루 레스태릭으로 주의를 돌렸다. 그가 조심스럽게 물었다.

"레스태릭 씨, 당신은 한때 샤르팡티에 부인과 잘 알고 지내던 사이인 걸로 아는데, 맞습니까?"

레스태릭은 잠깐 동안 대답하지 않고 묵묵히 있더니 길게 한숨을 쉬고는 시선을 푸아로에게 건넸다.

"예, 한때, 아주 오래전에 그녀와 잘 알고 지냈습니다……. 그때는 이름이 샤르팡티에가 아니었어요. 내가 만났을 때에는 루이즈 비렐이었습니다."

"그러니까 그녀와 사랑하는 사이였던 거군요!"

"맞습니다. 그녀와 사랑하는 사이였고…… 그녀에게 홀딱 빠져 있었지요! 그녀 때문에 아내를 떠났으니까요. 우리는 남아프리카로 갔습니다. 하지만 1년도 못 가서 모든 게 끝이 났지요. 그녀는 영국으로 돌아가 버렸고 그 뒤로 한 번도 소식을 들은 적이 없었습니다. 심지어 그녀가 어떻게 되었는지도 몰랐어요."

"따님은 어떻습니까? 그녀도 루이즈 비렐을 알고 있었나요?"

"제가 기억하기로는 아닙니다. 겨우 5살이었으니까요."

"하지만 따님은 그녀를 알고 있었지요?"

"그렇습니다. 노마는 루이즈를 알고 있었습니다. 루이즈가 우리 집에 와서 노마와 놀아 주곤 했거든요."

레스태릭이 천천히 말했다.

"그렇다면 세월이 흘렀어도 따님이 그녀를 기억하고 있을 수도 있겠군요?"

"잘 모르겠습니다. 정말 모르겠어요. 그녀가 어떻게 생겼는지도 기억나지 않아요. 루이즈가 얼마나 변했을지도 모르겠고요. 아까 말했던 것처럼 헤어진 뒤로 다시는 그녀를 보지 못했으니까요."

푸아로가 부드럽게 물었다.

"하지만 당신은 그녀의 소식을 들었습니다, 그렇지요, 레스태릭 씨? 그러니까 당신이 영국으로 돌아오고 나서 말입니다."

다시 한번 침묵이 이어지다가 불행한 한숨 소리가 들려왔다.

"그렇습니다. 그녀에게서 연락이 왔지요……."

레스태릭이 대답했다. 잠시 후 갑자기 궁금해진 레스태릭이 물었다.

"그걸 어떻게 알았죠, 무슈 푸아로?"

푸아로는 주머니에서 깔끔하게 접힌 종이 1장을 꺼냈다. 그는 그 종이를 펼쳐서 레스태릭에게 건넸다.

레스태릭은 다소 어리둥절한 표정으로 눈살을 찌푸리며 그 종이를 들여다보았다.

앤디에게

신문을 보고 당신이 돌아왔다는 걸 알게 됐어. 우리 만나서 그동안 어떻게 지냈는지 얘기 좀 해…….

편지는 여기서 중단되었다가 다시 시작되었다.

앤디, 내가 누군지 알겠어? 루이즈야. 설마 날 잊은 건 아니겠지?

앤디에게

편지에 적힌 주소를 보면 알겠지만 나는 지금 당신 비서와 같은 아파트에 살고 있어. 세상 참 좁네! 우리 만나. 다음 주 월요일이나 화요일쯤 한잔하러 와 줄 수 있겠어?

앤디, 자기를 꼭 다시 만나고 싶어……. 자기 말고 나한테 중요한 사람은 이제껏 없었어. 날 정말 잊은 건 아니지, 그렇지?

"이걸 어디서 구했죠?"
궁금해 죽겠다는 표정으로 종이를 두드리며 레스태릭이 푸아로에게 물었다.

"가구 운반차를 거쳐 내 친구 손에 들어간 걸 받았지요."

올리버 부인을 흘긋 보며 푸아로가 말했다.

레스태릭은 올리버 부인을 못마땅하게 쳐다보았다.

그의 눈빛을 제대로 해석한 올리버 부인이 변명을 했다.

"어쩔 수 없었어요. 그녀의 가구를 옮기던 중에 인부들이 책상을 떨어뜨렸는데 그때 서랍 하나가 쏟아지면서 이것저것 바닥에 흩어졌거든요. 바람까지 부는 바람에 그 종이가 안마당까지 날아왔어요. 그래서 주워서 돌려주려고 했는데 화가 난 인부들이 받으려고 하지 않아서 아무 생각 없이 외투 주머니에 넣은 것뿐이에요. 오늘 오후 세탁소에 외투를 보내려고 주머니를 뒤지다가 다시 발견할 때까지 그게 거기 있는 줄도 몰랐다고요. 그러니 사실 내 잘못은 아니에요."

그녀는 여기까지 말하고는 약간 숨을 헐떡였다.

"그녀가 결국 당신에게 편지를 보냈나요?"

푸아로가 물었다.

"그랬습니다. 좀 더 격식을 차려서 쓴 편지로요! 답장은 하지 않았습니다. 그러지 않는 편이 낫겠다고 생각되었거든요."

"다시 만나고 싶지 않으셨던 건가요?"

"그녀는 내가 절대로 만나고 싶지 않은 사람이었어요! 대단히 까다로운 여자였지요. 언제나 그랬어요. 게다가 그녀에 대해서 몇 가지 들은 소문이 있는데, 그중 하나가 그녀가 주정뱅이가 되었다는 것이었습니다. 물론 다른 소문들도 들었지요."

"그 편지를 보관하셨습니까?"

"아뇨, 찢어 버렸습니다."

스틸링플릿 선생이 황급히 질문을 하나 더 했다.

"따님이 그녀에 대해 당신한테 말한 적이 있습니까?"

레스태릭은 대답을 꺼리는 것 같았다.

스틸링플릿 선생이 재차 대답을 요구했다.

"그런 일이 있었다면 그건 아주 의미심장한 일일 수도 있습니다."

"의사들이란! 그래요, 노마가 그녀의 얘기를 꺼낸 적이 딱 한 번 있었습니다."

"정확히 뭐라고 했지요?"

"그 애가 갑자기 이렇게 말하더군요. '며칠 전에 루이즈를 봤어, 아빠.' 나는 놀라서 물었죠. '어디서 봤니?' 그러자 그 애가 그러더군요. '우리 아파트 식당에서.' 당황한 저는 '네가 그 여자를 기억할 줄은 꿈에도 몰랐구나.'라고 했습니다. 그러자 그 애가 '나는 한번도 잊은 적이 없어. 내가 용서하고 싶어도 엄마가 그렇게 내버려 두지 않을걸.' 하고 말하지 뭡니까."

"그랬군요. 듣고 보니 정말 의미심장한 말이군요."

"그리고 마드무아젤."

푸아로가 갑자기 클로디아 쪽을 향하며 말했다.

"노마가 루이즈 샤르팡티에에 대해 얘기한 적이 있습니까?"

"예, 그 자살 사건이 일어난 후였어요. 그 여자더러 사악한 여자란 말을 했던 것 같아요. 무슨 말인지 이해하실지 모르겠네요. 그 말을 할 때 그 애의 말투가 좀 어린아이 같았어요."

"당신은 샤르팡티에 부인이 자살한 날 밤, 아니 좀 더 정확히 말해서 그날 새벽에 아파트에 있었습니까?"

"아뇨, 여기 없었어요. 집에서 멀리 떨어진 곳에 있었어요. 다음 날 여기 도착해서 그 소식을 들은 기억이 나네요."

그녀는 몸을 반쯤 돌려 레스태릭을 보며 말했다…….

"기억나세요? 23일이었어요. 제가 리버풀에 갔던 날."

"물론 기억해요. 당신은 헤버 트러스트 회의에 나를 대신해서 갔었지."

푸아로가 물었다.

"하지만 노마는 그날 밤 여기서 잤지요?"

"예."

클로디아는 어딘가 불편해 보였다.

"클로디아?"

레스태릭이 한 손을 그녀의 팔에 얹고 말했다.

"노마에 대해서 뭐 아는 게 있습니까? 뭔가 있지요? 숨기고 있는 뭔가가 있어요."

"아무것도 없어요! 제가 그 애에 대해서 뭘 알겠어요?"

"당신은 노마가 제정신이 아니라고 생각하지요, 그렇지 않습니까?"

스틸링플릿이 스스럼없이 물었다.

"검은 머리 아가씨도 그렇게 생각하고, 당신도 그렇게 생각하고 있어요."

스틸링플릿은 이렇게 말을 덧붙이고 나서 갑자기 레스태릭을 돌아보았다.

"우리 모두 점잖게 굴면서 그 얘기를 피하고 있지만 사실은 모두 같은 생각을 하고 있습니다! 경감님만 빼고 말이죠. 경감님은 생각을 하고 있는 게 아니라 사실을 수집하고 있습니다. 정신병자인가 살인자인가 하는 것 말이죠. 당신은 어떤가요, 부인?"

올리버 부인이 깜짝 놀라며 대답했다.

"저요? 저…… 저는 모르겠네요."

"판단을 유보하시는 겁니까? 당신을 비난하지는 않겠습니다. 어려운 일이니까요. 여러 가지를 고려할 때 다들 생각은 같아 보이는군요. 표현만 다를 뿐이에요. 머리가 이상하다든지, 머리가 모자라다든지, 미쳤다든지, 정신병, 망상 같은 말로 말이에요. 그 아가씨가 정상이라고 생각하는 분 계신가요?"

"배터스비 양이 있네."

푸아로가 말했다.

"배터스비는 또 누굽니까?"

"교장 선생님이지."

"나한테 딸이 생긴다면 그 학교에 꼭 보내야겠군요……. 신분이 달라서 될지는 모르겠지만 말입니다. 전 알고 있습니다. 그 아가씨의 모든 걸 말이에요."

노마의 아버지는 스털링플릿을 뚫어져라 응시하더니 닐 경감에게 따지듯 물었다.

"저 사람은 누굽니까? 내 딸에 대해서 모든 걸 알고 있다니 그게 도대체 무슨 말이지요?"

"전 그녀를 잘 알고 있습니다. 왜냐하면 그녀는 지난 열흘 동안 제 치료를 받았기 때문입니다."

스틸링플릿이 말했다.

"스틸링플릿 선생은 자격도 충분하시고 저명하신 정신과 의사입니다."

닐 경감이 간단히 소개해 주었다.

"나한테 사전에 동의를 구하지도 않고 어떻게 그 애가 당신 병원에 들어갈 수 있었지요?"

"콧수염을 기른 저분께 물어보십시오."

스틸링플릿 선생이 고개로 푸아로를 가리키며 말했다.

"당신, 당신이······."

레스태릭은 화가 나서 말문이 막힐 지경이었다.

푸아로가 조용히 말했다.

"저는 당신의 지시를 받았습니다. 당신은 따님이 발견될 때 보살핌과 보호를 받고 있길 바란다고 했지요. 저는 그녀를 찾아냈고 스틸링플릿을 따님의 일에 끌어들일 수 있었습니다. 따님은 위험에 처해 있었습니다, 레스태릭 씨. 아주 큰 위험에 말입니다."

"지금보다 더 위험할 순 없겠지! 살인죄로 체포되었잖소!"

"정확히 말해서 아직 기소된 건 아닙니다."

닐 경감이 낮은 목소리로 말하고는 이어서 말했다.

"스틸링플릿 선생님, 선생님께서는 기꺼이 레스태릭 양의 정신 상태에 대해서, 그리고 그녀가 자신이 저지른 행동의 본질과 의미를 얼마나 잘 알고 있는지에 대해서 전문적인 의견을 주실 의향이 있습니까?"

"엠 노튼 법령(피고가 범행 당시 자신의 행동이 잘못된 행동인지 판단할 수 없다면 그는 자신의 행동에 책임이 없다는 법령 — 옮긴이)은 법정에 갈 때까지 남겨 두도록 하지요."

스틸링플릿이 사이를 두었다가 다시 말을 이었다.

"지금 여러분이 알고 싶은 건 아주 단순한 문제, 그 아가씨가 미쳤는가 제정신인가 하는 것이지요? 좋습니다. 제가 말씀드리지요. 그 아가씨는 정상입니다. 여기 이 방에 앉아 계신 여러분 못지않게 지극히 정상입니다!"

24장

모두가 스털링플릿을 응시했다.
"전혀 예상 못 했겠지요, 그렇죠?"
레스태릭이 화난 얼굴로 말했다.
"당신이 틀렸소. 그 애는 자기가 무슨 짓을 했는지 모르오. 그 애는 무고해요. 전혀 죄가 없단 말이오. 자기가 무슨 짓을 저질렀는지도 모르는 애한테 책임을 물을 수는 없어요."
"제가 한 말씀 드리겠습니다. 저는 제 스스로 무슨 얘기를 하고 있는지 잘 알고 있지만 당신은 그렇지가 않습니다. 그 아가씨는 제정신이고 자기 행동에 책임이 있어요. 잠시 후에 그녀를 이곳으로 불러들인 다음 본인 얘기를 들어 볼 겁니다. 이제껏 그녀에게는 발언 기회가 없었으니까요! 아, 경찰에서는 그녀를 아직 여기에 붙잡아 두고 있지요. 여경의 감시하에 자기 침실에 갇혀 있답니다. 그녀에게 질문을 하기에 앞서 여러분이 먼저 알아 두셔야 할 게 있습니다. 그녀가 제게 왔을 때 그녀는 마약에 절어 있었어요."

"그놈이 준 겁니다! 썩어빠진 한심한 놈!"

레스태릭이 큰 소리로 외쳤다.

"네, 그 청년 때문에 시작한 게 분명합니다."

"하느님, 감사합니다. 하느님, 정말 감사합니다."

"뭐가 감사하다는 거죠?"

"당신을 오해했어요. 그 애가 제정신이라고 누차 얘기하기에 당신이 그 애를 사자 우리에 던져 넣으려는 줄 알았습니다. 내가 당신을 잘못 봤군요. 결국 마약 때문이었어요. 평소 상태였다면 절대로 하지 않았을 일을 마약 때문에 하게 되었고, 그런 일을 하고도 자기가 한 줄을 몰랐던 거였어요."

스틸링플릿의 목소리가 커졌다.

"그렇게 넘겨짚기 전에 저한테 말할 기회를 주신다면 일을 좀 더 빨리 진척시킬 수 있을 겁니다. 우선 말씀드리고 싶은 것은 그녀가 중독자가 아니라는 겁니다. 주사 바늘 자국이 없어요. 그렇다고 코로 코카인을 흡입한 것도 아니었어요. 누군가가, 아마도 그 청년이나 다른 누군가가 그녀 모르게 약을 투여했을 겁니다. 요즘 유행하고 있는 환각제 한두 알이 아니었어요. 다소 흥미로운 약들을 잡다하게 투여한 것 같았습니다. LSD는 악몽이든 길몽이든 꿈을 생생하게 보여 주는 환각제예요. 대마는 시간 요인을 왜곡시키는 환각제입니다. 그래서 노마는 자기가 겪은 일이 불과 몇 분밖에 되지 않았는데도 불구하고 1시간 동안 지속된 것으로 생각했을 수 있습니다. 그 밖의 여러분께 알려 드리고 싶지도 않은 이상한 약물도 아주 많았습니다. 약에 대해서 아주 잘 알고 있는 누군가가 그 아가씨에게 장난을 쳤더군요. 흥분제, 진정제 등 그 모든 약이 그 아가씨를 조종하는 데 일조했을 것이고 자신과는 전혀 다른 사람으로 보이도록 만들었을 겁니다."

레스태릭이 중간에 끼어들었다.

"제 말이 그 말입니다. 노마에게는 책임이 없다고요! 누군가 그 애한테 최면을 건 다음 그런 일들을 하도록 시킨 겁니다."

"아직도 요점을 파악하지 못하셨군요! 그 누구도 그녀가 하고 싶지 않은 일을 하도록 시킬 수는 없습니다! 그녀로 하여금 자신이 저질렀다고 생각하게 만든 것입니다. 이제 노마를 불러다가 그녀한테 무슨 일이 있었는지를 알려 줄 겁니다."

스틸링플릿이 동의를 구하듯 닐 경감을 바라보자 그가 고개를 끄덕였다.

스틸링플릿은 거실을 나가면서 어깨 너머로 클로디아에게 말했다. "제이콥스 양의 집에서 데리고 와서 진정제를 먹인 또 다른 아가씨는 어디에 있지요? 자기 방 침대에 있나요? 어떻게든 깨워서 이리로 데리고 오셔야겠습니다. 가능한 한 모든 도움을 받아야 할 테니까요."

클로디아도 거실에서 나갔다.

스틸링플릿이 노마를 달래며 거실로 데리고 왔다.

"잘했어요……. 아무도 당신을 해치지 않을 겁니다. 거기 앉으세요."

노마는 스틸링플릿의 말에 순순히 따랐다. 그녀의 그런 태도는 섬뜩해 보이기까지 했다.

노마가 자기 말은 안 들으면서 스틸링플릿의 말 한마디에 고분고분해지는 것을 보고 여경이 분한 듯 문가에서 서성댔다.

"당신은 진실만 말하면 됩니다. 생각처럼 그렇게 어려운 일은 아닐 거예요."

클로디아가 프랜시스 캐리를 데리고 들어왔다. 프랜시스는 연신 하품을 해 대고 있었다. 하품을 할 때마다 검은 머리칼이 장막처럼 그녀의 입을 반쯤 가렸다.

"찬물이라도 마셔야겠군요."

스틸링플릿이 프랜시스에게 말했다.

"좀 자게 내버려 두면 좋잖아요."

프랜시스가 부정확한 발음으로 속삭이다시피 말했다.

"얘기가 끝날 때까지 아무도 못 잡니다! 자, 노마 양, 제 질문에 답하세요. 맞은편에 있는 저 여자가 당신이 데이비드 베이커를 죽였다고 시인했다고 하는군요. 맞습니까?"

"네, 제가 데이비드를 죽였어요."

"그를 칼로 찔렀나요?"

"예."

"당신이 그런 줄 어떻게 알지요?"

그녀는 약간 당황한 것 같았다.

"무슨 말인지 모르겠어요. 그가 거기 바닥에 누워 있었다고요, 죽은 채로."

"칼은 어디 있었습니까?"

"내가 주워 들었어요."

"그 칼에 피가 묻어 있었나요?"

"예. 그 사람 셔츠에도요."

"기분이 어땠나요? 칼에 묻은 피 말이에요. 당신 손에도 피가 묻어서 물로 씻어야만 했잖아요. 축축했나요? 아니면 딸기잼 같았나요?"

"딸기잼 같았어요. 끈적끈적했거든요. 욕실에 가서 손을 씻어야만 했어요."

그녀가 온몸을 떨었다.

"의식은 있었군요. 이로써 모든 것이 아주 깔끔하게 정리가 되었습니다. 피해자, 살인자, 당신, 거기다 무기까지. 실제로 죽인 기억이 납니까?"

"아뇨······. 그건 기억이 안 나요······. 하지만 제가 저지른 게 틀림없잖아요, 그렇지 않나요?"

"저한테 묻지 마십시오! 저는 현장에 없었으니까요. 그렇게 말하고 있는 사람은 당신이잖아요. 하지만 그전에 다른 살인이 있었습니다. 그렇지요? 이보다 앞서 저지른 살인 말입니다."

"그러니까 루이즈 말씀이세요?"

"맞습니다. 루이즈를 말하는 겁니다······. 언제 처음으로 그녀를 죽이고 싶다는 생각을 했지요?"

"오래전에요. 아주 오래전이었어요."

"당신이 어린아이였을 때 말이지요?"

"예."

"아주 오래 기다려야 했겠네요, 그렇지요?"

"저는 다 잊고 있었어요."

"그녀를 다시 보고 알아보기 전까지는 말이지요?"

"예."

"어렸을 때 당신은 그녀를 미워했습니다. 왜지요?"

"그녀가 아버지를 빼앗아 갔으니까요."

"어머니도 불행에 빠뜨렸고요?"

"어머니는 루이즈를 아주 싫어했어요. 루이즈를 아주 사악한 여자라고 했죠."

"어머니께서 루이즈 얘기를 많이 하셨나요?"

"예. 하지만 나는 안 그랬으면 좋겠다고 생각했어요……. 평생 그 여자 얘기를 들으면서 살고 싶지는 않았거든요."

"지겨웠겠지요. 저도 압니다. 증오의 말은 늘 똑같거든요. 루이즈를 다시 보았을 때 정말 죽이고 싶었나요?"

노마는 잠깐 곰곰이 생각하는 듯했다. 희미하게 흥미로워하는 표정이 얼굴에 나타났다.

"사실은 난……. 아시잖아요……. 아주 오래전 일처럼 느껴졌어요. 그런 내 모습을 상상할 수가 없었어요……. 그래서……."

"그래서 당신이 저질렀는지 확신할 수 없다는 건가요?"

"예. 내가 죽인 게 아니라는 얼토당토않은 생각도 해 봤어요. 그건 꿈이었다고요. 어쩌면 그 여자는 정말로 창문에서 뛰어내린 걸지도 모른다고요."

"어째서 그 생각이 얼토당토않다는 거죠?"

"제가 그랬다는 걸 알고 있으니까요. 제 입으로 제가 죽였다고 말했는걸요."

"당신이 당신 입으로 그렇게 말했다고요? 그 말을 누구한테 했죠?"

노마는 고개를 가로저었다.

"말하면 안 돼요……. 나한테 친절하게 대해 주고 도와주려고 했던 사람이거든요. 그 여자가 자기는 아무것도 모르는 척할 거랬어요."

노마는 계속해서 말을 이어 갔다. 말하는 속도도 점점 빨라지고 어투도 점점 흥분했다.

"저는 루이즈의 집 바깥, 그러니까 76호실 문 밖에 있었는데, 방금 거기서 나오는 길이었어요. 내가 몽유병에 걸렸나 보다 생각했어요. 그들이, 아니 그녀가 사고가 났다고 말해 줬어요. 안마당 저 아래서요. 그녀는 저와는 무관한 일이라고 몇 번이고 말해 주었어요. 아무도 모를 거라고요. 내가 무슨 짓을 저질렀는지 기억은 안 났지만 내 손에 뭔가가 쥐어져 있었어요……."

"뭐였죠? 그 뭔가라는 게? 피를 말하는 건가요?"

"아뇨, 피는 아니고 찢어진 커튼 조각이었어요. 내가 루이즈를 밀 때 찢어졌나 봐요."

"그녀를 밀어낸 기억이 있군요, 그런 겁니까?"

"아뇨, 아니에요. 바로 그게 가장 끔찍한 부분이에요. 저는 아무것도 기억이 나지 않아요. 그래서 저는 정말 아니길 바랐어요. 그래서 찾아갔던 것이고요……."

노마가 고개를 돌려 푸아로를 보며 말했다.

"저분한테요……."

잠시 후 노마는 다시 스틸링플릿을 보며 말을 이었다.

"내가 한 일이 전혀 기억나지 않았어요. 아무것도요. 기억은 나지 않았지만 점점 더 무서워졌어요. 전에도 백지 상태, 새하얀 백지 상태인 시간이 꽤 있었거든요. 그러니까 내가 어디서 뭘 했는지 설명할 수 없거나 기억할 수 없는 시간들 말이에요. 기억은 안 나는데 뭔가를, 제가 숨겨 놓은 게 틀림없는 뭔가를 발견했어요. 메리는 저에 의해서 서서히 독살을 당하고 있었는데, 병원에서도 메리의 몸이 독에 중독되었다는 걸 발견했대요. 그 뒤 서랍 속에 내가 숨겨 둔 제초제도 발견했어요. 아파트의 내 방에서는 자동 칼도 나왔지요. 내가 산 기억도 없는 권총도 나왔죠! 사람들을 죽이기는 했는데 죽인 기억이 없어요. 하지만 나는 살인자가 아니에요. 난…… 미쳤을 뿐이라고요! 마침내 그 사실을 깨달았어요. 난 미쳤고 더 이상 어쩔 수가 없다는 사실을요. 미친 사람이 한 행동을 보고 비난할 수는 없는 거잖아요. 여기로 와서 내가 데이비드를 죽인 것도 내가 미쳤다는 증거가 아닌가요?"

"미치고 싶어 하는 것 같군요, 아주 많이."

"난…… 그래요, 그런 것 같아요."

"그렇다면 당신은 왜 어떤 여자를 창문에서 떠밀어 죽였다는 사실을 누군가에게 고백했지요? 당신이 고백한 사람이 누구입니까?"

노마가 머뭇거리며 고개를 돌렸다. 그러더니 손을 들고 누군가를 가리켰다.

"클로디아에게 말했어요."

"말도 안 되는 얘기예요. 넌 나한테 그런 얘기를 한 적이 없어!"

클로디아가 냉소적인 표정으로 노마를 보며 말했다.

"했어, 난 했어."

"언제? 어디서?"

"그건…… 나도 모르겠어."

"노마가 모든 걸 너한테 고백했다고 했어."

프랜시스가 흐리멍텅하게 말했다.

"솔직히 나는 노마가 히스테리 때문에 헛소리를 하는 것 같다고 생각했지."

스틸링플릿이 건너편에 앉은 푸아로를 바라보았다.

"그녀가 모든 걸 꾸며 낸 것일 수도 있습니다."

푸아로가 냉정하게 말했다.

"그렇게 해결을 볼 수도 있겠군요. 만일 그렇다면 우리는 루이즈 샤르팡티에와 데이비드 베이커, 이 두 사람을 죽이고 싶었던 동기, 그것도 아주 강력한 동기를 찾아내야만 할 겁니다. 어린아이 같은 증오심 때문이었을까요? 오래전에 끝난 일 때문이었을까요? 말도 안 되는 얘기죠. 데이비드의 경우에는 '그에게서 벗어나고 싶어서'

라고요? 여자들은 그런 이유 때문에 살인을 하지 않습니다! 그보다 설득력 있는 동기가 필요해요. 어마어마한 액수의 돈이 걸려 있을 수도 있지요."

주위를 둘러본 푸아로의 목소리는 이내 원래대로 돌아왔다.

"우리에게는 약간의 도움이 더 필요합니다. 아직 나타나지 않은 사람이 한 명 있습니다. 레스태릭 부인은 여기까지 오는 데 시간이 꽤 걸리는군요, 레스태릭 씨?"

"메리가 어디 있는지 짐작 가는 데가 없습니다. 전화도 해 봤고 클로디아 양이 생각할 수 있는 모든 곳에 메시지를 다 남겨 놓았어요. 지금쯤이면 메리가 어딘가에서 전화를 걸고도 남았을 시간인데 이상하군요."

"어쩌면 우리가 잘못 생각하고 있는지도 모르지요."

에르퀼 푸아로가 말을 꺼냈다.

"어쩌면 부인의 일부는 이미 여기에 와 있는 것이라고 볼 수 있어요. 말하자면 말이에요."

"그게 대체 무슨 소리입니까?"

화가 난 레스태릭이 언성을 높였다.

"실례 좀 해도 될까요, 셰르 마담(친애하는 마담)?"

푸아로는 올리버 부인 쪽으로 몸을 기울이며 그녀를 가만히 응시했다.

"아까 제가 당신한테 맡겼던 꾸러미 말입니다······."

"아, 그거요?"

올리버 부인이 자신의 쇼핑백 안을 뒤적이더니 잠시 뒤 검은색 주머니를 꺼내 푸아로에게 건넸다.

그는 바로 옆에서 숨을 삼키는 소리를 들었지만 고개를 돌리지 않았다.

그 대신 조심스럽게 포장을 벗기고 무언가를 들어 보였다. 그것은 풍성한 금발 가발이었다.

"레스태릭 부인은 여기 안 계십니다만 가발은 여기 있습니다. 재밌지 않습니까."

"푸아로, 그건 대체 어디서 난 건가?"

닐 경감이 물었다.

"프랜시스 캐리 양이 미처 처리하지 못한 여행용 가방에서 찾아냈네. 그녀에게 얼마나 어울리는지 볼까요?"

단 한 번의 민첩한 동작으로 푸아로는 프랜시스의 얼굴을 효과적으로 가리고 있던 검은 머리칼을 한쪽으로 젖혔다.

그리고 미처 방어하기 전에 그녀의 머리 위에 금발 가발을 얹었다. 그녀는 모두를 노려보았다.

올리버 부인이 큰 소리로 외쳤다.

"맙소사. 저건 메리 레스태릭이잖아!"

프랜시스는 성난 뱀처럼 몸부림을 쳤다. 레스태릭이 자리에서 벌떡 일어나 그녀에게 다가갔지만 닐 경감의 억센 팔이 그를 제지했다.

"얌전히 굴어 주셨으면 합니다. 이제 게임은 끝났소, 레스태릭 씨. 아니 로버트 오웰이라고 불러 드릴까요?"

온갖 험한 욕이 그의 입에서 흘러나왔다. 그러자 프랜시스의 앙칼진 목소리가 커졌다.

"그만해! 이 바보 같으니라고!"

푸아로는 그에게 트로피나 다름없는 가발을 손에서 놓았다. 그는 노마에게 가서 부드럽게 노마의 손을 잡았다.

"당신의 시련은 이제 끝났습니다, 아가씨. 제물은 희생되지 않을 겁니다. 당신은 미치지도 않았고 누구를 죽이지도 않았어요. 잔인하고 무자비한 두 사람이 교묘하게 약물을 투여하고 거짓말을 해서 당신을 자살로 몰아가거나, 당신이 죄를 짓고 미쳤다는 것을 믿게 하려고 당신을 상대로 음모를 꾸민 것뿐입니다."

노마는 공포에 질린 표정으로 또 다른 공모자를 뚫어지게 바라보았다.

"우리 아버지가, 우리 아버지가요? 아버지가 나한테 그런 짓을 할 생각을 하다니! 자기 딸한테 말이에요. 나를 사랑했던 아버지가······."

"당신의 아버지가 아닙니다, 아가씨. 당신 아버지가 죽은 뒤에 이곳에 와서 그를 사칭해 어마어마한 재산을 손에 넣으려고 한 사람이지요. 이 남자가 앤드루 레스태릭이 아니란 사실을 알아차릴 수 있었던, 아니 알아차렸을지도 모르는 사람은 15년 전 그의 정부였던 여자 루이즈 샤르팡티에였어요."

25장

 네 사람이 푸아로의 방에 앉아 있었다. 푸아로는 네모진 의자에 앉아 시롭 드 카시스를 마시고 있었다. 노마와 올리버 부인은 소파에 앉아 있었다. 어울리지도 않는 밝은 녹황색 모직을 입고 더더욱 공을 들여 머리 장식을 얹은 올리버 부인은 그래서인지 더욱 기분이 좋아 보였다. 스틸링플릿은 긴 다리를 쭉 펴고 의자에 앉아 있었는데, 어찌나 길었던지 다리가 방 맞은편까지 뻗어 있는 것처럼 보였다.
 "아, 난 지금 알고 싶은 게 너무 많아요."
 올리버 부인이 힐난조로 말했다.
 푸아로가 성난 파도를 서둘러 잠재웠다.
 "하지만 셰르 마담(친애하는 부인), 생각해 보세요. 당신한테 얼마나 많이 신세를 졌는지 말로 다할 수가 없을 정도입니다. 사실 제가 떠올린 모든 좋은 아이디어는 부인에게서 힌트를 얻은 거랍니다."

올리버 부인이 미심쩍은 눈초리로 푸아로를 쳐다보았다.

"'세 번째 여자'라는 말을 저한테 처음 가르쳐 준 것도 당신이 아니었던가요? 제가 출발점으로 삼았던 것도 그 말이었고, 종착점이 된 말도 그 말이었지요. 한 아파트에 함께 사는 세 여자. 엄밀히 말해서 노마가 늘 세 번째 여자였지요. 하지만 사물을 바로 보게 되니까 모든 게 다 들어맞더군요. 누락된 해답, 잃어버린 퍼즐 조각, 그건 매번 세 번째 여자였어요. 항상 자리에 없는 사람이 있었습니다. 그녀는 내게 이름으로만 존재하는 사람이었지요."

"그 여자를 메리 레스태릭과 연결시키다니 놀랍군요."

올리버 부인이 이어서 말했다.

"난 크로스헤지스에서 메리 레스태릭을 보기도 했고 얘기도 나눴다고요. 물론 프랜시스 캐리를 처음 봤을 때 그녀는 검은 머리로 얼굴을 온통 가리고 있었어요. 누구라도 속아 넘어갔을 거예요!"

"여자의 외모가 헤어스타일에 따라 얼마나 쉽게 달라지는지 주목하게 해 준 것도 당신이었습니다. 프랜시스 캐리가 연기 수업을 받은 적이 있다는 사실을 잊어서도 안 되지요. 그녀는 신속한 분장 기술을 익혔어요. 필요하면 목소리도 바꿀 수 있었지요. 프랜시스일 때는 길고 검은 머리로 얼굴을 반쯤 가리고 얼굴은 백지장처럼 하얗게 화장한 다음, 검은색으로 눈썹을 그리고 마스카라를 칠해요. 그리고 허스키한 목소리로 느릿느릿 말하지요. 메리 레스태릭일 때는 웨이브가 진 점잖은 금발 가발에 수수한 옷을 입어요. 그리고 식민지 어투를 적당히 섞어 가며 말하고 활기차게 걷는 등 프랜시스 캐리와는 대조적인 모습을 보였지요. 아무리 그래도 그 여자를 처음 보면 누구든지 가짜 같다고 느낄 겁니다. 그녀가 어떤 여자냐고요? 그건 나도 모릅니다. 그 여자에 있어서는 내가 둔했습니다. 나 에르퀼 푸아로가 너무 둔했지요."

스틸링플릿이 말하기 시작했다.

"제 말 좀 들어 보세요. 처음 그렇게 말씀하시는 걸 들었을 때에는 정말이지 믿기 어려웠어요. 푸아로 선생님, 선생님은 앞으로도 절대 모를 분이세요."

"그녀가 왜 1인 2역극을 벌여야 했는지 모르겠어요. 쓸데없이 혼란만 가중시키잖아요."

올리버 부인이 말했다.

"아니죠. 그건 그녀에게 꼭 필요한 일이었습니다. 알다시피 그렇게 함으로써 필요할 때마다 유효한 알리바이를 얻을 수 있었지요. 내 눈앞에 늘 있다고 생각했지만 실제로 보지는 못하는 겁니다! 가발, 나는 무의식중에 가발이 자꾸만 마음에 걸렸지만 그 이유는 몰랐습니다. 절대로 동시에 볼 수 없는 두 여자. 그들의 삶은 아주 잘 짜여 있어서 그들의 스케줄에 커다란 공백이 생겨 설명할 길이 없더라도 사람들은 눈치채지 못할 겁니다. 메리는 쇼핑을 하러, 부동산 중개인을 만나러, 여러 가지 주문 물품을 가지러, 그런 식으로 자기 나름의 시간을 보내러 런던에 자주 갑니다. 프랜시스는 버밍엄으로, 맨체스터로, 심지어 외국으로 나가는 일이 많았고 법적으로 용납되지 않을 여러 가지 일에도 몰두했지요. 화가 흉내를 내는 젊은 친구들로 이루어진 패거리와 첼시에도 자주 갔지요. 웨더번 화랑을 위한 특수한 그림 액자를 제작하기도 했습니다. 젊은 유망주 화가들이 웨더번 화랑에서 '전시회'를 열었고 그림도 꽤 잘 팔렸습니다. 어떤 그림들은 액자 속에 헤로인 주머니를 은밀하게 감추어 해외로 팔기도 했지요. 미술품 사기도 저질렀습니다. 발굴되지 않은 대작들을 교묘하게 위조하는 것이지요. 그녀가 모든 일을 계획하고 진행했습니다. 데이비드 베이커는 그녀가 고용한 화가 중 하나였지요. 그는 위작에 뛰어난 재능을 타고난 사람이었습니다."

노마가 낮은 목소리로 중얼거렸다.

"불쌍한 데이비드. 처음 만났을 때는 굉장히 멋있어 보였는데······."

푸아로가 꿈을 꾸는 듯한 목소리로 말했다.

"그리고 그 그림. 늘 그 그림이 떠올랐어요. 레스태릭은 그 그림을 왜 사무실로 가져갔을까? 그 그림이 그에게 무슨 의미가 있을까? 앙팡(결국), 내가 그토록 둔했다는 걸 알고 내 자신이 그렇게 한심할 수가 없더군요."

"난 아직도 그 그림이 어쨌다는 건지 통 모르겠어요."

"아주 영리한 생각이었습니다. 그 그림은 일종의 신분증 역할을 한 겁니다. 당대 최고의 초상화 화가가 그린 남편과 아내의 초상화 2점. 초상화를 창고에서 꺼낼 때 데이비드 베이커가 오웰을 한 20년은 젊어 보이게 그린 다음 바꿔치기를 한 것이죠. 그 누구도 그 초상화가 가짜일 거라고는 상상도 못 했을 겁니다. 스타일이며 붓

놀림, 캔버스까지 그 초상화는 더할 나위 없는 진품처럼 보였으니까요. 레스태릭은 그 초상화를 런던 사무실의 책상 뒤쪽에 걸어 놓았습니다. 오래전에 레스태릭을 알았던 사람이라면 '못 알아볼 뻔했다!'고 할 겁니다. 아니면 '많이 변했다.'면서 그 초상화를 올려다 보았겠지요. 하지만 앤드루 레스태릭이 어떻게 생겼는지 시간이 흘러 자기가 잊은 것뿐이라고 생각했을 겁니다!"

"레스태릭, 아니 오웰에게는 커다란 모험이었겠군요."

올리버 부인이 생각에 잠긴 표정으로 말했다.

"당신이 생각하는 것만큼 위험하지는 않습니다. 당신도 알다시피 그는 티치본 사건(거액의 유산 상속자인 로저 찰스 도티 티치본 경이 남아메리카에서 파리로 돌아가던 중 배가 난파되어 실종되자 아서 오튼이 터치본 경 흉내를 내다 재판을 받은 사건 ― 옮긴이)에서처럼 자신이 레스태릭이라고 주장한 적은 없었습니다. 그는 오랫동안 외국에 나가 있다가 형이 죽자 형의 일을 처리하기 위해 고국에 돌아온 남자, 유명한 시티 기업의 일원일 뿐이었습니다. 그는 최근 외국에서 결혼한 젊은 부인과 함께 돌아와 나이 많고 장님이나 다름없으며 학창 시절 이후의 그의 모습은 전혀 모를 뿐 아니라 아무런 의심 없이 그를 받아들인 유명한 사돈 어르신 댁에 들어갔습니다. 그에게는 5살 때 마지막으로 본 딸을 빼고는 가까운 친척도 없었습니다. 그가 남아프리카로 떠났을 당시, 사무실 직원 중에 나이 든 직원들이 있었는데 그들도 세상을 떠나고 없었지요. 요즘 젊은 사람들은 어디서도 오래 근무하지 않습니다. 가족 변호사 또한 죽었고요. 큰 건을 하기로 마음먹은 이상 그들은 현장에서 모든 상황을 면밀하게 관찰했을 겁니다.

그녀는 약 2년 전쯤 케냐에서 그를 만난 것으로 보입니다. 종목은 달랐지만 둘 다 사기꾼이었지요. 그는 투기꾼으로서 잡다한 거래에 관여했어요. 레스태릭과 오웰은 어느 오지에서 채광 유망지 답사를 함께 다녔습니다. 그때 레스태릭이 죽었다는 소문이 돌았는데(소문이 맞을 겁니다.) 나중에 사실이 아닌 걸로 밝혀졌습니다."

"큰돈이 걸린 도박이었겠군요."

스틸링플릿이 말했다.

"거액의 돈이 연루되어 있었지요. 어마어마한 판돈이 걸린 큰 도박이었어요. 계획은 착착 진행되었습니다. 앤드루 레스태릭은 그 자신도 부자인 데다 형의 상속자이기도 했지요. 아무도 그의 정체를 문제 삼지 않았습니다. 그러다 일이 꼬인 것입니다. 어느 날 갑자기 얼굴만 봐도 그가 앤드루 레스태릭이 아니라는 걸 단번에 알아챌 수 있다는 어떤 여자에게서 편지를 받은 겁니다. 그리고 두 번째 불행이 닥쳐 오지요. 데이비드 베이커가 협박을 하기 시작한 겁니다."

"그 점은 충분히 예상하고 있었겠지요."

스틸링플릿이 진지한 표정으로 말했다.

"아뇨, 그들에게는 예상하지 못한 일이었습니다. 그전에는 데이비드가 협박을 한 적이 없었거든요. 아마도 한 밑천 잡을 수 있겠다고 생각했겠지요. 그는 초상화를 위조해 주는 대가로 받은 액수가 성에 차지 않았던 모양입니다. 데이비드는 더 요구했어요. 그러자 레스태릭이 그에게 거액의 수표를 써 주었고 자기 딸 때문에 써 준 척 했습니다. 딸의 불행한 결혼을 막기 위해서 그런 것처럼 말이에요. 데이비드가 정말로 노마와 결혼하고 싶어 했는지는 나도 몰라요. 정말 결혼하고 싶었는지도 모르지요. 하지만 오웰과 프랜시스 캐리 같은 사람들을 협박한 건 위험한 짓이었어요."

"그러니까 그 두 사람이 냉혈한처럼 그처럼 태연하게 샤르팡티에 와 데이비드를 죽일 계획을 세웠단 말이에요?"

올리버 부인이 다그쳐 물었다. 그녀는 다소 역겹다는 표정을 지었다.

"마담, 그들은 범행 대상 명단에 당신도 포함시켰을지 모릅니다."

"나를요? 내 머리를 친 게 그 둘 중 하나였단 말이에요? 아마 프랜시스였겠죠? 불쌍한 공작새가 아니라?"

"나도 공작새였다고는 생각하지 않습니다. 하지만 당신은 이미 보로딘 맨션에 가 보았습니다. 그러니 이제 수상쩍은 평계를 간직한 채 당신이 첼시까지 프랜시스를 미행할지도 모른다고 생각한 겁니다. 혹은 프랜시스만의 착각일지도 모르지만 따라서 프랜시스는 슬그머니 빠져나와 당신의 호기심을 끝장내려고 당신의 머리를 보기 좋게 때렸습니다. 내가 신변에 위험이 있을 수 있다고 경고했지만 당신은 들으려 하지 않았지요."

"그녀가 그런 짓을 했다니 믿기지 않아요! 그날 그 더러운 화실에서 번 존스 그림에 나오는 여주인공처럼 누워 있었는데⋯⋯. 하지만 어째서⋯⋯."

올리버 부인은 노마를 쳐다보다가 다시 푸아로를 보고는 말을 이었다.

"그들은 노마를 이용했어요. 교묘하게 그녀를 조종했지요. 약을 먹이고 스스로 두 사람을 죽였다고 믿게 만들었으니까요. 왜 그런 거죠?"

"그들에게는 제물이 필요했으니까요……."

푸아로는 그렇게 말한 후 자리에서 일어나 노마에게로 갔다.

"몽 앙팡(아가씨), 당신은 끔찍한 시련을 겪었습니다. 당신한테 일어나서는 안 되는 일이었지요. 믿을 수 있는 건 당신 자신뿐이란 사실을 명심하세요. 가까이에서 절대악이 무엇인지를 목격했으니까 앞으로는 살면서 어떤 일이든 이겨 낼 수 있는 힘이 생겼을 겁니다."

"선생님 말씀이 맞는 것 같아요. 자신이 미쳤다고 생각하다니, 그 말을 정말로 믿었다니 정말 무서운 일이에요……."

노마가 온몸을 떨었다.

"제가 어떻게 혐의를 벗었는지 아직까지도 믿기지 않아요. 저조차도 제가 데이비드를 죽였다고 믿어 버렸는데, 제가 안 그랬다고 어떻게 믿을 수 있었는지 지금도 모르겠어요."

스틸링플릿 선생이 설명했다.

"피 얘기가 틀렸으니까요. 피는 응고하기 시작합니다. 제이콥스 양은 셔츠가 '피 때문에 뻣뻣했다.'고 했지 축축했다고 하지 않았지요. 당신이 죽였다면 잘해야 프랜시스가 비명 연기를 하기 5분 전에 죽였을 겁니다."

"하지만 그녀는 어떻게……? 그녀는 맨체스터에 가 있었잖아요……."

올리버 부인이 이해가 되지 않는지 물었다.

"예정보다 빠른 열차를 타고 메리의 가발로 바꿔 쓴 다음 기차에서 분장을 했던 겁니다. 보로딘 맨션까지 걸어가서 신원 불명의 금발로 엘리베이터를 타고 올라간 거죠. 데이비드는 그녀의 지시에 따라 아파트에서 기다리고 있었습니다. 그가 마음을 푹 놓고 있을 때 그녀가 칼로 찌른 거죠. 그런 다음 다시 밖으로 나가서 노마가 오는 걸 지켜보았습니다. 그녀는 공중화장실로 조용히 들어가 분장을 하고는 거리 끝에서 친구와 합류해서 같이 걸어오다가 보로딘 맨션에서 작별 인사를 하고 혼자 올라가서 일을 꾸몄습니다. 자기도 꽤 즐겼을 겁니다. 경찰이 신고를 받고 출동할 때까지도 그녀는 아무도 시간차를 의심하지 않을 거라고 생각했을 겁니다. 노마, 그날 당신은 우리 모두를 얼마나 애먹였는지 모를 겁니다. 모두 당신이 죽였다고 고집을 부리다니!"

"자백해 버리고 모든 걸 다 끝내고 싶었어요……. 선생님은…… 선생님은 제가 정말로 죽였을지도 모른다고 생각하셨나요, 그럼?"

"내가요? 날 뭘로 보는 거죠? 난 내 환자들이 무슨 짓을 할지 또는 안 할지 다 알고 있습니다. 하지만 난 당신이 일을 너무 어렵게 만들었다고 생각해요. 닐 경감이 얼마나 위험을 감수해 줄지는 나도 몰랐습니다. 경찰의 절차란 게 나한테는 타당해 보이질 않았거든요. 여기 이 푸아로를 얼마나 골치 아프게 했는지 알겠죠?"

푸아로가 웃었다.

"닐 경감과 나는 오랫동안 알고 지내 온 사이입니다. 게다가 경감은 이미 다른 문제에 대해서 조사를 벌여 오던 참이었어요. 당신은 루이즈의 아파트 문 앞에도 간 적이 없습니다. 프랜시스가 번호를 바꿔치기했을 뿐이지요. 그녀는 당신이 살고 있던 아파트 호수에서 6과 7의 위치를 바꿔 놓았어요. 못으로 고정시켜 놓기는 했지만 그 숫자들은 헐거운 상태였지요. 클로디아는 그날 밤 아파트에 없었습니다. 프랜시스가 당신한테 약을 먹였기 때문에 모든 게 악몽과도 같았을 겁니다. 나는 불현듯 진상을 알게 되었습니다. 당신 말고 루이즈를 죽일 수 있었던 유일한 다른 사람은 진짜 '세 번째 여자'인 프랜시스 캐리였다는 것을요."

"당신도 내내 반쯤은 그 사실을 알고 있었습니다. 어떤 사람이 갑자기 다른 사람으로 모습이 변한다는 말을 나한테 한 걸 보면 말이에요."

스틸링플릿이 말했다.

노마가 생각에 잠긴 표정으로 그를 바라보더니 말했다.

"선생님은 사람들한테 아주 무례했어요."

그러자 스틸링플릿이 깜짝 놀라며 말했다.

"무례했다고요?"

"사람들한테 한 말들이며, 큰 소리로 소리친 것들 말이에요."

"글쎄, 어쩌면 내가 무례했을지도……. 무례한 경향이 있기는 합니다. 사람들이 너무 성가시게 하다 보니까."

그는 갑자기 푸아로를 보며 활짝 웃었다.

"대단한 아가씨예요, 그렇죠?"

올리버 부인이 한숨을 쉬며 자리에서 일어났다.

"난 집에 가 봐야겠어요."

그녀는 두 남자를 본 다음에 노마 쪽으로 시선을 향했다.

"이 아가씨를 어떻게 할 거예요?"

두 남자 모두 깜짝 놀란 것처럼 보였다. 올리버 부인이 말을 계속했다.

"노마는 당분간은 나랑 같이 살게 될 거예요. 노마도 아주 만족한대요. 하지만 큰 문제가 하나 있어요. 돈 말이에요. 당신 아버지, 그러니까 진짜 아버지가 전 재산을 당신한테 남겼잖아요. 그것 때문에 기부금을 원하는 편지 등 복잡한 문제가 발생할 거예요. 늙은 로더릭 경과 함께 살 수도 있겠지만 젊은 아가씨에겐 재미없는 일일테지요. 그분은 눈만큼이나 귀도 어두운 데다 지나치게 이기적인 분이니까요. 그나저나 로더릭 경이 잃어버렸다던 서류하고 그 오페어 아가씨, 큐 왕립 식물원은 어떻게 됐어요?"

"그 서류들은 그가 이미 찾아본 걸로 착각한 장소에서 나왔어요. 소냐가 찾아냈지요."

노마가 이렇게 말한 다음에 뒤늦게 덧붙였다.

"로디 할아버지랑 소냐가 결혼할 거래요, 다음 주에……."

"늙은 바보만큼 어리석은 사람은 없지요."

스틸링플릿이 말했다.

"아하! 그러니까 그 젊은 아가씨는 본국으로 돌아가지 않고 영국에서 살기로 했군요. 어쩌면 그 아가씨가 현명한 건지도 모르지요, 그 작은 아가씨가 말이에요."

푸아로가 말했다.

"그렇게 된 거군요. 다시 노마 문제로 돌아와서 우리는 노마에게 실질적인 도움을 줘야 해요. 계획도 세워야 하고요. 저 아가씨 혼자서는 자기가 뭘 하고 싶은지 알 수가 없으니까요. 누군가 와서 말해 주길 기다리고 있다고요."

올리버 부인이 단호하게 말했다.

그녀는 진지한 얼굴로 푸아로와 스틸링플릿을 바라보았다.

푸아로는 아무 말 없이 웃기만 했다.

"아, 노마 양요?"

스틸링플릿 선생이 말했다.

"자, 내가 말해 주지요. 노마 양, 나는 다음 주 화요일 오스트레일리아에 갈 겁니다. 일단 세상 구경을 좀 하면서 이미 결정한 일들이 잘될 건지, 그 밖의 이런저런 일들을 생각해 보고 싶거든요. 그다음에 당신한테 전보를 치면 당신도 오스트레일리아로 오는 거예요. 그런 다음 우리는 결혼을 하는 겁니다. 맹세컨대 절대로 당신이 가진 돈이 탐나는 게 아니에요. 나는 거창한 연구 시설 같은 걸 짓고 싶어 하는 그런 의사가 아니니까요. 나는 그저 사람에 관심이 있는 의사일 뿐이랍니다. 당신도 나를 잘 조련해 줄 수 있을 거라 생각해요. 사람들한테 무례하게 구는 부분 말인데요, 전에는 내가 그런 줄 몰랐어요. 끈끈이에 발이 붙어 버린 파리처럼 무기력한 채로 당신이 겪어야 했던 그 모든 시련을 생각해 볼 때 당신이 나한테 의지하는 게 아니라 내가 당신한테 의지해야 한다는 게 묘하지만요."

노마는 가만히 서서 이제까지와는 전혀 다른 관점으로 알게 된 무언가를 골똘히 생각해 보는 것처럼 스틸링플릿 선생을 아주 찬찬히 뜯어보았다.

얼마 안 있어 노마가 웃었다. 그것은 젊고 행복한 아가씨다운 아주 밝은 웃음이었다.

"좋아요."

그렇게 말한 노마는 방을 가로질러 에르퀼 푸아로에게 다가갔다.

"저도 너무 무례했어요. 제가 여기 찾아왔던 날 선생님은 아침 식사 중이셨죠. 당신은 너무 늙어서 저를 도울 수 없단 말도 했어요. 너무 무례한 말이었어요. 하지만 그건 사실이 아니었어요……."

그녀는 양손을 푸아로의 어깨에 올리고 푸아로에게 키스했다.

"택시를 잡아 주세요."

노마가 스틸링플릿에게 말하자 그가 고개를 끄덕이고는 방을 나갔다. 올리버 부인은 핸드백과 모피 망토를 챙겼고 노마는 급히 외투를 챙겨 입고 올리버 부인을 따라 문까지 갔다.

"마담, 엉 프티 모멍(부인, 잠깐만요)!"

올리버 부인이 돌아보았다. 푸아로는 소파의 구석진 부분에서 모양 좋은 회색 머리 장식을 가지고 왔다.

올리버 부인이 화를 내며 투덜거렸다.

"요즘 만드는 물건이 다 이렇다니까요. 제대로 된 게 없어요! 머리 장식 말이에요. 자꾸 헐거워져서 머리에 제대로 붙어 있지를 않네요!"

그녀는 얼굴을 찌푸리며 나갔다.

잠시 후 올리버 부인이 문을 열고 고개를 내밀었다. 그녀는 무슨 음모의 공모자라도 되듯 속삭였다.

"괜찮으니까 말해 봐요. 노마는 벌써 내려갔어요. 당신 일부러 노마를 그 의사한테 보냈던 거죠?"

"물론입니다. 그 사람 전문가로서의 자질이……."

"그 사람 자질 따윈 신경 쓰지 말고요. 당신도 무슨 말인지 알잖아요. 스틸링플릿하고 노마는……. 당신이 그런 거예요?"

"꼭 알아야겠다면 말씀드리지요. 네."

"나도 그럴 거라 생각했어요. 당신도 생각이 있기는 하군요?"

〈끝〉

옮긴이 | 박슬라

연세대 인문학부를 졸업했으며 영문학, 심리학을 전공했다. 현재 인트랜스 소속 전문번역가로 활동 중이다. 옮긴 책으로는 『한니발 라이징』, 『마인드 세트』, 『고양이 100배 행복하게 키우기』, 『베어&드래곤』, 『미래를 읽는 기술』, 『회사형 인간』, 청소년소설 시리즈 『나를 나로 만드는 것』 시리즈, 『레슬리의 비밀일기』 등이 있다.

애거서 크리스티 전집

세 번째 여인

3판 1쇄 찍음 2024년 9월 25일
3판 1쇄 펴냄 2024년 10월 2일

지은이 | 애거서 크리스티
옮긴이 | 박슬라
발행인 | 박근섭
편집인 | 김준혁
펴낸곳 | 황금가지

출판등록 | 2009. 10. 8 (제2009-000273호)
주소 | 06027 서울 강남구 도산대로 1길 62 강남출판문화센터 5층
전화 | 영업부 515-2000 편집부 3446-8774 팩시밀리 515-2007
홈페이지 | www.goldenbough.co.kr

도서 파본 등의 이유로 반송이 필요할 경우에는 구매처에서 교환하시고
출판사 교환이 필요할 경우에는 아래 주소로 반송 사유를 적어 도서와 함께 보내주세요.
06027 서울 강남구 도산대로 1길 62 강남출판문화센터 6층 민음인 마케팅부

© ㈜민음인, 2024. Printed in Seoul, Korea
ISBN 978-89-8273-767-1 04840
ISBN 978-89-8273-700-8 04840 (set)

㈜민음인은 민음사 출판 그룹의 자회사입니다.
황금가지는 ㈜민음인의 픽션 전문 출간 브랜드입니다.